Peregrine

송골매를 찾아서

Peregrine

송골매를 찾아서

존 A. 베이커

P 필로소픽

목차

일러두기

• 외국 인명과 지명의 표기는 국립국어원 외래어 표기법을 따르되, 국내에서 널리 사용되는 표기 용례가 있으면 그대로 썼다.

• 모든 주석은 독자의 이해를 돕기 위한 옮긴이 주이다.

• 원서에서 야드파운드 단위계에 따라 쓴 길이, 면적, 질량 단위는 국제단위계에 따라 수정하지 않았다. 본문에 등장하는 단위를 환산하면 다음과 같다. 1인치 = 약 2.54센티미터, 1피트 = 약 30.48센티미터, 1야드 = 약 0.91미터, 1마일 = 약 1.61킬로미터, 1에이커 = 약 4,046.86제곱미터, 1온스 = 약 28.35그램, 1파운드 = 약 0.45킬로그램, 1스톤 = 약 6.35킬로그램.

서문

마크 코커
Mark Cocker

존 A. 베이커J. A. Baker(1926~1987)는 오늘날 자연을 주제로 삼은 가장 중요한 20세기 영국 작가 중 한 명으로 널리 알려져 있다. 송골매의 미처 알지 못하던 힘과 아찔한 대담함을 모두 담아낸 베이커의 첫 번째 책《송골매를 찾아서The Peregrine》는 1967년에 발표되었고, 그 즉시 걸작으로 인정받았다. 오늘날 이 책은 많은 사람에게 자연을 다루는 모든 글의 귀중한 기준으로 여겨지며, 여러모로 이런 종류의 찬사마저 한층 뛰어넘는다. 이 책은 어떤 문학 장르의 기준으로 보더라도 그 탁월함을 틀림없이 인정받을 것이다.

베이커가 1987년 61세의 이른 나이에 죽음을 맞은 지 30년이 되어가고, 마지막이자 유일한 다른 책《여름의 언덕The Hill of Summer》(1969)이 출간된 지도 40년 넘게 지났다. 그 사이 제법 긴 기간 동안 그는 어떤 책도 발표하지 않았다. 그렇지만 오늘날 베이커의 명성은 그 어느 때보다 높다. 그의 작품은 자연과 풍경에 관한 문학의 부활, 즉 팀 디[1]와 로버트 맥팔레인Robert Macfarlane 같은 작가들의 이른바 신자연문학New Nature Writing과 깊은 관련이 있다(로버트 맥팔레인은 실제로 베이커를 재발견하는 데 핵심적인 역할을 했다). 그의 책들은 대학에서 시험 지정 도서로 읽힌다. 또한 캐슬린 제이미Kathleen Jamie부터 전前 계관시인 앤드루 모션Andrew Motion에 이르는 현대의 주요 시인들이 베이커의 시적 재능을 인정하고, 영화 제작자 데이비드 코범David Cobham부터 텔레비전 진행자이자 자연 다큐멘터리 촬영기사인 사이먼 킹Simon King에 이르는 다양한 분야의 평론가들도 그의 영향력에 찬사를 보낸다.

특히나 베이커의 개인적인 상황을 고려하면, 이 모든 성취는 매우 놀랍다. 베이커는 에식스Essex 주에서 나고 자랐으며, 당시 작은 시골 마을이었던 첼름스퍼드Chelmsford의 두 곳(핀츨리Finchley 거리 20번지와 말버러Marlborough 거리 28번지)에서 평생을 살았다. 부모님인 월프레드Wilfred Baker와 팬지Pansy Baker는 중하류층에 속했다고 할 수 있다. 아버지는 크럼프턴 파킨슨Crompton Parkinson 엔지니어링 회사에서 제도사로 일했다. 외아들이었던 베이커는 겨우 열여섯 살이던 1943년에 첼름스퍼드의 킹 에드워드 4세King Edward VI 학교

---

1 Tim Dee(1961~). 탐조가探鳥家이자 작가, 박물학자, BBC 라디오 프로듀서이다. 수십 년간 새를 관찰한 내용으로 첫 번째 책 《달리는 하늘The Running Sky》(2009)을 펴냈으며, 그 외에도 자연에 관한 다수의 저서가 있다.

에서 정규교육을 마쳤다. 그의 사회적 배경에서는 시와 오페라를 향한 지속적인 애정이 아마도 이례적이었을 테지만, 베이커가 다른 작가나 예술가와 접촉한 적은 거의 혹은 전혀 없는 듯하다. 문학과 유일하게 연관된 건 콜린스Collins 출판사가《송골매를 찾아서》와《여름의 언덕》출간을 최종 결정할 때뿐이었다.

매우 한정된 지역에 초점을 맞춘 두 작품(350쪽 가량의 산문)만으로 명성을 얻었다는 사실은, 많은 측면에서 베이커의 탁월한 재능을 확인시켜준다. 그의 두 작품은 첼름스퍼드의 동쪽 끝에서부터 몰든Maldon 서쪽 및 첼머 강Chelmer River과 블랙워터 강Blackwater River의 합류 지점에 이르는 첼머 밸리Chelmer Valley를 아우르는, 550제곱킬로미터에 달하며 대략 직사각형을 이루고 있는 에식스 땅을 묘사한다. 이 지역의 중심에는 에식스 주에서 가장 높은 지대이자, 서어나무와 밤나무 잡목으로 무성한 장엄하고 아득히 오래된 산림지대들로 이루어진 댄버리 힐Danbury Hill이 있다. 베이커의 구역은 댄버리의 저 멀리 비탈을 내려와, 블랙워터 강 하구의 남쪽과 북쪽 해안으로 이어지다, 북해 가장자리에 쌓인 검은 침적토에서 끝이 난다. 지금은 이 시외 지역 대부분이 런던 중심가로부터 한 시간이 채 걸리지 않는 교외 통근권 안에 있지만, 베이커가 살던 시기에는 깊은 시골이었다. 아름다운 마을 리틀 바도Little Baddow의 주민들은 1970년대까지만 해도 모든 집이 밤에 문을 열어두고 지냈던 걸 기억한다. 겨울날 동이 틀 무렵부터 해질녘까지, 베이커는 그물처럼 이어진 조용한 시골길을 통해 그 지역 전체를 가로지를 수 있었다. 그의 평생 유일한 교통수단은 자전거 한 대였다. 그는 결코 자동차 운전을 배우지 않았다.

한 지역에 집중적으로 초점을 맞춘 베이커의 글은 길버트 화이트Gilbert White나 어쩌면 시인 존 클레어John Clare 같은 역사적인 작가의 생애와 저서를 매우 많이 연상시킨다. 그러나 동시에 베이커는 탐사 지역을 엄격하게 한정함으로써, 현대의 중요한 인물로 두각을 나타낸다. 《송골매를 찾아서》에서 베이커는 이렇게 썼다. "나는 너무 늦기 전에 (…) 내게는 아프리카처럼 풍요롭고 눈부시게 아름다운 이 땅의 경이로움을 전하려 애썼다." 그가 언뜻 그리 대단해 보이지는 않는 풍경으로부터 이런 산문을 자아내고 이토록 눈부신 성취를 거둔 것은, 곧 우리 시대를 향한 도전이다. 탄소 사용 문제에 매우 민감한 오늘날 사회에서, 베이커는 분명 빛나는 본보기다. 자전거가 한정한 그의 탐사 영역은 미래 작가들을 위한 모범 사례이다. 그의 책들은 '지역적parochial'이라는 단어에 붙은 편협함과 보수성 같은 경멸적인 의미를 떼어버린다. 그는 가장 진정한 의미에 한해서만 지역적이다. 그는 이 섬들의 모든 지역에서 발견되는 풍부한 신비를 조명했다.

에식스 풍경과 야생생물에 관한 베이커의 책 두 권은 문체와 내용 면에서 서로 깊은 관련이 있다. 어떤 점에서 두 책은 매우 단순하다. 두 책은 마주침에 대해 이야기한다. 베이커가 야외에서 보고 들은 야생동물, 특히 새들을 묘사하고, 동일한 풍경을 가로지르는 그의 지칠 줄 모르는 탐색을 그린다. 그러나 《여름의 언덕》이 봄과 가을 사이의 계절에서 만난 모든 야생생물에 관해 포괄적으로 묘사했다면, 《송골매를 찾아서》는 하나의 종種, 즉 세상에서 가장 빨리 나는 새에 깊이 집중한다.

베이커의 생애 동안 이 장엄한 생명체는 그가 거주하는 에식스 지역에 아주 드물게 찾아오는 겨울 손님이었다. 더욱이 20세기 후반에 이 맹금은 재앙적으로 감소하는 추세였다. 그러나 다행히 최근 몇 년 간 송골매들은 이 추세를 뒤집어, 아마도 영국에서는 17세기 이후 한 번도 본 적 없는 수준으로 개체 수가 회복되고 있다. 더욱이 송골매는 심지어 에식스에서 번식기를 보내는 새다. 오늘날 우리가 1960년대 유럽이나 북아메리카에 널리 퍼진 위기의식을 온전히 되찾기는 극히 어렵다. 그러나 이 책과 그 영향력을 이해하려면, 우리는 지구상에서 가장 성공적인 포식자 중 하나(전체 대륙을 통틀어 아마도 우리 인간이나 붉은여우만이 그 수를 넘었을 것이다)가 당시 유기염소계 농약의 독성에 시달리면서 전 세계적인 멸종 위기에 처했다고 여겨지던 걸 되새겨야 한다.

베이커가 깊은 사명감을 안고 에식스의 겨울 풍경을 가로지르며 그 매들을 추적한 이유는 바로 이런 불안이었다. 그는 이렇게 썼다. "나는 10년 동안 송골매를 추적했다. 나는 송골매에 사로잡혔다. 나에게 송골매는 하나의 성배였다. 이제 송골매는 사라지고 없다." 이처럼 곧 닥쳐올 송골매의 최후에 대한 예감은 이 책에 정서적인 근거뿐 아니라, 주제의 통일성과 다급한 서사적 추진력도 제공한다. 《여름의 언덕》에서는 이런 요소들이 훨씬 덜 드러난다. 사실 《여름의 언덕》은 더 까다롭고 난해하다. 이 책에는 서사가 거의 없으며, 저자는 각 장마다 너도밤나무 숲이나 강어귀 등 서로 다른 서식지의 주변을 태평하게 거닐 뿐, 전반적인 형상이나 의도를 전혀 설명하려 하지 않는다. 《송골매를 찾아서》를 먼저 읽어서 그 책이 두 번째 책에 어떤 맥락을 제공하는지를 파악하지 못한다면, 독자는 《여름의 언덕》이 자연과의 우연한 접촉보다는 정처 없이 느리게 걷는 산책에 대한 글이라고 생각하기 쉬울 것이다. 그러나 사실 그 책에는 그보다 훨씬 많은 것이 담겨 있고, 모든 페이지에서 대단히 뛰어난 명문을 만나게 된다.

그럼에도 불구하고 《송골매를 찾아서》의 구조가 전체를 아우르므로, 많은 독자는 두 책 가운데 《송골매를 찾아서》가 더 훌륭하다고 결론을 내린다. 아마도 베이커가 자신의 가장 풍부한 소재를 모두 끌어모으고, 수정에 더 많은 노력을 쏟아부었기 때문이 아닐까 짐작해본다. 나중에 출간된 판본의 광고문은 그가 이 책을 다섯 번이나 고쳐 썼다고 강조했다. 그의 지속적인 고쳐쓰기는 10년에 걸쳐 매해 겨울에 이루어진 송골매 탐구를 일관성 있게 완전히 녹여낼 방법을 찾기 위해서였을 거라고 짐작하지 않을 수 없다. 나는 '짐작'이라는 단어를 강조하려 하는데, 왜냐하면 사실 우리는 베이커의 방법들을 제대로 이해하지 못하기 때문이다. 그는 원고를 계속해서 없앤 듯할 뿐만 아니라, 심지어 매일 손으로 쓴 메모까지 상당 부분 폐기했다. 남아 있는 일기 중 3분의 1가량은 2010년에 처음 발표되었다.

베이커는 글에서 자신의 개성이나 개인적인 관점을 드러내길 극도로 꺼렸기 때문에, 그의 책은 독자에게 다른 문제들을 제시한다. 이 문제들이 책 곳곳에서 끼어들지만, 베이커 자신의 주장처럼 《송골매를 찾아서》는 전반적으로 그의 경험에 대한 객관적인 서술이다. 그는 자신이 "관찰하는 동안 일어난 모든 내용을 기록"했다고 쓴다. 침착하고 겸손한 저자가 자신을 세세히 드러내지 않아, 이 책의 핵심에는 일부 공백이 생겨난다. 그리하여 평론가들은 이 공백에 자신의 이론과 생각을 쏟아부어야 한다고 느끼게 된다. 베이커의 이름에서 J. A.가 존 앨릭John Alec의 약자라는 사실도 비교적 최근에야 알려졌다. 지난 10년 사이에 풀린 또 하나의 수수께끼는 《송골매를 찾아서》의 헌신 뒤에 대단히 참을성 있고 이해심 깊은 여성이 있었다는 사실이다. "아내에게"라는 헌사는 도린 그레이스 베이커Doreen Grace Baker(결혼 전의 성은 코Coe)에게 바쳐진 것이었다. 도린은 그녀의 첫 번째 남편이 사망한 이후 사반세기를 넘어 2006년에 사망했다.[2] 그들의 결혼 생활은 31년 동안 이어졌다.

자신이 가장 숨기고 싶은 무언가 혹은 가장 중요하지 않게 여기는 무언가가 가장 널리 이러저러한 짐작을 낳게 되는 건, 사생활 노출을 극도로 꺼리는 사람에게는 안타까운 숙명일 것이다. 확실한 정보가 없기 때문에, 베이커에 대한 이야기에는 마치 선체에 따개비가 들러붙듯이 신화와 반쪽짜리 진실들이 계속 더해진다. 대표적인 예는 그가 도서관 사서로 일했을 거라는 의견인데, 아마도 책을 좋아하는 사람만이 그러한 문학작품을 쓸 수 있었으리라는 추측 때문일 것이다. 그러나 사실 베이커는 자동차협회Automobile Association 첼름스퍼드 지사의 관리자(결코 운전을 하지 않는 사람치고 이상한 직업이지만)였고, 이후 음료 회사 브리트빅Britvic에서 창고 관리자로 일했다.

또 하나 전형적인 추측은 베이커가 심각한 병을 진단받은 후에 《송골매를 찾아서》를 썼기 때문에, 책에 병자의 어둡고 신랄한

---

2 J. A. 베이커는 1987년에 죽었고 도린은 2006년에 사망하였으니, 실제로는 사반세기를 넘는 게 아닌 19년 차이가 난다.

어조가 배어 있다는 것이었다. 이 의견에는 적어도 약간의 진실은 담겨 있다. 하지만 베이커가 위독해진 시기는 《송골매를 찾아서》를 탈고한 후였다. 본격적으로 야생을 탐험하며 글의 원재료를 공급받은 10년 동안(1955~1965), 베이커는 비교적 평범한 삶을 살았다. 베이커는 주간에 자동차협회나 브리트빅에서 근무했고, 여가시간에는 새를 관찰하기 위해 자전거를 타고 첼머 강의 둑을 달렸다. 그러나 이 시기 내내 류머티스 관절염으로 점차 심한 고통을 겪었고, 《여름의 언덕》이 출간될 무렵에는 병으로 정상적인 생활을 전혀할 수 없었다. 결국 그에게 때 이른 죽음을 불러온 건 사실상 류머티스 관절염이었다. 사인인 암은 그의 질환에 대해 처방한 약물 때문에 발병했다.

지금까지 가장 도발적이고 다루기 힘든 짐작은 베이커가 《송골매를 찾아서》 내용의 일부 혹은 심지어 전부를 지어냈다는 주장이다. 이는 특히 새에 대해 잘 아는 독자들 사이에서 오래 전부터 제기되어온 반응이다. 이런 의심들을 종종 조류학이라는 과학이자 취미와 분리할 수 없는 듯한, 일종의 궤변적 회의론이라고 단순히 치부할 수는 없다. 《송골매를 찾아서》를 읽은 새에 대해 잘 아는 모든 독자가 직면할 수밖에 없는 중요한 문제들이 있다. 한 가지는 베이커가 매들을 발견한 곳은 첼머 밸리 일대인데, 다른 탐조가들 가운데 이곳에서 매를 본 사람은 거의 없었다는 문제이다. 당시 《에식스 조류 보고서Essex Bird Report》의 편집자들은 베이커가 야생에서 태어나지 않은 (가령 매를 부리는 사람들이 기른) 송골매를 관찰했다고 주장하면서, 회의적인 입장을 감추지 않았다.

한 가지 구체적인 의심은 10년이 넘는 기간 동안 겨울철에 매에게 살해당한 다른 새의 사체 619구를 발견했다는 베이커의 주장에 초점을 맞춘다. 이 전원 지역을 자주 산책하는 사람이라면, 종류를 막론하고 죽은 새를 보는 일이 얼마나 드문지 알 것이다. 그러므로 송골매 개체들에게 잡아먹힌 수많은 사체의 유해를 발견했다는 베이커의 주장은 놀랄 만하다. 그뿐만 아니라 베이커는 보다 사소한 일련의 의혹들에도 부딪쳤다. 베이커는 송골매가 트랙터와 쟁기가 파낸 흙 속 벌레를 먹는 광경을 보았는데, 어째서 다른 사람들은 아무도 보지 못했을까?《송골매를 찾아서》의 스웨덴어판 번역가는 그 자신이 경험 많은 조류 관찰자로서, 송골매들이 정지 비행hover을 한다는 베이커의 주장에 의문을 제기했다. 그러나 베이커는 '정지 비행'을 정확히 옮기려면 '뤼틀라'[3]라는 단어를 써야 한다고 주장했다. 한 유명한 송골매 전문가는 베이커가 송골매와 황조롱이를 구별할 수 없었다고까지 주장했다.

이런 의혹과 의심에 대해 몇몇 유형의 대응이 있다. 가장 두드러진 대응은 베이커가 송골매에 굉장히 집착했다는 반론이다. 그는 단일한 탐색 이미지[4]에 따라서 에식스의 풍경 속을 배회했다. 그는 각 새들의 성격을 은밀히 간파했고, 수년에 걸쳐 그들이 언제 어디에 머무르는지에 대한 이해를 차츰 쌓아갔다. 따라서 다른 사람은 보지 못한 장소에서 자주 매를 보았을 것이며, 또한 송골매가 선

---

3 ryttla. '새가 공중에서 날개를 빨리 움직이며 잠시 머무르다'라는 의미의 스웨덴어다.

4 search image. 포식자가 먹이를 찾기 위해, 피식자의 특징적인 모양, 크기, 색깔을 이미지로 기억해두는 것이다.

호하는 서식지들을 정확히 알고 있었기 때문에 그들이 죽인 새들의 유해도 발견할 수 있었을 것이다.

또 하나 중요한 점은 송골매를 아주 오랫동안 지켜보면, 다른 사람은 평소에 보지 못하는 그들의 행동을, 심지어 벌레를 먹는 것 같은 누구도 본 적 없는 행동을 보리라는 것이다. 최근 연구가 밝혀낸 널리 알려지지 않았던 송골매의 행동은, 바로 그들이 어두운 시간에 먹이를 사냥하고 죽인다는 것이다. (공교롭게도 베이커 역시 그 새들이 일몰 이후에 활발하게 움직인다는 사실에 주목했다.) 누구도 단순히 전례가 없다는 이유만으로 최근의 야간 관측들이 사실이 아니라고 판단하진 않을 것이다. (송골매 한 마리가 더비Derby 대성당에 혼자 앉아 멧도요를 산 채로 잡아먹는 장면이 촬영되어 유튜브에 공개된 걸 감안하면, 적어도 그렇게 판단하긴 어렵다는 걸 알 것이다.) 그런데도 왜 베이커는 별로 신뢰하지 않는가? 기존의 훌륭한 연구에도 불구하고, 송골매는 여전히 신비한 새다. 그리고 확실히 이런 점은 모든 현장 연구의 매력이다.

베이커가 왜 그런 의혹이나 의심을 일으켰는지에 대한 두 번째 부분적인 설명은, 그가 공개적으로 밝힌 《송골매를 찾아서》의 글쓰기 방법과 관련된다. 이 책은 어느 한 해 겨울 동안 쓴 일기 형식으로 구성되어 있지만, 저자는 그가 겪은 10년간의 경험들 가운데 정수를 뽑아내 하나의 이야기로 엮었다고 명시했다. 이 책을 매일 일어난 일을 낱낱이 기록한 실제 일기로 읽으면, 공책에 기록한 글자 그대로의 사실과 베이커가 표현한 문학적 진실의 차이를 알아채지 못하게 된다. 실제로 만일 그의 두 책 중 어느 한 권을 읽은 독자가 이 잘못된 가정을 끝까지 고집한다면, 그들은 더 깊은 문제들에 빠져들 것이다. 베이커는 두 책 모두에서 기간을 압축하고 조작했을 뿐 아니라, 지명이나 알아볼 만한 땅의 특징들에 관한 언급도 완전히 배제했다. 《송골매를 찾아서》에서 베이커는 "여울" 혹은 "노스 우드Wood"나 "사우스 우드South Wood"에 대해 묘사하지만, 독자가 책을 통해 실제 시기나 위치를 쉽게 확정할 만큼 명확한 내용은 아무것도 없다.

이런 구성 방식은 베이커의 애독자들 사이에 일종의 놀이가 생겨나게 했다. 즉 그들은 특색 없는 묘사 뒤에 가려진 실제 지리적 장소를 알아내려는 시도를 한 것이다. 주요 지형물 일부는 쉽게 알 수 있다. 《송골매를 찾아서》(10월 24일 일기)에서 매가 앉은 "2백 피트 높이의 굴뚝"은 오래된 벽돌 탑이 거의 확실하다. 지금은 몰든 서쪽 빌리Beeleigh 행정교구의 급수 시설에 증기펌프를 설치하기 위해 철거되었다. 1월 25일에 베이커는 "목조 교회 탑의 비탈진 지붕을 살금살금 기어올라가는 굴뚝새" 한 마리를 보았다. 이는 아마도 에식스에 위치한 목조탑이 있는 유명한 교회들 중 하나인, 얼팅Ulting 마을의 첼머 강변에 있는 작고 아름다운 교회의 탑일 것이다. 제법 확신을 갖고 알아볼 수 있는 가장 중요한 지형적 특징은 아마도 "여울"일 것이다. 이 여울은 베이커가 자주 관측하던 곳이자, 송골매들이 목욕하기 위해 정기적으로 찾아오는 곳이다. 가장 유력한 후보지는 샌던 개울Sandon Brook이 리틀 바도 마을 서쪽의 허럴Hurrell 도로를 가로질러 흐르는 지점이다.

베이커의 책에 담긴 실제 기간이 대략 어느 정도인지도 책 속에 담긴 증거를 통해 알아낼 수 있다. 우리가 실제 달력에서 이 작업 시기를 확정하도록 돕는 세부 내용은, 그가 탐사를 나갔던 어느 겨울에 닥쳐온 혹독한 날씨에 대한 묘사다. 그 시기는 여느 해와 크게 달랐던 1962~1963년 겨울이 분명하다. 극한의 추위가 닥친 그 겨울 몇 달 동안 (150년 만에 가장 많은) 눈이 두텁게 쌓였다. 1740년 이후 잉글랜드 남부에서 기록된 가장 추운 시기였고, 길게 이어진 해안은 꽁꽁 얼어붙어 막 만들어진 유빙遊氷들로 무거운 이불이 펼쳐졌다. 12월 27일부터 3월 첫째 주까지 베이커가 묘사한 줄곧 눈에 갇힌 에식스 풍경은 그 시기의 기상 패턴과 정확하게 들어맞는다.

이런 세부 묘사들이 이 책에 담긴 시간과 공간에 대한 개략적인 틀을 제시할지도 모르지만, 베이커는 결코 이런 틀에 구애받지 않는다. 그가 이 정도로 자유롭게 소재를 다루기로 했다는 사실은, 《송골매를 찾아서》를 거의 소설처럼 읽을 수도 있다고 시사한다. 또한 우리는 이런 방식이 상상력 부족한 독자를 곤혹스럽게 만드는 모호함의 층을 자아낼 뿐만 아니라, 동시에 놀라운 보편성도 부여한다는 것을 더욱 확실하게 알 수 있다. 이 책은 시대를 완전히 초월하지는 않더라도, 분명히 독자와 발맞추어 가는 책, 각각의 새로운 세대가 이전 세대만큼이나 쉽게 다가가서 깊은 의미를 발견하는 책일 것이다. 마찬가지로 베이커는 새들을 쉽게 알아볼 수 있는 한 지역에 매어두길 거부함으로써, 거의 실제 종만큼이나 광범위한 매들을 책에 등장시킬 수 있었다. 그가 탐험한 장엄한 풍경은 거의 모든 풍경에 적용할 수 있다. 독자는 마음껏 상상력을 발휘하여 베이커의 지역에 있는 "여울"이나 "노스 우드"를 스코네[5]나 캘리포니아, 퀘벡,

---

5   Skåne. 스웨덴 최남단에 위치한 주다.

심지어 퀸즐랜드로 바꿀 수 있다. 많은 것을 배제함으로써 베이커가 우리에게 남긴 것은 신화적인 새를 탐구한 신화적인 이야기, 마법처럼 제한을 받지 않으면서도 동시에 신뢰할 만한 이야기이다.

　어떤 면에서 베이커가 사기를 쳤느니 기만했느니 하는 의견들과 관련된 가장 깊은 아이러니는, 이런 의견들이 베이커의 프로젝트와 전혀 무관하지만은 않다는 것이다. 사실 베이커는 그가 쓴 거의 모든 문장에서 직접 이 비난들에 답하고 있다. 베이커의 작업 전반에는 새, 자연, 풍경과의 조우를 진실하게 드러내려는 거의 법의학적인 관심으로 가득하며, 이 점에서 베이커를 필적할 만한 사람은 영국의 작가들뿐 아니라 모든 영어권 작가를 통틀어도 찾아보기 어렵다. 예를 들어 그는 금눈쇠올빼미의 날카로운 연노랑 눈을 들여다보면서, "까만 동공은 샛노란 홍채와 너비가 같았다"고 기록한다. 방금 죽은 첨서[6]의 사체를 발견했을 때는, "황조롱이가 발가락으로 움켜쥔 자국이 부드러운 회색 털에 아직 남아 있었다"고 기록한다.

　진실성에 대한 베이커의 관심은 《여름의 언덕》에서 여러 방식으로 더 분명하게 드러난다. 구조라고 할 게 없는 이 책의 형식은 저자가 어떻게 모든 것을 제거하고 하나의 목표, 즉 '동식물 연구자는 보고 경험한 것을 어떻게 언어로 표현할 수 있는가?'만을 남기는지를 강조하는 듯하다. 그는 다른 모든 요소를 희생할 만큼 이 기획에 충실했는데, 아마도 이는 《여름의 언덕》이 사실상 잊히게 된 이

6　common shrew. 땃쥐목 땃쥣과의 포유류다.

유일 것이다. 그러나 동시에 이는 정확한 언어를 향한 베이커의 타협하지 않는 추구이며, 이때 언어는 우리에게 기이하지만 부인할 수 없는 마법을 부린다.

《송골매를 찾아서》에서 베이커는 이렇게 썼다. "무엇보다 가장 보기 어려운 것은 실제로 존재하는 것이다." 이 한마디는 그의 작업 전체에 영향을 미치는 철학이다. 베이커가 결코 다른 저자들을 참조하여 자신의 의견, 생각, 감정을 입증하지 않는다는 점은 주목할 만하다. 그의 글에는 매개자가 없다. 오히려 그는 창의성뿐만 아니라 명료함과 정확성도 대단히 뛰어난 산문을 수면으로 다시 끌어올리기 위한 순간 속으로 깊이 파고든다. 이따금 매우 강렬한 변화를 가장 섬세하게 기록하기 위해 그가 찾는 방법은 순전한 단순함이다. 《송골매를 찾아서》의 4월 2일 일기에서 그는 이렇게 쓴다. "날카로움이 사라진 온화한 공기"로 가득한 "봄날 저녁." 3월 27일에는 "병을 앓아 비대"해진 "풀을 뜯는 토끼"를 본다. 같은 날 그는 햇살이 "고요"하다고 묘사한다. 전체 문장은 이렇다. "고요한 햇살에 썰물이 어슴푸레 반짝였다."

이 구절은 단어의 기능을 가지고 노는 베이커의 즐거움을 특징적으로 보여준다. 그렇게 전통적으로 자동사인 동사들이 갑자기 직접목적어를 취하게 된다("They shone frail gold[그들은 연약한 황금빛을 반짝거렸다]"). 또한 명사를 동사로("Starlings (⋯) sky up violently[찌르레기들은 (⋯) 난폭하게 하늘 높이 날아올라]", "every twig seemed to vein inwards[모든 잔가지 속에 물이 통하는 관이 있는 것 같았다]"), 형용사를 명사로("Wisps of sunlight in a bleak of cloud[구름의 음울함 속으로 몇 줄기 햇살이]") 바꾼 다음, 다시 원점으로 돌아와 동사를 명사로 만든다("a seethe of white[백색의 들끓음]"). 간혹 단순한 병렬이 놀라운 활기를 불러일으키기도 한다. 전형적인 예로 "gulls bone-white in ashes of sky(잿빛 하늘을 회백색 갈매기들이 날고 있다)", 혹은 《여름의 언덕》에서 북방쇠박새가 내는 금속성의 가냘픈 비음의 울음소리를 "a narrow parsimony of sound(좁고 인색한 소리)"라고 묘사한 것이 있다. 마지막으로 거의 셰익스피어의 대담함에 버금가는 새로운 표현들이 있다. 아마도 이 문장이 가장 유명할 것이다. "I swooped through leicestershires of swift green light(나는 휙휙 지나가는 초록빛 레스터셔 주를 지나 급강하했다)."

이따금 언어가 아닌 문장 구조가 매우 독창적으로 쓰인다. 대표적인 예는 그가 섭금류 무리가 개펄에서 만들어내는 넋을 잃게 하는 효과를, 그리고 또 그들이 형성하는 무작위적이고 혼란스러운 무정형성을 표현하기 위한 수단을 발견하는 방법이다.

개꿩의 울음소리에는 희미하지만 고집스러운 슬픔이 배어났다. 꼬까도요와 민물도요가 몸을 일으켰다. 청다리도요 스무 마리가 울면서 높이 날았고, 갈매기나 하늘처럼 회색과 흰색이 어우러졌다. 큰뒷부리도요들이 마도요와, 붉은가슴도요와, 물떼새와 함께 날았다. 이들은 좀처럼 혼자 있지도, 좀처럼 차분히 있지도 않는다. 이 긴 코를 킁킁대는 괴짜들은 크게 울면서 바다를 즐겁게 한다. 이들은 코웃음 치고, 재채기하고, 야옹거리고, 으르렁대며 짖듯이 운다. 위로 살짝 굽은 가느다란 부리를, 머리를, 어깨와 몸 전체를 옆으로 돌리고, 날개를 흔든다. 파도가 너울대는 바다 위에서 로코코식 비행을 과시한다.

이 구절에서 볼 수 있듯이, 베이커는 간결성이나 반복 혹은 빤한 사실에 대한 언급을 결코 두려워하지 않았다. 《송골매를 찾아서》에서 내가 가장 좋아하는 문장 중 하나는 "Nothing happened (아무 일도 일어나지 않았다)"이다. 《여름의 언덕》에서 그는 이 무無를 "Nothing happens(아무 일도 일어나지 않는다)"로 바꾼다. 야생동물 관찰이라는 모험에 요구되는 진정한 인내심에 대해, 그 어떤 박물학 작가도 이보다 더 솔직하거나 더 성실하게 주의를 기울이지 않았다. 그의 글은 언제나 본론으로 바로 들어가는 야생동물에 관한 텔레비전 프로그램과 많은 면에서 대조를 이룬다. 베이커는 공허와 무대응의 대가다.

암컷 송골매는 멀리 해수소택지의 말뚝 위에 몸을 옹송그린 채 앉아, 거무스름한 빗줄기 아래에서 뚱하게 나를 지켜보았다. 그는 좀처럼 날지 않았고, 먹이를 먹고선, 아무것도 하지 않았다. 얼마 후 그는 내륙으로 향했다.

비록 베이커는 야생동물들 사이를 거닌 긴 여정 동안 그가 느낀 감정을 단조롭게 전하거나 거의 드러내지 않았지만, 그 자신은 조금도 지루할 틈이 없다. 실제로 뭔가 비판할 거리가 있다면, 산문 안에 한가한 시간이 거의 없기 때문일 것이다. 그의 글은 모두 대단히 정제되고 응축되어 있다. 독자는 거의 모든 문장에서 도전을 받는다. 때로는 그의 산문을 시로 여기는 편이 더 쉬울 정도다. 가끔은

한 번에 한두 페이지 이상 읽기도 벅차다는 생각이 들 수도 있다. 실제로 그의 글은 놀랄 만큼 쉽게 운문의 형식 안에 넣을 수 있다. 다음 문장을 보자.

쇠처럼 단단한 강 너머로
박쥐들의 끽끽대는 날갯소리
여우원숭이 같은 올빼미들의
마도요 같은 울음소리만 남은
봄날 해질녘

혹은 이런 단락을 보자.

잎이 진 나무들이 연철鍊鐵처럼 냉혹하게
계곡의 윤곽선을 따라 뾰족하게 서 있다.
얼음 수정체 같은 차가운 북쪽 공기는
성질이 바뀌어 투명해진다.
젖은 경작지는 엿기름처럼 어둡고,
그루터기는 잡초가 텁수룩하게 자라서
물에 흠뻑 젖어 있다.
강풍이 마지막 남은 잎들을 떨어뜨린다.
가을이 저문다. 겨울이 일어선다.

작가로서 베이커의 가장 탁월한 재능을 들어야 한다면, 나는 여러 장점 중 두 가지를 꼽겠다. 하나는 가정에서나 인간에게 쓸모 있는 물건들을 언급함으로써, 야생동물의 타자성을 전달하는 능력이다. 베이커는 의인화의 위험을 감수하면서도, 결코 의인화에 함몰되지 않았다. 역설적으로 들리겠지만, 베이커는 동물이나 식물에 대해 익숙한 형상화를 사용하면서도 그들 각각의 비-인간적 정체성은 약화시키지 않는 방식으로, 그들에게 즉시 다가갈 수 있게 한다. 좀 더 확장된 예를 들어보자.

> 시멘트 부대만큼 무거운 죽은 알락돌고래가 자갈 해변으로 떠밀려왔다. 매끄러운 피부에 분홍색과 회색의 반점이 보였다. 혓바닥은 시꺼멓고 돌처럼 딱딱했다. 입은 징을 박아 고정했던 밑창이 벌어진 낡은 부츠처럼 열려 있었다. 이빨은 섬뜩한 잠옷 상자의 지퍼처럼 생겼다.

아마도 검은가슴물떼새의 여름깃에 대한 묘사가 더 완벽할 것이다.

> 겨자색 반점이 흩뿌려진 등 아래 검은 가슴이 햇빛을 받아 반짝거렸는데, 마치 검정 신발의 절반이 미나리아재비 꽃가루로 뒤덮인 것 같았다.

그의 성취에서 핵심적인 또 다른 능력은 바로 (아주 적절한 표현은 아니지만) 그의 '공감각synaesthesia'이다. 다시 말해 한 가지 감각으로 느낀 정보를 마치 다른 감각으로 접한 것처럼 경험하고 표현하는 능력이다. 예를 들어 베이커는 소리를 마치 보거나 맛볼 수 있

는 양 해석한다. 《송골매를 찾아서》에서 그는 어스름한 저녁에 쏙
독새가 쏙쏙대며 우는 소리에 대해 쓴다.

쏙독새의 노래는 포도주 줄기가 높은 곳에서 깊고 소리가 크게
울리는 나무통 속으로 떨어질 때 나는 소리 같다. 고요한 하늘 위
로 향기가 피어오르는 그윽한 소리다. 환한 낮에는 그 소리가 가
냘프고 메마르게 들리지만, 해질녘에는 부드러워져 고급 포도주
향이 느껴진다. 노래에서 냄새를 맡을 수 있다면, 이 노래는 으깬
포도와 아몬드 그리고 짙은 숲의 냄새가 날 것이다. 소리는 넘쳐
흐르고, 한 방울도 사라지지 않는다.

이 공감각 능력은 이처럼 분명하고 명확한 형식으로는 좀처럼
표현되지 않는다. 이 능력은 한 단어나 한 구절로 이루어지는 더 작
고 더 미묘한 몸짓들 안에서, 그의 더 넓은 인식과 뒤섞여 나타나는
경우가 보다 일반적이다. 다음은 《여름의 언덕》의 네 문장이다.

낙엽송에서 연노랑솔새의 맑은 초록색 노래가 내려온다.
연못 냄새에서 쇠물닭의 노랫소리가 울려 퍼진다.
쏙독새가 쏙쏙대는 노랫소리는 침묵의 매끄러운 표면에 고랑을
파는 것 같다.
백악층에서 화석의 목소리가 풀려나온 듯, 낮은 구릉지의 긴 계
곡들에서 돌물떼새들의 울음소리가 하나씩 하나씩 솟아올랐다.

마지막 두 인용구는 특히 중요하며, 앞서 인용했던 "휙휙 지나

가는 초록빛 레스터셔 주"와 동일한 감성을 표현한다. 빛이 어떻게 "휙휙 지나가는swift" 것으로 경험되는지에 주목하자. 이 세 가지 예들은 내가 말하는 '공감각'이라는 단어가 베이커의 천재적인 측면을 모두 아우르기에 충분하지 않다는 걸 역설한다.

그러니까 그의 능력은 '공감각'이라는 단어의 표준적인 정의를 포괄할 뿐만 아니라, 나아가 실체가 없고 물질적 형체를 지니지 않는 것을 구체적이고 견고한 무엇으로 만들어낸다. 그는 눈에 보이지 않는 것들을 구체화한다. 베이커의 산문은 빛, 공간, 시간, 중력, 그리고 운동의 물리학이라는 흰 뼈에 살을 붙인다. 우리가 화학 수업에서 배워 알고는 있지만 실제로 경험하는 일은 극히 드문 물질 원소(산소, 질소 등)로 이루어진 공기를, 마치 그는 직접 접하는 듯하다. 이것은 마치 지구상에서 가장 빨리 나는 새를 포착하기 위해 거의 생태학적으로 각색한 듯한 하나의 예술이다. 베이커와 송골매는 완벽한 합일에 이른다. 그렇지만 이 특별한 재능은 베이커의 글 곳곳에서 엿보인다. 그는 방울새 무리를 어떤 시선으로 바라보았을까.

> 방울새 무리는 빈번히 마른 날개를 바스락거리며 나무들 위로 날아올랐고, 잠시 후 부유하는 먼지 사이로 드리운 햇빛과 그늘이 만든 격자무늬를 통과하여 다시 조용히 내려앉았다. 노란 햇살이 새 그림자가 만드는 가녀린 이슬비로 어른거렸다.

《송골매를 찾아서》에서 하늘을 구체적인 무언가로 상상하는 능력은, 대기와 그 속에 사는 동물을 바다와 해양 생물로 묘사하는 일련의 은유로 이어진다. 베이커는 심해를 내려다보듯, 위를 올려다본다. 책이 끝날 무렵, 그는 몹시도 아름답게 송골매를 그려낸다.

푸른 바닷속 돌고래처럼, 출렁이는 물속 수달처럼, 그는 하늘의 깊은 석호 속으로 새털구름이 이루는 높고 흰 암초를 향해 풍덩 뛰어들었다.

다른 곳에서 베이커는 겉보기에는 즐거워하며 우아하게 바다를 가르는 바다표범의 몸짓에 대해 골똘히 생각한 뒤, 이렇게 추측한다.

이런 얕은 물에서 바다표범은 괜찮은 삶을 산다. 하늘과 물속 수많은 생물의 삶처럼, 바다표범의 삶은 우리 삶보다 나은 것 같다. 우리에게는 고유의 영역이 없다. 우리가 추락하면 그 무엇도 우리를 지탱해주지 않는다.

여기에서 베이커는 자연문학 장르 전반에 대한 주목할 만한 뜻밖의 발견을 향해 조금씩 나아간다. 이 구절을 읽으면서 우리는 현대 영국의 상상력에 가장 깊은 흥미를 끈 특정한 생명체들을 (그들에 대한 가장 헌신적인 작가이자 예찬자와 더불어) 떠올린다. 수달(헨리 윌리엄슨Henry Williamson, 개빈 맥스웰Gavin Maxwell), 고래와 돌고래(히스코트 윌리엄스Heathcote Williams와 고래목 동물에 대한 모든 뉴에이지의 집착), 새, 특히 맹금류(W. H. 허드슨William Henry Hudson, T. H. 화이트Terence Hanbury White, 그리고 J. A. 베이커 자신). 우리 인간이 이 경이로운 동물들처럼 고유의 영역 사이를 이동할 수 없다면, 적어도 수달이나 송골매가 되는 게 어떤 것인지 상상해볼 수는 있을 것이다. 그러나 우리를 다른 생명체의 삶 속 깊숙이 데려가고, 환경에 대해 숙달하는 경험이 어떤 기분일지 경험하게 해준 작가는, 내가 아는 한 존 앨릭 베이커가 유일하다.

마크 코커, 2010년 3월.

존 A. 베이커에 관하여

존 팬쇼
John Fanshawe

1970년 존 A. 베이커의 《송골매를 찾아서》가 펭귄 출판사에서 (브라이언 프라이스 토머스Brian Price Thomas가 매력적인 흑백 표지를 디자인한) 문고본으로 출간되었을 당시에는 저자의 약력이 자세히 소개되지 않았다. "존 A. 베이커는 현재 40대로 아내와 함께 에식스에 거주하고 있다. 집에 전화를 놓지 않고, 사교를 위해 외출하는 일도 거의 없다. 열일곱 살에 학교를 졸업한 뒤, 벌목과 대영박물관에서 책 수레를 미는 일 등 약 열다섯 가지의 온갖 직업을 전전했지만, 어느 것도 성과가 없었다. 1965년에 직장을 그만두고 그동안 모은 돈으로 생활하면서, 지난 10년 동안 집착해온 대상, 즉 송골매에 모든 시간을 바쳤다. 그는 송골매 이야기를 출판사에 보내기 전에 다섯 차례 고쳐 썼다. 조류학 교육을 받은 적도 이전에 책을 출간한 적도 없었지만, 1967년에 출간되었을 때 《송골매를 찾아서》에 담긴 서정적인 산문은 열광적인 서평과 찬사를 받았다. 그해 말 베이커는 저명한 더프 쿠퍼 상Duff Cooper Prize을 받았다. 두 번째 책 《여름의 언덕》은 1969년에 출간되었고, 마찬가지로 평단의 광범위한 찬사를 받았다."

　1967년 《송골매를 찾아서》 초판 출간 당시부터 2010년 봄 콜린스 출판사에서 《송골매를 찾아서》와 베이커의 또 다른 작품인 《여름의 언덕》 및 편집된 그의 일기를 엮어 한 권으로 재출간할 때까지, 베이커는 수수께끼 같은 인물로 남아 있었다. 1984년 펭귄 출판사에서 컨트리 라이브러리Country Library 시리즈로 《송골매를 찾아서》의 재판을 펴냈다. 삽화가 리즈 버틀러Liz Butler가 표지 작업을 다시 했지만, 서문은 거의 동일했다. 그로부터 20년 후인 2004년 《송골매를 찾아서》는 작가 로버트 맥팔레인의 훌륭한 서문과 함께 《뉴욕 리뷰 오브 북스New York Review of Books》에서 낸 클래식 시리즈로 다시 등장했다. 맥팔레인은 이 책이 "명백히 20세기 논픽션의 걸작"이라고 주장했다. 맥팔레인은 그의 문체에 대해 "대단히 강렬하고 주술적이라 새를 관찰하는 행위가 신성한 의식 중 하나가 된다"라고 묘사했지만, 《뉴욕 리뷰 오브 북스》의 편집자들은 이 인물이 누구인지 더 밝혀내지 못했다. 그들은 "베이커의 두 번째 책[《여름의 언덕》]이 그의 마지막 책이며, 그는 남은 생을 도서관 사서로 일한 것 같다"는 말로 간단하게 끝맺었다. 또한 "정확한 사망 연도를 포함하여, 이 매우 비밀스러운 인물에 대해서는 거의 알려진 바가 없다"고 인정했다.

　매우 운이 좋게도 《송골매를 찾아서》 초판본을 소유한 사람들은 이 책을 소중하게 여겼다. 《달리는 하늘The Running Sky》에서 팀 디는 이렇게 쓴다. "나는 청소년기에 J. A. 베이커의 《송골매를 찾아서》를 읽으며 마음속에 송골매의 이미지를 그려갔다. 열한 살에 읽었던 그 책은 내 머릿속에 스며들어 떠날 줄을 몰랐다. 나는 손에서 책을 놓지 못한 채 읽고 또 읽었다."

베일에 싸인 베이커라는 인물의 글이 맥팔레인과 팀 디 같은 후대 작가들의 상상력을 그토록 사로잡은 요인은 무엇이었을까? 레이철 카슨Rachel Carson의 《침묵의 봄Silent Spring》이 출간된 지 몇 년 뒤, 베이커는 그의 책 서문을 이렇게 끝맺었다. "지금은 아주 소수의 송골매만 남아 있다. 앞으로 그 수는 더 줄어들 터이며, 그마저도 생존이 어려울지 모른다. 많은 송골매가 더러운 농약 가루가 몸속에 서서히 퍼져, 벌러덩 누워서 마지막 경련을 일으키며 미친 듯이 허공을 움켜쥐다가, 쇠약해져서 말라 죽어간다. 나는 너무 늦기 전에 이 새의 특별한 아름다움을 재현하고, 그가 살았던 땅, 내게는 아프리카처럼 풍요롭고 눈부시게 아름다운 이 땅의 경이로움을 전하려 애썼다. 이곳은 화성처럼 죽어가는 세계지만, 여전히 빛나고 있다."

송골매들이 매우 성공적으로 다시 번창하여 예전에 살던 여러 장소로 돌아오고 있고, 런던을 포함한 영국의 도시와 마을 곳곳에서 번식하고 있으며, 특히 여러 쌍이 국회의사당과 테이트 모던 미술관에서 둥지를 틀어 유명해진 사실을 안다면, 베이커는 틀림없이 깜짝 놀라며 기뻐했을 것이다. 이 같은 최근의 회복은 베이커의 일생 동안에는, 혹은 1960년대에 성장한 세대의 작가들에게는 결코 가능해 보이지 않던 일이었다. 팀 디는 "송골매가 허약한 새라고 여기며 자랐다"고 썼다. "야생의 정점인 이 장엄한 사냥꾼, 주먹에 왕의 장갑을 낀 그 매는 자기가 낳은 알을 깨뜨리는 닭장 속 멍청한 암탉처럼 무력해지고 있었다."

19세기에 송골매는 많은 곤경을 겪었다. 특히 사냥터지기와 비둘기 사육자들의 박대는 물론 알 수집가들의 약탈도 문제였다. 1930년대에는 안정적인 개체 수를 유지했지만, 제2차 세계대전 발발 당시 항공성이 통신용 비둘기를 지키기 위해 대대적인 도살을 허가하면서 수백 마리가 몰살되었다. 개체 수는 1950년대에 다시 회복되는가 싶더니, 이후 새로운 최악의 감소가 시작되었다. 그것은 유기염소계 농약이라는 화학물질에 의한 참사였으며, 베이커는 이로 인해 다 자란 새들이 죽고 알의 껍데기가 금이 갈 정도로 얇아지는 상황을 애통해했다. 이제는 이런 이야기가 널리 알려졌고, 고故 데릭 랫클리프Derek Ratcliffe의 송골매에 관한 방대한 논문에도 언급되어 있다. 하지만 베이커가 에식스 시골 지역을 거닐던 그 시절에는 달랐다. 새로 생겨나고 있던 환경보호 공동체는 아직도 잔류성농약이 (베이커의 글 곳곳에서 사랑과 찬사를 받는 땅과 바다 경치의 주인인) 새들을 위협하는 가장 중대한 요인이라고 여겼던 것이다. 송골매는 포위당한 황무지의 토템이었다.

마크 코커와 내가 《송골매를 찾아서》, 《여름의 언덕》, 그리고 편집된 일기를 엮은 개정판을 준비하던 2009년 당시, J. A. 베이커에 대한 관심이 점차 커지면서 그의 삶이 조금 더 드러났다. 그리고 마크의 서문과 일기에 달린 내 서문에서, 우리는 영화 제작자 데이비드 코범이 지금은 작고한 베이커의 아내 도린을 방문해 그의 일기를 받았을 때 밝혀진 새로운 사실들을 개략적으로 설명했다. 이것은 저자의 삶과 영향력에 대해 이해하게 해준 과정, 그리고 바라건대 앞으로도 통찰을 이어가게 해줄 과정의 시작이었다. 이 가운데 특히 중요한 일은 그의 학교 동창들을 만나고, 약간의 편지를 발견한 것이었다. 이후 에식스 대학교University of Essex에 이 문서들을 보관하는 기록 보관소가 설립되었다.

월프레드와 팬지 베이커의 외아들, 존 앨릭 베이커John Alec Baker는 1926년 8월 6일에 태어났다. 그의 아버지는 크럼프턴 파킨슨 엔지니어링 회사에서 제도사로 근무했으며, 우리가 알기로는 구의원을 지냈고 이후 첼름스퍼드 시장이 되었다. 가족은 핀츨리 거리 20번지에서 살았고, 베이커는 1932년부터 1936년까지 인근 트리니티 로드Trinity Road 초등학교에 다녔다.

베이커가 똑똑한 아이라는 걸 보여주는 초기 조짐 중 하나는, 그가 킹 에드워드 4세King Edward VI 그래머 스쿨[1]에서 주니어 장학금을 받은 일이었다. 베이커의 어린 시절에 대한 세세한 내용은 흐릿하게 남아 있지만, 이 시기부터 그와 가까웠던 세 친구인 에드워드 데니스Edward Dennis(베이커의 결혼식 들러리였다), 존 서머John Thurmer(엑서터 대성당Exeter Cathedral 참사회 회원이 되었다), 돈 새뮤얼Don Samuel(영어 교사가 되었다)은 베이커의 이후 학창 생활에 대해 더욱 자세한 이해를 제공했다. 베이커가 1942년 중등교육 과정을 이수한 후 1년 더 학교에 다닌 사실이 밝혀졌다. 당시는 전쟁 중이어서 학교 교육과정이 자주 중단되었고, 당시 네 명의 다른 소년

---

[1] Grammar School. 영국에서 대학 진학을 위해 다니던 중등학교이다. 현재는 대부분 폐교하고 일부만 남아 있다.

만 인문계 공부를 하고 있었다. 베이커는 이 네 명과 함께 수학했는데, 상급학교 자격시험을 위해 공부하지는 않았지만, 카리스마 있는 영어 교사 버턴E. J. Burton 신부에게 1년 동안 즐겁게 독서 '지도'를 받았다.

서머는 베이커가 선열腺熱[2]과 만년에 그를 불구로 만든 관절염을 앓는 등 건강이 좋지 않아 자주 결석했다고 회상하지만, 그가 남들과 달리 학교를 1년 더 다니도록 허용된 정확한 이유는 알려지지 않았다. 아마도 킹 에드워드 4세 그래머 스쿨로 알려진 학교의 직원이 그가 건강이 좋지 않았던 점에 동정심을 느끼고, 베이커는 학교 생활을 좀 더 할 자격이 있다고 생각했던 것 같다.

다른 단편적인 정보들도 밝혀졌다. 학생들은 흔히 별명이 있었는데, 베이커의 별명은 밀가루 반죽[3]이었다. 당연히 그의 이름[제빵사Baker] 가지고 한 말장난이었으며, 이 별명과는 달리 베이커는 몸집이 다부져서 누군가 쉽게 싸움을 붙일 수 없었던 것 같다. 좋지 않은 건강과 지독한 근시에도 불구하고, 베이커는 크리켓 경기에 참가했다. 교지 기사에 그는 "실력이 들쑥날쑥한 투수로, 주된 결점은 투구 거리가 일정치 못한 것이다. 자신감은 부족하지만 큰 가능성이 보인다"라고 묘사되어 있다. 한편 그의 친구들은 모두 그를 열렬한 반체제주의자이며, 다소 강박적인 경향이 있다고 기억했다. 그가 재

---

2 glandular fever. 림프선이 붓는 감염 질환으로, 정확한 병명은 '전염성 단핵구증'이다.

3 Doughy에는 '밀가루 반죽 같은'이란 뜻 외에, '창백한, 기운 없는'이라는 뜻이 있다.

학 중에 새에 관심을 보였다는 기억을 가진 사람은 아무도 없었다. 이것은 "새를 향한 내 사랑은 뒤늦게 찾아왔다"는 베이커 자신의 고백과 일치한다.

건강 악화에 시달리면서도 대학 준비 과정을 다니도록 허용될 만큼 영리했고, 독서에 대한 열정과 약간 반항적인 기질이 있었던 베이커는 친구들에게 매우 따뜻한 사람으로 기억된다. 존 서머는 대학 준비 과정 교사가 그래머 스쿨을 졸업할 무렵의 베이커에 대해 "독서를 제법 즐기지만 노력이 부족하다"고 말했던 걸 기억한다. 돈 새뮤얼은 베이커에 대해 재능이 있다고 묘사하며, 몹시 게으르지만 지독한 독서광이라고, 새뮤얼의 말을 그대로 옮기면 "책에 환장했었다"고 강조한다. 그는 또 베이커가 디킨스Charles Dickens를 무척 좋아했고, 대학 준비 과정 학교의 도서관에 있는 디킨스의 소설들 앞에서 가볍게 한쪽 무릎을 꿇고 경의를 표하길 좋아했다고 회상한다.

1943년에 그의 동기생들은 입대를 위해 학교를 떠났지만, 베이커는 근시 때문에 면제 판정을 받았다. 처음 그의 약력에서 제시되었던, 베이커가 어린 나이에 "열다섯 가지의 온갖 직업"을 전전했지만 잘 해내지 못한 시기가 이때로 짐작된다. 관련 정보는 부족하지만, 새뮤얼은 베이커가 (그의 건강을 위해 가장 좋은 환경인) 야외에서 일하길 좋아했다고 말하고, 그가 첼름스퍼드 동쪽의 댄버리 힐 주변 과수원들에서 사과 따는 일을 했다고 회상한다.

이 세 친구는 모두 군복무로 해외에 있는 동안 베이커가 열심히 편지를 보낸 일을 기억한다. 베이커는 친구들에게 여러 가지 소식과 (초기 시를 포함한) 자신의 글을 빼곡하게 채운 편지를 정기적으로 보냈다. 돈 새뮤얼은 훌륭한 선견지명으로 편지 몇 통을 간직했는데, 주로 1944년부터 1946년 사이에 쓰인 이 편지들은 베이커의 성장에 대한 새로운 통찰을 제공한다. 이를 통해 베이커가 실제로 대영박물관에서 남들 모르게 일한 사실도 확인되었다(비록 3개월 만에 그만두었지만). 대부분의 편지는 첼름스퍼드에 있는 그의 부모님 집에서 썼지만, 노스 웨일스North Wales, 콘월Cornwall, 옥스퍼드셔Oxfordshire에서 쓴 편지들도 있어, 《송골매를 찾아서》와 《여름의 언덕》 모두에서 나오는 땅과 바다 풍경에 대해 직접 경험하면서 지식을 얻었다는 걸 밝혀냈다. 가령 1946년 8월에 그는 새뮤얼에게 이런 편지를 보낸다. "월요일에 패딩턴Paddington에서 기차를 타고 스토 인 더 올드Stow-in-the-Wold에 가서, 농장일이 있는지 알아보기 시작했어. 아직 수확하기에는 조금 이르지만 버텨보았지. 덕분에 지주들로부터 몇 건 정도 반쯤 약속을 받아냈다네."

결정적으로 이 편지들은 베이커의 글을 쓰겠다는 결심이 얼마나 확고한지 보여준다. 첼름스퍼드에서 보낸 1946년 4월 25일 편지에서 베이커는 이렇게 밝힌다. "고백하건대, 내가 시인이 될 자질이 있긴 한 건지 이따금 좌절한다네. 내 시를 평가해주는 사람은 아주 극소수거든. 하지만 난 결국 성공할 거라고 확신해. 자네[돈] 말처럼 그건 내게 아주 중요한 문제라네." 그리고 5월 5일 편지에서는 이렇게 쓴다. "오늘 아침 《옵저버Observer》의 서평란에서 딜런 토머스Dylan Thomas라는 초현대 시인의 시를 발췌한 걸 우연히 읽게 됐어. 토머스는 굉장히 독창적인 작가더군. 그의 시에서 몇몇 부분은 무척 좋았다네." 베이커는 계속해서 그가 언급하고 있는 딜런 토머스의 시 〈펀 힐 농장Fern Hill〉이 "어린 시절 우리의 행복한 여름날을, 그 숲과 강과 언덕에 대한 사랑을 전형적으로 보여준다네"라고 설명한다.

이 편지들 속에 드러난 청년은 학교 친구들이 기억하는 소년과 많은 부분 일치한다. 1944년 8월 노스 웨일스의 소도시 란디드노Llandudno에서 쓴 편지들 중 남아 있는 첫 번째 편지에서 베이커는 실제로 이렇게 쓴다. "이번 휴가 때 책 한 권을 가지고 간다네. 어딜 가든 항상 가지고 다니는 유일한 책이지. 맞아, 자네가 짐작한 그 책,《픽윅Pickwick》[4]이야. 나는 위대한 디킨스의 탁월한 작품에 또다시 놀라지 않을 수 없다네."

1년 뒤 베이커는 또 다른 작가에 대한 찬사를 길고 상세하게 펼친다. 그는《서부 지방 제일의 사나이The Playboy of the Western World》로 유명한 아일랜드의 극작가 J. M. 싱John Millington Synge이다. 이 희곡은 싱이 1898년부터 1901년까지 골웨이 만Galway Bay 서쪽에 위치하고 대서양에 둘러싸여 있는 세 개의 외딴 섬으로 이루어진 애런 제도Aran Islands를 방문했을 때 영감을 얻어 쓴 작품이다. 당시 싱이 쓴 노트는 1907년에《애런 제도The Aran Islands》로 출간되었다. 베이커의 설명에 따르면, 이 책은 "사람들과 그들의 방식을 충실하고 생생하게 보고"한다. 베이커는 "그의 사랑스럽고 운율적인 문체를 키워낸 바로 그곳이 애런"이었다고 주장하고서, "그 섬들은 내가 마음속으로 온 나라를 여행할 때 순례지가 될 걸세"라고 말한다. 아마도 이 모든 것이 베이커의 예리하고 생생한 문체에, 또 황무지에

---

4 찰스 디킨스의 소설 *Pickwick Papers*[《픽윅 클럽 여행기》, 허진 옮김, 시공사, 2020]을 말한다.

대한 그리고 자신의 고국 안에서 은둔할 수 있는 가능성에 대한 지속적인 관심에 영향을 주었을 것이다.

같은 편지의 마지막 장에는 에섹스 풍경에 대한 베이커의 애정이 이미 분명하게 드러나는데, 그는 송골매를 추적하기 훨씬 이전에 쓰인 이 편지에서 훗날 작품에 나타날 문체를 연습하고 있다. "그레이트 바도Great Baddow와 웨스트 해닝필드West Hanningfield 사이에 세상에서 가장 아름다운 지역이 있다네. 녹색으로 물결치는 들판, 울퉁불퉁 깊게 주름진 땅, 달콤한 과수원, 소나무 숲, 위풍당당하게 늘어선 느릅나무, 이 모든 것이 섬세하게 조화를 이루어 결코 지루할 수 없는 풍경 속으로 한데 녹아들지. 그 무엇도 사람들로부터, 구불구불한 길에 옹기종기 모여 있는 작고 소박한 시골집들로부터 멀어질 수 없어. 그런가 하면 이 주거지에 너무 가까이 접근하면 어쩐지 멀리 떨어져 있다는 인상을 받는다네. / 이 들판을 가로질러 걸을 때면, 저물어가는 여름 늦은 오후의 댄버리는 온통 초록빛과 흐릿한 푸른빛으로 물들지. 변화무쌍하게, 가끔은 정말로 엄청 웅장하게, 이곳은 눈을 사로잡고 지극한 기쁨과 믿음을 불러일으킨다네. / 여름의 막바지 며칠 동안은 초록빛과 금빛으로 수놓은 섬세한 시가 되고, 비길 데 없이 장엄하게 펼쳐진 구름이 흘러갈 때 나는 벅찬 감동으로 눈물을 글썽인다네. / 들판과 졸졸 속삭이는 개울물이 저물어가는 여름의 황금빛을 담뿍 받는 이 지역은 자네가 돌아올 때에도 여전히 이 자리에 있을 거야. 이곳은 아름다운 곳이기에, 자네와 모든 사람을 위해 존재한다네."

이 편지들과 더불어, 최근의 또 다른 발견은 베이커의 개인 장서들을 엿보게 해준다. 데이비드 코범이 《송골매를 찾아서》의 영화화에 관심을 보이자, 베이커의 처남인 버나드 코Bernard Coe는 도린 베이커의 집에 있는 서가의 사진을 연이어 찍었다. 베이커가 사망한 지 20년이 지났기에 일부 책들이 분실되었을 수도 있지만, 책등에는 새, 자연, 지리학, 지질학, 여행, 항공사진, 지도, 요리, 크리켓, 오페라에 관한 제목이 보였고, 당연히 산문과 시 등 문학작품이 무척 많았다. 소장된 시집 가운데에는 워즈워스William Wordsworth, 키츠John Keats, 바이런George Gordon Byron, 셸리Percy Bysshe Shelley, 테니슨Alfred Tennyson, 하디Thomas Hardy, T. S. 엘리엇Thomas Stearns Eliot, 제라드 맨리 홉킨스Gerard Manley Hopkins, 에드워드 토머스Edward Thomas, 딜런 토머스, 로이 캠벨Roy Campbell, 리처드 머피Richard Murphy, 파블로 네루다Pablo Neruda, 셰이머스 히니Seamus Heaney, 찰스 코즐리Charles Causley, 테드 휴즈Ted Hughes가 있었다.

2009년 5월 작가 애덤 풀스Adam Foulds가 《인디펜던트 Independent》에 《송골매를 찾아서》 서평을 썼을 때, 그는 베이커의 글이 테드 휴즈와 가장 비슷하다고 주장했다. "살아 있는 세계의 무정한 생명력이 모든 곳에서 감지된다." 2005년 환경운동가 켄 워폴 Ken Worpole은 베이커가 "오히려 (…) 동물의 세계와 더 강렬한 동일시를 느낀다"고 썼다. 베이커는 《까마귀Crow》, 《루퍼컬Lupercal》, 《워드워Wodwo》, 《무어타운 일기Moortown Diary》, 《계절의 노래 Season Songs》등 휴즈의 시집 여러 권과, 휴즈가 1979년에 사진작가 페이 고드윈Fay Godwin과 공동 작업한 《엘멧의 유적Remains of Elmet》를 가지고 있었다.

《송골매를 찾아서》의 "시작" 장에서 베이커는 책을 소개하면서, 살해에 대해 솔직하게 쓴다는 것에 대해 이야기한다. "나는 살해의 잔혹함을 있는 그대로 밝히려 한다. 매를 옹호하는 사람들은 너무 자주 이 사실을 얼버무린다. 육식을 하는 인간은 결코 우월하지 않다. 죽은 생명을 사랑하기는 아주 쉽다. '포식자'라는 단어는 남용되어 느슨해졌다. 모든 새는 생의 어느 한 시기에 살아 있는 동물의 고기를 먹는다. 부리로 벌레를 쪼고 달팽이를 내리치는 잔디밭의 경쾌한 육식동물인 냉정한 개똥지빠귀를 생각해보라. 우리는 그의 노랫소리에 감상에 젖어서도, 그의 생명을 지탱하는 살해를 잊어서도 안 된다." 1960년에 출간된 휴즈의 시집 《루퍼컬》에 수록된 시 〈개똥지빠귀Thrushes〉도 검토해보자. 마침 그 책의 출간 당시에 베이커는 《송골매를 찾아서》 집필을 준비하고 있었다. "잔디 위에서 몰두하는 날렵한 개똥지빠귀들은 위협적이다, / 살아 있는 생물보다는 강철 코일 같은 침착함 / 생명을 앗아갈 듯한 검은 눈, 가녀린 다리 / 감각보다 먼저 감지된 동요에 흠칫 놀라 반응하여, 깡충 튀어 올라, 부리로 쪼아 / 버둥거리는 것을 순식간에 덮쳐 집어올린다. / 나태한 머뭇거림도 따분한 응시도 없다. / 한숨도 고민도 없다. 다만 튀어 올라 부리로 쪼을 뿐 / 게걸스러운 순간만 있을 뿐."《송골매를 찾아서》의 12월 20일 일기에 베이커는 이렇게 쓴다. "노래지빠귀들이 통통 튀고 팔짝 뛰어오르면서 땅 위로 기어 나오는 벌레를 부리로 쪼았다. 끊임없이 무언가에 귀를 기울이고, 아라스 직물[5] 같은 풀을 쪼아대며, 무엇을 보는지 알 수 없는 시선을 고정시킨 개똥지빠귀에게는 어딘가 무척 냉철한 구석이 있다."

---

[5] arras. 여러 가지 색실로 그림을 짜 넣은 직물이다.

1946년 존 A. 베이커가 돈 새뮤얼에게 보낸 편지들을 끝으로, 우리는 또다시 침묵의 시기에 들어선다. 비록 1950년에 베이커가 교사가 되기 위해 교육을 받기로 결심한 사실만은 분명해 보이지만 말이다. 당시 그는 스물세 살이었을 터이며, 4년 뒤인 1954년 4월 4일 새 관찰 일기에서 대학을 언급하지만, 나무발바리 관찰의 배경으로만 등장할 뿐이다. "날카롭게 울어대는 칙칙한 갈색의 작은 새. 1950년에 대학교 도서관 창문에서 처음 봄. 제 할 일에 열중하는 모습." 그의 동창들은 그가 다닌 사범대학 이름을 기억하지 못하지만, 모두 그의 학교생활이 그리 성공적이지 못했다고 회상한다. 아마도 그는 교생실습과 아이들을 다루는 일을 무척 싫어했던 것 같다.

그로부터 얼마 후 베이커는 자동차협회에 입사했다. 친구들은 그가 이 직장을 얻도록 공모했다. 존 서머의 아버지는 지역 담당자였고, 돈 새뮤얼은 이미 첼름스퍼드 지사에서 일하고 있었다. 두 사람 모두 이 일이 베이커에게 제법 안정된 생활을 누릴 기회를 제공했다는 데 동의한다.

그즈음 베이커는 열여섯 살의 도린 코Doreen Coe를 만나 사랑에 빠졌다. 테드 데니스Ted Dennis는 둘이 만났을 당시, 베이커가 늦은 시간에 버스를 놓쳐 어쩔 줄 몰라 하는 도린을 발견하고, 자전거로 그녀를 집까지 데려다주었다고 기억한다. 도린의 아버지는 도린이 스물한 살이 되기 전에는 베이커와의 결혼을 허락하지 않았기 때문에, 도린은 베이커의 곁에 머물며 기다리다 1956년 10월 6일에 결혼했다. 당시 베이커는 서른 살이었고, 도린은 스물한 살이 되고서 거의 딱 한 달 뒤였다.

그 무렵 베이커는 자전거로 첼름스퍼드 지역을 누비며 정기적으로 새를 관찰하고 있었다. 일기는 1954년 3월 21일에 시작하며, 현재 남아 있는 마지막 페이지는 1963년 5월 22일이다. 일기는 모두 667쪽에 달하며, 실 제본된 작은 학교 공책에 손으로 기록되었다. 도린은 데이비드 코범에게 베이커가 습관처럼 매일 저녁 서재로 가서 일기를 썼다고 말했다. 증거는 없지만, 그가 현장에 결코 공책을 가지고 가지 않았으리라 믿긴 어렵다.

알려진 바와 같이 베이커는 류머티스 관절염으로 점차 불구가 되었고, 1970년대 초반에는 정상적인 생활이 전혀 불가능할 정도로 심각해졌다. 가까운 친구들은 베이커의 병이 악화되고 있다는 걸 분명히 알았지만, 다른 동창생 잭 베어드Jack Baird는 1980년대 초 가끔 열리던 동창회에서 베이커를 만났던 일을 기억하면서, 그가 건강에 대해 조금도 불평하지 않았다고 말한다. 나중에 도린은 운전을 배우고 차를 구입해, 베이커가 자주 가던 좋아하는 곳에 그를 데리고 가곤 했다. 도린은 베이커가 잠시 걷다가 앉아서 새를 관찰하게 두고, 저녁에 그를 데리러 왔다. 존 서머는 베이커가 자기 연민의 조짐을 전혀 드러내지 않았던 걸로 기억한다고 말한다. 베이커는 1987년 12월 26일에 사망했다. 그의 나이 61세였다.

아직 남아 있는 베이커가 받은 편지들 가운데 어느 독자가 보낸 한 통에는, 왕립조류보호협회Royal Society for the Protection of Birds, RSPB에서 발행하는 잡지 《새Birds》에 1971년 실린 베이커의 에세이에 대한 찬사가 담겨 있다. 이 에세이는 《새》에서 런던 제3공항 및 파울니스Foulness 섬 외곽 매플린 샌즈Maplin Sands의 심해항 건설 계획에 대한 반대를 집중적으로 다룬 호에 일부로 수록되었다. 글 제목은 〈에식스 해안에 관하여On the Essex Coast〉다. 이는 베이커가

《에식스 조류 보고서》에 기고한 송골매에 관한 논문을 제외하면 그가 발표했던 유일한 글로 여겨지며, 왕립조류보호협회의 승낙을 받아 이 책에 전문을 실었다(321쪽 수록).

〈에식스 해안에 관하여〉는 앤서니 클레이Anthony Clay가 제작하고 앨런 맥그레거Alan McGregor가 찍은 왕립조류보호협회의 영화 〈황무지는 장소가 아니다Wilderness Is Not a Place〉로도 만들어졌다. 이 영화는 〈떼까마귀의 고지 생활High Life of the Rook〉, 〈뒷부리장다리물떼새의 귀환Avocets Return〉, 〈모험은 날개가 있다Adventure Has Wings〉 등 세 편과 함께 왕립조류협회가 순회 상영을 하면서 인기를 끌었다. 영화의 제목과 해설은 베이커의 글에서 직접 가져왔고, 다음과 같은 편집자의 문구로 시작한다. "에식스 해안 지대는 개발로 인해 위협을 당하고 있다. 《송골매를 찾아서》와 《여름의 언덕》의 저자 J. A. 베이커는 이곳에 과학적 가치뿐만 아니라 미적 가치도 있다는 걸 보여준다."

〈에식스 해안에 관하여〉는 콜린스 출판사에서 《여름의 언덕》이 출간된 지 1년 뒤에 발표되었으며, 베이커가 자신이 사는 지역에 대해 느끼는 열정으로, 그리고 "더러운 농약 가루가 몸속에 서서히 퍼져" 송골매들이 살해당한 것에 대한 분노와 그 뒤에 숨겨진 좌절감으로 가득하다. 이 에세이는 파울니스 섬에서 머시Mersea 섬까지 북쪽으로 뻗어 있는 주먹을 닮은 쐐기 모양의 해안 지방인 덴지Dengie를 묘사한다. 개발 계획에 대해 격렬한 항의가 잇따랐고, 마침내 계획이 보류되었는데, 1973년 석유 파동이 부분적인 이유였다. 이것은 초기의 자연보호 운동이었으며, 확실히 베이커의 글이 이 운동에 긍정적으로 기여했다. "벨젠[6]과도 같은 부유하는 석유"라는 오늘날에는 불쾌할 수 있는 표현에서, 사실상 우리는 베이커의 참담한 심정을 짐작할 수 있을 것이다. 당시에는 1967년 토리 캐니언Torrey Canyon 초대형 유조선 사고로 인한 악명 높은 재해가 아직 기억에 생생했다. 유조선이 세븐 시스터스Seven Sisters 해안 절벽에 좌초되었고, 석유가 바다로 유출되어 콘월의 해안까지 밀려들었다. 그러자 영국 정부는 폭탄과 네이팜탄으로 남은 석유를 태우기로 결정하고, 베이커를 포함한 많은 이의 가슴을 새카맣게 그을렸을 끔찍한 장면을 연출했다. 정치적으로 덜 민감한 시절이었기에, 베이커는 벨젠의 이미지를 통해 충격을 주려 했던 것 같다.

《새》에 수록된 에세이에는 이제 막 시작된 환경운동을 지지하기 위해 자신의 강력한 글을 기꺼이 도구로 사용한 한 남자의 모습이 보인다. 베이커가 계속 건강했다면, 틀림없이 훨씬 많은 글을 썼을 것이다. 80대가 된 그의 많은 동창들처럼 그가 아직 살아 있다면, 그는 에식스를 위해 그리고 그밖에 많은 야생의 장소를 위해 여전히 싸우면서, 현 상황을 "무관심한 정치인들의 자장가 같은 언어가 무마하게 해선 안 된다"고 우리에게 촉구하고 있을 것이다.

존 팬쇼, 2011년 2월

---

6 Belsen. 1943년 나치 독일이 전쟁 포로와 유대인을 수용하기 위하여 설치한 집단 수용소이다.

시작

집 동쪽에 긴 산등성이가 잠수함 선체 하단 같은 윤곽선을 이루며 누워 있다. 그 위 동쪽 하늘은 먼 바다가 반사되어 환히 빛나며, 육지 너머로 항해하는 듯 느껴진다. 언덕의 나무는 뾰족하게 솟은 검은 숲속에 한데 모여 있지만, 내가 그들을 향해 다가가면 부채 모양으로 서서히 흩어지고 그 사이로 하늘이 내려앉는다. 이 나무들은 홀로 있길 좋아하는 오크나무와 느릅나무로, 저마다 겨울의 그늘이 드리워진 넓은 영토를 차지한다. 수평선의 고요와 고독은 나에게 그 나무들을 향해 다가오라고, 그들을 지나서, 또 다른 나무들로 향하라고 유혹한다. 그들은 지층처럼 기억을 켜켜이 쌓아 올린다.

강물은 마을에서부터 북동쪽으로 흐르다가, 동쪽으로 굽어 산등성이 북쪽을 휘감고 나와, 남쪽 강어귀로 향한다. 계곡 위쪽은 넓은 평지다. 아래로 내려가면 좁고 가팔라지지만, 강어귀에 가까워지면 다시 탁 트인 평지가 된다. 그 평원에는 여느 강어귀의 땅처럼 섬의 농장들이 흩어져 있다. 강은 구불구불 천천히 흐른다. 이 강은 길고 넓은 강어귀에 비해서 아주 작은데, 그 강어귀는 한때 잉글랜드 중부 지역 대부분을 지나던 훨씬 더 큰 강의 하구였다.

상세한 지형 묘사는 따분하다. 잉글랜드 지역은 얼핏 보기에 서로 상당히 비슷하다. 미묘한 차이는 애정으로만 구분이 가능하다. 이곳의 흙은 점토다. 강의 북쪽은 표석점토[1]이며, 남쪽은 런던점토[2]다. 하안단구와 산등성이의 더 높은 지대에는 자갈이 있다. 한때 숲이었고 이후에 초원이 된 땅은 이제 대부분 경작지로 이용된다. 숲은 작고, 큰 나무가 거의 없다. 주로 곧게 뻗은 오크나무가 서어나무나 개암나무와 잡목림을 이룬다. 많은 산울타리가 베어나갔다. 아직 남은 것은 산사나무, 야생 자두나무, 느릅나무 울타리들이다. 느릅나무는 점토에서 높이 자란다. 다양한 모양의 느릅나무들이 겨울 하늘의 윤곽을 그린다. 크리켓배트버드나무는 강줄기를 구획하고, 오리나무는 개울을 따라 늘어선다. 산사나무는 잘 자란다. 이곳은 느릅나무, 오크나무, 가시나무의 지역이다. 찰흙에서 나고 자란 사람들은 오리나무 숲처럼 무뚝뚝하고 여간해서 흥분하지 않고, 시무룩하고 침울하며, 그 땅처럼 말이 적고 진중하다.

작은 만과 섬들을 모두 포함하면 4백 마일의 간석해안이 펼쳐

---

1 boulder clay. 빙하에 의해 밀려왔다가 빙하가 녹으면서 그대로 남게 된 점토다.

2 London clay. 잉글랜드 동남부 지역에서 발견된 지층의 점토다.

지는데, 주에서 가장 길고 불규칙한 해안 지대다. 이곳은 가장 건조한 주이지만, 습지와 해수소택지[3]와 개펄에 이르는 저 끝까지 물기를 머금은 땅이 조각조각 흩어져 있다. 썰물이 빠지며 말라가는 모래 갯벌은 그 위의 하늘을 뚜렷하게 드러내고, 구름은 물을 반사하여 다시 내륙을 비춘다.

질서 정연하게 자리 잡은 농장들이 번창하고 있지만, 방치된 흔적은 쓰러진 풀밭의 유령처럼 여전히 주변을 맴돈다. 상실감, 잊힌 느낌이 늘 남아 있다. 이곳에는 아무것도 없다. 성도, 고대의 기념비적 건축물도, 초록색 구름 같은 언덕도 없다. 이곳은 지구의 만곡부, 냉기 가득한 겨울 들판일 뿐이다. 모든 슬픔을 불로 지지는, 어둑하고 생기 없고 적막한 땅이다.

나는 그 바깥에서의 삶의 일부이길, 그곳 사물의 끄트머리에 머물길, 여우가 이 세상 것이 아닌 물의 냉기로 제 냄새를 벗어내듯 인간의 때가 공허와 침묵 속에 씻기길, 낯선 이로서 마을에 되돌아오길 늘 갈망했다. 방랑이 뿜어내는 영광은 도착과 함께 희미해지기 시작한다.

새를 향한 내 사랑은 뒤늦게 찾아왔다. 수년 동안 나는 그들을 시야 가장자리의 가느다란 떨림으로만 보았다. 그들은 우리로서는 불가능한 단순한 상태에서의 고통과 기쁨을 안다. 그들의 생명은 우리의 심장이 결코 다다를 수 없을 만큼 빠르고 따뜻하게 고동친다.

---

3 salting. 바닷물에 침수되어 있는 지대로, 해수에 견디는 수생식물이 자란다.

그들은 망각을 향해 경주한다. 그들은 우리가 성장을 마치기도 전에 늙는다.

내가 찾은 첫 번째 새는 한때 계곡에 둥지를 틀던 쏙독새였다. 쏙독새의 노래는 포도주 줄기가 높은 곳에서 깊고 소리가 크게 울리는 나무통 속으로 떨어질 때 나는 소리 같다. 고요한 하늘 위로 향기가 피어오르는 그윽한 소리다. 환한 낮에는 그 소리가 가냘프고 메마르게 들리지만, 해질녘에는 부드러워져 고급 포도주 향이 느껴진다. 노래에서 냄새를 맡을 수 있다면, 이 노래는 으깬 포도와 아몬드 그리고 짙은 숲의 냄새가 날 것이다. 소리는 넘쳐흐르고, 한 방울도 사라지지 않는다. 숲 전체가 소리로 가득하다. 그때 소리가 멈춘다. 문득, 예고도 없이. 하지만 소리는 메아리가 되어 여전히 귓가에 남아 길고 희미하게 이어지다가, 주위 나무들 사이를 구불구불 흐르며 빠져나간다. 이른 별들과 긴 저녁놀 사이의 깊은 고요 속으로, 쏙독새는 기뻐하며 뛰어오른다. 날개를 치며 미끄러지듯 날다가, 춤추며 통통 튀고선, 가볍게, 소리 없이 사라진다. 사진에서 본 쏙독새들은 유령이 나올 듯 으스스한 해질녘에 무덤에 묻히기라도 하듯, 개구리처럼 낙담하여 애통한 분위기를 풍기는 것처럼 보인다. 그러나 전혀 그렇지 않다. 땅거미가 지는 동안, 우리는 오직 말로 다할 수 없을 만큼 밝고 유쾌한 그들의 모습, 제비처럼 우아하고 날렵하게 나는 모습만을 본다.

뭔가 할 말이 있지만 도무지 기억나지 않는 듯, 새매들은 해질녘이면 늘 내 주위를 맴돌았다. 내가 잠을 자는 동안 새매의 좁은 머리는 눈이 부시도록 환하게 빛났다. 나는 숱한 여름날 동안 이들을 쫓아다녔지만, 그 수가 워낙 적은데다 조심성이 많아서 좀처럼 찾기 어려웠고 보기는 더 어려웠다. 이들은 도망자의 삶, 게릴라의 삶을 살았다. 잡초가 무성한 채 버려진 모든 곳에서, 여러 세대에 걸친 새매들의 연약한 뼈가 가루가 되어 숲의 짙은 부엽토에 떨어져 내리고 있다. 이들은 추방된 아름다운 야만족이었으며, 이들이 죽었을 때는 무엇도 그들을 대체할 수 없었다.

나는 너무나 많은 새가 죽어가고 있는, 사향내로 꽉 찬 화려한 여름 숲을 외면한다. 나의 매 탐사는 가을에 시작해 봄이 되면 끝나고, 겨울은 오리온자리의 활처럼 그 사이에서 화려하게 빛난다.

나는 10년 전 12월 어느 날 강어귀에서 나의 첫 번째 송골매를 보았다. 태양은 강의 흰 안개를 붉게 물들였고, 들판은 서리로 반짝였으며, 배들은 서리에 뒤덮였다. 부드럽게 찰랑이는 강물만이 자유롭게 움직이며 반짝거렸다. 나는 높은 강둑을 따라 바다를 향해 걸었다. 태양이 맑은 하늘을 지나 눈부신 안개 속으로 떠오르자, 탁탁거리던 빳빳한 흰 풀들이 안개에 젖어 축 늘어졌다. 그늘진 곳에는 하루 종일 서리가 내려 있었다. 해는 따뜻했고, 바람은 없었다.

나는 강둑 기슭에서 쉬면서 만조선滿潮線에서 먹이를 먹는 민물도요들을 보았다. 그때 갑자기 그들은 상류를 향해 날았고, 머리 위에서는 되새류 수백 마리가 날개를 파닥거리며 필사적인 날갯짓으로 '황급히' 선회했다. 아주 천천히 놓쳐서는 안 될 무슨 일인가가 벌어지고 있다는 생각이 들었다. 나는 강둑을 기어올라, 둑의 내륙 쪽 경사면에 서 있는 왜소한 산사나무들에 회색머리지빠귀가 빽빽하게 들어앉은 광경을 보았다. 그들은 날카로운 부리를 북동쪽으로 향한 채 불안에 떨며 갈라진 소리로 지껄였다. 나는 그들이 가리키는 방향으로 시선을 돌렸고, 나를 향해 날아오는 매 한 마리를 보왔다. 그 매는 오른쪽으로 방향을 틀어 내륙을 지나갔다. 황조롱이와 비슷했지만 더 크고 더 노랬으며, 머리는 더 탄환 모양처럼 생겼고, 날개는 더 길었으며, 훨씬 활기차고 당당하게 비행했다. 매는 그루터기에서 먹이를 먹는 찌르레기들을 보고서야 미끄러지듯 하강하여 그들 사이로 몸을 감추었고, 그러자 찌르레기들이 날아올랐다. 잠시 후 매는 하늘 높이 황급히 날아 햇빛이 비치는 안개 속으로 단숨에 사라졌다. 매는 날렵한 두 날개를 뒤로 비스듬히 들어 도요새처럼 재빨리 날갯짓하면서, 아까보다 훨씬 높이 날아오른 뒤, 몸을 던져 앞으로 쏜살같이 날아갔다.

이것이 나의 첫 번째 송골매였다. 이후로 많은 송골매를 보았지만, 그만큼 월등하게 빠르고 용맹한 송골매는 본 적이 없다. 10년 동안 나는 매해 겨울마다 그 쉼 없는 광휘를, 하늘 위 의기양양한 송골매의 순간적인 격정과 맹렬함을 쫓았다. 10년 동안 나는 위를 올려다보며 구름을 베어 문 닻의 형상, 공중을 돌진하는 석궁의 형상을 찾아다녔다. 내 눈은 탐욕스럽게 매를 찾는다. 매의 눈이 갈매기와 비둘기 같은 유혹적인 먹잇감을 향해 휙 움직이고 확장되는 것처럼, 내 눈은 황홀한 격정으로 매를 향해 깜박거린다.

송골매에게 인식되고 인정받으려면, 같은 옷을 입고, 같은 길을 지나며, 같은 순서로 행동해야 한다. 다른 모든 새와 마찬가지로, 송골매는 예측할 수 없는 상황을 두려워한다. 매일 같은 시간에 같은 들판을 들고 나며, 그들의 의례적인 행동만큼이나 늘 똑같은 행동으로 매의 야생성을 달래야 한다. 번득이는 눈을 두건으로 덮고, 떨리는 흰 손을 감추고, 털이 없어 빛을 반사하는 얼굴에 그늘을 드리우며, 나무처럼 고요를 취한다. 송골매는 분명하게 보이고 멀리 있으면 아무것도 두려워하지 않는다. 침착하게 단호한 움직임으로 넓게 트인 땅을 가로질러 그에게 접근하라. 당신의 형체는 점차 커지되 윤곽은 달라지지 않게 하라. 완벽한 은폐가 가능하지 않다면 절대로 몸을 숨기지 마라. 혼자 움직여라. 인간 특유의 수상하고 괴이한 행동을 피하고, 농장의 적의 가득한 눈동자 앞에 몸을 움츠려라. 두려워하는 법을 배워라. 두려움을 공유하면 가장 강력한 유대감이 형성된다. 사냥꾼은 그가 사냥하는 대상이 되어야 한다. 바로지금, 존재하는 것은 퍽 하고 나무에 꽂히는 화살처럼 떨리는 강렬함을 지녀야 한다. 어제는 흐릿하고 흑백으로 단조롭다. 일주일 전 당신은 태어나지 않았다. 끈기를 갖고, 인내하며, 따라가서, 관찰하라.

매 탐사는 시력을 예리하게 만든다. 움직이는 새의 뒤편으로 땅이 쏟아지고, 날카로운 색조의 삼각형 모양으로 흘러나온다. 비스듬한 도끼날이 나뭇고갱이를 쪼개듯, 각진 눈은 지상의 찌꺼기를 뚫고 지나간다. 장소에 대한 생생한 감각이 또 하나의 날개처럼 빛을 밝힌다. 방향은 색깔과 의미를 지닌다. 남쪽은 밝고 폐쇄된 곳으로, 불투명하고 답답하다. 서쪽은 땅 위에 나무들이 빽빽하게 무리를 이루며, 영국산 소고기로 치면 천상의 맛이 나는 훌륭한 우둔살이다. 북쪽은 넓고 황량하며, 무無로 향하는 길이다. 동쪽은 하늘의 태동이자, 빛의 손짓, 바다의 맹렬한 돌연함이다. 시간은 피의 시계로 측정된다. 매를 추적하며 부지런히 다가갈 때, 맥박은 빠르게 뛰고 시간은 순식간에 지나간다. 그러나 매를 기다릴 때, 맥박은 잠잠하고 시간은 더디 간다. 매를 탐사할 때는 언제나 팽팽한 용수철처럼 안으로 수축하는 시간의 압박감을 느낀다. 태양의 움직임을, 빛의 꾸준한 변화를, 점점 더해가는 허기를, 미치도록 빠른 메트로놈 같은 심장박동 소리를 증오한다. "10시다" 혹은 "3시다"라고 말할 때, 이것은 도심의 시든 잿빛 시간이 아니다. 그것은 그날 그 시간 그 장소에 고유한 어떤 빛의 격발이나 쇠퇴의 기억, 탐사자에게는 불타는 마그네슘만큼이나 생생한 기억이다. 매 탐사자는 자기 집 문 밖으로 발을 내딛는 순간, 바람의 방향을 알고 공기의 무게를 느낀다. 그는 자신의 내면 저 깊은 곳에서, 매의 시간이 꾸준히 무르익어, 그들의 첫 만남이 일으킬 빛을 향하는 걸 보는 듯하다. 시간과 날씨는 매와 관찰자가 돌고 있는 기둥들 사이에 그들 모두를 붙들어놓는다. 매가 발견되면, 탐사자는 이전까지 찾아 헤매고 기다리면서 겪었던 그 모든 지루함과 고통을 사랑스럽게 되돌아볼 수 있다. 폐허가 된 사원의 부러진 기둥들이 별안간 고대의 장엄함을 되찾듯이, 모든 것이 바뀌는 것이다.

나는 살해의 잔혹함을 있는 그대로 밝히려 한다. 매를 옹호하는 사람들은 너무 자주 이 사실을 얼버무린다. 육식을 하는 인간은 결코 우월하지 않다. 죽은 생명을 사랑하기는 아주 쉽다. '포식자'라는 단어는 남용되어 느슨해졌다. 모든 새는 생의 어느 한 시기에 살아 있는 동물의 고기를 먹는다. 부리로 벌레를 쪼고 달팽이를 내리치는 잔디밭의 경쾌한 육식동물인 냉정한 개똥지빠귀를 생각해보라. 우리는 그의 노랫소리에 감상에 젖어서도, 그의 생명을 지탱하는 살해를 잊어서도 안 된다.

어느 해 겨울 일기에서 나는 새, 탐사자, 그리고 그 둘이 있는 장소를 한데 묶는 일종의 통일성을 유지하려 애썼다. 나는 관찰하는 동안 일어난 모든 내용을 기록하지만, 솔직한 관찰만으로 충분하다고 생각하지는 않는다. 탐조가의 감정과 행동도 사실에 포함되므로,

그 역시 솔직하게 기록되어야 한다.

나는 10년 동안 송골매를 추적했다. 나는 송골매에 사로잡혔다. 나에게 송골매는 하나의 성배였다. 이제 송골매는 사라지고 없다. 오랜 추적도 끝났다. 지금은 아주 소수의 송골매만 남아 있다. 앞으로 그 수는 더 줄어들 터이며, 그마저도 생존이 어려울지 모른다. 많은 송골매가 더러운 농약 가루가 몸속에 서서히 퍼져, 벌러덩 누워서 마지막 경련을 일으키며 미친 듯이 허공을 움켜쥐다가, 쇠약해져서 말라 죽어간다. 나는 너무 늦기 전에 이 새의 특별한 아름다움을 재현하고, 그가 살았던 땅, 내게는 아프리카처럼 풍요롭고 눈부시게 아름다운 이 땅의 경이로움을 전하려 애썼다. 이곳은 화성처럼 죽어가는 세계지만, 여전히 빛나고 있다.

송골매

무엇보다 가장 보기 어려운 것은 실제로 존재하는 것이다. 새에 관한 책들에는 송골매의 사진이 수록되어 있고, 본문에는 송골매에 관한 정보로 가득하다. 반짝이는 흰색 지면 위에는 커다란 매가 홀로 선명한 색을 자랑하며, 조각상처럼 대담한 자세로 당신을 빤히 돌아본다. 그러나 책을 덮으면, 당신은 그런 새를 다시 볼 수 없을 것이다. 정지된 확대 이미지에 비해, 실제 모습은 굼뜨고 실망스러울 것이다. 살아 있는 새는 결코 그처럼 크지도, 그처럼 환하게 빛나지도 않을 것이다. 현실의 새는 풍경 깊은 곳에 있을 테고, 언제나 더 멀리 뒤편에 스며들어 있을 터이며, 언제나 눈앞에서 모습을 감출 것이다. 살아 있는 새의 격정적인 움직임과 비교하면, 사진은 밀랍 인형일 뿐이다.

팰컨falcon이라고도 불리는 암컷 송골매는 길이가 17~20인치다. 대략 성인 남자의 팔꿈치에서 손가락 끝까지 길이다. 수컷 송골매, 즉 티어설tiercel의 길이는 3~4인치 더 짧은 14~16인치다. 몸무게도 서로 다르다. 암컷 송골매는 1.75~2.5파운드이며, 수컷 송골매는 1.25~1.75파운드다. 색깔, 크기, 체중, 개성, 형태 등 모든 특징이 송골매마다 제각각 다르다.

다 자란 송골매는 등 부분이 파란색이나 암청색 혹은 회색이며, 배 부분은 희끄무레한 바탕에 회색 가로 줄무늬가 있다. 어린 새들은 태어난 첫 해 동안, 그리고 종종 길면 두 번째 해까지, 등 부분은 갈색이고 배 부분은 담황색에 갈색 세로 줄무늬가 있다. 갈색의 정도는 여우 털 같은 붉은색에서 흑갈색까지 이르며, 담황색의 정도는 옅은 크림색에서 연한 노란색까지 이른다. 송골매는 4월에서 6월 사이에 태어난다. 다음 해 3월까지는 청년기의 깃털갈이를 시작하지 않으며, 대부분은 한 살 이후에 깃털갈이를 시작한다. 두 번째 겨울을 보내는 동안에도 여전히 갈색 깃털을 유지하는 경우도 간혹 있지만, 대개 1월부터는 다 자란 새의 깃털이 보이기 시작한다. 깃털갈이는 길면 6개월까지 걸린다. 따뜻하면 기간이 짧아지고, 추우면 더 길어진다. 송골매는 두 살 이전에는 새끼를 낳지 않지만, 한 살에 둥지를 선택해 자신의 영역을 지키기도 한다.

송골매는 비행 중에 새들을 추적하고 살해하는 데 익숙하다. 송골매의 체형은 유선형이다. 둥근 머리와 넓은 가슴은 좁은 쐐기 모양의 꼬리 쪽으로 갈수록 매끈하게 가늘어진다. 날개는 길고 뾰족하다. 첫째날개깃[1]은 속도를 내기 위해 길고 좁으며, 둘째날개깃[2]은 무거운 먹이를 들어 올려서 실어 나를 힘을 주기 위해 길고 넓다. 갈고리 모양 부리는 먹이의 뼈에서 살점을 뜯어낼 수 있다. 윗부리에 치상돌기가 있는데, 아랫부리의 홈에 꼭 들어맞는다. 송골매는 이 치상돌기를 새의 목 척추뼈 사이에 꽂은 뒤, 누르고 비틀어서 척수를 끊을 수 있다. 다리는 두껍고 근육질이며, 발가락은 길고 힘이 세다. 발가락 밑면의 살은 울퉁불퉁해서 먹이를 움켜쥐기 좋다. 새를 죽이는 뒷발가락은 네 발가락 중에서 가장 길고, 다른 발가락과 갈라져 있어서 먹이를 완전히 쓰러뜨리는 데 사용된다. 커다란 대흉근은 비행 중에 힘과 지구력을 내게 해준다. 눈 주변의 복슬복슬한 검은 깃털은 빛을 흡수해 눈부심을 줄인다. 갈색과 흰색이 대비를 이루는 얼굴 무늬는 갑자기 비행할 때 먹이를 깜짝 놀라게 할 수도 있다. 그리고 이 무늬는 빛을 반사하는 커다란 눈을 어느 정도 감춰주기도 한다.

송골매의 날갯짓 속도는 초당 4.4회로 기록되어 있다. 비교 수치는 갈까마귀 4.3회, 까마귀 4.2회, 댕기물떼새 4.8회, 산비둘기 5.2회다. 날개를 퍼덕거리며 수평 비행을 할 때 송골매는 비둘기와 상당히 비슷해 보이지만, 날개가 비둘기보다 더 크고 유연하며 등 위로 더 높고 둥글게 말린다. 전형적인 비행 방식은 연이어 빠른 날갯짓을 하다가, 일정한 간격마다 이를 중단하고 날개를 넓게 펼쳐 길게 활공한다고 묘사된다. 그러나 사실 활공은 결코 자주 시도되지 않으며, 적어도 내가 본 송골매의 절반은 비행할 때 활공을 한다 하더라도 빈도가 극히 낮다. 매가 사냥을 하지 않을 때는 물결치듯 천

---

1 primaries. 날개 가장 바깥쪽의 깃털이다.

2 secondaries. 첫째날개깃 안쪽의 깃털이다.

천히 비행하는 것처럼 보일지 모르지만, 언제나 보기보다는 빠르게 움직인다. 내가 시간을 재어보니 시속 30~40마일이었으며, 그 이하인 경우는 극히 드물다. 먹이를 추적할 때는 1마일 남짓 날면서 시속 50~60마일의 속도를 냈고, 아주 짧은 시간 동안은 시속 60마일을 넘기도 했다. 수직 급강하는 분명 시속 1백 마일을 족히 넘지만, 더 정확한 측정은 불가능하다. 송골매의 급강하 비행을 볼 때 느껴지는 흥분은 통계 수치로 설명할 수 없다.

송골매는 8월 중순부터 11월까지 동부 해안 지역에 도착하는데, 특히 9월 말부터 10월 초중반에 가장 많은 수가 온다. 이들은 기상 조건과 관계없이 바다에서 이곳으로 날아올 테지만, 상쾌한 북서풍이 부는 맑고 화창한 날에 찾아올 가능성이 가장 높은 것 같다. 철새들은 남쪽으로 가기 전 2~3주 동안 한 지역에 머무르기도 한다. 돌아오는 이동은 2월 말에서 5월까지 계속된다. 겨울 철새는 주로 3월 말이나 4월 초에 떠난다. 가을에 처음 도착하는 송골매들은 청년기 암컷 송골매고, 뒤이어 청년기 수컷 송골매가, 그다음으로 소수의 다 자란 새들이 도착한다. 다 자란 새들은 대부분 남쪽 한참 아래까지 내려오지는 않지만, 그들의 번식 영역에서 최대한 가까운 곳에 남는다. 노스 케이프North Cape에서 브르타뉴Brittany까지 유럽 해안 지대를 따라 분포하는 이 이주 순서는, 북아메리카 대륙의 동부 연안에서 관찰되는 순서와 유사하다. 조류표지법[3]을 위해 표지를 부착한 새들의 재포획 보고서에 따르면, 영국 동부 해안으로 이주해

---

3 Bird ringing. 새의 이동 경로, 생태, 수명 등을 조사하기 위해, 새의 다리나 날개에 표지를 붙여 개체를 식별하는 방법이다.

오는 철새들은 스칸디나비아에서 출발한다는 걸 알 수 있다. 영국에서 표지를 부착한 송골매들은 잉글랜드 남동부에서는 발견되지 않는다. 일반적으로 말하면 강 골짜기에서나 강어귀를 따라 겨울을 나는 청년기 송골매들은 영국에서 둥지를 튼 청년기 송골매들에 비해 색이 더 옅었다. 그들이 지닌 검은색 첫째날개깃과 대조되는 밝은 적갈색의 덮깃과 둘째날개깃이 이루는 뚜렷한 날개 패턴은 황조롱이의 패턴과 유사하다.

내 탐조 영역은 대략 동서로 20마일, 남북으로 10마일 정도였다. 이곳에서 매해 겨울 최소 두 마리, 간혹 서너 마리의 송골매들이 탐색되었다. 이곳 동쪽의 강 골짜기와 강어귀는 둘 다 길이가 10마일에 이른다. 이곳에서는 언제나 최소한 한 마리의 송골매를 발견할 수 있어서, 이 길고 좁은 두 장소가 함께 탐조 영역의 중심이 되었다. 그들이 왜 특별히 이곳을 선택했는지는 잘 모르겠다. 송골매는 번화가와 도시를 포함해 잉글랜드 대부분의 지역에서 머물면서 겨울나기에 필요한 것들을 제공받는데, 송골매가 항상 꼬박꼬박 찾는 지역이 있는가 하면 전혀 관심 없는 지역도 있다. 송골매는 오리나 물떼새류를 유독 좋아하기 때문에, 해안이나 저수지, 하수 관개를 이용하는 농장들, 혹은 습지에서 쉽게 발견된다. 그러나 강 골짜기에서 겨울을 나는 송골매는 다양한 종류의 먹이를 구했는데, 그 가운데 산비둘기와 붉은부리갈매기가 두드러지게 많았다. 내 생각에 송골매가 이곳을 선택한 이유는 두 가지 같다. 우선 겨울을 나는 장소로 오랜 세월 이용해왔기 때문이고, 또한 골짜기의 자갈이 많은 시내가 목욕을 하기에 이상적인 환경을 제공했기 때문이다. 송골매는 전통에 충실하다. 그들은 수백 년 동안 같은 절벽에 둥지를 튼다.

각 세대마다 청년기 새들이 같은 월동 서식지를 유사하게 차지하는 듯하다. 사실 그들은 그 선조들이 보금자리를 마련했던 곳으로 돌아오는지도 모른다. 현재 툰드라기후인 라플란드[4]와 노르웨이 산악 지대에 둥지를 트는 송골매들은, 과거 템스Thames 강 하류의 툰드라 지역에서 둥지를 틀던 새들의 후손일지도 모른다. 송골매는 항상 가능한 한 영구동토층permafrost 한계선 인근에서 살아왔다.

송골매는 매일 목욕을 한다. 그들은 6~9인치 깊이의 흐르는 물을 선호한다. 깊이가 2인치 이하이거나 12인치 이상인 물은 목욕하기에 적합하지 않다. 시내 바닥은 돌이 많거나 단단해야 하고, 시냇가는 서서히 비탈져 내려가는 얕은 경사면으로 이루어져야 한다. 그들은 시내 바닥의 색깔이 자신의 깃털 색깔과 비슷한 곳을 선호한다. 그리고 가파른 둑이나 쑥 튀어나온 덤불에 숨는 걸 좋아한다. 얕은 시내나 개울 혹은 깊은 도랑을 강보다 더 선호한다. 바닷물은 거의 찾지 않는다. 간혹 콘크리트 제방을 찾을 때도 있지만, 콘크리트 색이 바랜 경우에 한해서다. 갈색으로 얼룩진 시골길을 가로질러 개울물이 빠르게 흐르는 얕은 여울은 송골매들이 가장 좋아하는 장소다. 인간의 접근을 경계하기 위해, 그들은 매우 예민한 청력과 다른 새들의 경고 신호에 의지한다. 목욕하기 알맞은 장소를 찾는 것은 송골매의 주된 일과 중 하나이며, 이 수색은 그들이 사냥터와 보금자리의 위치를 정하는 데도 관련이 있다. 그들은 자기 깃털에 있는 이와 그들이 죽인 먹이에서 옮았을지 모르는 이를 제거하기 위

4　Lapland. 스칸디나비아 반도, 핀란드 북부, 러시아 콜라 반도를 포함한 유럽 최북단 지역이다.

해서 자주 목욕을 한다. 새로 옮은 이는 일단 자연 숙주 종種을 떠나면 오래 생존할 가능성이 낮지만, 매가 가장 예민하게 반응하는 부가적인 짜증거리다. 정기적인 목욕으로 깃털에 들끓는 이를 관리하지 못하면 건강이 빠르게 악화될 수 있기 때문에, 아직 먹이를 사냥하고 죽이는 법을 배우고 있는 청년기 새들에게 위험하다.

많은 변주가 있을 수 있지만, 대체로 송골매의 하루는 둥지에서 목욕하기 적당한 가장 가까운 시내까지 천천히 느긋하게 날아가면서 시작한다. 거리는 10~15마일 정도일 것이다. 목욕을 하고 나면, 깃털을 말려 다듬고 잠을 자면서 한두 시간을 보낸다. 매는 목욕 후 나른한 상태에서 아주 서서히 깨어난다. 처음에는 짧고 느긋하게 비행한다. 매는 이 횃대에서 저 횃대로 이동하면서 다른 새들을 관찰하고, 이따금 땅 위의 곤충이나 쥐를 잡기도 한다. 매는 처음 둥지를 떠날 때 거쳤던 먹이를 죽이는 학습 과정 전체를 재연한다. 즉 먼저 짧은 시험 비행을 한 다음, 좀 더 길고 보다 대담한 비행으로 넘어간다. 떨어지는 나뭇잎이나 떠다니는 깃털 같은 무생물을 상대로 놀이 삼아 모의 공격을 해보고, 위장과 공격을 오가면서 다른 새들과 승부를 겨룬 뒤, 처음으로 본격적인 먹이 사냥에 나선다. 매가 청소년기에 거쳤던 이 과정에 대한 긴 재연이 끝나면, 실제 사냥은 비교적 짧은 과정으로 이루어질 것이다.

사냥하기 전에는 언제나 일종의 놀이를 한다. 매는 자고새인 척하면서, 갈까마귀나 댕기물떼새를 괴롭히고, 까마귀와 작은 충돌을 일으킨다. 간혹 아무런 경고 없이 갑자기 먹이를 죽이기도 한다. 그러고는 자신의 행동에 당황한 듯, 죽은 먹잇감을 떨어진 자리에 그냥 놓아두고, 나중에 본격적으로 사냥을 할 때 그 자리에 돌아올

수도 있다. 매는 배가 고플 때나 홧김에 죽였을 때조차, 먹이 옆에 10~15분가량 앉아 있다가 먹기 시작한다. 이런 경우 죽은 새는 대개 아무런 상처가 없어서, 매는 얼떨떨해하는 것 같다. 매는 죽은 새를 부리로 대충 쩔러보고, 피가 흐르면 즉시 먹는다.

같은 영역을 정기적으로 사냥하면 먹잇감이 될 새들은 점차 효과적인 방어 태세를 갖출 것이다. 송골매가 새들 위를 날 때 그들의 반응은 9월과 10월에는 비교적 미미하지만, 겨울 동안 점점 커지다가, 3월쯤에는 과격하고 극적으로 변한다는 점은 언제나 주목할 만하다. 송골매는 같은 새들에게 너무 자주 겁을 주지 말아야 한다. 그렇지 않으면 새들이 한꺼번에 이 지역을 떠날지 모르기 때문이다. 이런 이유로 송골매는 같은 지역에서 며칠 연달아 사냥하다가, 일주일이나 그 이상 동안 보이지 않기도 한다. 송골매는 짧은 거리만 이동할 수도, 혹은 20마일 떨어진 곳까지 갈 수도 있다. 사냥습관은 저마다 크게 다르다. 일부는 자신의 영역에서 5~15마일을 직선으로 가로지르면서 사냥한다. 그들은 갑자기 방향을 돌려 동일한 경로로 되돌아 비행하여, 이미 불안에 떨고 있는 새들을 공격하는 것이다. 이 사냥 경로는 강어귀에서 저수지, 계곡으로 이어졌다가 다시 계곡에서 강어귀로 향하는, 혹은 보금자리에서 목욕터에 이르는 비행 경로를 따라간다. 송골매는 바람을 안고 길게 비행하면서 이 사냥 영역을 효과적으로 4등분한 다음, 바람을 가로질러 대각선 아래로 활공해 처음 출발 지점으로부터 1~2마일 떨어진 곳에서 비행을 멈춘다. 화창한 날 사냥할 때는 주로 하늘 높이 치솟은 다음 바람을 타고 돌며 내려오는데, 마찬가지로 대각선으로 4등분한 땅을 기준으로 삼는다. 공격할 때는 대체로 단번에 포악스럽게 먹이를 급습한다. 먹이를 놓친 경우, 다른 먹이를 찾기 위해 즉시 날아오른다.

낮이 더 길고 공기가 더 따뜻한 초가을과 봄에, 송골매는 더 높이 솟구치고 더 넓은 지역으로 사냥을 나선다. 하늘 높이 솟구치기에 이상적인 조건일 때가 잦은 3월에는 활동 범위가 점차 넓어지고, 상당히 높은 곳에서 길게 급강하해 더 크고 무거운 먹이를 죽일 수 있다. 흐린 날은 더 낮은 높이에서 더 짧게 비행한다. 비가 오면 사냥 범위가 한층 더 축소된다. 안개가 자욱하면 이 범위가 들판 하나로 줄어든다. 낮이 짧을수록 사냥할 수 있는 시간도 줄기 때문에, 매는 더 활발하게 움직인다. 동지를 기점으로 낮이 짧아지거나 길어지면, 매의 모든 활동도 줄어들거나 늘어난다.

청년기 송골매들은 바람이 너무 강해 정찰 중인 지역 위를 충분하게 천천히 선회할 수 없으면 정지 비행을 한다. 이런 정지 비행은 대개 10~20초 동안 이어지지만, 일부 새들은 유독 이 습관에 빠져서 오랫동안 정지 비행을 지속하기도 한다. 사냥 중인 매는 자신이 가진 모든 이점을 이용한다. 가장 확실한 이점은 고도다. 매는 3피트에서 3천 피트까지 어떠한 고도에서도 먹이를 급습할 수 있다 (급습은 급강하의 다른 말이다). 이상적인 경우, 먹이는 불시에 잡힌다. 보이지 않을 정도로 높이 올라가 희생자의 눈에 띄지 않게 급히 내려오는 매에 의해서, 혹은 나무나 제방에 숨어 있다가 갑자기 덤벼드는 매에 의해서 말이다. 새매처럼 송골매도 매복한 채 기다릴 것이다. 청년기 송골매는 다 자란 송골매에 비해 극적인 살해 방법을 자주 이용하지 않는다. 일부 송골매는 하늘 높이 치솟아 올라 해를 등진 채 신중하게 급강하한다. 그러나 이 방법은 순전히 운에 좌우되기 때문에 자주 이용되지는 않는다.

사냥하는 모든 새가 그렇듯, 송골매도 일종의 행동 규칙에 의혜 제약을 받는다. 송골매는 충분히 할 수 있는데도 불구하고, 다른 매들처럼 땅에서 먹이를 추적하거나 숨어 있는 곳까지 뒤쫓는 일이 거의 없다. 다 자란 송골매는 대부분 비행 중인 새들만 잡지만, 청년기 송골매들은 반드시 그렇지는 않다. 송골매들은 중세 기사나 운동선수처럼 부단한 연습을 통해 완벽한 살해 능력을 갖춘다. 행동 규칙의 한계 안에서 가장 잘 적응하는 이들이 살아남는다. 만일 규칙이 계속해서 깨지면, 매는 아마 병들거나 미칠 것이다.

송골매가 먹잇감보다 유리한 경우, 살해는 간단하게 이루어진다. 작고 가벼운 새들은 송골매가 발만 뻗으면 잡을 수 있다. 더 크고 무거운 새들은 송골매가 위에서 10~90도의 각도로 급강하하여 덮치면 보통 바닥으로 떨어진다. 급강하하여 덮치는 건 매가 먹이와 접촉하는 순간의 속도를 높이기 위한 방법이다. 급강하할 때 가속도는 매의 무게를 가중시키므로, 매는 자기보다 두 배나 무거운 새들을 죽일 수 있다. 어린 송골매들은 부모로부터 급강하하여 덮치는 법을 배워야 한다. 사람에게 잡힌 매는 매를 부리는 사람에게 유사한 방식으로 훈련을 받아야 한다. 급강하하는 방법은 금세 배우지만, 이 동작이 선천적인 것 같지는 않다. 비행하는 새들을 향해 급강하하여 덮치는 능력은 땅 위 사냥감을 뒤쫓아 포획하는 행위를 대신하는, 아마도 비교적 최근의 진화적 발전일 것이다. 대부분의 새는 그들 위로 송골매가 지나가면 여전히 땅에서 날아오르는데, 이런 행동이 그들을 더욱 취약하게 만들 것이다.

송골매는 자신의 먹이를 향해 내리 덮친다. 하강할 때는 두 발이 가슴 아래 올 정도로 두 다리를 앞으로 쭉 뻗는다. 서로 다른 방향으로 구부러진 세 개의 앞발가락 아래로 긴 뒷발가락이 튀어나오도록 발가락을 꽉 움켜쥔다. 그는 거의 몸이 닿을 만큼 새에게 바싹 다가가고, 여전히 매우 빠르게 움직인다. 쭉 뻗은 뒷발가락(때로는 뒷발가락만, 때로는 발가락 전부를 뻗는다)이 작은 칼처럼 새의 등이나 가슴에 깊은 상처를 입힌다. 충격을 가하는 순간, 매는 자신의 날개를 등 위로 높이 든다. 먹이에게 확실하게 타격을 입힌 경우(대개는 세게 타격하지만, 그렇지 않으면 완전히 놓치게 된다), 먹이는 쇼크를 받거나 주요 장기에 구멍이 뚫려서 즉사한다. 송골매의 무게는 1.5~2.5파운드인데, 이 정도 무게면 1백 피트 높이에서 떨어질 경우 가장 큰 새들을 제외한 모든 새를 죽일 것이다. 5백 피트 이상에서 급강하하여 덮치면, 황오리나 꿩, 큰검은등갈매기는 대개 쓰러진다. 간혹 먹이가 잡혔다 풀려나는 경우에, 그 먹이는 땅에 굴러 떨어져 기절하지만 아직 살아 있다. 혹은 먹이를 움켜쥐고서 적당한 먹이터에 옮겨놓기도 한다. 매는 먹이를 옮기는 동안 혹은 땅에 내려놓는 즉시, 부리로 먹이의 목을 부러뜨린다. 육식동물 중에 송골매보다 효율적인 혹은 자비로운 동물도 없다. 의도적으로 자비를 베푸는 것은 아니고, 그저 타고난 대로 행동할 뿐이다. 쾨니히스베르크[5]의 까마귀를 잡는 사람들도 같은 방식으로 그들의 먹이를 죽인다. 즉 그물 안으로 까마귀를 유인한 뒤, 까마귀의 목을 물고 이로 척수

---

5 Königsberg. 중세부터 1945년까지 동프로이센의 수도였으며, 현재는 러시아 칼리닌그라드 주의 주도이다. 이 지역 사람들은 적어도 제2차 세계대전 시기까지 까마귀를 음식으로 먹었으며, 까마귀를 묶어두고 미끼로 삼아 다른 까마귀들을 유인해서 그물로 포획했다고 한다.

를 끊어 죽이는 것이다.

송골매는 먹이를 먹기 전에 먼저 깃털을 뽑는다. 깃털을 얼마나 뽑는지는 허기진 정도뿐만 아니라 개체의 선호에 따라서도 각기 다르다. 항상 먹이의 깃털을 완전히 다 뽑는 매도 있고, 부리를 몇 차례 가득 채울 만큼만 뽑는 매도 있다. 송골매들은 먹이를 밟고 서서, 한쪽 혹은 양쪽 발의 안쪽 발톱으로 꽉 움켜잡아 단단히 고정시킨다. 털을 뽑는 데는 2~3분 정도 걸리며, 먹이를 먹는 데는 크기에 따라 10~30분 정도 걸린다. 회색머리지빠귀나 붉은발도요를 먹는 데는 10분이, 꿩이나 청둥오리를 먹는 데는 30분이 걸리는 것이다.

먹이가 너무 무거워 나르기 힘들거나 먹기 적당한 장소에 떨어진 경우, 추락한 곳에서 바로 먹기도 한다. 많은 송골매가 자신이 사냥한 그 장소에서 먹이를 먹는 걸 보면, 먹는 장소에 크게 개의치 않는 것 같다. 완전히 개방되거나 완전히 고립된 장소를 선호하는 송골매들도 있다. 이곳 땅은 대부분 경작지인데도 불구하고, 내가 발견한 죽은 짐승의 70퍼센트는 짧은 풀 위에 널브러져 있었다. 송골매들은 단단한 지면에서 먹이를 먹는 걸 좋아한다. 하지만 (특히 가을에) 작은 먹이는 종종 나무 위에서 먹는다. 나무 둥지에서 자란 새들은 가능하면 나무에서 먹이를 먹을지도 모른다. 해안 지대에서는, 어떤 송골매들은 방파제 위에서 먹는 걸 좋아하고, 다른 송골매들은 해안선 주변 방파제 기슭에서 먹는 걸 좋아한다. 후자는 절벽의 둥지에서 자라서, 위에 가파른 경사면이 있는 곳에서 먹는 데 익숙할지도 모른다.

송골매가 죽인 먹이는 알아보기 쉽다. 새의 뼈대는 바닥에 반듯이 누워 있고, 양 날개는 훼손되지 않은 채 여전히 견갑대에 달려 있다. 가슴뼈와 몸의 주된 뼈들은 살점 하나 없이 깨끗하다. 머리가 남겨져 있다면, 대체로 목 척추뼈에도 살점이 남아 있지 않을 것이다. 다리와 등은 대개 건드리지 않은 채 남아 있다. 가슴뼈가 여전히 온전하더라도, 작은 삼각형 뼛조각들은 송골매가 부리로 뽑아냈을 것이다. (아주 큰 새들의 경우 뼈가 굵기 때문에, 늘 이렇게 하지는 않는다.) 아직 꽤 많은 양의 살점이 남아 있다면, 송골매는 다음 날에 혹은 심지어 며칠에 걸쳐 마저 먹으려고 돌아오기도 한다. 버려진 먹이에 남은 살점은 여우, 쥐, 담비, 족제비, 까마귀, 황조롱이, 갈매기, 부랑자, 집시들이 먹고 사는 데 도움을 준다. 깃털은 오목눈이가 둥지를 지을 때 사용한다. 나는 사냥이 많이 이루어진 지역에 유독 그런 둥지들이 집중되어 있는 걸 발견했다.

먹이를 추격 중인 송골매와 충돌을 일으킬 다른 포식자는 없지만, 간혹 특정 장소에서 까마귀들이 결연하게 총공격을 하여 송골매의 사냥을 막는다. 인간이 사냥할 때, 송골매는 다른 곳으로 간다. 송골매는 무기가 없는 인간과 총을 지닌 인간을 기가 막히게 빨리 구별한다. 송골매와 황조롱이는 뭐라고 말하기 어려운 특이한 관계다. 두 종은 특히 가을과 봄에 같은 장소에서 자주 눈에 띈다. 둘 중 한 종을 발견하면, 가까운 곳에서 대개 다른 한 종도 발견하게 된다. 이들은 같은 목욕터를 공유하기도 한다. 송골매는 이따금 황조롱이에게서 먹이를 빼앗고, 황조롱이는 송골매가 남긴 먹이를 먹으며, 황조롱이가 의도치 않게 자신에게 날려 보낸 새들을 송골매가 공격하기도 한다. 몇몇 송골매가 황조롱이의 사냥법을 따라하는 건지, 9월과 10월에 나는 두 종이 같은 들판 위를 함께 선회하는 모습을 목격했다. 나는 같은 방법으로 쇠부엉이 근처에서 사냥하는 송골매를 보았는데, 아무리 봐도 황조롱이의 비행 방식을 흉내 내는 것 같았다. 그러나 3월이 되면 황조롱이와 송골매의 관계가 달라진다. 송골매는 적대적이 되어, 아마도 주변에서 맴도는 황조롱이를 급강하하여 덮쳐서 죽일 것이다.

10번의 겨울을 보내는 동안, 나는 송골매가 사냥한 시체 619구를 발견했다. 각 종種의 비율은 이러했다.

산비둘기 ························· 38%

붉은부리갈매기 ············· 14%

댕기물떼새 ······················· 6%

홍머리오리 ······················· 3%

자고새 ······························· 3%

회색머리지빠귀 ··············· 3%

쇠물닭 ······························· 2%

마도요 ······························· 2%

검은가슴물떼새 ··············· 2%

떼까마귀 ··························· 2%

이들 10종 외에 기타 35종이 나머지 25%를 차지한다. 과科에 따라 분석하면, 비율은 다음과 같다.

비둘기 ······························· 39%

갈매기 ······························· 17%

섭금류 ······························· 16%

오리 ························· 8%

엽조류 ······················ 5%

까마귀 ······················ 5%

중소형 연작류[6] ················ 5%

기타 ························· 5%

내가 이 책에서 묘사하는 겨울에는 더 많은 산비둘기가 살해 당했는데, 그 이유는 추운 날씨에 산비둘기의 개체 수가 유독 많고, 그즈음 내륙에 서식하는 다른 종들이 없었기 때문이다. 그 겨울에 사냥을 당한 새들의 상대적인 수치는 다음과 같다.

산비둘기 ····················· 54%

붉은부리갈매기 ··············· 9%

댕기물떼새 ···················· 7%

홍머리오리 ···················· 3%

자고새 ······················ 3%

회색머리지빠귀 ··············· 2%

쇠물닭 ······················ 2%

마도요 ······················ 2%

떼까마귀 ····················· 2%

청둥오리 ····················· 2%

6 Passerine. 제비, 참새, 까마귀 등 가장 많은 종을 포함하는 조류의 한 목目 이다.

나머지 14%는 다른 22개 종으로 이루어졌다.

이 표들을 보면 청년기 송골매들은 자신의 사냥 영역에 가장 많고, 무게가 적어도 0.5파운드는 넘는 종들을 먹이로 삼는다는 걸 알 수 있다. 참새와 찌르레기는 이곳에 매우 흔하지만, 송골매에게 사냥을 당하는 일은 거의 없다. 더 큰 새들 중에서 가장 흔하고 널리 분포된 종을 순서대로 나열하면, 산비둘기, 붉은부리갈매기, 댕기물떼새다. 먹이로 삼을 수 있는 새들의 총 무게를 고려한다면, 아마도 총 생물량[7] 중 산비둘기가 차지하는 비율은 송골매가 실제로 죽인 산비둘기의 비율과 거의 동일하게 나타날 것이다. 만일 송골매가 이용하는 모종의 먹이 선택 방법이 있다 하더라도, 실제로 그렇게 특별할 건 없을 것 같다. 즉 먹잇감이 제법 크고 눈에 잘 띌 경우, 송골매는 가장 자주 눈에 띄는 종의 새를 가장 자주 죽일 것이다. 어떤 종의 새가 이례적으로 수가 많으면, 송골매의 먹이가 되는 비율도 여지없이 더 높아진다. 건조한 여름에 더 많은 자고새가 성공적으로 새끼를 나을 수 있다면, 다음 겨울에 더 많은 자고새가 송골매에게 잡힐 것이다. 추운 계절이 와서 홍머리오리의 수가 증가한다면, 더 많은 홍머리오리가 살해당할 것이다. 가장 흔한 종류를 사냥하는 포식자는 생존 가능성이 가장 높다. 반면에 한 종만 선호하는 포식자는 굶주리고 병으로 쓰러질 가능성이 더 높다.

10월과 11월에 계곡과 강어귀 너머에서는, 주로 갓 경작된 땅

---

7 biomass. 특정 시점에 일정한 서식지에 존재하는 특정 생물체의 양을 중량이나 에너지량으로 나타낸 것이다.

에서 많은 갈매기와 댕기물떼새가 송골매의 먹이가 된다. 12월부터 2월까지, 특히 댕기물떼새가 거의 보이지 않는 혹한에는 산비둘기가 주된 먹이다. 3월에는 산비둘기가 여전히 잡히고, 댕기물떼새와 갈매기가 잡히는 수가 다시 증가하며, 다른 달보다 오리가 더 많이 잡힌다. 엽조류, 쇠물닭, 회색머리지빠귀, 섭금류는 겨울 내내 가끔씩 잡힌다. 비가 오거나 안개가 자욱한 날에는 엽조류와 쇠물닭이 주된 먹이가 된다. 일반적인 짐작과 달리, 오리는 여간해서 먹이가 되지 않는다. 모든 지역에서, 여름이나 겨울이나 항상 그렇다. 송골매는 확실히 '오리매'[8]가 아니다. 집비둘기와 야생 비둘기는 송골매가 죽이는 조류 목록에서 대개 상위권을 차지하지만, 이 지역에서는 보지 못했다. 나는 송골매가 그들을 공격하거나 그들에게 관심을 보이는 모습을 한 번도 본 적이 없다.

　　송골매의 먹이 선택은 날씨에 영향을 받을 수 있다. 습한 여름에 이어 습한 겨울이 오면, 땅이 침수되어 경작이 미루어지고, 불어난 물에 계곡의 목욕터들도 잠긴다. 그러면 송골매들은 두 개의 강어귀 사이에서, 그리고 계곡의 남쪽까지 이르는 목초지 일대에서 사냥한다. 목욕은 도랑이나 불어난 물의 가장자리에서 한다. 기상 조건과 상관없이 목초지 일대에서 사냥하는 걸 더 좋아하는 새들도 있다. 녹지를 선호하는 이 송골매들은 가을 늦게 도착해 4월 말이나 5월 초까지 머문다. 아마도 이들은 여름에는 거대한 에메랄드빛 스펀지 같은 라플란드의 툰드라 지역에서 머물다가 이곳으로 올 것이

8　송골매를 'duck-hawk'이라고 부르기도 한다.

다. 축축하게 젖은 목초지와 찰진 진흙으로 이루어진 초록 들판은 이들에게 고향의 색깔이다. 이들은 활동 범위가 매우 방대하고 높이 난다. 비교적 한 지역에 머물러 사는 계곡 주변의 송골매들에 비해 발견하고 추적하기가 훨씬 힘들다. 축축한 목초지에서 벌레를 잡아먹는 댕기물떼새, 갈매기, 회색머리지빠귀는 이들이 좋아하는 먹이다. 토끼풀을 먹는 산비둘기는 1월부터 3월까지 이들의 먹이가 된다. 둥지를 짓는 떼까마귀들은 자주 공격을 받는다.

송골매는 미각이 예민하지 않은 것 같다. 송골매가 특정한 종을 선호한다면, 아마도 살점의 식감과 뼈에 붙은 연한 고기의 양 때문일 것이다. 떼까마귀, 갈까마귀, 갈매기, 비오리, 논병아리는 모두 인간의 미각에는 다소 맞갖잖지만, 송골매는 아주 맛있게 먹는다.

눈에 띄는 색깔이나 패턴은 취약성을 높이고 송골매의 먹이 선택에 영향을 미친다. 이곳저곳을 부지런히 돌아다니는 새들은 항상 취약하다. 그들이 자기 보금자리 주변의 잘 아는 길을 오가든, 단지 철새의 이동 구역을 지나든 간에 취약하기는 마찬가지다. 이제 막 도착한 새들은 피신하는 법을 배우기도 전에 곧장 공격당한다. 독특한 점이 있으면 반드시 선택 대상이 된다. 백색증이 있거나, 병이 있거나, 기형이거나, 고립되거나, 우둔하거나, 노쇠하거나, 너무 어린 새들이 가장 공격받기 쉽다.

포식자들은 우세한 힘보다는 먹이의 약점을 이용해 그들을 굴복시킨다. 다음 예를 보자.

산비둘기
날개와 목의 흰 깃털은 아주 멀리에서도 알아볼 수 있다. 흰색은 모든 바탕색과 대비되어 눈에 띈다. 송골매는 다른 어떤 색깔보다 흰색을 더 빨리 알아보고 반응한다. 이 지역에서 살해당하는 새들의 8퍼센트가 주로 흰색이거나 흰 무늬가 두드러지게 눈에 띄었다. 산비둘기는 날아오를 때 요란스러운 날갯소리에 발각되기도 한다. 봄에 선보이는 과시적인 비행은 이들을 더욱 확실하게 드러낸다. 산비둘기 무리는 아주 서서히 고도를 높이고, 각각의 새들이 서로 충분하게 바싹 붙지 않는다. 이들은 수평 비행에 강하고, 아래에서 일어나는 위험을 재빨리 감지해 돌연 옆으로 방향을 바꾼다. 그러나 위에서 공격을 당하면, 강하게 반응하지 못하고 간신히 몸을 피하며, 직선 비행을 하느라 방향을 돌리는 속도가 더디다. 이들은 인간이 총을 쏘거나 불안하게 만드는 일이 너무도 많기 때문에, 하는 수 없이 종종 사냥 중인 매의 아래에서 난다. 이들의 깃털은 느슨해서 쉽게 뽑힌다. 이들은 모든 면에서 송골매가 먹이로 삼기에 이상적인 종이다. 시끄럽고, 눈에 잘 띄고, 수가 많고, 무거우며, 살점이 많고, 영양도 풍부한데다, 죽이기 어렵지 않다.

붉은부리갈매기

흰 갈매기는 모든 겨울새 중 가장 눈에 잘 띈다. 짙은 색 경작지를 배경으로 한 이들의 모습은 반 마일 떨어져 있더라도 인간의 미약한 눈에도 뚜렷하게 보인다. 이것이 송골매가 다 자란 갈매기는 수도 없이 죽이는데, 청년기 갈매기는 거의 죽이지 않는 이유다. 갈매기들은 위에서 급강하하여 덮치면 재빨리 날아올라 피할 수 있지만, 아래에서 공격을 받으면 쉽게 공황에 빠진다. 이들의 흰색은 하늘과 잘 섞인다. 그러므로 이들의 먹이인 바다에 사는 물고기들 눈에는 이들이 보이지 않을 수 있다. 아마도 이런 위장술에 의존하느라, 아래로부터의 갑작스러운 위험에 적응하기가 더딘 모양이다. 한때는 송골매들이 갈매기 고기를 몹시 싫어한다고 여겨졌다. 하지만 여름 동안 핀란드에서 송골매에게 많은 갈매기가 살해당하고, 노르웨이 해안 지대와 스코틀랜드에서도 자주 공격당한다.

댕기물떼새

이들은 들판에서 먹이를 먹을 때는 곧잘 몸을 숨기지만, 송골매가 지나갈 때면 항상 무리지어 날아오른다. 이들이 날아오르는 즉시, 흑백의 꼬리가 송골매의 눈에 표적이 된다. 봄에는 위험에 개의치 않고 포식자들에 대한 경계를 소홀히 한 채 비행을 과시한다. 이들은 죽이기 어렵기로 유명하지만, 내가 본 송골매들은 아주 거뜬히 그들보다 빠르게 날았다.

홍머리오리

송골매들은 다른 오리 종보다 홍머리오리를 좋아한다. 겨울에 해안 지대에서 흔한 오리이며, 희고 넓은 날개무늬와 커다란 휘파람 같은 울음소리로 아주 쉽게 눈에 띈다. 다른 모든 오리처럼 직선으로 빠르게 날지만, 송골매가 급강하하여 덮치는 건 쉽게 피하지 못한다. 3월에 짝을 지은 새들은 송골매의 접근에 느리게 반응한다. 송골매는 2월에 엽조류 사냥이 끝나면 오리 사냥에 더 열을 올리기 때문에, 해질녘 해안 지대에서 사냥하는 모습이 종종 발견된다.

요컨대 다음 특징들은 모두 새들이 송골매의 공격에 취약하게 만든다. 흰색 혹은 밝은색 깃털이나 무늬, 보호색에 대한 지나친 의존, 크고 반복적인 울음소리, 잘 들리는 날갯짓 소리, 방향을 잘 바꾸지 않는 직선 비행, 비행하면서 고음으로 길게 노래하기(예를 들어 종달새와 붉은발도요새), 봄에 행해지는 수컷들의 과시와 전투, 적당한 은신처로부터 너무 먼 곳에서 먹이 먹기, 습관적으로 같은 먹이터와 목욕터를 이용하기, 잘 알려진 길을 따라 횃대 사이를 오가기, 공격을 받을 때 무리를 짓지 않기 등이 그런 특징이다.

야생 송골매가 먹는 음식 양은 정확하게 추정하기 어렵다. 포획된 송골매에게는 매일 4~5온스(혹은 그에 상당하는 양)의 소고기를 준다. 청년기의 야생 송골매는 아마도 그보다 많이 먹을 것이다. 야생 수컷 송골매는 매일 댕기물떼새 두 마리나, 붉은부리갈매기 두 마리, 혹은 산비둘기 한 마리를 죽여서 먹을 것이다. 암컷 송골매는 산비둘기 두 마리(전부 다 먹진 않더라도), 혹은 청둥오리나 마도요처럼 그보다 더 큰 새 한 마리를 먹을 것이다.

3월에는 먹이의 종류가 훨씬 다양한데, 광범위한 종의 새는 물론이고 놀랍도록 많은 수의 포유류도 포함된다. 이즈음 깃털갈이가 시작되고, 이주 시기가 다가온다. 새로 난 깃털이 자라려면 더 많은 혈액이 공급되어야 한다. 송골매는 늘 무언가를 먹고 있는 듯하다. 이들은 매일 새 두 마리뿐 아니라 쥐, 벌레, 곤충들을 죽인다.

송골매 눈의 무게는 대략 각각 1온스 정도로 인간의 눈보다 크고 무겁다. 우리 눈이 우리 몸에서 차지하는 비율이 송골매의 눈이 그의 몸에서 차지하는 비율과 같다면, 체중 12스톤의 남자는 지름 3인치에 무게 4파운드짜리 눈을 갖게 될 것이다. 매의 건강한 망막은 멀리 있는 물체에 대한 해상도가 인간 망막의 해상도보다 두 배 높다. 측면시lateral vision와 양안시binocular vision가 초점을 맞추는 지점에 깊게 패인 중심와 영역foveal area이 있는데, 이곳의 많은 세포는 매의 해상도가 우리보다 자그마치 여덟 배가 높다는 걸 의미한다. 그러므로 매는 조금씩 불쑥불쑥 고개를 돌리며 끊임없이 전경을 살피면서 이동 지점을 고를 때, 그곳에 초점을 맞추는 즉시 더 크고 선명한 시야를 확보할 수 있다.

송골매가 땅을 볼 때의 시야는 요트 조종자가 긴 강어귀 안으로 항해해 들어오면서 해안을 볼 때의 시야와 유사하다. 수면 위로 배가 지나간 흔적이 뒤편으로 희미하게 멀어지는 것처럼, 수평선을 관통한 흔적이 송골매의 양쪽 뒤편으로 미끄러지듯 지나간다. 마치 뱃사람처럼, 송골매는 어디에도 구속되지 않고 거침없이 쏟아지는 세계, 각성과 돌격의 세계, 육지와 바다라는 침잠하는 평면의 세계에 산다. 지상에 묶여 한곳에 머물러 사는 우리는 이런 시각의 자유를 상상할 수 없다. 우리는 존재하는 줄도 모르는 패턴들을 송골매는 보고 기억한다. 과수원과 숲의 반듯한 정사각형들, 시시각각 변화하는 네모진 들판들을. 그는 머릿속에 담아둔 잇단 대칭들을 통해 땅을 가로질러 자신이 갈 방향을 찾는다. 하지만 그는 무엇을 이해하는 걸까? 어떤 물체가 점점 커진다는 건, 곧 그것이 자신에게 다가오고 있다는 의미라는 걸 '알고' 있을까? 그렇지 않으면 눈에 보이는 크기를 그대로 믿어서, 저 멀리에 있는 인간은 너무 작아 겁을 먹지 않지만, 가까이 있는 인간은 크기가 커서 무서워하는 걸까? 그는 끊임없이 진동하는 세계, 물체들의 크기가 영원히 수축과 확장을 반복하는 세계에 살고 있는지도 모른다. 저 멀리서 나는 새 한 마리, 그 파닥거리는 흰 날개를 겨냥하면서, 그는 (자기 아래에서 그 새가 흰 얼룩처럼 몸을 펼칠 때) 자신의 공격이 실패할 리 없다는 걸 직감할지도 모른다. 그의 모든 것은 표적을 향한 눈과 공격적인 발톱이 연결되도록 진화했다.

사냥 생활

10월 1일

활짝 갠 하늘 속으로 가을이 무르익는다. 곡식은 고개를 숙인다. 추수를 마친 들판이 반짝인다.

떨어진 과일들의 시큼한 냄새가 나는 과수원에서는 박새와 멋쟁이새들이 분주한 가운데, 송골매 한 마리가 미끄러지듯 날아서 강기슭 오리나무에 내려앉는다. 무언가에 사로잡힌 듯한 마른 매의 얼굴이 물에 비치고, 그 위로 강 그림자가 어른거린다. 왜가리를 지켜보는 차가운 눈동자에 그 그림자가 비친다. 햇살이 반짝인다. 왜가리는 창 같은 부리로 흰 강의 각막을 흐린다. 매는 갈라진 구름을 향해 재빨리 날아오른다.

송골매는 안개 자욱한 낮은 하늘에서 방향을 요리조리 틀며 누비듯 날다가, 이제 막 떠오른 태양의 희미한 온기를 향해 날아올라, 하늘의 가파른 추락을 떠받치는 날개의 힘을 섬세하게 느낀다. 수컷 송골매는 길고 날렵하며 탄력 있는 날개로 그해 첫 비행을 시작한다. 그는 황갈색 모래와 적갈색 자갈이 섞인 색을 띤다. 윤기 없는 짙은 갈색의 콧수염 모양 무늬 안에는 스패니얼 같은 커다란 갈색 눈동자가 박혀 있어, 햇살 아래에서 둥근 생간生肝처럼 물기를 머금고 반짝인다. 그는 어슴푸레 빛나는 강물의 만곡부를 따라 서쪽으로 휩쓸듯 지나간다. 나는 날아오르는 물떼새의 자취를 힘겹게 뒤따른다.

제비와 흰털발제비들은 날카롭게 울며 낮게 난다. 어치와 까치들은 산울타리에 몸을 숨기고 중얼거린다. 검은지빠귀들은 꾸짖듯 빠르게 지껄인다. 계곡이 넓어지는 곳에 있는 평평한 들판은 트랙터들로 활기를 띤다. 갈매기와 댕기물떼새들은 쟁기를 따라가고 있다. 높은 새털구름이 점점이 떠 있는 맑은 하늘에 햇살이 비친다. 바람은 북쪽으로 느리게 불고 있다. 붉은발자고새가 갑작스레 울고 산비둘기가 부산스레 몸을 일으키면, 나는 매가 높이 치솟아 바람을 타고 숲의 능선을 따라 남쪽으로 서서히 이동하고 있다는 걸 알아챘다. 매는 아주 높이 날아서 보이지 않는다. 나는 그가 바람을 거슬러 돌아오길 바라며, 강 주변에 머문다. 느릅나무의 까마귀들이 앞뒤로 몸을 까닥이며 독설을 퍼붓고 있다. 언덕의 갈까마귀들은 키득거리다가, 문득 흩어져서 나선을 그리고는, 마침내 저 멀리 깊고 푸른 하늘 속으로 조용히 조그맣게 사라진다. 매는 동쪽으로 1마일 떨어진 강으로 내려와, 두 시간 전에 그가 떠나왔던 나무들 속으로 사라진다.

어린 송골매들은 쟁기가 지나간 갈색 자국을 따라 갈매기의 흰 깃털이 위아래로 끝없이 팔랑이는 모습에 마음을 빼앗긴다. 가을 쟁기질이 계속되는 동안, 어린 송골매들은 하얀 기를 달고 계곡을 가로질러 들판과 들판을 오가는 트랙터들을 따라다닐 것이다. 그들은 거의 공격하지 않는다. 그저 지켜볼 뿐이다.

내가 오리나무에서 다시 그 수컷 송골매를 발견했을 때, 그도 이렇게 지켜만 보고 있었다. 트랙터 기사가 점심을 먹으러 집에 가고 갈매기들이 고랑에서 막 잠든 오후 1시까지, 그는 앉아 있던 자리에서 꼼짝하지 않았다. 어치들은 강가 오크나무에서 새된 소리로 울고 있었다. 그들은 나무를 파서 숨겨둘 도토리를 찾고 있었다. 송골매는 그들의 소리를 들었고, 나뭇잎 사이로 하얗게 반짝이는 그들의 날개를 지켜보았다. 그는 바람을 가로질러 급격하게 날아올라, 높이 솟구치기 시작했다. 방향을 바꾸어 표류하다가 몸을 흔들면서, 그는 타오르는 구름과 하늘의 서늘한 선을 향해 선회하며 날아올랐다. 나는 아픈 팔을 쉬기 위해 쌍안경을 내려놓았다. 마치 할 일을 다 끝냈다는 듯, 매는 더 높은 곳으로 재빨리 날아 모습을 감추었다. 나는 송골매의 검고 가는 형태를 찾으려 새털구름의 길고 하얀 줄기들을 살펴보았지만, 그를 찾을 수 없었다. 그때 속삭임처럼 희미하게, 그의 거칠고 기세등등한 외침이 떠내려왔다.

어치들은 조용했다. 한 마리가 크게 벌린 부리에 도토리 한 알을 물고 힘차게 날아올랐다. 그는 자신이 숨어 있던 나무들을 떠나 목초지 위로 높이 날아서, 4백 야드 떨어진 산비탈 숲으로 향했다. 나는 멧돼지 머리의 입 속에 채워 넣은 레몬처럼, 벌어진 부리 밖으로 불거져 나온 커다란 도토리를 볼 수 있었다. 아득한 북소리 같은 꺅도요의 울음처럼, 바람이 새듯 가르랑거리는 소리가 들렸다. 그때 흐릿한 무언가가 어치 뒤에 쉭쉭거리며 다가왔고, 그러자 어치는 별 안간 공중에서 발을 헛디뎌 비틀거리는 것 같았다. 병에서 코르크 마개가 튀어나오듯, 어치의 부리에서 도토리가 뿜어져 나왔다. 어치 는 한쪽으로 기울어진 채 떨어지며 마치 발작하듯 요동쳤다. 땅이 어치를 죽였다. 그러자 송골매가 급강하하여 어치를 덮쳤고, 죽은 새를 오크나무로 가지고 갔다. 그곳에서 그는 어치의 털을 뽑고 허 겁지겁 살점을 삼켰다. 두 날개와 가슴뼈와 꼬리만 남았다.

어치는 욕심이 많아서 먹이를 잔뜩 비축한다. 그는 평소처럼 초저공비행을 하며 이 나무에서 저 나무로 은밀하게 숨어 다녀야 했다. 그를 주시하는 하늘을 향해 날개와 꽁무니의 흰 섬광을 드러 내서는 안 됐다. 그는 강가의 푸른 목초지를 서서히 가로지르며 눈 부시게 빛났기에, 너무도 강렬한 표적이 되었다.

매는 죽은 나무를 향해 날아가, 잠을 잤다. 해질녘 그는 자신 의 보금자리를 향해 동쪽으로 날아갔다.

이번 겨울 나는 그가 가는 곳마다 따라다닐 것이다. 나는 사냥 생활이 주는 두려움, 무한한 기쁨, 지루함을 그와 함께 할 것이다. 그의 영롱한 눈동자 깊숙한 곳의 중심와를 물들이는 변화무쌍하게 진동하는 색깔이 더 이상 포식자 인간인 나의 형상 때문에 겁에 질 려 어두워지지 않을 때까지, 나는 그를 따라다닐 것이다. 나의 이교 도적인 머리는 겨울 땅 속으로 가라앉아, 그곳에서 정화될 것이다.

10월 3일

내륙은 안개에 잠겼다. 해안은 뜨거운 태양 아래 시원한 미풍이 불고, 북해는 잔잔히 반짝거린다. 노래를 부르며 쫓고 쫓기는 들판의 종달새들이 햇살 속에서 어른거린다. 해수소택지에는 붉은발도요들이 우는 소리가 울려 퍼진다. 만조 때의 총사냥. 희미하게 반짝이며 길게 늘어선 섭금류들이 개펄에서 날아오르자, 해수소택지 일대가 몸을 떤다. 희부연 안개에 갇힌 흰 해변들. 칙칙한 내륙의 들판이 타오르고, 섭금류들은 물보라처럼 바다 위를 휙 지나간다.

개꿩, 붉은가슴도요, 꼬까물떼새, 흰죽지꼬마물떼새, 세가락도요 같은 작은 섭금류들은 대부분 조개껍데기 해변에 정착했다. 모두 제각기 다른 방향을 향한 채 잠을 자고 깃털을 고르고 망을 보는 동안, 모래가 눈부시게 반짝이는 순백의 해변 위로 그림자가 선명하게 드리운다. 민물도요는 조수 표면 바로 위에 드러난 습지식물 끄트머리에 앉았다. 그들은 미풍을 마주하고, 불안정한 자세로 무심하고 끈기 있게 몸을 흔들었다. 해변에 그들을 위한 공간이 있었지만, 그들은 날려고 하지 않았다.

5백 마리의 검은머리물떼새가 남쪽에서 내려왔다. 흑백 얼룩 무늬에는 광택이 흐르고, 막대사탕 같은 분홍색 부리에서는 휘파람 소리가 났다. 세가락도요의 까만 다리가 하얀 해변을 달렸다. 붉은 갯도요 한 마리가 떨어져 서 있었다. 그는 연약하고, 망아지 같았고, 뒤에 바다 잔물결이 일었으며, 흰색과 갈색이 섞인 얼굴 위 매끄러운 두 눈은 감겨 있었다. 조수가 물러났다. 움직임 없는 검은 그림자에 정박한 물의 반영인 양, 섭금류들이 아지랑이 속에서 헤엄쳤다.

바다 저 멀리에서 갈매기들이 울었다. 종달새들이 한 마리씩 노래를 그쳤다. 섭금류들은 제 그림자 속으로 가라앉으며 조그맣게 몸을 웅크렸다. 하늘의 백색 차광遮光에 검은빛을 드리우며, 송골매

한 마리가 바다 위를 선회했다. 암컷 송골매는 땅 위 공기가 무겁고 탁하다는 듯 속도를 늦추고 목적 없이 표류했다. 그가 하강했다. 흰 날개의 기습 공격으로 해변은 타오르며 아우성쳤다. 어지럽게 빙빙 도는 새들로 하늘은 잘게 조각나고 찢겼다. 송골매는 흰 나무를 쪼개는 검은 낫처럼 오르내렸다. 그는 공기를 베고 찢었지만 공격을 하지는 못하고, 지친 듯 내륙으로 날아갔다. 섭금류들이 떠내려왔다. 떼까마귀들은 까악까악 울면서 먹이를 먹기 위해 진흙 평원으로 날아갔다.

10월 5일

황조롱이 한 마리가 강가의 평원과 나무가 우거진 언덕을 가르는 개울 옆을 계속 맴돌았다. 그는 실 잣는 거미처럼 자기 날개로 거미집을 짓듯이 선회하며, 천천히 그루터기에 내려앉았다.

개울 동쪽, 초록 과수원은 하늘과 맞닿은 윤곽선까지 솟아 있다. 송골매 한 마리가 원을 그리며 그 위로 높이 날아올라 맴돌기 시작했다. 그는 바람을 거슬러 50야드마다 맴돌다가, 이따금 1분 이상 가만히 머물렀다. 강하게 불던 서풍은 돌풍이 되어, 나뭇가지를 구부리고 나뭇잎을 떨어뜨렸다. 해는 사라졌고, 구름이 짙어지고 있었다. 서쪽 수평선이 검고 날카롭게 솟아났다. 비가 내리고 있었다. 색은 쇠하여 눈부신 수묵화가 되었다. 수평으로 길게 펼쳐진 두 날개 사이의 좁은 공간에 구붓이 숙인 매의 머리는 올빼미만큼이나 크고 둥글어 보였다. 쇠물닭 한 마리가 울었고, 또로롱 노래하던 오색방울새들은 엉겅퀴 덤불 속으로 조용히 몸을 숨겼다. 까치들은 개구리처럼 잔뜩 몸을 구부렸다가 폴짝하고 더 긴 풀숲 속으로 뛰어들었다. 과수원 끝에 다다르자, 매는 북쪽으로 방향을 돌렸다. 내가 그곳에 있는 동안, 그는 개울을 건너지 않을 터였다.

송골매는 바람을 타고 좁다란 나선을 그리며 날아올라, 노래처럼 가볍게 1천 피트보다 더 높이 둥실 떠올랐다. 지면을 스치듯 지나, 부유하는 단풍나무 씨앗처럼 천천히 작게 회전하며 가볍게 공중에 떠오르면서. 그는 전처럼 언덕 위 교회 저 너머에서 공중을 맴돌다가, 바람을 거슬러 다시 과수원으로 돌아왔다. 강풍을 끌어안기 위해 넓게 펼친 꼬리를 내리고, 갈고리 모양 머리를 숙이고, 두 날개를 앞으로 구부리고서. 그는 과수원 나무들보다 1천 피트 높은 공중에서 몸을 작고 둥글게 웅크렸다. 마침내 그는 몸을 풀고서, 천천히 날개를 펼치며 옆으로 몸을 돌렸다. 몸을 다시 접고 가파른 나선을 그리며 아래로 향하더니, 문득 몸을 곧게 펴고 수직 하강했다. 요동치며 대기를 뚫었고, 무언가를 공격하려는 듯 긴 다리로 횡하고 내려와 나무 사이로 떨어졌다. 하늘과 대조되는 검은 그의 두 다리와 발이 굵고 억세어 보였다. 하지만 공격이 서툴렀을까. 아무것도 움켜쥐지 못한 채 몸을 일으킨 것으로 보아, 먹이를 놓친 게 분명했다.

10분 뒤, 수많은 붉은발자고새의 무리가 숨어 있던 산울타리 아래 긴 풀숲을 떠나, 매가 방해했던 흙 목욕을 계속하기 위해 맨땅으로 돌아갔다. 자고새들은 이렇게 목욕을 하는 동안 살해되기도 한다. 파닥거리는 날개가 그들 쪽으로 시선을 끌기 때문이다.

황조롱이가 다시 그루터기 위를 맴돌았고, 송골매가 그를 향해 급강하해 덮쳤다. 송골매의 하찮다는 듯 가벼운 몸짓만으로도, 황조롱이는 그루터기에 거의 날개가 닿을 듯 몸을 낮추어 들판 맨구석으로 날아갔다.

3시에 비가 쏟아붓기 시작했다. 삑삑도요 한 마리가 개울에서 점점 작아져갔다. 그가 비구름이 떠 있는 반짝이는 갈대밭 사이를 누비며 사라진 지 한참 후, 그의 구슬프고 애조 띤 울음소리가 다시 울려왔다. 검은가슴물떼새가 짙은 안개 속에서 울었다. 하루가 끝나가는 모양이었다. 그러나 내가 비안개 낀 들판을 나설 때, 산길 근처의 진흙과 지푸라기가 뒤섞인 젖은 땅에서 송골매가 무겁게 날아올랐다. 자고새 여섯 마리가 뒤이어 산울타리에 내려앉았다. 매가 점점 작아지자, 그의 색깔이 마도요의 탁한 회갈색에서 황조롱이의 적갈색과 흑회색으로 바뀌는 것 같았다. 그는 물에 흠뻑 젖은 듯 무겁게 날아갔다. 아마 그는 자고새들이 날아오르길 기다리며 한참을 그루터기에 앉아 있었을 것이다. 그는 우짖었고, 어둑한 동쪽 하늘의 윤곽선 너머로 그 울음과 모습이 서서히 바래갔다. 잿빛 안개 속 그의 모습이 저 멀리 마도요와 너무도 닮아서, 나는 매의 탁탁 끊어지는 거친 지껄임 사이로 마도요의 아득한 나팔소리 같은 쓸쓸한 울음소리가 메아리치지 않을까 조금 기대했다.

10월 7일

수컷 송골매가 날개를 세차게 파닥이는 찌르레기들에게서 벗어나, 북쪽 하늘을 덮은 연보랏빛 연무 속으로 녹아들었다. 5분 뒤 그는 다시 나타나, 바람을 거슬러 강을 향해 날렵하게 미끄러져 내려갔다. 암컷 송골매 한 마리가 그 옆을 날았다. 그들은 함께 앞으로 활공한 다음, 가볍게 날개를 퍼덕이며 나를 향해 내려오다가, 다시 활공해 갔다. 10초 만에 1천 피트 높이에서 2백 피트까지 하강하더니, 어느샌가 머리 위를 지나간 것이다. 수컷 송골매는 암컷보다 몸매가 더 호리호리하고 날렵했다. 아래에서 보면 그들의 날개에는 몸통과 연결된 둘째날개깃이 넓게 퍼져 있다. 암컷 송골매의 날개 너비는 몸길이의 절반 이상을 차지했다. 그들의 꼬리깃은 짧았다. 날개 앞으로 쭉 뻗은 머리와 목은 날개 뒤편 몸통과 꼬리깃보다 길이가 약간 짧지만, 너비는 두 배나 넓었다. 이 비율은 그들의 머리를 유난히 무겁게 보이게 했다. 내가 이런 인상을 자세하게 묘사하는 이유는, 이런 특징은 바로 위를 활공하고 있을 때만 관찰할 수 있기 때문이다. 송골매는 대개 좀 더 평평한 각도에서나 옆에서만 볼 수 있으며, 이럴 때는 비율이 상당히 달라 보인다. 이때 머리는 더 뭉툭하고, 꼬리깃은 더 길며, 날개는 덜 넓어 보인다.

송골매들은 푸른 연무 속에 아무런 흔적도 남기지 않은 채, 차가운 하늘을 그을리며 불꽃처럼 홀연히 사라진다. 그러나 낮은 하늘에는 새들이 지나간 흔적이 뒤로 늘어지다, 갈매기들이 만든 흰 나선을 뚫고 위로 올라간다.

바람이 차가워질수록 해는 더욱 따뜻하게 빛났다. 숲은 능선을 따라 선명하게 떠다녔다. 커다란 집 잔디밭의 삼나무들이 짙은 초록 불빛 속으로 타올라 검게 그을리기 시작했다.

여울로 향하는 오솔길 한쪽에서, 나는 풀밭 비탈에서 무언가 먹는 북숲쥐를 발견했다. 그는 비쩍 마르고 하얀 두 앞발로 풀잎을 꼭 붙잡고서 풀씨를 먹고 있었다. 쥐는 지나가는 차가 일으키는 바람에도 날아갈 만큼 아주 작았고, 녹갈색 털은 부드러운 이끼로 덮인 것 같았지만, 등을 만지면 단단하고 견고했다. 길고 예리한 두 귀는 활짝 편 손 같았고, 밤눈이 밝은 커다란 두 눈은 불투명하고 까맸다. 그는 우듬지를 구부려 새순을 야금야금 갉아먹느라, 내가 건드리고 1피트 위에 얼굴을 들이대도 전혀 눈치채지 못했다. 그에게는 내 모습이 은하계처럼 거대해서 보이지 않았다. 나는 그를 집어 올릴 수도 있었지만, 죽을 때까지 절대로 떠나지 않을 지면에서 지금 그를 떼어놓는 건 잘못 같았다. 나는 그에게 도토리 한 알을 주었다. 그는 도토리를 물고 경사면 위로 가지고 가 멈추더니, 그것을 이빨에 대고 돌렸다. 마치 도공이 물레를 돌리듯 두 손으로 휙휙 돌린 것이다. 그의 삶은 곧 생존을 위해, 생명을 보충하고 유지하기 위해 먹는 것이다. 결코 앞서 나가지 않으며, 항상 죽음과 죽음 사이의 좁은 길에서 움직인다. 밤에는 담비와 족제비, 여우와 올빼미 사이에서, 낮에는 자동차와 황조롱이와 왜가리 사이에서.

두 시간 동안, 왜가리 한 마리가 들판 한쪽의 산울타리 옆에서 깊게 홈이 파인 그루터기를 마주하고 서 있었다. 그는 긴 기둥 같은 다리로 서서 등을 구부리고 고개를 푹 숙인 채 힘없이 축 늘어졌다. 죽은 체하는 것이었다. 부리는 딱 한 번 움직였다. 그는 쥐가 다가오면 죽이려고 기다리고 있었다. 그러나 한 마리도 오지 않았다.

제비갈매기가 개울을 따라가면서 사냥을 하고 있었다. 물에 비친 자신의 검은 그림자 끄트머리에 어른거리는 물고기를 찾으려 내려다봤다. 그는 주변을 맴돌며 날다가 얕은 물에 고개를 푹 집어넣더니, 로치[1] 한 마리를 부리에 물고 고개를 들었다. 그는 잡은 물고기를 두 차례 떨어뜨렸고, 물에 닿기 전에 강하 비행하여 다시 잡아챘다. 그러고는 그것을 네 번 크게 꿀꺽거려서 삼켰다. 그는 미끄

---

1 roach. 잉어과의 민물고기이다.

러지듯 내려가 개울물을 마셨다. 수면에 아래쪽 부리를 집어넣자, 얇게 저민 듯 길고 선명한 잔물결이 일렁거렸다.

제비갈매기가 일어서자 송골매가 급강하하여 덮쳤고, 텅 빈 하늘에 끼이끽 소리가 울려 퍼졌다. 그는 제비갈매기를 놓쳤고, 몸을 확 들어 올려 날아가 버렸다. 나는 속이 빈 나무 꼭대기에서 송골매가 사냥해 죽인 동물 세 구를 발견했다. 찌르레기, 종달새, 붉은부리갈매기였다.

<hr>
10월 8일

안개가 걷혔다. 강어귀는 동풍에 깎인 형태 그대로 단단하게 굳었다. 수평선은 햇빛 속에서 괴로워했다. 섬들이 물 위로 솟아올랐다. 3시에 한 남자가 지도를 펄럭이며 방파제를 따라 걸었다. 민물도요 5천 마리가 그의 머리 20피트 위에서 내륙을 향해 낮게 날았다. 남자는 그들을 보지 않았다. 그들은 그의 무심한 얼굴 위로 그림자를 폭포처럼 쏟아냈다. 그들은 황금빛 키틴질로 반짝이는 딱정벌레 무리처럼 내륙으로 빗발치듯 쏟아져 내렸다.

만조가 되었다. 모든 섭금류가 내륙으로 날았고, 해수소택지는 거울 같은 수면 아래로 천천히 표류했다. 섭금류들이 깔대기 대형을 이루며 내륙의 들판에 비스듬히 내려앉았다. 나는 조수처럼 천천히 전진해, 마른 수로를 따라 그들을 향해 살금살금 다가갔다. 그루터기와 마른 경작지를 느릿느릿 지나갔다. 지평선을 따라 띠 장식처럼 늘어선 마도요들은 보고 듣기 위해 좁고 긴 부리가 달린 머리를 이리저리 돌렸다. 땅에서 꿩 한 마리가 튀어 올랐다. 마도요들은 나를 보고 산등성이 너머로 미끄러지듯 날았지만, 작은 섭금류들은 움직이지 않았다. 눈이 덮인 길처럼, 갈색 들판 위에 흰 줄로 길게 늘어서 있었다. 그림자 하나가 내 앞으로 곡선을 그리며 지나갔다. 올려다보니 암컷 송골매 한 마리가 머리 위를 선회하고 있었다. 내가 섭금류들에게 가까이 다가가자, 송골매는 내가 그들을 날아오르게 만들길 바라며 내 머리 위를 떠나지 않았다. 송골매는 그들이 어떤 새인지 확실히는 몰랐을 수도 있다. 나는 여전히 그 자리에 머물며 섭금류처럼 웅크리고 앉아서, 검은 석궁 같은 매를 올려다보았다. 송골매는 더 낮게 다가와 나를 유심히 내려다보았다. 그러고는 야생의 날카로운 소리로 한 차례 울었다. "끼익, 끼익, 끼익, 끼익, 끼익." 아무것도 움직이지 않자, 송골매는 내륙을 향해 높이 솟구쳤다.

적어도 2천 마리의 섭금류가 전투를 위해 정렬한 장난감 병사처럼 고랑마다 나를 향해 늘어서 있었다. 그들이 늘어선 줄이 하얀 건 주로 개꿩들의 머리에 둘러진 흰 띠와 흰 얼굴 때문이었다. 민물도요는 대부분 잠들었다. 꼬까물떼새와 붉은가슴도요들은 졸고 있었다. 흑꼬리도요들만이 잠들지 못하고 경계했다. 청다리도요 한 마리가 하늘을 날며 오랫동안 단조롭게 울어대자, 작은 섭금류들은 몹시 불안해했다. 그들은 매에게 하듯 반응했다. 붉은발자고새들이 민물도요와 부딪치고 꼬까물떼새들을 거칠게 떠밀면서 고랑을 따라 걸어갔다. 그들은 앞으로 향하거나, 멈추어서 먹이를 먹었다. 섭금류 한 마리가 움직일 기미를 보이지 않자, 붉은발자고새들은 그를 깔아뭉개려 했다. 새에게는 오직 두 종류의 새만 존재한다. 자기와 같은 종류, 그리고 위험한 종류. 다른 종류는 존재하지 않는다. 나머지는 돌멩이나 나무, 혹은 죽은 사람처럼 그저 무해한 대상이다.

10월 9일

　찌는 듯한 더위 속에서 안개가 낮을 가렸다. 안개는 매캐한 금속성 냄새를 풍기며, 차갑게 썩어가는 손가락으로 내 얼굴을 더듬었다. 그러고는 늪에서 악취를 풍기며 둔하게 움직이는 쥐라기 도마뱀처럼 길가에 널브러졌다.

　해가 떠오르자 안개는 조각조각 흩어지며 어지럽게 돌더니, 관목과 산울타리 아래로 서서히 사라졌다. 11시에 태양은 커다란 푸른 원의 한가운데에서 빛나고 있었다. 점점 줄어드는 흰 햇무리처럼, 안개는 그 가장자리에서 바깥을 향해 타올랐다. 불붙은 땅에서 색깔이 활활 타올랐다. 종달새들이 노래했다. 제비와 흰털발제비들은 강 하류를 향해 날았다.

　강의 북쪽 경작지들은 태양 아래에서 번들거리고 김을 내면서 중토重土로 변해갔다. 송골매는 멀리 타래처럼 휘감긴 새 무리에서 벗어나, 아침 하늘 속으로 날아올랐다. 송골매는 좌우로 번갈아 곡선을 그리며 8자 모양으로 빙빙 돌면서, 오늘의 첫 약한 열상승기류를 타고 날개를 퍼덕이며 미끄러지듯 날아올라, 남쪽으로 향했다. 찌르레기들에게 포위당한 송골매는 날아올라 그들에게서 벗어났고, 내 위를 지나 아주 높이 올라가 작아진 그는 이쪽저쪽으로 고개를 돌리며 아래를 내려다보았다. 그의 커다란 두 눈이 얼굴의 검은 줄무늬 사이에서 하얗게 반짝였다. 해는 그루터기처럼 갈색과 노란색이 화려하게 어우러진 매를 구릿빛으로 물들였고, 그의 움켜진 두 발을 갑자기 황금빛으로 빛나게 했다. 활짝 펼친 꼬리가 빳빳하게 서자, 열두 개의 갈색 깃털 사이로 하늘이 비치며 열 개의 파란 줄무늬가 생겼다.

송골매는 원을 그리며 돌기를 멈추고, 햇살 속으로 뛰어들어 쏜살같이 앞으로 향했다. 찌르레기들이 연기가 피어오르듯 다시 우르르 몰려들더니, 넓게 퍼져서 땅을 향해 이동했다. 매는 계속 날아서 남쪽의 반짝이는 안개구름 속으로 향했다.

송골매는 내가 따라가기에는 너무 빨랐다. 나는 자고새와 어치들과 함께 계곡에 남아, 해안에서 다가오는 종달새와 댕기물떼새들을 지켜보았다. 번식기를 잘 보낸 붉은발자고새 무리는 여느 때보다 크고 많다. 어치도 아주 많다. 나는 어치 여덟 마리가 각자 부리에 도토리를 물고 강을 가로질러 날아가는 모습을 보았다. 그들은 일주일 전에 목격한 죽음에서 아무것도 배우지 못했고, 송골매 역시 그들의 어리석음을 이용하는 법을 익히지 못했다. 혹시 어치의 살점에 힘줄이 많거나 맛이 없다는 걸 알았을까. 송골매는 늦은 오후에 다시 돌아왔지만 머물지는 않았다. 포만감을 느끼며 갈대 사이를 지나가는 강꼬치고기처럼, 그는 양버들 사이를 유유히 날았다.

10월 12일

마른 잎들이 시들어 반짝이고, 오크나무의 초록이 희미해져 간다. 느릅나무들에는 선명한 황금빛 줄무늬가 새겨진다.

안개가 내렸지만, 서풍이 걷어갔다. 햇볕에 그을린 하늘은 점점 뜨거워졌다. 습한 공기가 칙칙한 땅으로 자리를 옮겼다. 북쪽은 푸른 실안개에 뒤덮였고, 남쪽은 하얗게 바랬다. 종달새들은 목청껏 노래를 부르거나, 고랑을 따라 언뜻언뜻 모습을 비추었다. 갈매기와 댕기물떼새들은 경작지와 경작지 사이를 표류했다.

가을에 송골매들은 개울이나 강의 돌이 많은 얕은 곳에서 목욕을 하기 위해, 강어귀에서 내륙으로 날아온다. 그들은 오전 11시부터 오후 1시 사이에 죽은 나무에서 쉬면서, 날개를 말리고서 깃털을 고르고 잠을 잔다. 바른 자세로 꼿꼿하게 앉은 그들의 모습은 흡사 옹이가 많고 뒤틀린 오크나무를 닮았다. 그들을 발견하려면 계곡에서 자라는 모든 나무의 모양을 알아야 한다. 그래야 새로 더해진 무언가가 새라는 걸 곧장 알아볼 테니까. 매는 죽은 나무 뒤에 숨는다. 그들은 죽은 나무에서 가지처럼 자란다.

한낮에 나는 강가의 느릅나무에서 수컷 송골매를 몰아냈다. 갈색 들판, 갈색 잎, 스카이라인에 낮게 깔린 갈색 안개를 배경으로, 수컷 송골매는 쉽게 눈에 들어오지 않았다. 수컷 송골매는 그를 뒤쫓는 까마귀 두 마리보다 훨씬 작아 보였다. 하지만 흰 하늘을 배경으로 날아오르자, 그는 더 커져서 보다 쉽게 눈에 띄었다. 그는 순식간에 더 높이 올라 원을 그리며 날다가, 갑자기 방향을 바꾸어 홱 돌아, 재바르지 못한 까마귀들을 당황하게 했다. 까마귀들은 늘 수컷 송골매를 지나쳐 날았고, 벌어진 거리를 만회하기 위해 힘껏 애썼다. 떼를 지어 매를 공격하면서 울어댈 때, 까마귀들은 "프룩, 프룩" 하고 후두음으로 아주 높은 소리를 내면서 'r' 발음을 한껏 굴렸다. 이렇게 떼 지어 공격해오면, 송골매는 힘차고 리드미컬하게 날개를 퍼덕거린다. 송골매는 댕기물떼새처럼 조용히 날개를 철썩거리며 공중에서 튀어 오른다. 까마귀 떼를 피하는 이 신중한 맥동은 아름다워 보인다. 이에 맞추어 숨을 쉬면, 최면을 거는 듯하다.

수컷 송골매는 태양 아래에서 몸을 돌려 방향을 틀었다. 그의 날개 밑면이 검劍처럼 은빛으로 번쩍거렸다. 까만 눈은 빛났고, 눈 주위의 맨살은 소금처럼 반짝였다. 거리가 5백 피트까지 벌어지자,

단념한 까마귀들은 날개를 활짝 펴고 활공하여 숲으로 되돌아갔다. 매는 더 높이 올라, 미끄러지듯 부드럽게 활공하면서 길고 드높은 원을 그리다가, 북쪽으로 빠르게 날아서, 마침내 푸른 안개 속으로 사라졌다. 물떼새들이 들판에서 일제히 날아올라, 날개의 어두운 속삭임으로 지평선을 들썩이게 했다.

눈부신 오후 내내, 나는 강가의 넓은 들판 남쪽 끝에 앉아 있었다. 햇살을 받아 등은 따뜻했고, 마른 모래와 점토가 뒤섞인 색으로 물든 들판은 황야의 아지랑이로 일렁였다. 자고새 무리가 반짝이는 지면 위에서 마치 작고 까만 보석 반지처럼 두드러져 보였다. 송골매가 그들 위로 맴돌자, 자고새 반지들은 몸을 움츠렸다. 댕기물떼새들은 몸을 일으켜 날았다. 매가 하늘의 빛나는 물결무늬 속으로 몸을 감추자, 그들도 고랑 속으로 숨어들었다.

까마귀들이 매를 뒤쫓기 위해 다시 날아올랐고, 세 마리가 동쪽으로 향했다. 이제 날개가 말라 더욱 자신감에 찬 수컷 송골매는 날개를 펄럭이지 않고, 그저 대기에 가득 찬 온기를 타고 높이 치솟았다. 수컷 송골매는 까마귀들의 갑작스런 돌진을 가뿐하게 피한 뒤, 꺅도요 부리 같은 날개를 흔들며 그들을 급습했다. 까마귀 한 마리는 다시 땅으로 미끄러지듯 질주했지만, 다른 한 마리는 매보다 1백 피트 아래에서 무겁게 날개를 퍼덕이며 힘겹게 날았다. 둘 다 수목이 울창한 언덕 위로 높이 날아올라 아주 작아졌을 때쯤, 매는 까마귀가 자신을 따라잡도록 속도를 늦추었다. 그들은 서로를 향해 돌진해 뒤엉키며 맞부딪쳤고, 떨어진 고도를 회복하기 위해 급히 날아올랐다. 그들은 보이지 않는 높은 곳으로 올라가, 원을 그리며 싸움을 계속했다. 한참 후 까마귀는 다시 공중을 표류했지만, 매는 가고 없었다. 나는 강어귀로 향하는 도중에, 수천 마리의 찌르레기에 둘러싸여 원을 그리며 날고 있는 그 매를 다시 발견했다. 찌르레기들은 매의 주변을 밀려왔다 밀려가며, 검은 깔때기 모양의 회오리바람처럼 하늘 위에서 구불구불 물결을 이루었다. 찌르레기들은 수평선의 황금빛 햇무리 속에서 모두가 별안간 누렇게 그을린 듯 보일 때까지, 자신들을 괴롭히는 매를 해안을 향해 내몰았다.

강어귀에는 조수가 점점 차올랐다. 잠을 자던 섭금류들은 해수소택지로 몰려들었고, 물떼새들은 초조하게 몸을 들썩였다. 나는 매가 하늘에서 하강할 거라고 기대했지만, 그는 내륙으로부터 낮게 다가왔다. 새까만 초승달 모양의 매는 해수소택지를 가로지르며 벌떼처럼 빽빽한 민물도요 무리를 날려 보냈다. 이 검은 상어는 요동치고 곤두박질치는 은빛 물고기 떼 사이를 헤치며 돌진했다. 그는 별안간 찌르듯 내려와서 소용돌이치는 새들을 걷어내고는, 혼자 떨어진 민물도요 한 마리를 뒤쫓아 하늘 높이 치솟았다. 이 민물도요는 매에게로 천천히 돌아오는 듯하더니, 매의 검은 윤곽 속으로 들어가 다시는 나타나지 않았다. 잔혹함도, 폭력도 없었다. 인간이 손가락 하나로 곤충을 짓이기듯 간단하게, 매가 한쪽 발을 뻗어 민물도요의 심장을 움켜잡고 쥐어짜자 움직임을 멈추었다. 매는 나른하고도 가뿐하게 섬의 느릅나무에 유유히 내려앉아, 먹이의 깃털을 뽑고 먹었다.

10월 14일

가을치고는 드문 날이었다. 높은 구름 아래 대기는 차분하고 온화했으며, 멀리 햇빛 몇 조각이 주변을 맴돌고 파란 하늘의 서까래가 안개 속으로 바스러졌다. 느릅나무와 오크나무는 여전히 푸르렀지만, 어떤 나무는 이제 황금빛으로 누렇게 물들었다. 나뭇잎 몇 장이 떨어져 내렸다. 불타는 그루터기에서 숨 막히는 연기가 피어올랐다.

3시 만조 때가 되자, 강어귀의 남쪽 기슭을 따라 조수가 높아졌다. 제방에서 꺅도요가 몸을 떨었다. 하얗게 반짝이는 물이 솟구쳐 올라 방파제의 돌들을 삼켰다. 정박한 배들이 바다를 쪼아댔다. 암적색 퉁퉁마디[2]가 물에 잠긴 피처럼 빛났다.

마도요들은 마치 해안의 파도처럼 모양을 바꾸며, 긴 'V'자로 날개를 펼쳤다 오무렸다 하면서, 길고 평평한 방패꼴 대형으로 섬에서 건너왔다. 붉은발도요들은 새되게 울면서 격렬하게 움직였다. 그들은 잠시도 가만히 있지 않으며, 결코 침묵하지 않는다. 개꿩의 울음소리에는 희미하지만 고집스러운 슬픔이 배어났다. 꼬까도요와 민물도요가 몸을 일으켰다. 청다리도요 스무 마리가 울면서 높이 날았고, 갈매기나 하늘처럼 회색과 흰색이 어우러졌다. 큰뒷부리도요들이 마도요와, 붉은가슴도요와, 물떼새와 함께 날았다. 이들은 좀처럼 혼자 있지도, 좀처럼 차분히 있지도 않는다. 이 긴 코를 쿵쿵대는 괴짜들은 크게 울면서 바다를 즐겁게 한다. 이들은 코웃음 치고, 재채기하고, 야옹거리고, 으르렁대며 짖듯이 운다. 위로 살짝 굽은 가느다란 부리를, 머리를, 어깨와 몸 전체를 옆으로 돌리고, 날개를 흔든다. 파도가 너울대는 바다 위에서 로코코식 비행을 과시한다.

---

2   glasswort. 개펄이나 염전 주변에서 자라는 염생식물로, 함초라고도 한다.

구름 아래에서 날카롭게 울부짖고 나선을 그리며 높이 나는 갈매기들. 새들로 눈부시게 빛나는 섬들. 오르락내리락하는 송골매 한 마리. 물을 스치듯 날고, 공중제비를 하고, 높이 솟아오르는 흑꼬리도요들. 그 뒤를 따라가 급습해 와락 움켜잡는 송골매. 흑꼬리도요와 송골매는 쏜살같이 날고 재빨리 피한다. 그들은 날개를 펄럭이며 주변을 누비면서 육지와 바다를 수놓는다. 흑꼬리도요는 하늘 위로 올라가, 점점 작아지다, 작은 점이 되어, 마침내 사라진다. 송골매는 급강하해, 걸터앉아, 완전히 지쳐서, 숨을 헐떡인다.

조수가 밀려나고, 홍머리오리들은 거머리말을 뜯어먹고, 왜가리들은 얕은 바다에서 흐느적거리듯 움직인다. 양들은 방파제 위에서 풀을 뜯는다. 눈을 돌려 긴 강어귀 주변을 죽 돌아보라. 쐐기풀에 찔린 손가락에 소리쟁이를 문지르듯, 물이 치유의 주름을 펴게 하라. 잔잔한 물, 아치를 그리는 빛, 그 위의 부드러운 하늘에 섭금류들이 들끓도록 놓아두라.

10월 15일

1시가 지나자 재빨리 안개가 걷히고 해가 빛났다. 한 시간 뒤에 동쪽에서 송골매가 도착했다. 참새, 댕기물떼새, 찌르레기, 산비둘기들에게는 보였지만, 나에게는 보이지 않았다. 부리로 찍어 내릴 수 있는 거리 안으로 쥐가 뛰어 들어오길 기다리며 그루터기에 서 있는 왜가리처럼, 나는 인내심을 갖고 움직이지 않으려 애쓰면서 여울 근처 들판에서 주변을 지켜보며 기다렸다. 멋쟁이새들이 개울가에서 울었다. 제비들이 내 머리 주위를 펄럭이며 날았다. 까치 무리가 산사나무에서 중얼거리더니, 불룩한 빗자루 같은 꼬리를 끌어올리고, 부산스레 날갯짓해 앞으로 몸을 던진 다음, 잘 던진 원반의 각도로 공중에서 천천히 내려왔다. 수천 마리의 찌르레기들이 계곡으로 와서 강가에 모여들다가, 보금자리를 향해 날아갔다.

4시 30분에 검은지빠귀들이 울타리에서 꾸짖기 시작했고, 붉은발자고새들이 우짖었다. 나는 하늘을 둘러보다, 까마귀들에게 쫓겨 여울 너머로 높이 날아가는 송골매 두 마리(수컷과 암컷)를 발견했다. 까마귀들은 이내 포기했지만, 송골매들은 그 후로도 20분 동안 넓고 고르지 않은 원을 그리며 맴돌았다. 그들은 가파른 각도로 몸을 기울여 여러 차례 도느라, 여울에서 4분의 1마일도 채 벗어나지 못했다. 그들은 깊고 신중하게 날갯짓하며 날았지만(수컷이 암컷보다 재빠르게 날갯짓했다), 빨리 움직이지는 않았다. 수컷은 더 높이 날았고, 격렬하게 날개를 흔들면서 끊임없이 암컷을 덮쳤다. 암컷은 살짝 옆으로 방향을 틀어 수컷의 돌진을 피했다. 이따금 두 새는 속도를 늦추어 거의 정지 비행을 한 뒤, 다시 차츰 속도를 높였다.

깃털을 자세히 보기는 어려웠지만, 콧수염 모양 줄무늬는 멀리에서도 가까이 있을 때만큼 또렷이 눈에 들어왔다. 암컷 송골매의 가슴은 황금색으로 물들었고, 흑갈색 가로 줄무늬가 있었다. 윗부분에 짙은 남색과 갈색이 뒤섞인 것으로 보아, 아마도 두 번째 겨울을 나면서 다 자란 새의 깃털로 깃털갈이를 하는 모양이었다.

이때가 송골매들의 진정한 사냥 시간이었다. 해가 지기 한 시간 반 전, 서쪽 빛이 기울고 동쪽 스카이라인 위로 이른 땅거미가 막 내려앉을 때 말이다. 처음에 나는 송골매들이 고도를 높이려고 원을 그리며 날아오른다고 생각했지만, 그들이 아주 오랫동안 계속 선회하는 건 분명 모종의 성적 목적 및 과시와 관련이 있었다. 내 주위의 새들은 자신이 위험에 처했다고 믿었다. 검은지빠귀와 자고새들은 결코 침묵을 지킬 수 없었다. 산비둘기, 댕기물떼새, 갈까마귀들은 들판에서 황급히 흩어져 이 지역을 떠났고, 청둥오리들은 개울에서 날아올랐다.

20분 뒤, 매들은 더 빨리 날기 시작했다. 그들은 더 높이 올랐고, 수컷 송골매는 더 이상 암컷 송골매를 덮치지 않았다. 그들은 엄청난 속도로 다시 한 번 선회한 다음, 동쪽으로 날아가 돌아오지 않았다. 그들은 보이지 않을 때까지 날개를 펄럭이며 강어귀로 향했고, 언덕 위 1천 피트 높이의 잿빛 땅거미 속으로 사라졌다. 그들은 사냥을 하고 있었다.

10월 16일

돌투성이 이랑을 따라 파도가 일으키는 물보라를 맞으며 섭금류들이 잠자고 있었다. 그들은 흙먼지 날리는 내륙 들판의 뜨거운 고랑에 일렬로 늘어서 있었다. 민물도요, 꼬마물떼새, 붉은가슴도요, 꼬까물떼새들은 바람과 해를 정면으로 마주한 채, 갈색 대지 위 흰 자갈들처럼 한데 모여 있었다.

남쪽에서 불어오는 포효하는 돌풍을 맞아, 파도는 높은 방파제에 세차게 부딪치며 대기 위로 물보라를 일으켰다. 방파제의 바람을 맞지 않는 쪽에는 길고 마른 풀들이 타오르고 있었다. 헐떡이는 노란 불길과 북쪽으로 흐르는 연기가 빠른 바람에 흩어졌다. 상처 입은 짐승처럼, 열기는 극심하게 고통스러웠다. 방파제 맨 위 짧은 풀들은 오렌지색과 검은색으로 환하게 빛났고, 소금기 머금은 물보라가 철썩하고 떨어지자 풀은 쉬익 소리를 질렀다. 작열하는 하늘 아래 태양의 강렬함 속에서, 물과 불은 함께 기뻐하고 있었다.

갑자기 섭금류들이 날아올라, 나는 그들 너머를 바라보았다. 송골매 한 마리가 북쪽 하늘에서 힘차게 내려오고 있었다. 높고 굽은 어깨, 그 사이에 숙인 커다란 머리, 그리고 날개의 길고 가느다란 전율과 진동으로, 나는 그가 수컷 송골매라는 걸 알아보았다. 그는 나를 향해 곧장 날았다. 두 눈이 나를 응시하는 것 같았고, 곧이어 적대적인 인간 형상을 알아보자 크게 확대되었다. 매는 긴 날개를 비틀어 벌리고서 옆으로 거칠게 방향을 틀었다.

나는 환한 빛 속에서 수컷 송골매의 색깔을 분명하게 보았다. 등과 둘째날개깃은 화려하고 짙은 적갈색, 첫째날개깃은 검은색, 배 부분은 황토색 바탕에 황갈색 화살촉 모양 줄무늬가 있다. 태양을 반사하는 윤기 나는 두 눈 아래로 창백한 뺨을 따라 검은 삼각 수염 같은 깃털이 나 있었다.

연기를 뚫고 물보라를 가르며, 수컷 송골매는 돌 위로 미끄러져 흐르는 물처럼 부드럽게 쏟아져 나와, 방파제 너머로 활공했다. 섭금류들은 땅 위에 희미하게 어른거리다가, 잠이 들었다. 매의 깃털은 연기 그림자 사이에서 얼룩졌고, 반짝이는 물보라 속에서 쇠미늘 갑옷처럼 희미하게 빛났다. 그는 강풍에 휩쓸린 채 날아올라, 재빨리 몸을 낮추어 밀물을 가로질렀다. 그는 물에 떠 있는 갈매기를 급습했다. 갈매기가 즉시 날아오르지 않았다면, 그는 바다에서 갈매기를 잡아챘을 것이다. 수컷 송골매는 빛을 향해 날개 쳤고, 남쪽에서부터 강어귀를 가로질러, 거대한 검劍 같이 드리운 태양의 눈부심을 따라가며 차츰 줄어들어, 작고 검은 얼룩이 되었다.

해질녘에 바람이 북쪽으로 지나갔다. 하늘은 구름에 덮이고,

바다는 낮고 고요하며, 불길은 사그라들었다. 청둥오리 1백 마리가 자욱한 안개로 어두워가는 북쪽에서 벗어나, 저녁노을보다 훨씬 높이 치솟았고, 해변에서 그들을 주시하는 송골매와 습지에서 몸을 낮추고 기다리는 포수들을 한참 지나 더 환한 하늘로 날아올랐다.

10월 18일

안개가 내려앉은 계곡은 축축한 고치 같다. 비는 그 위를 떠돈다. 갈까마귀들은 특이한 목소리로 울며 비행하고, 떠들석하게 놀며, 열성껏 닥치는 대로 먹어대는 데 온 정성을 들인다. 검은가슴물떼새는 빗속에서 우짖었다.

갈까마귀들이 점점 세게 까악깍 울면서 느릅나무 숲으로 휩쓸고 간 뒤 조용해졌을 때, 나는 송골매가 날고 있다는 걸 알았다. 나는 그를 따라 강으로 내려갔다. 수천 마리의 찌르레기가 철탑과 전선에 앉아서, 각자 부리를 크게 벌리고 명랑하게 끽끽댔다. 까마귀들은 매를 주시했고, 검은지빠귀들은 꾸짖어댔다. 까마귀들은 5분간 경계한 뒤 긴장을 풀었고, 찌르레기들을 급습하면서 좌절감을 해소했다. 검은지빠귀들은 꾸짖어대기를 멈추었다.

차가운 가랑비가 제법 많이 내려, 나는 비를 피하기 위해 산사나무 옆에 섰다. 1시에 회색머리지빠귀 여섯 마리가 덤불로 날아와, 산딸기 몇 알을 먹고, 다시 날아갔다. 그들의 날개는 짙었고 물기로 반짝였다. 강가는 조용했다. 멀리 둑에서 들려오는 희미한 속삭임, 바람과 비의 부드럽고 순한 숨소리만 들릴 뿐이었다. 서쪽 어디선가 "끼륵, 끼륵, 끼륵" 하는 단조로운 소리가 시작됐다. 그 소리는 내가 알아차리기 한참 전부터 계속되고 있었다. 처음에는 기계식

물펌프가 끽끽하고 물을 내뿜는 소리라고 생각했지만, 소리가 점점 가까워지자 송골매가 내는 새된 소리라는 걸 깨달았다. 톱질을 하는 듯한 거슬리는 이 소리는 20분 동안 계속되다가, 차츰 약하게 단속 적으로 들려왔다. 그러고는 마침내 멈추었다. 송골매는 안개 자욱한 들판을 지나 죽은 오크나무 가지들 속으로 까마귀를 뒤쫓았다. 그들 이 횃대에 급히 내려앉자, 산비둘기 스무 마리가 마치 해고라도 당한 것처럼 서둘러 나무를 떠났다. 까마귀는 송골매를 부리로 쫄 수 있는 거리가 될 때까지 가지를 따라 통통 튀며 옆걸음을 쳤다. 송골 매는 까마귀를 향해 몸을 돌리고는 머리와 날개를 낮추어 위협적인 자세를 취했다. 까마귀는 후퇴했고, 매는 다시 울기 시작했다. 느리 고 거칠며 부리처럼 날카롭고 톱니처럼 울퉁불퉁한 매의 우짖음은 안개가 짙게 깔린 공기를 뚫고, 4분의 1마일 밖 내 귀에 선명하게 들려왔다. 절벽이나 산, 넓은 강의 계곡들이 메아리를 일으키고 음 색을 부여할 때, 송골매의 울음소리는 근사하고 매력적으로 울린다. 두 번째 까마귀가 높이 날았고, 매는 울음을 그쳤다. 그 두 마리 까 마귀가 매를 향해 돌진하자, 매는 즉시 머리 위의 전선을 향해 날았 고, 까마귀들은 매만 남겨두고 떠났다.

송골매는 그루터기만 남은 자기 앞의 들판을 졸리지만 방심하 진 않은 눈으로 내려다보았다. 그는 차츰 정신을 차리고 주의를 집 중하면서, 안절부절 못하고 전선 위의 발을 꽉 그러쥐었다가 옮겼다 가 했다. 깃털은 헝클어지고 비에 젖었으며, 황갈색과 갈색 줄을 땋 은 듯한 가슴 밑은 흙탕물로 지저분했다. 이윽고 매는 들판을 향해 가볍게 날아서, 쥐 한 마리를 움켜쥐고 일어난 다음, 그것을 먹기 위 해 멀리 떨어진 나무를 향해 날았다. 한 시간 뒤에 그는 같은 장소로 돌아왔고, 다시 앉아서 들판을 지켜보았다. 비에 젖어 커진 덩치를 잔뜩 구부리고, 무언가에 몰두하면서. 커다란 머리를 아래로 숙이고, 그루터기만 남은 고랑들과 무성하게 펼쳐진 잡초들의 복잡한 미로를 두 눈으로 자세히 살펴 길을 찾고 분류하면서. 갑자기 그는 그물 같은 날개를 활짝 펼치고 앞으로 뛰어올라, 재빨리 들판을 향해 날아갔다. 무언가가 몸을 숨기기 위해 들판 옆 도랑을 향해 달려가고 있었다. 매는 그곳으로 가뿐하게 하강했다. 네 개의 날개가 함께 퍼덕거렸고, 갑자기 두 개가 움직임을 멈추었다. 매는 발로 쥔 죽은 쇠물닭을 축 늘어트린 채, 들판 한가운데로 무겁게 날았다. 쇠물닭들이 먹이를 찾기 위해 흔히 그러듯 그도 안전한 영역에서 너무 멀리 벗어났고, 꼼짝하지 않고 있던 적을 잊었다. 제 영역을 벗어난 새는 언제나 가장 먼저 죽는다. 공포는 특이한 것, 병든 것, 길을 잃은 것을 찾아낸다.

매는 날개를 반쯤 편 채, 비를 등지고 먹이를 먹기 시작했다. 그는 먹이의 가슴에서 깃털을 뽑는 모양인지 2~3분 동안 고개를 숙인 채 좌우로 조금씩 움직였다. 그런 다음 머리와 목을 계속 규칙적으로 위아래로 움직이면서, 톱니 모양의 뾰족한 부리로 살점을 쿡 찍고는 머리를 홱 들어 올려 뼈에 붙은 살점 덩어리를 떼어냈다. 머리를 들어 올릴 때마다 좌우를 재빨리 살핀 다음, 다시 먹이를 향해 숙였다. 10분이 지나자, 머리를 위아래로 움직이던 동작은 차츰 더뎌졌고, 먹이를 삼킬 때마다 잠시 멈추던 시간은 점점 길어졌다. 그러나 산만한 식사는 15분이 넘도록 계속되었다.

매의 동작이 잠잠해지고 분명히 허기가 채워졌을 때, 나는 흠뻑 젖은 풀들을 가로질러 매를 향해 조심스럽게 걸음을 옮겼다. 매는 남은 먹이를 쥐고 곧장 날아서, 이내 눈을 뜰 수 없을 만큼 세찬 빗속으로 몸을 숨겼다. 그는 나를 알아보기 시작했지만, 그가 죽인 먹이를 나눠주지는 않을 것이다.

10월 20일

송골매는 강한 남풍과 상쾌한 아침 햇살을 맞으며 강가 목초지 위를 선회했다. 그는 짙은 색 타래를 이룬 찌르레기들 속에서 커다랗게 반짝였다. 그는 더 높이 원을 그리다가, 나른하게 몸을 웅크린 채 회전하며 하강했다. 햇빛 사이로 황금빛 두 발이 반짝였다. 그는 댕기물떼새처럼 나선을 그리며 곤두박질쳐서, 찌르레기들을 흐트러뜨렸다. 5분 뒤 다시 공중으로 몸을 들어 올려, 원을 그리다가 활공한 다음, 따뜻하고 푸른 바닷물을 가르는 물고기처럼 찌르레기들이 이룬 덮그물에서 멀리 떨어진 환한 빛 속으로 뛰어들었다.

그는 1천 피트 상공에서 자세를 잡고 표류하며, 저 아래 작고 푸른 들판을 내려다보았다. 그의 몸은 햇빛에 반사되어 금색으로 빛났고, 송어 비늘처럼 갈색으로 얼룩졌다. 날개 밑은 은빛이었고, 둘째날개깃은 날개 손목 관절에서 겨드랑이까지 안으로 구부러져 거무스름한 말굽 줄무늬로 그늘이 졌다. 그는 닻을 내린 보트처럼 부드럽게 몸을 흔들며 표류한 다음, 이내 북쪽 하늘로 천천히 출항했다. 원형에서 긴 타원형으로 점차 비행 범위를 넓히다가, 위로 획 날아올라 작아졌다. 그 아래에서 댕기물떼새 무리가 날아올라, 방향을 틀고 우왕좌왕하다 흩어졌다. 그는 호랑이처럼 나선으로 회전하며 그들 사이로 급강하해 덮쳤다. 휘어진 발톱에서 황금빛이 빛났다. 멋진 습격이었지만 지나치게 요란해서, 나는 그가 댕기물떼새를 죽이지는 못했을 거라고 생각한다.

　내가 송골매를 따라 언덕 한편을 지날 때, 녹색과 황갈색 들판들 사이에서 강이 파랗게 반짝였다. 1시에 매는 갈매기들이 경작지를 따라 날고 있는 북쪽으로 빠르게 날았다. 그가 거칠고 힘차게 움직여 말뚝 위에 안착하자, 가슴을 뒤덮은 긴 깃털이 강한 바람에 헝클어지며 잘 익은 밀밭처럼 누런 잔물결이 일었다. 그는 한숨 돌리는가 싶더니, 앞으로 돌진해 케일밭 전체를 낮게 휩쓸며 산비둘기를 몰아냈다. 그는 살짝 높이 올라, 참매처럼 발을 뻗어 산비둘기 한 마리를 공격했다. 그러나 공격은 그저 시늉에 불과한 헛된 발길질일 뿐이어서, 산비둘기는 멀리 달아나버렸다. 그는 쉬지 않고 낮게 날았다. 이 짙은 마호가니 색 짐승, 깊이 부식된 산화철로 얼룩진 찰흙색 짐승을 비추는 햇빛에 그의 등이 반짝였다.

　매는 들판을 떠나 바람 속을 급히 날아올라, 햇살을 배경으로 윤곽이 드러난 강 위를 활공했다. 활공 중에 날개는 느슨하게 늘어지고 어깨는 축 처져서, 송골매라기보다 검은가슴물떼새의 윤곽에 가까운 몸통 중간에 날개가 달린 듯 보였다. 보통 송골매들은 어깨를 잔뜩 움츠린 채 저 멀리 앞쪽으로 향하기 때문에, 날개 앞쪽 몸통에서 목까지가 전혀 보이지 않는다.

　송골매는 강 저편 동쪽으로 날아갔고, 나는 그를 다시 보지 못했다. 수백 마리의 떼까마귀와 갈매기가 스카이라인 밖으로 뿜어져 나와, 원을 그리며 표류하다가, 해안가로 향하는 매에게 발견되자 동작을 멈추고 뿔뿔이 흩어져 내려앉았다.

　나는 개울로 내려가 올 가을 처음으로 꺅도요를 보았고, 자고새에게 가까이 다가갔다. 가슴의 밤색 말굽 무늬가 햇살에 선명하게 도드라져 보였다. 2시 30분에 암컷 송골매가 자신을 뒤쫓는 까마귀와 함께 숲으로 건너왔다. 암컷 송골매의 크기는 까마귀와 거의 같았고, 가슴은 수컷 송골매보다 더 넓고 불룩했으며, 날개는 더 넓고 덜 뾰족했다. 암컷은 빠르게 원을 그리며 날았고, 까마귀를 피해서 하늘 높이 솟구치기 시작했다. 암컷은 언덕 위에 잎 모양 구름이 긴 황갈색 하늘로 올라가, 저 먼 바다 위로 높이 솟아 주변을 맴도는 빛의 구름 밖으로 빠져나와서, 동쪽으로 아주 높이 날아올랐다.

10월 23일

20일 이후로 많은 겨울 철새가 계곡을 찾아왔다. 오늘은 강가의 산사나무 숲에서 검은지빠귀 쉰 마리를 보았다. 전에는 고작해야 일곱 마리뿐이었는데.

안개가 자욱한 고요한 아침이었다. 찌르레기 한 마리가 송골매를 완벽하게 흉내 냈다. 그는 들판에서 강의 북쪽을 향해 송골매 울음소리를 끝없이 반복했다. 다른 새들은 그 소리에 마음을 졸였다. 나처럼 그들도 깜빡 속았다. 나는 찌르레기가 부리를 벌려 소리 내는 걸 실제로 보기 전까지는, 그것이 매라고 철석같이 믿었다. 가을의 찌르레기 소리를 듣고 있노라면, 그 흉내 내는 소리를 통해 검은가슴물떼새, 회색머리지빠귀, 황조롱이, 송골매들이 언제 계곡에 도착하는지를 알 수 있다. 중부리도요와 청다리도요 같은 희귀한 철새의 소리도 정확하게 따라하게 될 것이다.

2시에는 댕기물떼새 열두 마리가 하늘 높이 날아 북서쪽을 향해 꾸준히 이동했다. 그들보다 훨씬 위에서 송골매 한 마리가 어른거렸다. 밝은색 작은 수컷이었는데, 댕기물떼새들과 함께 이동했을

지도 모른다.

안개 사이로 태양이 모습을 드러낼 무렵, 내가 이 달 내내 보았던 수컷 송골매가 강가 목초지 위로 높이 날아올랐다. 목초지는 언제나처럼 찌르레기 무리가 에워싸고 있었다. 원을 그리던 그는 3백 피트 높이에서 갑자기 방향을 틀어 신속하게 강 위를 날았고, 고도를 낮추어 길고 민첩하게 활공해 앞으로 돌진했다. 댕기물떼새와 갈매기 수백 마리가 들판에서 가파르게 날아올랐고, 매는 그들 사이로 몸을 숨겼다. 아마도 매는 새들이 막 날아오른 직후에 아래에서 새 한 마리를 포획하길 바랐을 테지만, 성공하지는 못했을 것이다. 30분 뒤, 수많은 붉은부리갈매기가 여전히 들판 위 1천 피트 상공에서 원을 그리고 있었다. 그들은 미끄러지듯 날면서, 날개를 움직이지 않으면서 빠르고 우아하게 주변을 표류하며 울었다. 각자 주변 새들과 몇 야드씩 떨어져 원을 그렸는데, 항상 서로 반대 방향으로 돌았다.

송골매가 산등성이를 따라 여울과 숲 주변에서 원을 그리다가 강으로 다시 돌아오자, 늦은 오후의 맑은 햇살 속에서 산비둘기, 갈매기, 댕기물떼새들이 서로 간격을 두고 계곡 곳곳에서 날아올랐다. 송골매는 해가 넘어가기 한 시간 전까지 이 경작지에서 저 경작지로 갈매기들을 따라다니더니, 이내 해안을 향해 떠났다.

10월 24일

조용한 하늘은 구름으로 가득하고, 공기는 차고 고요했다. 메마른 길은 시든 잎들로 바스락거렸다. 수컷 송골매는 날렵하고 위협적으로 맹렬한 날갯짓을 하며 계곡 숲 위를 날아, 산비둘기들을 나무에서 내쫓았다. 나는 강가에서 그가 아침에 죽인 사냥감을 발견했다. 눈부시게 흰 붉은부리갈매기가 어둡고 축축한 경작지에 쓰러져 있었다. 반듯이 누운 채, 붉은 부리를 벌리고 빳빳한 붉은 혀를 내밀고 있었다. 그는 깃털을 다 뽑아놓고도 살점을 별로 먹지 않았다.

　　나는 강어귀로 향했지만, 조수가 낮았다. 바다는 저 멀리 마도요의 울음소리, 개펄의 숨죽인 슬픔과 함께, 진흙과 안개의 크게 패인 공허 속으로 숨어들었다. 칙칙한 빛 속에 앉아 있는 황조롱이가 발광하는 삼각형 구리처럼 빛났다.

　　나는 일찍 그곳을 떠나, 4시에 다시 강 하구에 다다랐다. 나무에서 무리를 이룬 작은 새들이 흥분해서 날카로운 소리로 떠들어대고 있었다. 검은지빠귀와 찌르레기들에 쫓기어 숨어 있던 송골매가 내 곁을 바싹 지나쳐 날았다. 나는 창백한 얼굴 위 콧수염 같은 어두운 줄무늬와, 미나리아재비처럼 윤기가 흐르는 갈색 깃털, 날개 아래쪽의 가로 줄무늬와 얼룩무늬를 보았다. 머리 꼭대기는 유독 창백하게 빛나 보였고, 황금빛 바탕에 가볍게 갈색 얼룩이 드러났다. 매는 긴 날개를 기울여 힘차게 날아, 재빨리 새들 무리에서 빠져나와서, 강의 북쪽을 향해 활공했다.

　　송골매는 한 시간 뒤에 돌아와, 높은 굴뚝 꼭대기로 향했다. 갈매기들이 계곡 위로 높이 지나서, 강어귀 쉴 곳으로 이동하고 있었다. 갈매기들이 각각 날개를 긴 'V'자로 펴고 지나가자, 송골매가 날아올라 아래에서부터 그들을 공격해, 촘촘히 모인 대열을 뿔뿔이 흩어놓으며 한 마리씩 잇따라 맹렬하게 덮쳤다. 그는 마치 급강하하여 덮치듯이, 날개를 반으로 접고서 그들 사이로 휙 날아올랐다. 그런 다음 등을 돌려 위아래로 곡선을 그리더니, 갈매기 한 마리의 아래로 지나가면서 발로 와락 움켜잡으려 했다. 갈매기들이 몸을 격렬하게 비틀고 돌리자, 송골매는 당황한 게 분명했다. 30분이 넘도록 시간 간격을 두고 갈매기를 잡으려 애썼지만, 한 마리도 잡지 못했으니 말이다. 그가 철저히 진지하게 시도를 하긴 했는지 판단하기 어려울 지경이었다.

해질 무렵 수컷 송골매는 2백 피트 높이의 굴뚝 꼭대기에서 휴식을 취하기 위해 자리를 잡았다. 동이 틀 때 내륙으로 향하는 갈매기들을 다시 공격할 준비를 하는 것이다. 이곳은 두 강이 합류하는 지점이자, 커다란 강어귀의 초입이며, 야생 조류 사냥에 의해 방해받지 않는 좋은 휴식처였다. 해안의 주요 사냥터들, 두 개의 저수지, 두 개의 강 유역이 모두 날아서 20분이 안 걸리는 10마일 이내에 있었다. (이 굴뚝은 이후에 철거되었다.)

10월 26일

들판은 조용했고, 안개로 흐렸으며, 움직임은 은밀했다. 차가운 바람이 하늘에 층층이 구름을 쌓아올렸다. 참새들이 마른 잎 뒤덮인 산울타리에 후두두 날아들어, 비 올 때처럼 잎들 사이에서 토독토독 소리가 났다. 검은지빠귀들이 잔소리를 해댔다. 갈까마귀와 까마귀들이 나무에서 유심히 내려다보았다. 나는 이 들판에 송골매가 있다고 확신했지만, 도무지 찾을 수 없었다. 이쪽 끝에서 저쪽 끝까지 가로질러 보았지만, 꿩과 종달새들만 내쫓을 뿐이었다. 송골매는 자신의 색과 아주 비슷한 젖은 그루터기와 짙은 갈색 땅 사이에서 모습을 감추었다.

갑자기 송골매가 날아오르자, 주변의 찌르레기들이 들판에서 몸을 일으켜 강 너머로 날아올랐다. 무수한 관절로 이루어진 듯 탄력 있어 보이는 두 날개가 유연하고 힘차게 하늘을 그으며 높이 펄럭였다. 어깨를 움츠리고 화살처럼 돌진하면서, 송골매는 마치 개가 몸에서 물을 털어내듯 양 어깨에서 찌르레기들을 털어냈다. 그는 동풍을 거슬러 가파르게 오르더니, 갑자기 방향을 바꾸어 남쪽으로 향했다. 그는 원을 그리는 대신 한쪽 변이 긴 6각 모양으로 돌다가, 몸을 휙 움직여 방향을 바꾸어서 새소리로 가득한 들판 위로 올라갔다. 안개 자욱한 잿빛 속에서 그는 진흙과 짚의 색을 띠었고, 칙칙하게 얼어붙은 그늘에서는 햇빛만이 낭창낭창한 황금으로 변신할 수 있었다. 그는 1분도 안 되는 시간 동안 지상에서 5백 피트에 이르는 높이를 불규칙하게 오르내렸다. 이런 움직임은 전혀 힘들이지 않고 이루어졌고, 두 날개는 그저 편안하고 연속적인 리듬으로 잔물결을 일으키며 너울댈 뿐이었다. 그의 항로는 결코 완전한 직선이 아니었다. 그는 항상 몸을 이쪽저쪽으로 기울이거나, 꺅도요처럼 별안간 회전하고 순식간에 방향을 휙 바꾸었다. 마침내 그는 갈매기와 댕기물떼새들이 먹이를 먹고 있는 들판 너머로 활공했다. 그의 길고 느린 활공에 많은 새가 허둥지둥 날아올랐다. 새들이 모두 올라가자, 그는 소용돌이치며 맹렬하게 그들 사이로 급강하하여 덮쳤다. 그러나 타격을 입은 새는 한 마리도 없었다.

　송골매가 사라지자, 어치 두 마리가 들판을 가로질러 높이 날았다. 어디로 갈지 결정을 못하는지, 도토리를 쥔 채 멍한 모습으로 이상하고 엉뚱한 방향을 더듬거렸다. 결국 그들은 숲으로 돌아왔다. 종달새와 옥수수멧새들이 달콤하고 담백하게 노래를 불렀다. 붉은 날개지빠귀들은 산울타리 사이로 희미하게 휘파람을 불었다. 마도요가 울었다. 제비들은 강 하류로 날았다. 사방이 고요하다가, 이른 오후가 되어서야 해가 비쳤고, 갈매기들이 작은 양털구름 아래에서 서쪽으로 흘러가다 원을 그리며 다가왔다. 댕기물떼새와 검은가슴 물떼새들이 뒤따라왔는데, 그중에는 날개에 희고 넓은 줄무늬가 있고 머리는 희끄무레한 부분백색증을 보이는 새도 있었다. 내 주변 사방에서 새들이 울면서 날았지만, 이들을 두렵게 하고 있는 매가 내게는 보이지 않았다.

　잠시 후 수컷 송골매는 보지 않을 수 없을 만큼 나에게 가까이 날아왔다. 말을 성가시게 하는 파리들처럼, 찌르레기들이 그의 머리 주변을 부산하게 돌아다녔다. 그의 날개 아래쪽에 햇살이 비쳤고, 크림색과 갈색의 날개 표면은 은빛 광택이 흘렀다. 겨드랑이깃의 짙은 갈색 타원형 점들은 개꿩의 검은색 '겨드랑이' 무늬와 흡사했다. 각 날개의 손목 관절 아래에는 오목하게 어두운 그림자가 드리웠다. 어깨는 정지한 채 첫째날개깃만 움직이면서, 빠르게 날개를 저으며 부드럽게 잔물결을 뒤로 남겼다. 까마귀 두 마리가 꼭 다문 부리와 팔딱이는 목구멍에서 후두음을 내며 날아올랐다. 그들은 양쪽에서 차례대로 매를 급습하며 강하게 몰아붙여서, 그를 동쪽으로 내쫓았다. 매가 둘 중 하나를 공격하자, 나머지 한 마리가 매의 시야가 닿지 않는 곳에서 즉시 그에게 돌격했다. 매는 미끄러지듯 날았고, 하늘 높이 솟구치려 했지만 시간이 충분하지 않았다. 그는 까마귀들이 그를 추적하는 데 싫증이 날 때까지 계속 비행해야 했다.

　해가 지기 한 시간 전, 나는 강어귀에 가서 다시 그 송골매를 발견했다. 그는 해안에서 1마일 떨어진 지점을 맴돌고 있었다. 갈매기들이 잠자리에 들기 위해 넓게 트인 바다로 다가오자, 매는 해수소택지와 방파제를 넘어 그들에게 날아오더니, 공격을 시작했다. 갈매기 몇 마리는 바다로 하강해 매의 습격을 피했지만, 한 마리는 더 높이 날았다. 송골매는 1백 피트를 수직으로 찌르듯 급강하하여 그 갈매기를 연거푸 덮쳤다. 처음에 매는 쏜살같이 지나가면서 뒷발가락으로 갈매기를 후려치려 했지만, 갈매기는 마지막 순간에 옆으로 날개를 퍼덕이며 번번이 그를 피했다. 다섯 번의 시도 후에 매는 방법을 바꾸어, 갈매기 뒤에서 몸을 굽혀 아래위로 빠르게 곡선을 그리고는, 밑에서 갈매기를 포획했다. 확실히 갈매기는 이런 식의 공격에 훨씬 취약했다. 갈매기는 피하지 못하고, 그저 매가 향하는 방향으로 똑바로 날았다. 그러고는 가슴을 움켜잡힌 채 머리를 축 늘어뜨려 뒤를 바라보면서, 섬까지 붙들려갔다.

10월 28일

가장 최근 지어진 농장 건물들 저편에서 소금과 진흙과 해초 냄새가 낙엽과 열매 맺힌 가을 산울타리 냄새와 뒤섞이면, 문득 내륙은 더 이상 존재하지 않으며, 푸른 들판은 물안개 위 스카이라인을 향해 흘러간다.

한낮에 해수소택지 저 끝에서, 밀물 속을 첨벙이며 뛰어다니는 여우 한 마리를 보았다. 여우는 덜 축축한 땅 위를 걷고 있었는데, 털은 매끈했고 물에 젖어 색이 짙었으며, 축 늘어진 꼬리에서는 물이 뚝뚝 떨어졌다. 여우는 개처럼 몸을 털고, 코를 킁킁거리며 공기를 들이마시고는, 빠른 걸음으로 방파제로 향했다. 그러다 갑자기 걸음을 멈추었다. 나는 쌍안경을 통해, 여우의 흰 반점이 있는 노란 홍채 속 작은 동공이 수축했다 확장하는 걸 보았다. 두 눈은 속에서 빛이 타올라 사납게 이글거렸고, 보석처럼 불투명하게 번들거렸다. 여우는 나를 향해 시선을 고정시킨 채 천천히 앞으로 걸어왔다. 불과 10야드 떨어진 곳에서 여우가 다시 걸음을 멈추었고, 나는 쌍안경을 내려놓았다. 여우는 1분 이상 그 자리에 서서 코와 귀로 나를 탐색했고, 당혹감이 담긴 야만스런 눈빛으로 나를 지켜보았다. 이윽고 산들바람이 인간의 악취를 실어 보내자, 갈색과 흰색이 어우러진 아름다운 털을 가진 이 야생동물은 다시 쫓기는 여우가 되어, 그곳을 피해 내달려서 방파제를 넘고, 그 너머 기다란 푸른 들판을 지나 줄행랑쳤다.

홍머리오리와 쇠오리가 조수를 따라 흘러들었다. 섭금류들이 해수소택지를 촘촘히 메웠다. 조심하라고 경고하듯 참새들이 파드득 날아오르자, 웅크리고 있던 수천 마리의 섭금류 위로 송골매가 유유히 활공했다. 팔꿈치 같은 날개의 손목 관절이 코브라의 부푼 목처럼 구부러지고 접혀 그 못지않게 위협적이었다. 송골매는 날개를 치며 만 주위를 편안하게 활공하면서, 꼼짝 않고 침묵하는 새들 위로 자신의 그림자를 드리웠다. 이윽고 그는 내륙으로 방향을 돌려, 낮고 빠르게 날개를 펄럭이며 들판을 가로질렀다.

쇠부엉이 네 마리가 가시금작화 덤불에서 나와, 부드럽고 우아한 날개를 가만가만 움직이며 공기를 잠재웠다. 그들은 흰 강어귀와 짙푸른 풀밭을 배경으로 표류하면서, 바람 속을 천천히 오르내렸다. 그들은 커다란 머리를 돌려 나를 관찰했다. 마치 홍채 안쪽으로 노란 불꽃이 타올라 불똥을 뱉어낸 뒤 사그라들듯, 그들의 매서운 눈초리가 이글이글 타올랐다가 흐릿해지더니 다시 타올랐다. 새 한 마리가 울었다. 왜가리가 잠결에 우는 것처럼, 날카롭지만 소리 죽여 짖는 소리였다.

송골매는 원을 그리며 날다가, 표류하는 쇠부엉이들을 급강하하여 덮쳤지만, 마치 화살로 흩날리는 깃털들을 맞추려는 것 같았다. 송골매가 돌격하며 일으킨 찬바람에 부엉이들은 기우뚱거리고 뒤집히고 흔들렸지만, 이내 더 높이 날아올랐다. 그들이 물 위를 날자, 송골매는 포기하고 방파제 근처 말뚝 위로 내려와 몸을 쉬었다. 만약 그가 다른 부엉이들로부터 한 마리를 떼어놓을 수 있었다면, 아래에서 세차게 타격을 가해서 죽일 수도 있었겠지만, 그러기에는 그의 공격이 절망적일 정도로 표적을 크게 빗나갔다. 4시에 송골매는 내륙으로 천천히 날았다. 햇살이 비치는 들판 끄트머리를 따라 날아가는 그는 잠시 어둑해지다, 이내 숲 그늘 깊숙이 모습을 감추었다.

나는 새소리만 들리는 차가운 썰물의 고요를 떠나, 좀 더 밝은 내륙의 해질녘으로 향했다. 산울타리들 사이로 공기는 여전히 무겁고 따뜻했다. 숲은 코를 강하게 자극하는 향기를 풍겼다. 순수한 호박색 저녁 빛 속에서, 여름의 쓸쓸한 초록은 붉은색과 황금색으로 사위어갔다. 해질녘은 바람 한 점 없이 차분했다. 젖은 들판은 무어라 표현할 수 없는 가을 냄새를 풍겼다. 치즈와 맥주의 시큼 달콤한 진한 향이 무거운 공기 속에 스며들어 향수를 불러일으켰다. 나는 가지에서 떨어진 마른 잎 한 장이 둥실거리며 내려와, 반짝이는 오솔길 지면에 닿는 가볍고도 단단한 소리를 들었다. 흐릿한 갈색 부엉이 유령처럼, 송골매는 죽은 나무를 부드럽게 떠돌았다. 그는 황혼 속에서 기다리고 있었다. 휴식을 취하는 게 아니라, 먹잇감을 기다리던 것이다. 자고새 무리가 울면서 밭고랑에 모여들었고, 청둥오리들은 먹이를 먹으려 쌩하니 그루터기에 내려앉았지만, 매는 움직이지 않았다. 나는 저녁놀을 배경으로 윤곽을 드러낸, 느릅나무 꼭대기에 몸을 웅송그린 그의 어두운 형체를 볼 수 있었다. 그의 아래에서 냇물이 빛났다. 꺅도요가 울었다. 매가 몸을 일으켜 앞으로 웅크렸다. 언덕 위 나무에서 첫 번째 멧도요가 비스듬하게 이리저리 흔들리며 내려왔다. 세 마리가 그 뒤를 따랐다. 그들이 시냇가 진흙으로 떨어지자, 매가 그들 사이로 요란하게 내려왔다. 매와 꺅도요와 멧도요가 한꺼번에 앞다투어 위로 올라가려 하면서, 날카롭게 쉭쉭거리고 날개를 투드득 부딪쳐댔다. 곧이어 모두가 나무들 위로 뿔뿔이 흩어졌고, 멧도요 한 마리가 추락해 시내의 얕은 곳으로 첨벙 떨어졌다. 나는 내던져지듯 떨어지는 멧도요의 형체와, 방향을 잃고 돌아가는 긴 부리를 보았다. 매는 냇물에 서서 먹이의 깃털을 뽑은 다음 먹었다.

10월 29일

다소 느린 쟁기질에 고랑에는 커다란 흑갈색 쟁기밥이 만들어져, 파여진 채 견고하게 빛났다. 부드럽게 베인 가장자리에서 햇살이 반짝거렸다. 갈매기와 댕기물떼새들은 독수리가 뱀을 찾듯, 벌레를 찾아서 긴 갈색 계곡과 검게 갈라진 틈들을 뒤지고 다녔다.

송골매는 주변 새들을 무시하고, 강가의 말뚝에 앉아 똥 무더기를 유심히 내려다보았다. 그는 지독한 악취를 풍기는 짚 속으로 뛰어들어, 날개를 파닥이며 그 안을 허우적거리더니, 커다란 시궁쥐한 마리를 움켜쥐고서 무겁게 몸을 일으키고는, 북쪽을 향해 날아 시야에서 사라졌다.

1시에 강 너머 하늘이 동쪽부터 캄캄해졌고, 찌르레기들이 빗발치는 화살처럼 머리 위에서 쉭쉭거리며 날았다. 그들 뒤로 더 높은 곳에서 산비둘기와 댕기물떼새들이 맹폭하듯 다가왔다. 뒤돌아볼 엄두가 나지 않는다는 듯, 수천 마리의 새가 다 함께 기를 쓰고 앞으로 향했다. 찌푸린 하늘에는 소용돌이를 그리는 갈매기들이 하얀 반구형 지붕을 이루었다. 10분 뒤 갈매기들은 경작지를 향해 활공해 돌아갔고, 찌르레기와 참새들은 나무에서 내려왔다. 온 하늘에, 온 들판에, 온 산울타리에, 온 숲과 강 너머에, 송골매는 분명한 공포의 흔적을 남겼다.

　북동쪽의 새들은 마치 위험에 더 가까이 있다는 듯 은신처에 더 오래 머물렀다. 그들의 시선을 따라가 보니, 매가 까마귀 두 마리와 작은 전투를 벌이고 있었다. 까마귀들이 뒤쫓으면 매는 그들 위로 급히 날아올랐고, 까마귀들이 나무에 내려앉으면 매는 나뭇가지 사이로 재빨리 움직여 그들을 급습했으며, 그러면 다시 까마귀들이 날아올라 매를 뒤쫓았다. 이런 게임이 열 번도 넘게 반복되었고, 이윽고 매는 싫증을 느껴 강으로 활공해 내려갔다. 까마귀들은 숲으로 날아갔다. 까마귀들이 계곡에서 먹이를 먹는 모습을 거의 본 적이 없는 걸 보면, 먹이를 아주 일찍 혹은 아주 늦게 먹는 게 분명했다. 까마귀들은 목욕을 하거나, 무리를 지어 공격하거나, 혹은 다른 까마귀들을 뒤쫓으면서 시간을 보낸다.

　3시가 되자 매의 비행이 유연하고 날렵해졌다. 그는 점점 더 허기졌고, 이 나무에서 저 나무로 날 때 날개는 허공에서 춤추며 통통 튀었다. 찌르레기들이 버드나무에서 연기처럼 날아올라, 매를 완전히 가렸다. 매는 그들을 피해 날아올라, 날개를 펴고 미끄러지듯 나아갔다. 바람이 계곡 아래로 매를 실어 보냈다. 매는 낮은 잿빛 구름 아래에서 천천히 원을 그렸다.

매가 죽인 먹이의 유해를 발견했을 때는 날이 어둑해질 무렵이었다. 하류에서 5마일 떨어진 강기슭에 유럽자고새 한 마리의 깃털과 날개가 널브러져 있었다. 땅거미가 내려서 피는 검어 보였고, 살이 깨끗이 발라진 뼈는 활짝 웃는 치아처럼 하얬다. 매가 죽인 먹이는 꺼져가는 불 속 따뜻한 깜부기불 같다.

10월 30일

바람에 찢긴 현수막처럼 가을 빛이 두 강어귀 사이 녹색 곶에 걸쳐졌다. 동풍은 얼린 사과주 같은 하늘을 뚫고 은회색 소나기를 세차게 퍼부었다. 쇠황조롱이가 날자, 그 아래 새들이 경작지에서 몸을 일으켰다. 그 작고 날랜 갈색 쇠황조롱이는 하늘과 대비되는 어둠을 들추어낸 뒤, 하강하여 고랑을 따라 방향을 틀었다. 온통 갈색인 그루터기만 남은 들판은 종달새들로 인해 떨리며 반짝였다. 초록은 온통 물떼새들로 얼룩덜룩 물들었다. 조용한 길은 흩날리며 쌓이는 나뭇잎으로 무늬졌다.

해안에 강풍이 불어, 나무들은 나뭇가지를 마구 휘갈기며 뒤로 몸을 젖히고 있었다. 평지는 세찬 소리만 울릴 뿐 아무것도 살지 않는 빈 공간이 되었다. 바람을 피해 마른 도랑에 쌓인 낙엽 사이에서 햇볕을 쬐고 있는 굴뚝새의 모습은, 마른 잎과 겨울의 산울타리로 이루어진 어느 교구에서 죽을 때까지 헌신하는 그을린 피부의 작은 사제처럼 문득 성스러워 보였다.

나는 언덕을 넘어 남쪽 강어귀로 향했다. 세차게 퍼붓는 비는 요란하게 들판 전체에 물보라를 일으켰다. 잠시 후 해가 비쳤고, 제비 한 마리가 햇빛 속으로 사뿐히 날았다. 이 계곡에는 특유의 고독이 깃들어 있다. 느릅나무가 늘어선 가파른 목초지는 평평한 들판과 습지까지 비탈을 이룬다. 길을 따라 내려가면 좁고 빛나는 강어귀가 작아진다. 느릅나무 사이 저 아래에 보이는 갑작스러운 고독과 평화는, 강둑에 이를 즈음 특이한 적막감으로 바뀐다.

갈까마귀들이 북쪽으로 이어지는 초록의 비탈을 까맣게 태웠다. 황량한 습지 갈대의 메마른 수다를 뚫고, 홍머리오리가 발랄하고 격정적으로 휘파람을 불었다. 그 소리를 활기 없고 구슬프게 만드는 건 안개와 먼 거리뿐이었다. 죽은 마도요 한 마리가 제방 위에 놓여 있었다. 가슴이 위로 향한 채 목이 부러졌지만, 훼손되지는 않았다. 뼈의 삐죽삐죽한 모서리에 살갗이 찢겨 있었다. 내가 부드럽고 축축한 시체를 들어 올리자, 긴 날개가 부채처럼 힘없이 늘어졌다. 까마귀들은 강물처럼 사랑스럽게 반짝이는 그 눈동자를 아직 취하지 않았다. 나는 시체를 원래대로 내려놓았다. 내가 가고 나서야 송골매가 돌아와 자신이 죽인 먹이를 먹을 테고, 그 죽음이 헛되지 않을 것이다. 습지에는 (가슴에 총을 맞은) 고니 한 마리가 부패한 채 버려져 있었다. 그 고니는 석유가 잔뜩 묻었고, 들기에 꽤나 무거웠으며, 냄새가 지독했다. 이렇게 죽은 짐승을 만진 일은 바람이 잦아들고 해가 넘어가는 시간, 구름이 깔린 고요한 적막 속에서 마감했던 찬란한 하루에 오점을 남겼다.

11월 2일

온 땅이 황등색과 청동색, 녹슨 붉은색으로 빛났고, 가을 빛에 물든 바다에 잠겨 맑디맑게 빛났다. 송골매는 더 높은 곳에 떼 지어 모인 새들을 유혹하며, 푸른 심연 속으로 가라앉았다. 검은가슴물떼새 무리가 한참 위에서 가물거렸고, 갈매기와 댕기물떼새들은 그 아래에서 궤도를 돌았으며, 비둘기, 오리, 찌르레기들은 얕은 대기에서 쉭쉭거렸다.

소나기구름은 계곡 북쪽 가장자리에서 피어나 서서히 하늘 전체로 퍼져갔다. 송골매는 그 아래에서 원을 그렸고, 찌르레기들의 검은 발에 단단히 붙잡혔다. 그는 맹렬하게 몸을 흔들어 풀려난 뒤, 눈부신 태양 아래 떠가는 짙은 먹구름의 환한 가장자리 위로 모습을 드러내며, 근사한 자태로 남쪽으로 날아왔다. 그가 나를 향해 곧장 다가와서 윤곽만 단축법[3]처럼 비스듬히 보였기 때문에, 나는 그의 둥근 머리와 급경사를 이루고 있는 긴 날개를 볼 수 있었다. 날개 안쪽은 몸통과 60도 각도를 이루도록 들어 올린 채 움직임이 없었다. 좁은 날개 바깥쪽은 더 높이 말아 올린 채 대기 속으로 살짝 기울여서, 강물의 매끄러운 살갗을 건드려 파문을 일으키는 노처럼 현란하게 펄럭였다. 그는 내 위를 지나 드넓은 들판을 가로질러 흘러갔다. 그런 다음 천천히 표류하다가, 강가에 길게 늘어선 황금빛을 띤 붉은 자갈처럼 햇살 속에서 빛나며 높이 솟구치기 시작했다. 그때 암컷 송골매가 그를 만나기 위해 높이 솟구쳤고, 둘은 남쪽의 눈부신 순백 속으로 함께 원을 그리며 날았다.

---

3 fore-shortening. 비스듬하게 보이는 대상에 적용되는 원근법으로, 가장 가까운 부분은 과장될 정도로 크고, 멀어질수록 점점 작게 보인다.

그들이 사라지자, 수백 마리의 회색머리지빠귀가 돌아와 강가 산사나무에서 먹이를 먹었다. 몇몇은 노란 양버들에 머물며, 가늘고 반짝이는 눈과 사나운 전사의 얼굴로 가장 높은 가지에 기품 있게 앉아, 조용히 주변을 관찰했다. 짙푸른 하늘은 구름으로 얼룩졌다. 하늘의 환한 빛이 서서히 땅에 내려앉았다. 누런 그루터기와 검은 경작지가 더 환한 빛을 받아 위쪽으로 반짝였다.

1시 30분에 내가 개울가 나무들 사이에 서 있을 때, 수컷 송골매가 돌아와 나를 향해 빠르게 하강했다. 이제 그는 아마도 나의 꾸준한 추적에 어리둥절할 뿐, 내가 다가가도 딱히 날아가려 하지 않고 아주 기꺼이 나와 마주했다. 까치 일곱 마리가 갑자기 풀밭에서 급히 날아올라 기겁하며 목소리가 낮고 굵은 꺅도요처럼 깍깍 울어댔고, 섭금류처럼 떼 지어 소용돌이치더니 나무를 향해 뛰어들었다. 송골매가 그들이 있던 자리 위를 잠시 맴돌았다. 그는 방향을 틀어 좌우로 몸을 흔들고, 매우 힘차고 한껏 자유롭게 날개를 펄럭이면서, 세찬 기류를 타고 하늘 높이 날았다. 그는 버드나무처럼 유연한 날개와 오크나무처럼 단단한 몸을 하고, 제비갈매기 같은 탄력과 부력으로 하늘 높이 솟구쳐 쏜살같이 비행했다. 땅에서 그는 강의 진흙처럼 황토색과 황갈색이지만, 하늘에서 그는 너도밤나무, 느릅나무, 밤나무의 가을 단풍처럼 광채를 띠었다. 그의 깃털에는 섬세한 음영과 결이 드러났고, 그는 윤기 흐르는 나무처럼 광택이 났다. 나무들이 나에게서 그를 숨겨주었다. 내가 다시 그를 보았을 때, 그는 1백 피트 위에서 해안을 향해 빠르게 올라가고 있었다. 두 시간 후면 일몰이라 조수가 상승한다. 어쩐지 그가 강어귀를 향할 것 같았다. 나는 한 시간 뒤에 그를 따라 그곳으로 갔다.

북풍이 거세져 차가운 하늘 위로 높이 솟아, 침울한 빛을 뿌리고 언덕마루를 딴딴하게 만들었다. 비는 강어귀를 부유했고, 섬들은 줄무늬가 진 은빛 바다에 검게 서 있었다. 북쪽을 향한 총격과 포화가 있었고, 무지개가 빛났다. 말 탄 사람이 습지를 가로질러 달리며 송골매를 몰았고, 송골매는 사격이 남긴 연기와 총소리를 넘어 북쪽으로 높이 날았다. 송골매는 죽은 갈매기를 들고 있었다. 갈색과 노란색을 띤 매가 갈색과 노란색을 띤 가을 들판 속으로 녹아든 지 한참이 지난 후, 나는 바람 속에서 파닥거리는 갈매기의 하얀 날개를 보았다.

11월 4일

강한 북서풍이 불어 하늘이 흰 막을 걷어내자, 차갑게 노려보는 태양의 시선을 피해 눈을 둘 곳이 없었다. 희부연 껍질이 벗겨져 거리감이 날아가 버리자, 모든 나무와 교회와 농가가 더욱 가까이 다가왔다. 나는 9마일 밖 강어귀 아래에서, 바람의 채찍질에 거세진 바다로 인해 몸을 굽힌 나무들을 볼 수 있었다. 새로운 수평선은 강풍의 차가운 발톱에 붙들려 표백된 채 알몸으로 서 있었다.

각도에 따라 색이 달라 보이는 오리들의 머리가 거품이 이는 푸른 물에 옹기종기 모여 있었다. 쇠오리의 머리에 난 털은 갈색과 녹색의 벨벳 같았다. 홍머리오리는 적동색 머리를 크롬색의 길고 더부룩한 털이 장식하고 있다. 청둥오리의 머리는 그늘에서는 짙은 녹색이지만, 햇빛을 받으면 청록색에서 아주 희미하게 타오르는 파란색까지 이르는 온갖 색깔이 너울거리며 선명하게 빛났다. 물가 말뚝에 날아가 앉은 수컷 멋쟁이새는 갑자기 활활 타오르는 듯 보여서,

마치 쉬익하고 날아올라 장관을 이루는 날개 달린 폭죽 같았다.

암컷 송골매 한 마리가 두 시간 동안 강풍 속을 선회했다. 강풍에 몸을 맡기고 날개를 무겁게 휘저으며, 샛강과 해수소택지를 천천히 돌아다녔다. 암컷 송골매는 좀처럼 쉬지 않았고, 높이 솟구치기에는 바람이 몹시 강했다. 매는 방파제를 따라 앞으로 30야드를 날아간 뒤, 주변을 선회했다. 일단 오래 맴돌다 60피트 높이로 내려왔고, 다시 맴돌다 30피트 높이로 내려오더니, 방파제 꼭대기의 긴 풀밭 1피트 위에 이르기까지 맴돌다 하강하기를 반복했다. 암컷 송골매는 그 자리에서 2분 동안 꾸준히 맴돌며 머물렀다. 같은 자리에 머물려면 앞으로 힘차게 날아야 했다. 그때 무언가가 풀밭 사이를 지나가 풀들이 흔들리며 쓰러졌고, 매는 날개를 활짝 펼치고 아래로 곤두박질쳤다. 무언가가 획 지나갔고, 방파제 측면을 따라 바닥에 있는 도랑 속 피난처까지 냅다 달렸다. 송골매가 날아올라 참을성 있게 다시 맴돌기 시작했다. 암컷 송골매는 아마 산토끼나 집토끼를 사냥하고 있던 것 같았다. 나는 둘 모두의 유해를 발견했다. 털이 신중하게 뽑혔고, 뼈는 살점 하나 없이 깨끗했다. 굴욕적으로 널브러진 채 죽어 있는 수컷 청둥오리도 발견했다.

해질 무렵 수컷 송골매가 한 무리의 꺅도요를 쫓아 습지 위를 날았다. 그들은 얼음 위로 미끄러지는 돌멩이들처럼, 날개 퍼덕이는 소리를 내며 바람을 타고 날아갔다.

11월 6일

아침은 짙은 잿빛 구름과 안개에 덮여 봉인되었다. 안개가 걷힐 때쯤 비가 내리기 시작했다. 많은 새가 강을 떠나 서쪽으로 날았고, 검은가슴물떼새들은 그들과 섞여 높이 날았다. 물떼새들의 구슬 픈 목소리가 비를 뚫고 나와, 알려진 세계 너머ultima thule의 슬픈 아름다움을 전했다.

내가 빗물에 흠뻑 젖은 경작지의 진흙을 가로질러 송골매를 따라가자, 그는 몹시 흥분해서 안절부절 못했다. 매는 덤불에서 말뚝으로, 말뚝에서 울타리로, 울타리에서 전깃줄로 휙휙 지나다니며, 세차게 내리는 빗속에서 내 앞을 가볍게 스쳐갔다. 나는 부츠를 신고 점토암 위를 걸으며 힘겹게 따라갔다. 하지만 그럴 만한 가치가 있었다. 송골매는 날아다니느라 점점 지쳐서, 들판을 떠나길 원치 않았기 때문이다. 한 시간의 추적 후, 마침내 매는 50야드 떨어진 곳에서 자신을 관찰하게 해주었다. 우리가 처음 마주했을 때는 2백 야드가 한계였다. 매는 말뚝에 앉아 어깨 너머로 뒤돌아보았다. 그런데 내 움직임이 너무 크자, 날개를 움직이지 않고 홀쩍 뛰어 몸을 돌려서 나를 마주보았다. 순식간에 일어난 일이라, 다른 매가 그 자리에 갑자기 나타난 것 같았다.

송골매는 이내 다시 몸을 들썩였다. 자고새들이 울자, 그는 마치 자고새처럼 날려는 듯 날개 끝을 아래로 바싹 구부려 발작적으로 휙휙 움직이면서, 그들을 보기 위해 하늘을 가로질러 날았다. 그는 활공할 때, 자고새처럼 날개를 빳빳하게 구부려 가볍게 흔들면서 미끄러지듯 날았다. 매는 공격하지 않았고, 나는 이런 흉내가 의도적인지, 무의식적인지, 혹은 그저 우연인지 알 길이 없다. 10분 뒤에 내가 다시 그를 보았을 때, 그는 언제나처럼 유연하고 당당하게 날았다.

비가 그치고 하늘이 개자, 매는 더 빠르게 날기 시작했다. 2시에 매는 구불구불한 올가미 밧줄 모양으로 대열을 이룬 찌르레기 떼에 뚫고 동쪽으로 질주했다. 매가 찌르레기 떼 위로 가뿐하게 오르자, 검은색 위에 적금색 빛이 번쩍였다. 찌르레기들은 고리 모양 대열로 높이 올라 매를 추격했고, 매는 솜씨 좋게 그들 아래로 하강했다. 매가 강 건너에서 지면 높이로 급강하하자, 찌르레기들은 파도가 부서져 물보라를 일으키듯 가파르게 솟구쳤다. 그들은 매를 앞지를 수 없었다. 매가 자유로이 질주하는 동안, 물속에 뛰어든 수달의 등 뒤로 흐르는 물처럼 바람이 그의 날개 곡선을 따라 부드럽게 흘렀다. 나는 강에서 날아오는 일곱 마리 청둥오리에게 다가갔다. 그들은 하늘 높이 서쪽으로 원을 그리며 날았지만, 매가 향한 동쪽으로는 1야드도 날아가지 않을 터였다. 나는 들판을 가로질러 달리고, 산길을 기어오르고, 오솔길을 따라 자전거를 밟으면서, 내 가련한 속도로 매를 뒤쫓았다. 다행히 매는 새 무리를 볼 때마다 잠시 멈추어 뒤쫓았기 때문에, 아주 멀리 가지는 않았다. 그들이 심각한 공격을 받진 않았다. 매는 아직 사냥할 태세를 갖추지 않았다. 매의 태도는 마치 나비를 따라 뛰어다니는 강아지 같았다. 회색머리지빠귀, 댕기물떼새, 갈매기, 검은가슴물떼새들이 겁에 질려 허둥대며 뿔뿔이 흩어져 내달렸다. 떼까마귀, 갈까마귀, 참새, 종달새들은 고랑에서 몸부림치며 마른 잎처럼 굴러다녔다. 온 하늘에서 쉭쉭 소리가 났고, 새들이 비처럼 내렸다. 돌진하고 급강하하고 지그재그로 날아 추격하는 동안, 매의 장난기는 사그라들고 허기가 몰려왔다. 매는 언덕 위로 올라가, 뾰족뾰족한 과수원들과 황록색 오크나무 숲 사이에서 노리갯감을 찾고 있었다. 찌르레기들은 검은 탐조등 빛줄기처럼 하늘로 날아올라, 매를 찾아서 정처 없이 갈팡질팡했다. 산비둘기들은 전투의 생존자처럼 들판을 낮게 가로질러 동쪽에서 돌아오기 시작했다. 수천 마리의 산비둘기가 숲에서 도토리를 먹고 있었고, 매는 그들을 발견했다. 내 눈에 보이는 모든 숲과 덤불에서 새떼가 속속 튀어나와 아우성치며 하늘로 날아올랐고, 서로 바싹 붙어서 민물도요처럼 원을 그리고 소용돌이치며 날아갔다. 새들은 아주 높이 날아올라, 결국 언덕에서 50개에 달하는 무리가 가파르게 올라가다, 동쪽 수평선을 향해 내려가면서 점점 수가 줄었다. 각 무리마다 새가 적어도 1백 마리는 됐다. 송골매는 나무 한 그루 한 그루마다 급습하고, 지나는 길마다 새들을 쓸어버리고, 나무들 사이를 휙휙 날고, 이 과수원에서 저 과수원으로 지그재그로 돌아다니고, 하강과 상승을 되뒤듯 반복해 거대한 톱니 모양으로 하늘 가장자리를 따라 날면서, 온 언덕의 비둘기들을 내쫓고 있었다. 그러더니 갑자기 동작을 멈추었다. 송골매는 로켓처럼 상승해, 근사한 포물선을 그린 다음, 뭉게뭉게 모여 있는 비둘기를 뚫고 하강했다. 새 한 마리가 추락해 깊은 상처를 입고 죽었다. 나무에서 떨어진 사람처럼 놀란 표정이었다. 땅바닥이 올라와 비둘기를 으스러뜨린 것이다.

11월 9일

까치 한 마리가 강변 느릅나무에서 하늘을 바라보며 재잘거렸다. 검은지빠귀들이 꾸짖어대자 까치는 덤불 속으로 뛰어들었는데, 그 위에는 수컷 송골매가 날고 있었다. 어둑한 낮이 별안간 환하게 타올랐다. 태양 광선이 순식간에 지나가듯, 송골매가 휙 하고 구름을 가로질렀다. 곧이어 뒤편의 잿빛이 흐려졌고, 매는 사라지고 없었다. 아침 내내 새들은 매가 두려워 옹송그리며 떼를 지었지만, 나는 매를 다시 발견하지 못했다. 나도 두려움에 떨었다면, 분명히 매를 더 자주 봤을 것이다. 두려움은 힘을 방출한다. 인간에게 두려운 것이 더 많았다면, 인간은 더 참을성 있고, 덜 짜증내며, 덜 잘난 체했을 것이다. 나는 무형의 두려움, 내성적인 사람들이 느끼는 숨 막히는 공포가 아니라, 물리적인 두려움, 생명의 위협을 느끼는 식은 땀 나는 공포, 당장이라도 덮칠 듯 털을 빳빳하게 곤두세우고 어금니를 드러낸 보이지 않지만 위협적인 짐승, 소금기 어린 뜨거운 피를 찾아 날뛰는 끔찍한 짐승에 대한 공포를 말하는 것이다.

해안으로 가는 도중에, 찌르레기들은 매가 그들 위로 날자 높이 날아올랐다. 그들은 작은 무리를 유지했고, 이내 공중에는 총 열 개 무리가 1마일 이내의 거리를 두고 이리저리 흩어졌다. 공중에서 가장 오래 머물곤 하던 찌르레기들은 더 높고 더 넓게 흩어져 날아, 직경 반 마일의 거대한 원을 그리면서 바람을 타고 표류했다. 이제 막 날갯짓을 시작한 새들은 아주 가느다란 빛만 새어들 정도로 서로 바싹 붙은 채, 더 낮은 고도를 유지하면서 더 좁은 원을 그리며 더 빨리 회전했다. 매들이 시야에서 사라지면, 우리는 고개를 들어 하늘을 자세히 살펴봐야 한다. 매를 두려워하는 새들의 공포 속에서 매의 모습이 반사되어 드러난다. 하늘에는 땅보다 훨씬 많은 두려움이 반사되어 나타난다.

흘러가는 청회색 구름 아래에서, 썰물 때인 강어귀는 동풍의 음울함을 향해 몸을 쭉 뻗었다. 질퍽거리는 긴 황무지는 깊게 베인 은빛 실개천들로 반짝거렸다. 습지는 강렬한 초록이었다. 풀을 뜯는 소들은 검은 진창의 구렁에 발이 빨려들 때마다 몸서리쳤다. 송골매가 죽인 먹이 몇 구가 방파제 한쪽에 널브러져 있었다. 나는 죽은 지한 시간이 채 안 된 민물도요의 유해를 발견했다. 사체 안의 피는 여전히 축축했고, 베어낸 풀처럼 깨끗하고 신선한 냄새가 났다. 날개와 반짝이는 검은 다리는 훼손되지 않았다. 갈색과 흰색의 부드러운 깃털 한 무더기가 그 옆에 쌓여 있었다. 몸에 붙은 대부분의 살과 머리는 먹혔지만, (신중하게 털이 뽑혀 우둘투둘한) 흰 살갗은 그대로 남았다. 깃털은 아직 번식깃[4]이었고, 따라서 민물도요 무리 속 대다수와 구별되어 매의 공격을 받을 가능성이 훨씬 컸을 것이다.

이후에 송골매는 자신이 죽인 지 얼마 안 된 민물도요를 향해 습지를 가로질러 낮게 날았다. 불시에 공격을 당한 붉은부리갈매기가 송골매 앞에서 필사적으로 날아올랐다. ('불시에 공격을 당하다 taken by surprise'라는 말은 확실히 애초에 매사냥과 관련된 용어가 아니었을까?) 하지만 갈매기는 미친 듯이 날개를 퍼덕거리며 기를 쓰고 수직으로 올라갔기 때문에, 크게 공격을 당하지는 않았다. 매는 갈매기의 가슴 아래로 활공해, 발로 움켜쥐어서 약간의 깃털을 비틀어 뽑고는, 위를 훑고서 지나갔다. 갈매기는 강어귀를 가로질러 높이 원을 그렸고, 매는 방파제에 내려앉았다. 나는 매를 향해 걸음을 옮겼지만, 매는 날기를 주저했다. 그는 내가 20야드 안으로 다가올 때까지 기다린 다음에야, 거대한 꺅도요처럼 밀물을 가로질러 재빨리 획획 움직이고 날쌔게 몸을 피하면서, 대단히 화려한 자태로 공중을 누비다가 지그재그로 날더니 회전 비행을 하며 사라졌다. 매는 청동

---

4 도요류는 번식기에는 깃털이 아름답지만, 번식 후에는 깃털갈이를 해 우중충한 색으로 바뀐다.

동상처럼, 바이킹 전사의 날개 달린 투구처럼, 거친 바다를 배경으로 자세를 잡더니, 두툼한 가슴에 달린 날개를 위로 빳빳하게 세운 채 활공했다.

11월 11일

구름의 음울함 속으로 몇 줄기 햇살이 비치는 잿빛 하늘을 회백색 갈매기들이 날고 있다. 참새들은 강변의 키 큰 느릅나무 울타리에서 소리 높여 지저귄다.

나는 살랑살랑 흔들리는 잔가지의 그림자를 지나, 천천히 조심스럽게 앞으로 발을 내딛으며, 은신처에서 살금살금 움직여 5피트 앞 말뚝에 앉은 수컷 송골매를 찾았다. 내가 멈추는 순간 그는 고개를 돌렸고, 우리는 둘 다 깜짝 놀라 몸이 굳어버렸다. 빛깔이 가셔버린 매는 흰 하늘을 배경으로 검은 형체가 되었다. 푹 수그린 올빼미 같은 머리를 돌리고 까닥거리다 획획 움직이는 모습이 멍하고 둔해 보였다. 매는 느닷없는 악마와의 조우에 망연했다. 두꺼운 털 사이로 희미하게 드러나는 시베리아인의 창백한 얼굴 위에는 콧수염 모양의 어두운 무늬가 생생하게 곤두섰다. 커다란 부리는 벌렸다 다물었다 하면서 불안해하며 조용히 쉭쉭거렸고, 차가운 공기 속으로 숨을 내뿜었다. 그는 머뭇거리다 믿을 수 없다는 듯 화를 내며, 말뚝 위에 그대로 몸을 웅크리고 숨을 헐떡였다. 이윽고 마음의 조각난 파편들이 일제히 튀어 올랐고, 그는 높이 솟은 제방과 만곡부에서 마치 탄환을 피하듯 좌우로 너울거리고 획획 방향을 틀면서, 매우 빠르고 유연하게 날아갔다.

나는 매를 따라서 강가 목초지를 건너고 개울가 들판을 지나다, 방금 죽은 사냥감 여덟 구를 발견했다. 댕기물떼새 다섯 마리, 쇠물닭 한 마리, 자고새 한 마리, 산비둘기 한 마리였다. 수많은 회색머리지빠귀가 풀밭에서 날아올랐다. 검은가슴물떼새와 댕기물떼새의 수는 점차 늘었고, 갈매기와 종달새도 일주일 전보다 많았다. 찌르레기와 집참새의 거대한 무리들 사이에, 마도요 열다섯 마리가 개울가 그루터기에서 먹이를 먹고 있었다.

나는 1시에 길가의 말뚝에서 매를 몰아냈다. 매는 경작된 밭의 깊은 고랑을 따라 서쪽으로 낮게 날았고, 나는 그보다 1백 야드 앞에 웅크린 붉은발자고새를 보았다. 붉은발자고새는 위험을 까맣게 모른 채 다른 방향을 보고 있었다. 매는 앞으로 활공하며 한쪽 발을 태연히 뻗고서, 자고새 위로 천천히 떠돌다가 그 등을 살짝 찼다. 자고새는 허둥지둥 날개를 퍼덕이면서 먼지 속을 미친 듯 허우적거리다, 몸을 똑바로 일으키고는, 완전히 얼이 빠진 듯 두리번거렸다. 매는 주위를 둘러보지 않고 공격했고, 많은 자고새가 울기 시작했다. 그 붉은발자고새가 무리를 향해 달아나자, 매는 위에서 덮쳐 한 번 더 걷어찼다. 그러고는 강을 향해 날아가 버렸다. 송골매는 자고새들 위를 선회하거나, 말뚝과 울타리에서 그들을 관찰하며 많은 시간을 보낸다. 그들은 자고새의 끝없는 종종걸음, 날기 주저하는 태도를 무척 흥미롭게 여긴다. 이런 장난스런 흥미는 이따금 심각한 공격으로 이어지기도 한다.

11월 12일

강어귀는 매우 고요하다. 안개 자욱한 스카이라인은 거친 바다와 맞닿아 있다. 사방이 평화롭고, 조수에 따라 떠다니는 오리들만 재잘거린다. 바다비오리들은 먼 바다에 나와, 물고기를 잡기 위해 물속으로 뛰어들었다. 그들은 별안간 몸을 구부려 매우 신속하고 솜씨 좋게 앞으로 구르며 내려갔다. 그러고는 다시 올라와 무언가를 꿀꺽 삼킨 다음, 부리에서 물을 뚝뚝 흘리며 주변을 둘러보았다. 오리들이 한껏 뽐을 내며 주변을 경계하다가 잠수했다.

석유 범벅이 된 아비阿比 한 마리가 진흙 구렁에 빠져 오도 가도 못했다. 머리만 간신히 보였다. 아비는 고통스럽게 끙끙 앓다가 신음하듯 긴 휘파람을 불면서 쉴 새 없이 울어댔다.

나는 습지와 바다 사이의 방파제를 따라 걸었다. 쇠부엉이들이 웃자란 무심한 얼굴을 돌려, 노란 눈동자에서 도깨비불을 발하면서 풀 밖으로 숨을 토해냈다. 청딱따구리 한 마리가 앞으로 날았다. 이 말뚝에서 저 말뚝으로 이끼처럼 매달렸다가, 묵직하게 툭 떨어졌다 날아오르는 식으로 고리 모양을 그리며 움직였다. 습지에는 깍도요의 투덜대는 쉰 목소리가 메아리쳤다. 나는 송골매가 죽인 먹이 여섯 구를 발견했다. 붉은부리갈매기 두 마리, 붉은발도요 한 마리, 댕기물떼새 한 마리는 방파제에, 검은머리물떼새 한 마리와 개꿩 한 마리는 조약돌 해변에 널브러져 있었다.

타원 대형을 이룬 섭금류 무리가 남쪽에서 날아왔다. 흐릿한 빛 속에서 날개의 견고하고 촘촘한 흰 무늬가 비쳤다. 열 마리의 흑꼬리도요였다. 그들은 길고 뾰족한 부리, 뒤로 쭉 뻗은 긴 다리로 하늘을 갈랐다. 날면서 울어댔는데, 청둥오리와 교배한 마도요처럼 교양 없이 거칠고 요란하게 고르륵고르륵거렸다. 그들은 갈대밭과 해수소택지처럼 녹갈색을 띠었다. 건조하고, 바스라질 듯했으며, 털이 심하게 빠져 뼈만 앙상했다. 아름답고 괴상했다. 흑꼬리도요들은 땅에 내려앉지 않고, 원을 그리다가 남쪽으로 돌아갔다. 여름에는 깃털이 자라서 타는 듯한 주황빛을 발한다. 그들이 방목한 소처럼 흩어져 깊은 물에서 먹이를 먹고 있노라면, 물에 비친 붉은 모습은 수면을 따라 타오르며 쉭쉭대는 듯하다.

큰 습지 연못으로부터, 마치 오케스트라가 저 멀리에서 조율하듯 쇠오리 무리가 웅얼거리는 소리가 들렸다. 그들은 스케이트 타듯 물결을 지치다가 거센 물보라가 일면 속도를 늦추면서, 물 위를 쏜살같이 미끄러졌다. 송골매가 내륙에서 가물가물 다가오자, 그들은 공중으로 튀어 올랐다. 송골매가 연못에 다다를 때쯤, 그들은 저 멀리 사냥개의 방울 소리처럼 숨죽여 부드럽게 울면서 강어귀를 반쯤 지나고 있었다. 송골매가 사라졌다. 쇠오리들은 곧 돌아와 습지를 향해 나선을 그리며 급강하하여, 얼음 위를 미끄러지는 둥근 돌멩이처럼 오르내리고, 콧노래를 부르고, 통통 튀어 오르고, 몸을 떨었다. 쇠오리들은 차츰 먹이를 먹고 아름다운 음을 노래하는 데 집중했다. 나는 좀 더 연못 가까이 이동했다. 쇠오리 한 쌍이 날아올라 언제나처럼 아주 어리석은 방식으로 내 쪽으로 다가왔다. 암컷은 지면에 내려앉았지만, 수컷은 지나쳐 날아갔다. 문득 자신이 혼자라는 걸 알았는지, 수컷이 다시 돌아왔다. 수컷이 돌아오자, 송골매가 습지에서 전속력으로 날아와 쭉 뻗은 발톱으로 그를 할퀴었다. 수컷은 황소 뿔에 치받힌 듯 내동댕이쳐졌다. 그는 피를 튀기며 바닥에 떨어졌고, 가슴이 찢겨져 열려 있었다. 나는 매가 쇠오리를 죽이도록 두었다. 암컷은 날아서 연못으로 돌아왔다.

11월 13일

나는 서어나무 잡목림에서 멧도요 두 마리를 몰아냈다. 그들은 검은딸기나무가 이룬 아치 아래서 자고 있었다. 그들이 날개가 떨어져 나갈 듯 거칠게 찢어지는 소리를 내면서, 햇살 속으로 수직으로 날아올랐다. 나는 아래를 향한 길고 뾰족한 부리가 분홍색과 갈색으로 빛나는 걸 볼 수 있었다. 숲의 바닥에 비치는 햇빛과 그림자처럼, 머리와 가슴에는 갈색과 엷은 황갈색 줄무늬가 있었다. 다리는 느슨하게 달랑거리다, 이내 서서히 움츠러들었다. 어두운 눈동자는 크고 축축했고, 갈색으로 부드럽게 빛났다. 서어나무 꼭대기가 덜그럭거렸고, 잔가지들은 휘휘 흔들리고 탁탁 부러졌다. 이윽고 멧도요들은 좌우를 오가며 쏜살같이 날아올라 잡목림을 벗어났고, 햇살 속에서 잘 구워진 황금빛 고기처럼 빛났다. 그들이 나란히 웅크리고 앉았던 검은딸기나무 아래 검은 진흙에는 가늘고 긴 발자국이 보였다.

두 숲 사이 물에 잠긴 들판의 철탑 아래에서, 나는 송골매가 먹어치운 떼까마귀의 유해를 발견했다. 매가 부리로 쪼아 뜯은 가슴뼈에는 용골돌기를 따라 톱니 모양이 나 있었다. 검은색이었을 두 다리는 오렌지색이 되었다. 이토록 초라하게 누워 있으니, 떼까마귀의 뼈대와 두개골이 크고 무거운 부리에 비해 애처로우리만치 작아 보인다.

4시에 수백 마리의 회색머리지빠귀가 숲에 모여 재잘거리고 있었다. 그들은 나무의 더 높은 자리로 이동했고, 태양을 마주하고는 잠잠해졌다. 잠시 후 그들은 날아올라 울면서 보금자리를 향해 북쪽으로 날았다. 고르지 않은 대열을 이룬 채 제멋대로 흩어져 날고 있는 그들 아래로 태양이 빛났다. 그리고 그들보다 한참 위에서 송골매가 파란색 둥근 지붕 같은 서늘한 하늘 주변을 한가하게 돌아다니다, 그들과 함께 북쪽의 저문 빛을 향해 떠갔다.

나는 해가 지기 30분 전에 소나무 숲으로 왔다. 나무 아래는 벌써 어두웠지만, 내가 서쪽에서부터 줄곧 걸어온 길에는 빛이 남아 있었다. 밖은 추웠지만, 숲은 여전히 따뜻했다. 소나무 가지의 짙은 남빛 그늘 아래에서 줄기가 붉게 타올랐다. 숲이 온종일 어스름을 간직했다가, 이제야 다시 내뿜고 있는 듯했다. 나는 지하 감옥에서 그윽하게 울리는 수탉의 마지막 음조에 귀를 기울이며, 조용히 길을 따라 내려갔다. 그러다 숲 한가운데에서 멈추어 섰다. 내 얼굴과 목으로 한기가 퍼졌다. 3야드 밖 길 가까이 뻗어 내려온 소나무 가지 위에 올빼미 한 마리가 앉아 있었다. 나는 숨을 죽였다. 올빼미는 꼼짝도 하지 않았다. 나 역시 올빼미가 된 듯, 숲의 작은 소리 하나하나까지 커다랗게 들렸다. 올빼미는 내 눈에 반사된 빛을 보았다. 그리고 기다렸다. 올빼미의 가슴은 하얗고, 불그스름한 황갈색의 굵은 화살 무늬들로 얼룩졌다. 얼굴과 머리 옆으로 붉은 기가 지나면서 적갈색 왕관 모양을 만들었다. 투구를 쓴 듯한 얼굴은 고행자처럼 창백했고, 언뜻 비통해하는 내성적인 사람처럼 보였다. 눈은 어둡고 강렬하며 사나웠다. 투구 모양이 기이한 효과를 자아내, 마치 길을 잃고 움츠러든 어떤 기사가 시들고 쪼그라들어 올빼미가 된 것 같았다. 언저리에 불타는 황금빛 테를 두른, 포도빛을 띤 파란 눈을 바라보고 있자니, 음울한 얼굴이 다시 땅거미 속으로 바스라질 듯했다. 오직 눈만이 생생했다. 적의 모습이 눈앞을 스치고, 냉담한 얼굴 위로 그림자처럼 번지자, 올빼미는 서서히 또렷하게 그 적을 인식하기 시작했다. 그러나 올빼미는 두려움에 놀란 나머지, 곧장 날아갈 수가 없었다. 그도 나도 차마 눈길을 돌릴 수가 없었다. 올빼미의 얼굴은 가면 같았다. 익사한 사람의 얼굴처럼 비탄에 잠긴 채 섬뜩하게 훼손된 가면. 나는 움직였다. 달리 방법이 없었다. 올빼미는 갑자기 고개를 돌렸고, 위축된 듯 나뭇가지를 따라 이리저리 움직이다가, 숲속으로 부드럽게 날아가 버렸다.

11월 15일

사우스 우드 위쪽 가파른 계곡으로 작은 시내가 흐른다. 북쪽 비탈은 개방된 삼림지대로, 겨울의 고사리가 녹슨 빛으로 펼쳐지고, 자작나무가 은빛으로 물들이며, 이끼에 덮인 오크나무가 초록을 이룬다. 남쪽 비탈은 목초지로, 오랜 세월 동안 변함없이 벌레가 풍부하고, 작은 산울타리가 줄지어 있으며, 가지가 굵은 오크나무가 촘촘히 늘어서 있다. 내가 조용한 아침에 요란하게 흐르는 시내를 내려가는 동안, 2백 마리의 댕기물떼새와 수많은 개똥지빠귀, 붉은날개지빠귀, 검은지빠귀가 벌레 소리에 귀를 기울이고 있었다. 강 유역에는 경작지가 없어서, 나는 송골매가 더 높은 목초지에서 댕기물떼새들을 사냥할 거라고 예상했다.

저 멀리서 무언가를 세게 두드리는 소리가 시작되었다. 노래지빠귀가 달팽이를 돌 위에다 탕탕 치는 것 같기도 했지만, 그보다 더 위에서 들려왔다. 오크나무 울타리 속 곁가지 끝에서, 쇠오색딱따구리 한 마리가 작은 잔가지에 매달려, 부리로 단단한 벌레혹을 쳐서 그 속의 유충을 난도질하려 했다. 6인치 길이의 딱따구리에게 이 벌레혹의 크기는 인간으로 치면 커다란 메디신 볼[5]에 해당했다.

딱따구리는 잔가지 위에서 자유롭게 몸을 흔들고 이따금 거꾸로 매달리기도 하면서, 여러 각도로 공격을 가했다. 머리를 최소한 2인치는 뒤로 젖혔다가 곡괭이질하듯 격하게 앞으로 쾅 내리쳤다. 노란 벌레혹을 이리저리 살필 때는 초롱초롱한 검은 눈동자가 초조하게 빛났다. 딱따구리는 벌레혹을 뚫지 못했다. 그는 다른 오크나무로 날아가서 다른 벌레혹에 다시 시도했다. 오전 내내 나는 딱따구리가 들판을 가로지르며 벌레혹 두드리는 소리를 들었다. 나는 손톱과 뾰족한 돌로 벌레혹을 두드려 봤지만, 딱따구리가 깨뜨리며 내는 1백 야드 밖에서도 똑똑히 들릴 만큼 큰 소리를 재현할 수는 없었다. 딱따구리는 상당히 유순했지만, 만약 내가 너무 가까이 다가가면 동작을 멈추고 허둥지둥 더 높은 가지로 올라가, 내가 물러선 뒤에야 다시 돌아올 것이다. 어치들이 숲에서 울자, 딱따구리는 부리로 두드리길 멈추고 귀를 기울였다. 쇠오색딱따구리는 포식자를 경계한다. 그들은 뻐꾸기를 피해 날고, 어치와 까마귀를 피해 숨는다.

어치들은 한 달 전에 묻은 도토리를 파내느라, 숲에서 하루 종일 시끄러웠다. 맨 처음 도토리 하나를 발견한 어치를 다른 어치들이 뒤쫓았다. 멧도요 몇 마리가 떨어진 나뭇가지와 마른 잎으로 물살을 확인한 뒤 시냇가에서 먹이를 먹고 있었고, 나는 고사리 덤불 속 그들의 휴식터에서 더 많은 멧도요를 내몰았다. 낮 동안 멧도요들은 고사리가 자라는 남쪽이나 서쪽을 향한 경사지에 틀어박혀 있

---

5 medicine ball. 체조용으로 개발되어 스트레칭이나 재활 운동 등에도 사용하는, 가죽이 덮인 무겁고 큰 공이다.

는 걸 좋아하는데, 대개는 밤나무 묘목이나 어린 자작나무의 군락 근처이고, 가끔은 호랑가시나무나 소나무 아래다. 어떤 새들은 고사리 덤불보다 검은딸기나무 덤불을 더 좋아한다. 누군가가 그들 가까이에, 최소한 5야드 정도 떨어진 곳에 한동안 서 있으면, 멧도요들은 갑자기 날아오른다. 그들이 1분 남짓 기다릴 수도 있지만, 결국에는 불확실한 상황을 더 이상 견디지 못한다. 자주 멈춰서면 훨씬 많은 멧도요를 몰아낼 수 있다. 숲길을 따라 똑바로 터벅터벅 걷고 있으면, 그 길에서 멧도요들만 곧장 날아오른다. 멧도요가 막 가파르게 상승하는 모습을 잠시 지켜보면, 그의 색깔을 포착할 수 있다. 별안간 노란색 빛에 감싸여, 갈색과 엷은 황갈색과 적갈색이 뒤섞인 멧도요의 등이 마치 도금한 마른 잎처럼 선명하게 도드라진다. 머리 뒤편의 등마루 중앙과 줄무늬는 푸른 녹처럼 푸르스름한 구릿빛을 띤다. 그들은 당장이라도 멀리 숲속으로 가버릴 것 같지만, 사실 나무에 가려지자마자 숨을 만한 곳으로 가파르게 곤두박질친다. 탁 트인 땅에서 갑자기 지그재그로 날다가 퍼덕거리며 아래로 떨어지는 건 속임수일 수 있다. 그들은 한동안 낮게 날다가, 시선에서 벗어나면 다시 올라올지도 모른다. 수천 년간 계속해온 도피 연습이 이런 교활한 방법들로 발달한 것이다. 우리는 멧도요들이 어디에서 쉬고 있는지 쉽게 짐작하지만, 그들은 고사리 덤불이나 검은나무딸기 덤불에서 느닷없이 튀어나와 번번이 우리를 깜짝 놀라게 한다. 우리는 좀처럼 바른 방향을 보지 못한다.

벌레가 사는 모든 진흙에는 반드시 섭금류가 있다. 도피 중인 멧도요는 작게 굽이치는 개울과 도랑을 따라, 쓸쓸한 연못과 물이 빠지지 않은 진창길을 지나서, 자신의 은신처인 고사리 덤불로 가는 길을 찾아낸다.

해가 기울자 물떼새의 "피-윗" 하는 울음소리가 점점 커졌다. 나는 오크나무와 자작나무에 둘러싸인 곳에 서서, 송골매가 계곡의 초록 비탈 위를 낫질하듯 유연하게 날아 어두운 곡선을 그리는 모습을 나무 사이로 바라보았다. 회색머리지빠귀들이 숲을 향해 날았다. 몇몇이 도토리가 떨어지듯 고사리 덤불 속으로 쿵 하고 떨어졌다. 송골매가 몸을 돌리고 소리를 따라 가파르게 날아올라서, 바람이 나뭇잎을 움켜쥐듯 횃대에 앉은 회색머리지빠귀 한 마리를 휙 쳤다. 죽은 새는 매의 발이라는 교수대에 매달렸다. 송골매는 회색머리지빠귀를 개울로 운반해 가, 물가에서 깃털을 뽑고 먹었다. 남은 깃털이 바람에 흩날렸다.

11월 16일

계곡은 고요했고, 안개에 잠겨 확장되었으며, 차갑고 견고한 아름다움으로 부풀었다. 가느다란 고드름 같은 파란 하늘이 쐐기로 쪼개듯 구름을 흩어놓고, 재갈매기 쉰 마리가 이를 따라 북쪽으로 날았다. 음울하게 엄숙한 날갯짓을 하며 좁은 집게발 같은 파란색 속으로 떠나는 그들은 다가올 하루를 알리는 찬란한 전조다.

10시쯤 파란 쐐기 모양이 넓어졌고, 패배한 구름은 동쪽 하늘에 모여들고 있었다. 댕기물떼새과 검은가슴물떼새들이 이제 막 쟁기로 간 강가의 들판에서 먹이를 먹기 위해 원을 그리며 내려왔다. 짙은 땅에서 어둑하게 보이던 물떼새들에게 아침의 첫 햇살이 손을 뻗었다. 마치 그들의 뼈가 빛을 발하고 깃털 덮인 피부가 투명한 것처럼, 그들은 연약한 황금빛을 반짝거렸다. 강가 덤불에서 몸을 부풀리며 환하게 빛나는 회색머리지빠귀처럼, 죽은 오크나무에서 생기 없이 등을 구부리고 있던 송골매는 불그스름한 금색을 띠며 찬란하게 번쩍거렸다.

내가 눈길을 돌렸을 때, 송골매는 횃대를 떠났고, 이내 공황상태가 시작되었다. 남쪽 하늘은 날아오르는 새들로 구불구불한 계단식 미로를 이루었다. 댕기물떼새 7백 마리, 갈매기 1천 마리, 산비둘기 2백 마리, 찌르레기 5천 마리가 층층이 나선을 그렸으며, 올라갈수록 수가 줄고 소용돌이는 넓어졌다. 가장 높이 원을 그리는 3백 마리의 검은가슴물떼새는 몸을 돌려 햇빛에 반짝거릴 때에야 알아볼 수 있었다. 마침내 나는 매를 발견했는데, 마지막까지 찾아볼 생각을 못했던 (그러나 가장 먼저 떠올렸어야 했던) 바로 내 머리 위에서였다.

매는 높이 올라 남쪽으로 향하며, 네 차례 가볍게 날갯짓을 한 다음, 편안한 리듬으로 활공했다. 아래에서 보니, 매의 날개는 맥박처럼 안과 밖으로 씰룩거리며 그저 오므렸다 폈다를 반복하는 것 같았다. 까마귀 한 마리가 그를 뒤쫓았고, 그들은 함께 지그재그로 날았다. 까마귀가 더 높이 올라오자, 매는 더 빨리 날았다. 그러나 매가 워낙 가볍고 날렵하게 날개를 파닥거려서 거의 정지 비행을 하는 것처럼 보이는 반면에, 까마귀는 뒤처지며 하강하는 것 같았다. 매는 하얀 햇무리와 겹쳐졌고, 찌르레기 무리가 마치 회오리바람의 소용돌이에 빨려든 듯 올라 매와 마주쳤다. 매는 가까스로 방향을 바꾸어, 좌우로 번갈아 곡선을 그리면서 복잡한 8자 모양으로 휩쓸듯 지나가, 굉장한 속도로 원을 그리기 시작했다. 매가 날카롭게 굽이치며 날자, 찌르레기들은 어리둥절했다. 그들은 매의 뒤에서 거칠게 돌진하다가, 각지게 방향을 트는 매의 비행을 지나쳤다. 매는 자유자재로 찌르레기들을 쫓아댔다가 끌어당겼다가 하면서, 마치 그들을 한 줄로 묶어 흔들어대는 듯했다. 찌르레기들은 모두 남쪽을 향해 높이 올라가, 갑자기 사라져 안개 속에 묻혔다. 이 회피 비행(매는 이것을 일종의 놀이로서 즐기는 듯하고, 원하면 언제든 쉽게 빠져나올 수 있다)은 매의 사냥 방법 중 하나와 흡사하며, 밑에서 나는 새들을 엄청나게 두렵게 한다. 찌르레기들은 사실 난폭하게 하늘 높이 날아올라 떼를 지어 공격하지 않는다. 그들은 나무를 향해 날거나, 바람을 따라 소용돌이를 그리며 내려간다.

한 시간 뒤, 남쪽과 서쪽에서 다시 공황 상태가 발생했다. 물 떼새와 갈매기들이 소용돌이치며 올라갔고, 검은지빠귀들은 꾸짖어댔으며, 어린 수탉들은 반 마일 떨어진 농장에서 목청을 높였다. 송골매가 죽은 오크나무로 유유히 내려와 앉자, 새들의 울음소리가 고요해졌다. 송골매는 부리로 깃털을 다듬으며 휴식을 취했고, 잠깐 눈을 붙인 다음, 강 북쪽의 탁 트인 들판을 가로질러 날았다. 트랙터들이 땅을 갈고 있었고, 수백 마리의 갈매기가 흰 분필처럼 흑갈색 땅에 점점이 흩어졌다. 몇몇 마른 그루터기는 경작지의 캄캄한 주름 사이에서 여전히 반짝였지만, 느릅나무는 헐벗고 포플러나무는 누런 누더기를 입었다. 목줄을 한 비글들이 들판의 젖은 땅에서 침묵하고 있었다. 사냥꾼들과 그 일행은 움직이지 않고 기다리고 있었다. 토끼가 1에이커 떨어진 고랑에 대담하게 앉아 있었다. 크고 치켜 올라간 눈이 햇빛에 반짝였고, 길고 구부러진 귀는 바람을 듣고 있었다. 암컷 송골매가 날아올라 토끼 위를 맴돌았다. 멀리서 총소리가 들렸고, 암컷 송골매는 총에 맞은 것처럼 움찔하더니 고도를 낮추었다. 그는 뚝 떨어진 뒤, 빠르고 낮게 들판을 가로질러 날았다. 나는 매가 그렇게 낮게 나는 걸 한 번도 본 적이 없다. 풀이 길게 자란 두렁을 지날 때, 암컷 송골매의 날개가 풀에 스쳤다. 땅이 파이고 굽이치는 곳마다 그의 모습이 가려졌다. 도랑을 따라 모습을 감춘 암컷 송골매는 날개를 위로 구부려서 긴 풀 바깥쪽으로 날개짓하며 날았다. 그래서 가슴뼈 용골돌기가 풀을 가르거나, 지면 1인치 위를 스치듯 지나갔다. 그러다 갑자기 고랑을 향해 똑바로 나는 듯했다. 암컷 송골매가 사라진 지점에서 4분의 1마일 이내에는 딱히 앉아서 쉴 곳이 없었지만, 나는 온 들판을 부지런히 뛰어다녔는데도 그를 다시 발견하지 못했다. 개구리매만큼 포착하기 힘들고, 올빼미만큼 날개가 부드럽지만, 그들의 평이한 속도보다 두 배 빠르게 날개를 펄럭이며 날아간 암컷 송골매는, 여우만큼이나 교활하게 은신처와 위장을 이용할 줄 알았다. 도약하는 토끼가 바람을 가르며 나아가듯, 암컷 송골매는 물결처럼 일렁이는 지상의 부드러운 풀에 달라붙는다.

모든 갈매기가 들판을 떠나, 조용히 소용돌이치며 남쪽으로 향했다. 맑은 담청색 하늘 꼭대기에서는 검은가슴물떼새들이 띠 모양을 이루며 반짝거렸다. 태양은 마침내 안개를 벗어났고, 불어오는 북풍은 몹시 차가웠다. 토끼 냄새를 맡은 비글들은 나뭇잎으로 얼룩진 경작지를 줄지어 달렸고, 사냥꾼들은 뿔나팔을 울리며 그 뒤를 쫓았다. 수컷 송골매가 북쪽을 향해 낮게 원을 그렸다. 그루터기처럼 노란 바탕에 어두운 갈색 줄무늬가 있는 모습이, 마치 그 아래 땅을 잘라내서 만든 황갈색 연 같았다. 수컷 송골매는 서서히 올라가 바람을 타고 표류했다. 암컷 송골매가 위로 날아올라 그 곁에 다가갔고, 그들은 방향은 다르지만 함께 원을 그리며 날았다. 수컷은 시계 방향으로, 암컷은 반시계 방향으로 움직였다. 그들은 아무렇게나 곡선을 그리며 떨어졌다가 만났다가 했지만, 결코 경쟁하지는 않았다. 그들은 내가 서 있는 강 가까이 다가오는가 싶더니, 재빨리 더 높이 올라갔다. 둘 다 햇빛을 받아 따뜻한 불그스름한 금색으로 빛났지만, 암컷의 깃털은 더 짙은 갈색이었고 덜 선명했다. 그들은 단단한 날개를 움직이지 않고 서서히 몸을 기울여, 3백 피트 상공을 향해했다. 수컷이 암컷보다 30피트 더 높이 날았다. 그들은 나를 내려다보았는데, 멀찍이 구부린 커다란 머리가 깊숙한 아치를 그린 날개 사이에서 작고 홀쭉해 보였다. 그러나 깃털이 활짝 펼쳐지고 공기를 맞으며 확장되자, 널찍하고 몸집이 떡 벌어진 활기 넘쳐 보이는 매가 되었다. 날개 아랫면의 담황색 표면에 덮인 연갈색과 은회색의 가늘고 정교한 그물망 무늬는, 짙은 호박색을 띤 가슴 위의 마호가니색 세로 줄무늬와 대비를 이루었다. 아래 꽁지덮깃 다발을 배경으로 움켜쥔 두 발이 빛났다. 오므린 발가락은 황금색 수류탄처럼 울퉁불퉁 마디가 졌다.

그들은 강의 남쪽으로 이동했고, 붉은발자고새들이 울기 시작했다. 매는 각자 바람을 거슬러 휙 날아올라 잠시 자세를 잡은 다음, 길고 커다란 원을 그리며 서서히 내려갔다. 수컷 송골매는 장난스럽게 암컷 송골매에게 급강하했고, 거의 닿을 듯이 휙 지나갔다. 수컷은 암컷보다 길이가 2~3인치 짧았고, 몸이 가냘퍼서 더 가벼웠으며, 날개와 꼬리는 상대적으로 더 길었다. 수컷은 우아하고 힘이 약한 반면, 암컷은 강하고 탄탄했다. 그들은 하늘을 가로질러 이리저리 민첩하게 활공하면서, 더 높이 올라 남쪽으로 더 멀리 향할수록 점점 작아졌고, 그들이 만드는 원은 원근법에 의해 타원형으로, 그 다음에는 직선으로 납작해졌다. 그들은 마치 보이지 않는 선을 따라 이동하는 듯, 혹은 공중의 익숙한 길을 따라가는 듯, 희한하게도 정해진 경로가 있는 것 같았다. 송골매 관찰을 이토록 흥미롭게 만드는 것은 바로 이 아름다운 정확함, 이렇게 움직임이 미리 정해진 듯한 느낌이다.

　이제 수컷 송골매는 암컷 송골매에게서 서서히 멀어져 동쪽으로 날아올랐고, 암컷은 곡선을 그리며 서쪽으로 방향을 돌리고서 더 낮은 고도를 유지했다. 암컷은 원 하나를 그리고 나면, 다음 원을 그리기 전에 바람을 맞으며 가만히 머물렀다. 이렇게 멈춰서 요동치다가 여느 때처럼 몸을 돌린 다음, 몸을 아래쪽으로 비스듬히 기울였다. 그 동작에서 억제되었지만 위협적인 무언가가 느껴져, 나는 암컷이 급강하하리라는 걸 바로 알아차렸다. 암컷 송골매는 날개를 반쯤 젖히고 공중에서 아래를 쓰윽 훑어본 뒤, 부드럽고 느긋하게 45도 각도로 몸을 기울이고 날개를 반쯤 뒤로 접고서, 나선을 그리며 주변을 휩쓸듯 하강했다. 그는 먼저 길게 곡선을 그리며 하강하면서 자기 몸을 중심축 삼아 천천히 회전했고, 한 바퀴를 다 돌자 몸을 기울여 완벽한 포물선을 그리고서, 쏟아지듯 수직으로 내려갔다. 사소한 장벽인 변덕스러운 대기를 헤치고 나아가려는 듯 갑자기 잠깐 멈칫한 다음, 다시 부드럽게 하강했다. 이제 암컷의 날개는 위로 젖혀 올린 채 안쪽으로 굽혔고, 점점 가늘어지는 날개 측면은 몰아치는 강풍 속에서 지느러미처럼 떨렸다. 단단한 몸통 위로 날개가 잔물결을 일으키며 뽐내는 모양이, 마치 화살이 날아가는 것 같았다. 암컷은 땅 쪽으로 몸을 던져, 쏜살같이 내려가더니, 사라져버렸다.

잠시 후 암컷 송골매는 다치진 않았지만 먹이도 잡지 못한 채 올라와, 남쪽으로 날아갔다. 파란 하늘과 흰 구름, 어두운 언덕, 초록 들판, 갈색 들판을 배경으로, 암컷은 회전하고 하강하면서 가볍게 반짝였다가 어둡게 빛났다. 그러자 숨 막힐 듯 차가운 공기가 갑자기 아주 깨끗하고 달콤하게 느껴졌다. 단조롭게 반복되는 비글들의 짖는 소리, 쫓기는 토끼의 둔탁한 발소리와 함께, 작은 새들의 울음소리가 어우러졌다. 암컷 송골매는 산울타리를 흐르듯 지나 강물 속으로 몸을 던져, 한 삽 가득 담긴 갈색 흙처럼 첨벙하고 떨어졌다. 그리고는 멀리 강둑까지 헤엄쳐 느릿느릿 안전한 장소로 향했다.

수컷 송골매는 여전히 동쪽으로 원을 그렸고, 그곳 하늘은 갈매기와 댕기물떼새와 마도요들과 함께 흘러갔다. 바다를 향해 당당하게 휩쓸며 날던 매는, 날카롭게 반짝이는 작은 얼룩이 되어 언덕 너머로 서서히 희미해졌다. 놀란 새들은 하강했고, 거대한 비행은 끝났다.

나는 암컷 송골매를 따라갔고, 3시 30분에 다시 그를 발견했다. 찌르레기들이 이룬 짙은 구름 사이에서 발각된 그는, 여울 옆 샛길의 연못가 물푸레나무에서 날아올라, 들판을 가로질러 낮게 날개를 펄럭였다. 들판에서는 트랙터들이 작업을 하고, 사탕무가 베어져 수레로 운반되고 있었다. 정돈된 땅에서는 갈매기와 댕기물떼새 수백 마리가 먹이를 먹고 있었다. 나는 하늘로 올라가는 그들 사이에서 매를 놓쳤다. 10분 뒤 암컷 송골매는 북동쪽으로 날아, 강을 향해 높이 나아가서, 담황색 하늘에 검은 점이 됐다. 그는 먹이라도 발견했는지, 동쪽으로 방향을 틀어 더 높고 빠르게 날았다.

비글들이 작은 언덕길을 따라 집으로 돌아가고 있다. 사냥꾼들은 지쳤고, 일행은 가고 없으며, 토끼는 이전 모습 그대로 안전했다. 계곡은 안개 속으로 가라앉고, 수평선의 노란 안와 가장자리는 태양의 이글거리는 각막을 뒤덮는다. 동쪽 산마루는 자줏빛으로 빛난 뒤, 적대적인 검은색으로 바랜다. 땅은 차가운 땅거미 속으로 숨을 내쉰다. 저녁놀의 그늘진 구멍들 안에 서리가 내린다. 올빼미가 잠에서 깨어 운다. 이른 별들이 맴돌다 떠내려간다. 앉아서 휴식을 취하는 매처럼, 나는 침묵을 듣고 어둠을 응시한다.

11월 18일

아침에 강어귀에서 방파제를 따라 동쪽으로 걸어서 바다에 도착했다. 높은 구름 아래에서 바다는 연회색과 흰색을 띠었다. 하늘이 개고 태양이 나오자, 바다는 깊게 주름이 팼고 가늘고 파란 줄무늬가 드러났다. 섭금류, 갈매기, 떼까마귀들이 조석점[6] 옆에서 먹이를 먹고 있었다. 방파제 근처 덤불은 종달새와 되새류들로 가득했다. 자신들 아래의 모래처럼 갈색과 흰색을 띤 흰멧새 세 마리는 날기가 꺼려지는지, 하얀 조약돌과 모래 위를 섭금류처럼 달렸다. 그들은 더 어두운 땅을 향해 달렸고, 이내 우짖으며 날아갔다. 그들의 흰 가로 줄무늬가 있는 긴 날개가 햇빛에 빛났고, 힘차고 깨끗한 울음소리가 희미하게 잦아들었다.

오전 내내 나는 매가 가까이 있을 때면 찾아오는 불안하고 조심스러운 기분을 느꼈다. 시선 바로 너머에 그가 숨어 있는 걸 느낀

---

6 tideline. 만조 때 바닷물이 닿는 가장 높은 지점이다.

것이다. 그가 시간과 거리에서 간신히 나를 앞질러, 내가 평평한 녹지의 만곡부 위로 올라갔을 때 그는 항상 수평선 아래로 내려가고 있는 것처럼 말이다. 1시에 나는 남쪽으로 향하고 있었다. 태양이 눈부시게 빛났다. 문득 내가 매를 향해 다가가기는커녕 멀어지고 있는 것 같았다. 나는 그날 하루를 보고 흡수한 것에 만족하면서, 아무 생각 없이 그저 사고의 가장자리로만 움직이며, 다시 들판으로 내려가 강어귀를 가로질렀다. 나는 산울타리 사이 틈새를 빠져나가 몸을 돌리다가, 굴뚝새를 보고 깜짝 놀랐다. 굴뚝새는 날아야 할지 말지 몰라 고통스럽게 머뭇거리며 횃대에서 바들바들 떨고 있었고, 두려움에 정신이 아득해졌는지 더듬더듬 울었다. 나는 얼른 그곳을 지나쳤고, 굴뚝새는 안심하고 노래하기 시작했다.

2시 30분에 강어귀에 다다랐다. 만조였다. 흰 갈매기들은 구름 한 점 비치지 않는 푸른 물 위를 떠다녔고, 오리들은 잠이 들었으며, 섭금류들은 해수소택지를 가득 메웠다. 나는 방파제를 따라 서쪽으로 천천히 걸었다. 이제 차가운 11월 낮의 빛은 약해졌고, 서쪽 하늘은 창백한 황금빛으로 얼어붙었다. 저 너머 북해에서부터 강가 평지까지 곡선을 이룬 환한 빛의 아치는, 정점에서 부서져 다시 잿빛으로 조각조각 떨어져 내리고 있었다. 이것은 마지막 진정한 사냥을 위한 빛, '사냥이 시작되었다'고 알리는 사냥꾼의 뿔나팔 소리만큼이나 굶주린 매에게 분명한 신호였다.

낮게 흘러가던 민물도요들이 해수소택지를 떠나, 섬을 향해 부풀어 오른 반짝이는 은빛 돛을 향해 물 위로 물결쳤다. 그들 위 아주 먼 저편, 구름 한 점 없는 하늘에 손가락 한 마디만큼 작고 까만 송골매 한 마리가 날고 있었다. 송골매는 날개를 펄럭이며 다가와 이내 작은 화살 정도로 커졌다. 송골매는 태양을 뒤로 하고 시커멓게 수직으로 날아오른 다음, 태양 저편에서 짙은 갈색을 띤 덜 위협적인 모습이 되었다. 송골매가 물속으로 뛰어들었고, 섬에 있던 새들은 물보라처럼 튀어 올랐다. 송골매는 새들 위를 맴돌았고, 그 새들은 파도처럼 다시 떨어져 내렸다. 매는 가파르게 상승하는 고리들 속에 둘러싸여 차츰 조용히 정점으로 향했다. 갈매기들이 날아올랐다. 매는 그들 위에서 멈추어 태세를 갖춘 다음, 인간 잠수부가 대기와 물을 가르듯 허공을 가르며 아래로 뛰어들어, 주위를 휩쓸며 내려왔다가 다시 위를 향하여 거대한 'U'자 모양 곡선을 그렸다. 쭉 뻗은 양쪽 발톱 옆에는 갈매기 한 마리가 볼품없이 파닥거렸다. 송골매는 더 높이 올라갔고, 잿빛으로 세어가는 동쪽 하늘로 몸을 떨면서 사라졌다.

환한 서쪽에서는 고요한 강어귀 위로 1천 마리의 댕기물떼새가 길게 줄지어 흘러들어와 주변을 선회하다가, 긴 보트의 노처럼 리듬에 맞추어 부드러운 날개를 오르락내리락하면서 대열을 바꾸어가며 날았다.

11월 21일

잎이 진 나무들이 연철鍊鐵처럼 냉혹하게 계곡의 윤곽선을 따라 뾰족하게 서 있다. 얼음 수정체 같은 차가운 북쪽 공기는 성질이 바뀌어 투명해진다. 젖은 경작지는 엿기름처럼 어둡고, 그루터기는 잡초가 텁수룩하게 자라서 물에 흠뻑 젖어 있다. 강풍이 마지막 남은 잎들을 떨어뜨린다. 가을이 저문다. 겨울이 일어선다.

2시에 시커먼 갈까마귀들이 타닥타닥거리며 그루터기에서 휙 날아올랐고, 술집 탁자 위에서 도미노 조각들이 와자그르르 함께 쓰러지는 듯한 소리를 내며 하늘을 가로질러 흩어졌다. 산비둘기와 댕기물떼새들은 남쪽으로 올라갔다. 송골매가 가까이 있었지만, 나는 볼 수 없었다. 나는 개울로 내려가 두 숲 사이의 들판을 가로질렀다. 나는 여기저기에서 그루터기와 경작지로 모여든 종달새들을 몰아냈다. 태양이 빛났다. 나무는 맑은 시냇물 바닥에 깔린 황갈색 자갈 같은 색을 띠었다. 두 숲의 오크나무에는 뾰족한 황금빛 갈기가 돋아났다. 청딱따구리가 젖은 풀밭에서 날아올라, 자석이 끌어당기기라도 한 듯 나무줄기에 찰싹 달라붙었다. 등은 이끼색과 겨자색을 띠었고, 머리 꼭대기는 짙은 나무 사이로 빛나는 진홍색 주름버섯처럼 그을린 주홍색을 띠었다. 가쁜 숨을 억지로 쥐어짠 듯 높고 귀에 거슬리는 울부짖음이 갑자기 크게 들려왔다. '매가 보인다'고 알리는 경고 신호였다. 다리 옆 편상구조가 드러난 석회암들 틈에서 조용한 회색머리지빠귀들이 하늘을 지켜보고 있었다.

　나는 서쪽을 바라보다가, 송골매가 떼까마귀들이 이룬 먹구름 속에서 선명하게 빛을 발하며 저 멀리 농가의 삼나무 위를 지난 뒤, 검은가슴물떼새들이 이룬 물결 속을 표류하는 걸 보았다. 북쪽은 검은 소나기구름으로 어둑어둑했다. 송골매는 가는 황금빛 후광에 둘러싸여 빛났다. 그가 그루터기 위를 활공하자, 참새들의 물결이 산울타리를 향해 우르르 돌진했다. 잠시 동안 매는 기억 속에 사슴뿔 모양으로 박제된 한 다발의 광란의 박자를 따라서, 날개를 유연하고 높이 휘저으며 춤을 추듯 참새를 추적했다. 그러고는 이내 침착하게 강을 향해 날아올랐다.

　나는 송골매를 따라갔지만 찾지 못했다. 땅거미와 저녁놀이 강 안개 속으로 한꺼번에 다가왔다. 뾰족뒤쥐 한 마리가 산울타리 아래 낙엽들 속을 허둥지둥 돌아다니다, 금눈쇠올빼미의 울음소리가 들리기 시작하자 낙엽 사이로 숨어버렸다. 강 위로 튀어나온 관목 가지를 따라 달리던 물쥐들은 그 소리를 듣고 갑자기 멈추었다. 소리가 그치자, 물쥐들은 물속으로 뛰어들어 갈대밭 속 은신처로 헤엄쳤다. 나는 산울타리 옆을 따라 걸었다. 그때 갑자기 멧도요가 야단스럽게 위로 뛰어오르는 바람에 깜짝 놀랐다. 멧도요는 하늘을 배경으로 날았다. 나는 아래로 향한 긴 부리와 올빼미처럼 뭉툭한 날개를 보았고, 그가 날면서 내는 가는 휘파람과 목이 쉰 듯 꺽꺽거리며 우는 소리를 들었다. 차가운 11월 어스름에 듣기에는 기이한 소리였다. 멧도요는 서쪽을 향해 가물거리며 사라졌다. 그리고 그 위로 송골매가 별처럼 반짝였는데, 그 검고 기민한 형체는 옅은 사프란색 저녁놀 사이로 하강했다. 그들은 함께 땅거미 속으로 사라졌고, 나는 더 이상 아무것도 보지 못했다.

11월 24일

송골매가 아침 햇살과 따뜻한 남풍 속에서 계곡 위로 날아올랐다. 나는 송골매를 볼 수 없었지만, 초조하게 날아오르는 물떼새들, 하얗게 소용돌이치는 갈매기들, 왁자지껄 떠들며 잿빛 구름을 이룬 산비둘기들, 눈을 반짝이며 위를 올려다보는 수백 마리 새들은, 매의 움직임이 그 아래 땅에 일으킨 반향을 드러냈다.

사방이 고요해지자, 수컷 송골매와 암컷 송골매는 나란히 고도를 낮추어 드넓은 평원을 가로질러 날았다. 그들은 바람을 거슬러 올라가면서 그루터기에 앉은 검은가슴물떼새들을 훑뜨렸다. 그들은 물떼새들과 같은 색을 띠었고, 곧이어 들판의 밝은 갈색 지평선 속으로 모습을 감추었다.

비구름이 낮고 짙어졌고, 바람이 일었으며, 모든 것이 시퍼렇게 날이 섰다. 나는 여울길 근처 오크나무에 앉은 암컷 송골매를 방해했다. 그는 북동쪽으로 재빨리 날아, 개울을 넘어서 과수원 위를 선회했다. 그는 선회하는 틈틈이 미끄러지듯 원을 그리며 높이 솟구치려 애썼지만, 그럴 수 없었다. 그는 언덕 너머 동쪽으로 천천히 이동했다. 과수원의 새들은 별다른 동요를 보이지 않았지만, 많은 회색머리지빠귀와 되새류는 떼를 지어 매를 공격할지 말지 결정 못한 듯, 날아올랐다가 매의 아래에서 방향을 잃고 뿔뿔이 흩어졌다. 대부분의 새들은 공중을 선회하는 송골매의 속셈을 이해하기 어렵다. 송골매가 빠르게 날면 새들은 어떻게 해야 할지 곧장 알지만, 황조롱이처럼 허공을 선회할 때는 별로 동요하지 않는다. 이런 행동이 위험하다는 걸 즉시 알아차리는 새는 자고새와 꿩뿐이다. 이들은 이런 사냥 방식에 가장 크게 위협받는 종들이어서, 몸을 낮게 웅크리거나 가장 가까운 은신처로 달아난다. 그러나 이들은 황조롱이가 선회할 때는 신경 쓰지 않는다.

나는 오솔길 남쪽의 들판을 가로질러 가다가, 마도요 세 마리를 발견했다. 21일에는 네 마리가 있었는데, 이후에 송골매가 한 마리를 죽인 모양이다. 마도요가 울면서 날자, 서쪽으로 1백 야드 떨어진 곳에서 수컷 송골매가 나타났다. 그의 앞쪽 그루터기에 앉아 있던 댕기물떼새들이 재빨리 몸을 일으켰지만, 그들은 바람의 세기를 잘못 판단했기에 날아오르기에는 너무 늦었다. 수컷 송골매는 돛처럼 불룩한 날개에 바람을 가득 채우고서 가파르게 상승했다. 그런 다음 잠시 준비하더니 별안간 양옆으로 날개를 착 갖다 붙이고는, 아무렇게나 헝클어진 대열 맨 끝에 날고 있는 댕기물떼새를 향해 바람을 뚫고 아래로 돌진했다. 비스듬히 가하는 타격이 어찌나 빠르던지, 나는 미처 그 장면을 포착하지 못했다. 내가 본 것이라곤, 매가 자신의 먹이를 쥔 채 바람을 타고 날아 내려오는 모습이 전부였다.

한 시간 동안 억수 같이 쏟아지는 비에, 낮은 빛을 모두 잃었다. 안개가 자욱해 어둠침침한 계곡은 흠뻑 젖은 갈색 스펀지가 되었다. 청둥오리 열여섯 마리가 하늘을 날았고, 홍머리오리 한 마리가 휘파람을 불었다. 다시 폭우가 쏟아졌고, 공허한 어스름은 꺅도요들의 쥐어짜는 울음소리로 가득했다.

11월 26일

새벽녘에 떼까마귀와 갈매기들이 비 오는 마을로 이동했다. 떼까마귀는 강어귀로, 갈매기는 내륙으로 향했다. 물이 빠져나가는 소리가 들리는 가운데, 작은 집 정원마다 옥수수멧새들이 노래를 불렀다. 아침이 밝아오자 비는 부드럽게 흩날렸다. 뒤로 물러난 해안의 테두리에 섭금류들이 모여들어, 흰 바다를 배경으로 까만 머리들이 드러났다. 개꿩들은 사냥개 포인터처럼 앞으로 몸을 구부리고, 잔디밭 위 개똥지빠귀처럼 진흙에 귀를 기울이면서, 먹이를 먹고 있었다. 조심스럽게 걸음을 딛고, 앞쪽 위로 머리를 내밀며, 잔뜩 긴장하여 집중하면서. 이윽고 진흙 속으로 재빨리 부리를 처박고, 펜싱 선수처럼 빠르고 경쾌하게 벌레를 찔렀다. 붉은가슴도요들은 쉬고 있었다. 그들은 잠자는 허스키 같았고, 몽골 사람의 눈매처럼 눈초리가 치켜 올라갔다. 내가 방파제 꼭대기 질척질척한 진흙 위를 비틀비틀 걸어가는 동안, 쉰 마리의 붉은가슴도요가 물을 건너 날아갔다. 잿빛 새들은 흰 돌처럼 맑은 수평선과 높은 잿빛 하늘 아래로, 비가 후드득 떨어지며 하얗게 포말을 일으키는 바다와 깨끗하게 씻긴 해변, 검자줏빛 해초, 잡초 무성한 초록 내륙, 부드럽게 굽이치는 긴 바다를 향해 낮게 휩쓸듯 날았다.

가마우지 여섯 마리가 검게 그을린 나무 그루터기처럼 조석점에 웅크리고 앉았다. 멀리 동쪽 끝에서는 한 마리가 북해 전체를 상징하는 문장紋章처럼 날개를 활짝 펼친 채 휴식을 취했다. 흑기러기들이 날개를 긴 'V'자로 펴고 날아갔다. 목 뒤에서 나오는 듯 꾸룩꾸룩 하는 그들의 대화가 1마일 밖에서도 들렸다. 길고 검은 그들의 대열이 하늘 밑을 할퀴며 지나갔다.

매가 죽인 사냥감들의 날개가 조약돌 위에서 흔들렸다. 홍머리오리 한 마리와 붉은부리갈매기 여섯 마리는 죽은 지 오래되어 퀴퀴한 냄새가 났고, 바다비오리 한 마리는 겨우 사흘째였다. 송골매가 인간의 미각에 가장 역겹고 비린 새인 비오리를 죽여야 했다니 뜻밖이다. 바다비오리는 날개, 뼈, 부리만 남았다. 심지어 두개골도 깨끗이 비었다. 선사시대부터 간직해온 깔쭉깔쭉한 이빨이 난 좁은 톱니 같은 부리가 달린 머리는 너무 커서 삼키지 못했다. 암컷 송골매는 멀리 해수소택지 말뚝 위에 몸을 웅송그린 채 앉아, 거무스름한 빗줄기 아래에서 뚱하게 나를 지켜보았다. 그는 좀처럼 날지 않았고, 먹이를 먹고선, 아무것도 하지 않았다. 얼마 후 그는 내륙으로 향했다.

청다리도요들이 습지에 섰다. 희끄무레한 바탕에 회색과 이끼색으로 뒤덮인 이 섭금류는 가느다란 회색 다리로 서서 몸을 앞으로 기울여 먹이를 먹고 있었다. 회색이 아닌 부분은 모두 흰색이었다. 납빛의 음울한 새들, 이 초록빛 여름의 유령은 문득 고고하고 아름답게 비행한다. 중간 회색과 연회색이 뒤섞인 하늘에서 천천히 비가 내렸다. 11시에는 현혹하듯 날이 맑고 환했는데, 이는 본격적으로 비가 시작된다는 의미였다. 온 세상이 회색으로 덮이기 전 한 시간 동안, 바다는 우윳빛과 진주층 같은 빛으로 반짝였다. 바다는 잠자는 개처럼 고요하게 숨 쉬었다.

11월 28일

이렇게 안개 자욱한 날에는 트랙터 소리만 쓸쓸하게 울릴 뿐, 어떤 것도 또렷하지 않았다. 머뭇머뭇 불어오는 약한 북서풍은 차가웠다.

11시에 송골매는 계곡 너머까지 길게 늘어선 높은 철탑들 중 하나를 향해 날아올랐다. 송골매는 안개 속에서 흐릿했지만, 능숙하게 몸을 구부리고 날개를 치는 모습을 곧바로 알아볼 수 있었다. 그는 주변 들판에서 먹이를 먹는 물떼새들을 20분 동안 지켜보더니, 다음 철탑을 향해 남쪽으로 날았다. 송골매의 높고 굽은 어깨 사이에 둥글게 굽혀 움푹 파묻은 머리와 점점 가늘어지는 짧고 끝이 뭉툭한 꼬리깃은, 하얀 하늘을 배경으로 올빼미 같이 생긴 윤곽을 드러냈다. 송골매는 반짝이는 강을 똬리처럼 휘감은 안개 위로 이동해 다시 북쪽으로 날았고, 윤기가 흐르는 불그스름한 금색 깃털이 어스름 속에서 빛났다. 그는 길고 힘차게 날개를 젓고 가뿐하게 몸을 날리며 의젓하게 앞으로 향했다.

송골매를 따라가기에는 사방이 너무 어둑해서, 나는 나중에 그가 목욕하러 올지 모른다고 생각하며 개울로 내려갔다. 노스 우드 옆 산사나무들에 앉은 검은지빠귀와 푸른머리되새들이 꾸짖어댔고, 어치는 오리나무 끝에 걸터앉아 무언가를 내려다보고 있었다. 나는 산울타리에 몸을 숨기면서, 산사나무가 빽빽하게 늘어선 길을 따라 천천히 내려갔다. 산사나무를 헤치고 나간 뒤에야, 빠르게 흐르는 개울물을 볼 수 있었다. 아까 그 어치가 지켜보던 건 바로 이 개울이었다. 나는 검은 그물망처럼 얽힌 가시 돋친 잔가지들 사이로, 개울물에서 몇 인치 떨어진 돌들 위에 서서 물에 비친 자신의 모습을 골똘히 바라보는 암컷 송골매를 발견했다. 그는 크고 주름진 누런 발이 잠길 때까지 앞으로 천천히 걸음을 옮겼다. 암컷 송골매는 멈추어 주위를 노려본 다음, 등 위로 가파른 각도로 날개를 들더니, 미끄러질까 겁나는지 작은 자갈이 깔린 돌바닥을 조심조심 디디면서 물을 헤치며 들어갔다. 물이 거의 어깨까지 차오르자, 그는 걸음을 멈추었다. 그러고는 물을 몇 모금 마셨고, 수면 아래로 연거푸 머리를 담갔으며, 철벅이고 파닥거리며 날개를 물에 적셨다. 검은지빠귀와 푸른머리되새들은 꾸짖어대기를 멈추었고, 어치는 날아가 버렸다.

　　암컷 송골매는 차츰 덜 움직였고, 10분 동안 물속에 머물렀다. 이윽고 그는 몸을 무겁게 뒤뚱거리면서 물가로 향했다. 호기심 많은 앵무새처럼 가뜩이나 느린 걸음걸이가 깃털에 젖은 물의 무게로 더욱 볼품없었다. 그는 열심히 몸을 털었고, 날개를 마구 휘저으며 공중으로 몇 차례 뛴 다음, 개울 위로 튀어나온 죽은 오리나무를 향해 무겁고 느리게 날아올랐다. 검은지빠귀와 푸른머리되새들이 꾸짖어대기 시작했고, 어치가 돌아왔다. 송골매는 물에 젖어 거대했고, 썩 만족스러워 보이지 않았다. 암컷 송골매는 수컷보다 가슴팍이 더 두

텁고 등은 더 넓었으며, 어깨 사이 근육도 더 두드러졌다. 색도 더 짙어서, 흔히 사진에서 보는 전형적인 어린 송골매들과 흡사했다. 어치가 그의 주변을 성가시게 파닥거리기 시작했다. 암컷 송골매는 북쪽을 향해 무겁게 날았고, 어치는 약을 올리는 듯 귀에 거슬리게 꺅꺅대며 그 뒤를 따라갔다.

나는 여울 북동쪽의 죽은 오크나무에서 그 암컷 송골매를 발견했다. 나무는 높은 지대에 서 있어서, 매가 가장 높은 가지에 앉으면 서쪽 강가의 탁 트인 평지를 가로질러 수 마일까지 내다볼 수 있다. 그는 사방을 둘러보고 하늘을 올려다본 다음, 깃을 고르기 시작했다. 그는 끝마칠 때까지 한 번도 고개를 들지 않았다. 먼저 가슴깃을 다듬었고, 그다음에 날개 밑면, 배, 옆구리 순서로 깃을 골랐다. 깃을 다 고른 암컷 송골매는 두 발을 거칠게 깔짝였고, 이따금 더 잘 살펴보려고 한쪽 발을 들어올렸다. 그리고 나서 부리를 나무껍질에 닦고 문질렀다. 암컷 송골매는 1시까지 자다 깨다를 반복한 뒤, 동쪽으로 빠르게 날아갔다.

11월 29일

한낮에 해수소택지 부근의 방파제 위에 서 있을 때, 송골매 한 마리가 내륙에서 날아와 내 곁을 바싹 스쳐 지나갔다. 송골매는 방파제 너머로 날아올라 주변을 선회한 다음, 맹렬하게 하강했다가 상승하며 'U'자를 그렸다. 송골매는 이런 비행을 세 차례 한 뒤, 왔던 길로 되돌아갔다. 나는 송골매가 해안에서 먹이를 몰아가려 시도했으리라 생각했지만, 그가 비행을 멈춘 곳에 도착해서는 아무것도 발견하지 못했다. 아마도 말뚝이나 돌을 겨냥해 연습을 했을지도 모르

지만, 왜 그런 특정한 장소에서 그토록 신중한 태도로 왕복 비행을
해야 했는지 잘 이해가 되지 않는다.

나는 동쪽으로 계속 걸음을 옮겼다. 해가 비쳤지만 바람은 차
가웠다. 매가 하늘 높이 솟구치기에 좋은 날이었다.

세 시간 뒤에 나는 해수소택지로 돌아와, 최고수위선[7] 부근 방
파제 기슭에서 뿔논병아리 유해를 발견했다. 그 뿔논병아리는 무게
가 아마 2.5파운드 정도로 꽤나 무거웠을 터이며, 상당한 높이에서
급강하하여 덮쳐서 죽인 걸로 짐작되었다. 지금은 무게가 1파운드
도 되지 않았다. 가슴뼈와 갈비뼈에는 살점 하나 붙어 있지 않았다.
기다란 목의 척추뼈 역시 신중하게 발라냈다. 머리와 날개와 위장은
고스란히 남아 있었다. 노출된 장기들은 쌀쌀한 공기에 약하게 김을
냈고, 여전히 따뜻했다. 무척 신선했지만, 불쾌한 악취가 났다. 인간
의 미각에 논병아리는 고약한 비린 맛이 난다.

내가 해질녘 습지를 가로지를 때, 송골매 두 마리가 오두막 지
붕에서 날아올랐다. 그들은 잔뜩 배가 불러 나른해져서 멀리 날지는
않았다. 그들은 논병아리를 나누어 먹었고, 지금은 함께 앉아 휴식
을 취하고 있었다.

11월 30일

새 두 마리가 강가에 죽어 있었다. 물총새와 꺅도요였다. 꺅도
요는 죽어가면서도 몸을 숨기려 했는지, 침수된 풀밭에 반쯤 잠긴

---

7 high-water mark. 밀물에서 썰물로 변할 때의 가장 높은 수위선이다.

채 널브러져 있었다. 물총새는 초롱초롱한 눈처럼 강기슭 진흙 속에서 빛났다. 물총새는 피투성이였고, 봉랍용 밀랍막대처럼 붉고 뻣뻣해진 뭉툭한 다리는 핏빛으로 물들어 강의 찰랑거리는 잔물결 속에서 차갑게 식어 있었다. 물총새는 몇 광년일지 모를 머나먼 곳에서 여전히 녹색과 청록색 빛으로 희미하게 깜박이는 죽은 별 같았다.

오후에 나는 노스 우드에서 위로 비탈진 들판을 지나다, 바람에 흩날리는 깃털들을 보았다. 수북이 쌓인 희고 부드러운 깃털 위에 산비둘기 시체가 가슴을 위로 향한 채 누워 있었다. 머리는 먹히고 없었다. 목, 가슴뼈, 갈비뼈, 골반, 심지어 견갑대와 날개의 손목관절 사이까지 살점이 뜯겼다. 이 수컷 송골매는 먹성이 좋다. 도축 솜씨도 훌륭하다. 죽은 산비둘기의 무게는 몇 온스에 불과해서, 먹을 수 있는 살점은 1파운드 정도에 불과했다. 뼈는 여전히 검붉었고, 피는 아직 축축했다.

나는 먹이 위에 날개를 펼치고 앉은 매처럼, 어느새 죽은 동물 위로 웅크리고 앉았다. 내 눈은 지나가는 인간의 머리를 경계하느라 재빨리 주변을 두리번거렸다. 나는 어떤 원시적인 의식, 사냥꾼이 자신의 사냥감이 되는 의식에서처럼, 나도 모르게 매의 움직임을 흉내 내고 있었다. 나는 숲을 주의 깊게 살폈다. 송골매가 그늘진 은신처에 웅크리고 앉아, 죽은 나뭇가지 끄트머리를 움켜쥐고서, 나를 지켜보고 있었다. 요즘 야외에서 우리는 똑같이 황홀하고 두려운 삶을 살고 있다. 우리는 인간을 피했다. 우리는 갑자기 번쩍 들어 올리는 그들의 두 팔을, 미친 듯이 마구 움직이는 그들의 몸짓을, 변덕스러운 가위 걸음을, 방향을 잃고 비틀거리는 그들의 태도를, 묘비처럼 하얀 그들의 얼굴을 증오한다.

12월 1일

송골매는 안개 자욱한 하늘의 보이지 않는 푸른 정점까지 솟구쳐, 소용돌이를 그리며 올라가는 갈매기들 위에서 동쪽으로 원을 그렸다. 송골매는 한가하게 아침 햇살을 지나 차가운 남동풍 속을 표류하며 30분을 보낸 뒤, 개울을 향해 엄청난 기세로 급강하해 별이 폭발하듯 새들을 산산이 흐트러뜨렸다. 꺅도요는 포탄이 나는 듯한 휘파람 소리를 내며 바람을 타고 내려왔고, 산비둘기들은 처음에는 왁자지껄 큰 소리로 떠들다가 긴 한숨을 지으며 본격적으로 출발의 날갯짓을 시작했다. 내가 다리에 다다랐을 때, 검은지빠귀들은 여전히 꾸짖어댔지만 하늘은 텅 비어 있었다. 남쪽을 향해 (낮게 이글거리는 태양을 배경으로 벌거벗은 채) 서 있는 나무는 모두 검은 과일 송이처럼 빽빽한 비둘기로 무거워 보였다.

긴장이 서서히 이완되고 불안한 평화가 20분 동안 이어지자, 비둘기들은 들판으로 돌아오기 시작했다. 갈매기와 물떼새들은 다시 경작지를 따라갔다. 이동하는 댕기물떼새들은 고요하고 차분하게 북서쪽으로 높이 날았다. 산비둘기들은 두 숲 사이로, 그리고 숲과 쟁기질을 마친 들판 사이로 날았다. 그들은 잠시도 가만히 있지 않았고, 날개의 흰 줄무늬가 햇살 속에서 반짝거렸는데, 먹이를 노리는 송골매에게 이것은 유혹이자 도전이었다.

나는 매가 높이 날아오르고 있는지 보기 위해 계속 하늘을 살펴보았고, 모든 나무와 덤불을 살펴보셨으며, 모든 아치 사이로 보나마나 텅 비어 있을 하늘을 탐색했다. 이것은 매가 먹이를 찾고 적을 피하는 방법이자, 우리가 매를 찾고 그의 사냥 경험을 공유하길 바라며 할 수 있는 유일한 방법이다. 쌍안경이, 그리고 매와 같은 경계심이 인간의 근시안이라는 단점을 보완해준다.

마침내 그때까지 줄곧 비둘기인 줄 알고 있던, 저 멀리 비둘기처럼 생긴 새들 가운데 한 마리가 별안간 송골매로 확인되었다. 송골매는 사우스 우드 위를 날아서, 나무에 둘러싸여 감추어진 공터에서 올라오는 따뜻한 공기 속으로 높이 솟구쳤다. 햇살 속에서 황금빛 잔물결을 일으키던 송골매는 물고기가 지느러미를 파도처럼 물결치듯, 날개를 힘차게 넘실거리며 따뜻한 공기 속을 헤엄쳐 올라갔다. 파랗게 윤을 낸 하늘에 박힌 작은 은빛 조각처럼, 그는 표면 위를 부유했다. 파란 얼음을 서서히 가르는 검은 칼날처럼, 날개를 바싹 붙여 뒤로 젖히고 동쪽을 향해 유유히 흘러갔다. 햇살을 뚫고 아래로 이동할수록 그는 가을 나뭇잎처럼 반짝이는 황금빛에서 흐린 노란색으로, 황갈색에서 갈색으로 바뀌었고, 스카이라인 배경으로 날 때는 한순간에 검은색이 되었다.

태양이 내리쬐는 동안 남쪽에서는 흰 불이 타올랐다. 갈까마귀 두 마리가 그 위를 높이 날았다. 한 마리는 총에 맞은 것처럼 회전하고, 공중제비를 넘으며, 바닥을 향해 급히 떨어져 내렸다. 마치 뼈와 깃털이 든 자루가 내동댕이쳐진 것 같았다. 갈까마귀는 죽은 체하고 있었다. 그러다 땅 위 1피트에서 날개를 펼치고, 아주 태연하게 사뿐히 바닥에 내려앉았다.

나는 안절부절 못하는 물떼새들을 따라 개울을 건너, 서쪽 산울타리에 있는 암컷 송골매를 발견했다. 나는 그에게 몰래 접근했지만, 그는 산울타리를 따라 이 나무에서 저 나무로 이동했다. 그는 계속 태양을 등지고 있었기 때문에, 내가 눈이 부셔 앞이 잘 보이지 않는 동안에도 나를 똑똑히 볼 수 있었다. 산울타리가 끝나자, 그는 개울가 나무를 향해 날아갔다. 암컷 송골매는 졸리고 나른해 보였고, 머리를 크게 움직이지 않았다. 눈동자는 갈색 유약을 바른 듯했다. 그 눈동자가 내 눈을 뚫어져라 바라보았다. 내가 잠시 고개를 돌리는 사이, 그는 즉시 날아가 버렸다. 나는 얼른 뒤돌아보았지만, 그는 사라지고 없었다. 매들은 누군가가 자신을 관찰하는 동안에는 날기를 꺼린다. 그들은 낯선 눈동자의 속박에서 풀려날 때까지 기다린다.

갈매기들은 동쪽으로 느리게 날았다. 그들의 날개는 눈부신 빛 속에서 투명했다. 3시에 암컷 송골매가 그들 사이에서 원을 그린 다음, 높이 솟아오르기 시작했다. 강어귀는 만조였다. 갇힌 심장 속에서 세차게 뛰는 피처럼, 섭금류들은 샛강과 해수소택지들 위를 소용돌이치며 날아올랐다 내려앉았을 것이다. 나는 송골매가 그들을 보리라는 걸, 넘쳐흐르는 물을 향해 이동하는 수천 마리의 갈매기를 보리라는 걸 알았고, 그들을 따라 동쪽으로 갈 거라고 생각했다. 나는 더 오래 기다리지 않고, 강어귀가 내려다보이는 6마일 떨어진 작은 언덕을 향해 자전거로 최대한 빨리 달렸다. 나는 두 차례 멈추어 암컷 송골매를 찾아봤고, 마침내 내가 바라던 대로 나무가 우거진 능선 위로 높이 원을 그리며 동쪽으로 서서히 이동하는 그를 발견했다. 내가 언덕에 도착했을 무렵, 그는 이미 그곳을 지나서 내려간 뒤였다.

대기와 간섭을 일으킨 3마일 밖의 햇살로부터 망원경이 뽑아낸 작은 렌즈 속 빛에서, 나는 강어귀의 빛나는 강물이 어둑해지고, 새들이 들끓고, 암컷 송골매가 날카로운 갈고리처럼 몸을 굽혀 긴 톱날처럼 들쭉날쭉 오르내리는 모습을 보았다. 잠시 후 검은 물은 다시 환해졌고, 사방은 정적에 잠겼다.

12월 2일

조수가 낮아졌다. 진흙은 젖은 모래처럼 반짝였고, 자갈 해변은 푸른 산호초로 눈부시게 빛났다. 햇살 속에서 색깔은 더 선명해졌다. 어두운 들판의 죽은 나무 한 그루가 상아색 뼈처럼 빛을 반사했다. 헐벗은 나무들은 시든 잎의 빨간 잎맥처럼 땅에 서 있었다.

송골매 한 마리가 강어귀 위로 솟구쳐 오르자, 하늘은 섭금류들의 날개로 가득 찼다. 송골매는 마도요들이 하강하는 어둠 속으로 햇살을 뚫고 뛰어내려, 다시 그들 사이에서 섬광처럼 번득이더니, 그들이 날아오르자 그 아래에서 곡선을 그리며 바로 밑으로 올라가, 한 마리의 가슴을 향해 숨이 가쁘도록 세차게 공격했다. 죽은 새는 갑자기 몸에서 공기가 빠져나간 것처럼, 형체를 알아볼 수 없게 일그러져서 방파제 옆에 떨어졌다. 송골매는 미끄러지듯 내려와, 갈고리 같은 부리로 죽은 마도요의 가슴을 찔렀다.

12월 3일

하루 종일 습지 위로 낮은 구름이 내려앉았고, 가랑비가 바다로부터 서서히 이동해왔다. 길에도 방파제에도 진창이 깊었다. 페인트처럼 두터운 황토색 진흙, 곰팡이처럼 습지 위에 퍼진 듯한 부드럽고 찐득찐득한 진흙, 움켜쥐고 달라붙고 쩌억쩍 소리를 내며 빨아들이는 문어 같은 진흙, 기름처럼 매끄럽고 불안정한 미끈거리는 진흙, 고여 있는 진흙, 사악한 진흙, 옷 속과 머리카락 속과 눈 속에 스며드는 진흙, 뼛속까지 파고드는 진흙. 겨울의 동쪽 해안에서 인간은 조석점 위의 진흙 속이나 그 아래의 물속을 걷는다. 마른 땅은 없다. 진흙은 또 하나의 기본 요소다. 누군가는 진흙을 사랑하게 된다.

땅과 물이 만나고, 그늘이라곤 없어 어디에도 두려움을 숨길 곳 없는 세상의 끝에서만, 행복한 한 마리 섭금류처럼 된다.

강어귀 입구에서 땅과 물이 함께 길을 잃어, 눈에 보이는 것은 오직 물과 물 위에 떠 있는 땅뿐이다. 회색과 흰색의 수평선이 뗏목에 매여 있다. 수평선은 물과 땅을 오직 청력에만, 홍머리오리의 휘파람과 마도요의 외침과 갈매기의 울음소리에만 맡겨두고, 땅거미 속으로 떠나간다.

북쪽에서 매 한 마리가 고지대 위를 빙빙 돌다가 앉을 곳을 찾아 날아갔다. 하지만 내가 썰물에서 발길을 돌리기에는 아득히 멀어져 있었다. 저녁에는 갈매기 수천 마리가 육지에서 청정하고 안전한 바다를 향해 나아갔다.

12월 5일

태양은 서리 덮인 산울타리들이 이룬 회백색 산호를 차갑고 침울한 빛으로 타오르게 했다. 햇살을 받아 서리가 녹고 김이 올라올 때까지, 부산한 농가에서 흘러온 목소리들이 희미하게 울리는 안개 낀 동굴 사이로 나무에 맺힌 물방울이 똑똑 떨어지기 시작할 때까지, 고요한 계곡에는 아무런 움직임이 없었다. 송골매는 길가의 건초 더미에서 햇볕을 받으며 쉬다가, 날아올라 강을 향해 내려갔다.

30분 뒤에 나는 다리 근처 하늘 높이 걸쳐진 전선에 앉아 있는 송골매를 발견했다. 송골매는 뻣뻣한 갈대들에 내린 서리를 날개로 쓸어내며, 도랑을 따라 낮게 날았다. 그러다 몸을 틀어 방향을 돌려서, 쇠물닭 한 마리 위를 맴돌았다. 송골매는 갈대밭 사이 얼음 위를 미끄러져 뒹굴었지만, 쇠물닭을 잡을 수는 없었다. 쇠오리 열네 마리와 갈매기 1백 마리가 얼지 않은 수면에서 날아올랐다. 허기져 생기 없는 꺅도요 여러 마리가 서리에 뒤덮인 들판에서 힘없이 가냘프게 울었다.

1시에 송골매는 안개 사이로 햇살이 비치는 절벽 위로 힘차고 단호한 날개로 날아올라, 동쪽으로 향했다.

12월 8일

햇살을 받아 황금빛을 띤 나뭇잎들이 아침 안개 사이로 부유하며 떨어졌다. 젖은 들판은 파란 하늘 아래에서 반짝였다. 강가의 느릅나무에서 수컷 송골매가 울면서 안개 자욱한 햇빛 속으로 날아올랐다. 송골매는 쉰 듯한 고음으로 소리 죽여 "끼륵, 끼륵, 끼륵, 끼륵, 끼륵" 하고 울었다. 날카롭고 사나운 소리였다.

송골매는 그루터기 위로 날아올라 북쪽을 향했고, 줄곧 해를 등지고 날개를 퍼덕이며 앞으로 향하다가, 경쾌하게 미끄러지며 상승했다. 그러다 긴장해서 날개를 팽팽하게 당기고 열심히 움직였다. 먹이를 발견한 것이다. 그루터기에 모인 산비둘기들이 먹이 먹기를 멈추고, 머리를 쳐들었다. 2백 피트 위에서 매가 천천히 원을 그린 다음, 갑자기 몸을 비스듬히 아래쪽으로 기울였다. 매는 공기를 가르며 내려오다 몸을 치켜 올렸고, 아래 있던 비둘기들은 혼비백산하며 날아갔다. 매는 물결처럼 날개를 굽이치며 방향을 홱 바꾸어 아래로 향했고, 기를 쓰고 날아가는 부드러운 회색 무리를 뚫고 그들 사이에 끼어들었다.

주위의 모든 들판에서 새들이 날아올랐다. 온 들판이 하늘로 올라가는 것 같았다. 들끓는 날개들 속 어딘가에서 매는 헤어나지 못한 채 길을 잃었다. 소동이 가라앉았을 때, 수마일 내에서는 매를 볼 수 없었다. 이런 일은 꽤나 자주 일어난다. 매는 가만한 날갯짓으로 살그머니 다가가 기습적으로 공격한 다음, 연막처럼 흩어지는 새들 사이에 몸을 숨겨 은밀히 그 자리를 벗어난다.

나는 만조 때 강어귀에 다다랐다. 반짝거리는 민물도요 수천 마리가 쉬익거리면서 푸른 물속으로 뛰어들었다. 흑기러기와 홍머리오리는 물이 찰랑거리는 만에서 떠다녔다. 총을 든 사냥꾼들이 나왔다. 구릿빛 섬광과 사방으로 번지는 이른 어스름 사이로, 홍머리오리는 억제할 수 없다는 듯 휘파람을 불었고 혼자 남은 아비는 소리를 높여 구슬프게 흐느꼈다.

송골매는 탕탕대는 총소리가 맴돌며 울려 퍼지는 강어귀로 돌아오지 않았다. 송골매는 아침에 먹이를 사냥했고, 현명하게도 육지에 머물렀다.

12월 10일

음산한 빛, 매서운 바람, 짙은 구름, 쏟아지는 진눈깨비. 꺅도요들이 강의 북쪽 물에 잠긴 목초지에 옹기종기 모여 있는 모습이, 마치 갈색 옷을 입은 작은 수도승들이 낚시하는 것 같았다. 꺅도요들은 초록색 다리를 구부려 낮게 웅크렸고, 나는 그들의 콜로라도감자잎벌레 색깔 머리와 부드러운 갈색 눈동자를 볼 수 있었다. 그들은 먹이를 먹지 않았고, 마치 향을 음미하듯 흙탕물 위에 긴 부리만 내밀고 있었다. 내가 그들을 향해 걸어가자, 쉰 마리가 날아올랐다. 꺅도요들에게 망설임이나 느린 자각 따위는 없다. 신경에서 경종이 울리면, 꺅도요들은 진흙에서 갑자기 발작적으로 뛰어오를 뿐이다.

그들은 날아오르면서 엄청난 콧소리를 냈다. 새 떼의 소리가 아닌, 꺅도요 한 마리의 재채기였다. 그들은 서로 가까이 모여 있었고, 날쌔게 방향을 바꾸며 움직이지는 않았지만, 찌르레기처럼 무리를 이루어 높고 빠르게 날았다. 주변에 매가 있다는 의미였다.

나는 한참을 찾아다닌 뒤에야, 들판의 말뚝 위에서 수컷 송골매를 발견했다. 그는 졸리고 나른해 보였다. 빛이 엷어지기 시작하고 안개 자욱한 땅거미가 저 멀리 숲을 부드럽게 감싸는 이른 오후가 되어서야, 그는 정신이 또렷해졌다. 수컷 송골매는 꺅도요들이 휴식을 취하고 있는 목초지 위를 맴돌았다. 그가 급강하하여 덮칠 때까지 한 마리도 날아오르지 않았다. 이윽고 모든 꺅도요가 습기 찬 폭죽처럼 쉭쉭 탁탁거리며 진흙에서 몸을 일으켰다. 마지막으로 몸을 일으킨 꺅도요가 매에게 쫓겼다. 둘은 함께 하늘로 돌진한 다음, 들판을 가로지르며 곤두박질쳐, 버드나무 숲을 급히 들락거렸다. 매는 꺅도요를 뒤따르면서, 그가 구불구불 방향을 틀 때마다 따라갔지만, 결코 앞지르지는 않았다. 그러다 별안간 추적을 멈추고는, 강 위에 아무렇게나 흩어져 서성거리는 회색머리지빠귀 수백 마리를 향해 돌진했다. 그는 여전히 꺅도요처럼 날면서, 풀린 용수철처럼 날쌔게 움직이고 통통 튀어 오르며 회색머리지빠귀들을 흩뜨렸지만, 그들을 공격하지는 않았다.

그는 말뚝에서 10분 간 휴식을 취한 다음, 안개가 짙게 낀 어둑한 들판을 아주 낮은 고도로 반쯤 몸을 숨긴 채 바람을 거슬러 꾸준히 날았다. 그의 머리와 꼬리는 보이지 않았다. 그는 바다 밑바닥에서 재빠르게 움직이는 만타가오리 같았다. 갈매기들은 보금자리를 향해 남쪽으로 날았다. 그들은 빠르게 이동하는 30~40개의 무리에 합류했고, 곧장 하늘 높이 날아오르진 않을 터였다. 그들은 나를 보자마자 산비둘기들처럼 좌우로 갈라지며 흩어졌다. 지금까지 갈매기들이 그런 행동을 하는 건 본 적이 없었다. 그들은 아침저녁으로 반복해서 송골매에게 공격을 받다보니 상당히 거칠어졌고, 아래에서 닥칠지 모를 위험을 의심하게 된 것이다.

나는 송골매를 따라 동쪽으로 향했다. 내 머리 위에서 강가의 보금자리로 향하는 회색머리지빠귀들이 갈라진 소리로 울고 휘파람을 불었다. 나는 작은 시내에서 삑삑도요 한 마리를 날려 보냈다. 삑삑도요는 울면서 방향을 틀더니, 술 취한 깍도요처럼 이리저리 비틀거리며 땅거미 속으로 높이 날아올랐다. 삑삑도요는 "투-루-윗" 하고 거칠게 휘파람을 불었는데, 말로 표현할 수 없을 만큼 기세등등하면서도 쓸쓸했다. 삑삑도요가 날아오르자 송골매가 급강하해 덮쳤지만, 1야드 정도 빗나갔다. 어쩌면 송골매는 내가 자신을 위해 먹잇감을 몰게 하려고 나를 따라왔을지도 모른다. 오늘 그는 급강하해 덮칠 때마다 번번이 느렸고 방향도 빗나갔다. 아마 별로 배는 고프지 않았지만, 사냥과 살해의 의식이라는 습관을 부득이하게 행했을 것이다.

해가 진 뒤 하늘이 개었다. 멀리 하늘 위에서 아득히 성냥 긋는 소리가 들렸다. 많은 떼까마귀와 갈까마귀가 서쪽을 향해 느리고 평화롭게, 시리고 푸른 땅거미 속으로 높이, 처음 뜨는 별들만큼 작게 날면서 우짖었다.

12월 12일

높은 구름이 서서히 하늘을 메우며, 아침이 하얗게 밝았다. 태양은 몸을 숨겼다. 북쪽에서 차가운 바람이 불어왔다. 수평선의 빛은 맑고 선명해졌다.

두 농장 사이 길가에 재갈매기의 유해들이 놓여 있었다. 반은 길가 풀밭에, 반은 흙먼지와 모래 속에 있었다. 송골매는 간밤에, 혹은 도로에 차량이 다니기 전 아침 어스름에 재갈매기를 사냥했고, 안전한 장소로 옮기기에는 너무 무겁다는 걸 깨달은 것이다. 이후 지나가던 차들이 재갈매기를 납작하게 찌부러뜨렸다. 찢긴 살은 아직 피로 축축했고, 머리가 있었을 목은 붉게 벌어졌다. 매들에게는 분명 모래가 깔린 이런 시골길이 조약돌 해변처럼 보였을 테고, 윤이 나는 도로는 황폐한 황무지의 화강암층처럼 어슴푸레 빛났을 것이다. 인간이 만든 모든 괴물 같은 인공물이 매들에게는 자연적이고 흠이 없는 것이다. 정지한 것은 모두 죽었다. 움직이다 멈췄다를 반복하다가 다시는 움직이지 않게 되는 것은 모두 아주 서서히 죽어간다. 매에게 움직임은 색깔과 같다. 그들의 눈에는 움직임이 진홍색 불꽃처럼 타오른다.

나는 10시에 재갈매기를, 30분 뒤에 송골매를 발견했다. 예상대로 송골매는 엄청나게 큰 새 한 마리를 먹어치운 뒤라 멀리 가지 못했다. 송골매는 축축하게 젖어서 풀 죽은 몰골로, 깃털은 축 늘어져 후줄근한 채, 연못가 여울길 나무에 구부정히 앉았다. 꼬리깃은 흠뻑 젖은 우산처럼 몸 아래 달랑거렸다. 연못은 작고 얕으며, 인간이 쓰던 생활 쓰레기들이 버려져 있다. 유모차 바퀴, 세발자전거, 깨진 유리, 썩은 양배추, 세제 용기가 묽은 케첩 같은 하수를 뒤덮었다. 물이 고여 기름이 둥둥 떠 있지만, 매는 그곳에서 목욕을 했으리라. 일반적으로 매는 어느 정도 깊고 수질이 좋아서 맑게 흐르는 물을 더 좋아하고 그런 곳을 찾아 먼 거리를 날지만, 가끔은 일부러 하수가 섞인 물을 선택하는 것 같다.

남쪽에서 트랙터 세 대가 커다란 밭을 일구고 있었다. 매로부터 몇 야드 떨어진 곳에서 그중 한 대가 왔다 갔다 했지만, 매는 전혀 불안해하지 않았다. 매들은 트랙터가 움직이는 근처에 앉는다. 새들이 그 주위를 쉴 새 없이 오가기 때문이다. 매가 배고파지면, 주변에 항상 주시할 무언가 혹은 사냥할 무언가가 있다. 그들은 트랙터가 움직이는 동안에는 두려운 인간의 형상이 아무런 해도 가하지 않는다는 걸 학습했다. 기계의 행동은 인간의 행동보다 훨씬 예측이 가능하기 때문에, 그들은 기계를 두려워하지 않는다. 트랙터가 멈추면, 매는 즉시 경계 태세를 취한다. 운전자가 걸어 나오면, 매는 더 멀리 안전한 곳으로 이동한다. 내가 그곳에 도착한 지 30분 뒤 연못가 밭에서도 이런 일이 일어났다. 매는 무겁고 거추장스러운 노처럼 날개를 들어 올려 퍼덕거리며 느릿느릿 남동쪽으로 날아서, 길가 느릅나무 꼭대기에 내려앉아 휴식을 취했다. 내가 나무 아래에 거의 다다를 때까지, 매는 다가오는 날 보지 못했다. 그러다 나를 발견하고 입이 떡 벌어지게 놀라서, 다시 연못을 향해 날았다. 매는 날개를 축 늘어뜨린 채 흐물흐물 볼품없는 곡선을 그리며 미끄러지듯 날면서, 마치 무언가를 쏠까 염려하는 듯 여전히 느릿느릿 조심스럽게 움직였다. 물에 흠뻑 젖은 채 무겁게 나는 이런 비행은, 날개를 노처럼 깊숙이 젓다가 마지막에 날개 끝으로 가볍고 빠르게 공기를 건드리는 까마귀의 비행과 흡사했다.

나는 연못과 여울 사이 오솔길에 불쑥 튀어나온 오크나무에 옹송그리고 앉은 매를 발견했다. 내가 아래로 지나가는데도, 매는 꼼짝도 하지 않았다. 바람에 말리고 있는 깃털이 헝클어진 채 두 눈을 감고 나무토막처럼 꼿꼿하게 앉아 있는 모습이 우중충하고 탈진한 듯 보여서, 마치 죽은 지 오래되어 약간 좀이 슨 듯했다. 내가 손뼉을 치자, 매는 깨어나 여울 옆 잡목림으로 내려갔고, 그곳에서 다시 오크나무로 날아 올라갔다. 이런 움직임은 세 차례 반복되었다. 그 후 나는 잡목림 가장자리에서 지켜보면서, 매가 오크나무에서 쉬게 두었다. 매는 한 시간을 더 잤고, 1시에 일어나 깃을 다듬고 주변을 둘러보았다. 깃털이 다 마르니 색깔이 환해졌다. 꼬리깃에는 엷은 황갈색과 담갈색의 가느다란 줄무늬가 있었다. 등, 목덜미깃, 어깨깃에는 엷은 황갈색 바탕에 타는 듯한 짙은 적갈색으로 얼룩덜룩 가로 줄무늬가 있었다. 줄무늬는 가늘고 촘촘했고, 전체적인 표면은 불그스름한 금빛 윤기가 선명했다. 머리 꼭대기는 엷은 황금색 바탕에 갈색으로 살짝 얼룩졌다. 접힌 날개 끝은 꼬리깃 끝을 살짝 넘겼는데, 수컷 송골매치고도 유난히 길었다.

매는 1시 30분에 나무를 떠났지만, 까마귀에게 쫓겨 곧바로 돌아왔다. 그는 시끄럽게 울면서 날았다. 날카롭고 퉁명스러운 소리였다. 매는 나무에 앉아 다시 울었는데, 이번에는 더 깊고 도전적인 외침이었다. 2시가 되자 초조해하면서, 고개를 위아래로 까닥이고 발을 종종거리며 돌아다녔다. 다시 진정하는 데는 몇 분이 걸렸지만, 마침내 날 때는 빠르고 단호했다. 매는 기세 좋게 날아 포물선을 그리며 상승했고, 아까 마지못해 하던 날갯짓과는 달리 이제는 허공에서 근사하게 날개를 부딪치며 노스 우드 위로 가파르게 날아올랐다. 개울가 목초지에서 하루 종일 태평하게 먹고 놀던 갈까마귀들은, 이제 당황하며 날아올라 높이 원을 그리다 황급히 사라졌다.

한 시간 동안 비가 내렸지만, 나는 잡목림에서 머물며 기다렸다. 3시에 송골매가 차가운 북풍을 뚫고 빠르고 맹렬하게 날아 돌아와, 갈매기와 댕기물떼새들을 사납게 공격했다. 댕기물떼새 한 마리가 무리에서 떨어지자, 홀쭉한 갈색 수컷 송골매는 달리는 토끼처럼 땅 쪽으로 몸을 낮추어 뒤에 바싹 따라붙었다. 둘이 함께 공중제비를 넘는가 싶더니, 이내 각자 다른 방향으로 흩어지는 듯했다. 댕기물떼새는 자신의 몸길이만큼 몸을 돌렸지만, 매는 더 넓은 포물선을 그리며 바깥으로 향한 다음 미친 듯한 날갯짓으로 다시 새를 향해 돌진했다. 그런데 둘을 연결하던 끈이 갑자기 툭 끊어졌다. 매는 하늘을 향해 돌진했고, 댕기물떼새는 앞으로 굴러 떨어졌다. 매는 옆으로 몸을 돌려, 마치 허공의 구멍으로 나동그라지듯 급강하했다. 그리고 끝. 더 이상 아무런 일도 일어나지 않았다. 결과가 어떻게 됐는지는 모르지만, 아무튼 끝났다. 남은 건 침묵과 쉬익거리는 바람뿐이었다. 사냥꾼과 그의 희생물이 구불구불 소용돌이치며 비행하던 흔적이 음울한 허공에 감도는 듯했다.

나는 여울에서 오솔길로 올라가면서, 가지를 짧게 쳐낸 물푸레나무 꼭대기의 잿빛 잔가지에서 날개를 퍼덕거리는 새 한 마리를 보았다. 내가 2야드 떨어져 있을 때, 송골매는 사력을 다해 날개를 퍼덕거리고 몸을 비틀면서 날아가 버렸다. 잠시 송골매가 아주 가까이 다가와서, 나는 새틴처럼 부드러운 날개 밑면을 그리고 갈색과 크림색으로 얼룩진 두꺼운 누비이불 같은 깃털을 볼 수 있었다. 그는 방향을 틀고 불규칙하게 몸을 흔들면서, 들판을 가로질러 남쪽으로 날았다. 두 다리가 아래로 늘어져 있었는데, 다리 사이에서 하얀 무언가가 종이처럼 파닥거렸다. 나는 쌍안경을 통해 그가 죽은 댕기물떼새를 양 발로 꽉 움켜쥔 걸 보았다. 송골매의 꼬리와 대조되게 수평으로 잡힌 댕기물떼새는 가슴을 위로 향하고 머리가 아래로 꺾였으며, 날개는 흑백의 밑면이 드러나 보이도록 축 벌어졌다. 송골매는 0.5파운드 무게의 먹이를 쥐고 거뜬히 날았지만, 바람의 세기에 애를 먹었다. 그는 돌풍에 몸이 약간 기우뚱했고, 짧고 빠른 잽을 날리듯 날쌔게 날개를 쳤다. 이윽고 그는 오솔길 근처 나무에 내려앉았다. 5분 뒤에 내가 그를 방해했을 때, 댕기물떼새는 더 작아져서 나르기가 더 쉬웠다. 그는 가지를 짧게 쳐낸 다른 물푸레나무를 향해 날았고, 나는 그가 그곳에서 식사를 마치게 두었다. 그 옆 밭에서는 트랙터 세 대가 여전히 쟁기질을 하고 있었다.

해가 질 무렵, 마도요 열 마리가 몸을 일으켜 시끄럽게 울면서 동쪽으로 날았다. 트랙터들은 농가로 돌아갔고, 마지막 남은 갈매기들은 남쪽으로 날았다. 송골매는 땅거미 속을 높이 맴돌다가, 언덕의 어둠 속으로 펄럭이며 갔다. 매가 없는 계곡은 잠에서 깬 올빼미들의 부드러운 목소리로 환하게 피어올랐다.

12월 15일

서쪽에서 따뜻한 돌풍이 세차게 일어, 우레 같은 소리를 내며 강가 평원 지대를 지나갔다. 돌풍으로 높이 치솟은 가벼운 물보라의 물마루가 나무 우거진 산등성이 같은 검은 방파제에 부딪히며 산산이 부서졌다. 바람의 맨 가장자리를 둘러싼 스산한 수평선은 고요히 정지했다. 그 맑은 평온이 내 앞에서 뒤로 물러났다. 느릅나무와 오크나무와 삼나무들, 농장과 집들, 교회들, 그리고 검劍과 같은 은색 거미줄을 친 철탑들의 신기루가.

11시에 수컷 송골매가 돌풍 속에서 강 위로 가파르게 날아올라, 몸을 둥글게 구부리고 날개를 움츠린 채, 질주하는 회색 구름 위에 검은 형체를 드러냈다. 수달이 물을 사랑하듯, 야생 송골매는 바람을 사랑한다. 이것은 송골매의 고유한 특징이다. 그들은 오직 바람 속에서만 진정으로 살아 있다. 내가 본 모든 야생 송골매는 그 어느 때보다 돌풍 속에서 더 오래 더 높이 더 멀리 날았다. 그들은 목욕을 하거나 잠을 잘 때만 돌풍을 피한다. 수컷 송골매는 부풀어 오른 대기 위로 날개와 꼬리를 활짝 펼치고 2백 피트 상공을 활공한 다음, 바람을 타고서 길고 커다란 곡선을 그리며 방향을 돌렸다. 그런 다음 재빨리 동쪽으로 더 넓게 펼쳐진 원을 그렸는데, 바람의 힘에 의해 타원형이 되었다. 수백 마리의 새가 그 아래에서 몸을 일으켰다. 매에 관한 가장 흥미로운 점은, 새 떼를 공중으로 날리는 마법을 부려서 적막한 땅에 활기를 불어넣는 방식이다. 매가 위에서 원을 그리자, 도로와 개울 사이의 넓은 들판에서 먹이를 먹던 갈매기, 댕기물떼새, 산비둘기들이 일제히 날아올랐다. 서로 바싹 붙어 날아오르는 갈매기들로 하늘에 온통 하얀 파도가 일어, 농장은 그 속에 가려진 듯했다. 검은 매가 흰 갈매기들 사이로 맹렬하게 하강하자, 그들은 흰 거품을 흩뿌리듯 산산이 흩어졌다. 쌍안경을 내리고 보니, 내 주변의 새들도 매를 지켜보고 있었다. 덤불과 나무마다 참새, 찌르레기, 검은지빠귀, 개똥지빠귀들이 동쪽을 바라보며 쉴 새 없이 지껄이고 꾸짖어대고 있었다. 나는 서둘러 동쪽으로 향했는데, 가는 길 내내 작은 새들이 산울타리를 따라 옹송그리고 앉아서 새된 소리로 텅 빈 하늘에 위험을 알렸다.

내가 농장을 지나자, 검은가슴물떼새 한 무리가 뭉게뭉게 피어오르는 포연砲煙처럼 날아올랐다. 전체 무리가 마치 하나의 황금빛 날개처럼 낮게 흐르다 천천히 올라갔다. 내가 여울길에 다다랐을 때, 연못가 나무들은 산비둘기로 가득했다. 내가 그들 곁을 지나쳐도 아무도 움직이지 않았는데, 그때 맨 끝에 서 있는 나무에서 송골매가 바람을 거슬러 날아올라 동쪽으로 선회했다. 산비둘기들은 비교적 안전했던 나무를 즉시 떠나, 노스 우드를 향해 날았다. 그들은 송골매 아래를 지나갔다. 송골매는 원하면 그들에게 급강하하여 덮칠 수도 있었다. 산비둘기들은 매우 빠르고 경계심이 크지만, 쇠오리처럼 이따금 위험에서 멀어지기는커녕 위험을 향해 날아가는 치명적인 약점이 있다.

매는 긴 포물선과 직선을 그리며 서서히 더 높이 표류했다. 그런 다음 아무런 예고도 없이, 개울 위 5백 피트 상공에서 갑자기 떨어져 내렸다. 그러고는 간단히 멈추어 날개를 세차게 위로 뻗더니, 수직으로 곤두박질쳤다. 팽팽하게 조인 활로 쏜 화살처럼 두 날개 사이로 몸통이 발사되어, 몸이 두 개로 분리된 것 같았다. 마치 하늘에서 내팽개쳐진 듯, 매의 추락에는 불경스러운 추동력이 있었다. 나중에 돌이켜보았을 때, 이런 일이 일어났다는 게 믿기지 않았다. 최고의 급강하는 언제나 이런 식이며, 그 순간은 놓치기 일쑤다. 몇 초 뒤에 매는 개울에서 날아올라 다시 동쪽을 향해 선회하기 시작했고, 어두운 숲과 과수원들 위로 더 높이 이동해, 마침내 시야에서 사라졌다. 나는 들판을 뒤져 보았지만, 죽은 사냥감을 발견하지 못했다. 산사나무의 산비둘기들과 습지의 꺅도요들은 매에 대한 더 큰 공포에 길들여졌다. 내가 가까이 다가갔지만, 그들은 날지 않았다. 자고새들은 제일 길게 자란 풀숲에 다 함께 웅크리고 앉아 있었다.

비가 내리기 시작했고, 송골매는 개울로 돌아왔다. 그는 다리 근처 느릅나무에서 날아올랐고, 나는 비가 반짝이며 쇄아쇄아 쏟아지고 젖은 몸이 바람에 오들오들 떨려서 금세 매를 놓치고 말았다. 매는 마르고 예리하게, 또 무척 사납게 보였다. 비가 그치자, 바람이 미친 듯 포효했다. 탁 트인 곳에서는 가만히 서 있기가 힘들어서, 나는 나무들이 바람을 막아주는 쪽에 붙어 있었다. 2시 30분에 송골매가 동쪽 하늘로 휙 날아올랐다. 높이 도약하는 연어처럼, 그는 사우스 우드의 절벽에 부딪쳐 부서지는 거대한 대기의 파동 속을 수직으로 올라갔다. 매는 파동과 파동 사이의 골로 뛰어든 다음, 그 안에서 가파르게 날아올라, 두 날개를 의기양양하게 한껏 펼치고 공중으로 높이 몸을 날렸다. 5백 피트 상공에서 송골매는 꼬리를 오므리고 날개 끝이 꼬리 끝에 거의 닿을 정도로 날개를 뒤로 한껏 젖힌 채, 고요히 배회했다. 그는 불어오는 바람의 속도로 앞을 향해 수평으로 달려들고 있었다. 그는 말아 올린 날개를 젖은 캔버스 천처럼 부지런히 휘저으면서, 포효하는 대기의 바다 속에서 이리저리 흔들리고 기울어지고 전율하며 바람을 거슬러 비스듬히 나아갔다. 그러다 갑자기 곡선을 그리며 수직으로 몸을 기울이고, 날개를 높이 휘젓고서, 몸을 작게 움츠린 채 고꾸라지면서, 북쪽으로 급히 떨어져 내렸다.

송골매는 너무도 맹렬하게 몸을 던져, 하늘에서 그 아래 깜깜한 숲까지 매우 빠르게 떨어졌고, 그의 검은 형체는 눈부신 속도의 구름에 가려 잿빛 대기 속에서 어슴푸레했다. 그는 떨어지면서 주변 하늘을 끌어당겼다. 마지막이었다. 죽음이었다. 더 이상 아무것도 없었다. 더 이상 그 무엇도 있을 수 없었다. 땅거미가 일찍 내려앉았다. 겁에 질린 비둘기들은 산림지대에 난 길에 있는 깃털로 덮인 핏자국 위의 쉴 곳을 향해 어둑함을 뚫고 조용히 날았다.

12월 17일

낮게 떠오른 태양이 눈부시게 빛났고, 남쪽에서는 극지의 섬광이 타올랐다. 북풍은 차가웠다. 밤에 내린 서리는 녹지 않고 풀밭 위에 소금처럼 하얗게 쌓여 있다가, 아침 햇살에 부서졌다.

암컷 송골매가 바람을 거슬러 머뭇머뭇 날아, 고요하고 흰 들판 위를 맴돌았다. 적어도 한 시간 동안은 하늘로 솟구쳐 오를 만큼 공기가 충분히 따뜻하지 않을 터라, 그때까지 그저 시간을 보내고 있었다. 그는 종잡을 수 없이 여기저기 맴돌았고, 이 나무에서 저 나무로 하릴없이 이동했다. 목욕과 깃털 고르기를 모두 마치고 배가 고프지도 잠이 오지 않는 매의 따분함은 누구라도 느낄 수 있을 것이다. 이럴 때 매는 그저 뭔가를 하기 위해 빈둥거리며 문제를 일으키는 것 같다.

아침은 낯설고 환영 같았으며, 무척 깨끗하고 신선했다. 서리에 뒤덮인 들판은 고요했다. 태양은 온기를 붙잡지 못했다. 서리가 사라진 곳은 마른 풀에서 건초 냄새가 났다. 검은가슴물떼새들이 부드럽게 울며 다가왔다. 옥수수멧새가 노래했다. 북풍은 나뭇가지가 엮인 산울타리의 격자에 싸늘하게 부서져, 가시 돋친 틈을 뚫고 세차게 공격했다. 멧도요 한 마리가 어두운 도랑에서 휙 날아, 날카롭게 번득이는 빛 속으로 향했다. 그러고는 날개를 깊고 급격하게, 곧이어 더 얕고 느슨하게 파닥거리며 북쪽으로 날아갔다. 암컷 송골매가 한가로이 무심하게 그 뒤를 쫓았다. 그가 다시 돌아오지 않아서,

나는 강으로 내려갔다.

한낮에 암컷 송골매는 버드나무에서 바람을 거슬러 떠올라, 짧게 활공하거나 날개 끝으로 노 젓듯 작은 원을 그리며 이동했다. 날개는 그저 바람에 진동하는 듯 빠르게 떨렸다. 점점 데워지는 태양의 온기가 그에게 이제 높이 솟구쳐도 좋다고 말해주었다. 그는 따뜻한 공기가 상승하는 걸 처음 체감할 때까지, 신중하게 조금씩 전진했다. 죽은 오크나무 위를 아주 천천히 활공한 다음, 날개와 꼬리를 활짝 펴서 바람이 부는 방향으로 몸을 돌렸다. 그는 이제 내 위 1백 피트 상공에서 선회하다가, 넓고 커다란 포물선을 그리며 남쪽으로 서서히 이동했다. 그리고 저 아래 들판을 살펴보면서, 갈대밭에서 빛나는 굽은 곡괭이 같은 길고 튼튼한 머리를 천천히 구부렸다. 부리 양옆에 늘어진 짙은 갈색 콧수염 모양 줄무늬가 광택이 흐르는 가느다란 가죽 조각처럼 햇빛을 받아 반지르르 윤이 났다. 커다란 검은 눈, 그리고 그 앞부분 맨살의 흰 부분이 젖은 부싯돌처럼 흑백으로 반짝였다. 낮은 태양이 빛을 비추어, 너도밤나무의 마른 잎 같은 구리색과 녹슨 색, 축축한 흙 같은 빛나는 갈색으로 이루어진 매의 색깔을 선명하게 부각시켰다. 말똥가리처럼 긴 날개를 활짝 펼치고 녹아가는 서리와 태양 아래 김이 피어오르는 들판에서 올라오는 따뜻한 대기를 타고 날아오르는 그는, 크고 넓은 날개를 지닌 매, 영락없는 암컷 송골매였다. 그가 근육을 팽팽하게 조이고 주변을 휙 활공할 때, 나는 쉭쉭대며 살근살근 하늘이 갈라지는 소리가 들리는 것만 같았다.

암컷 송골매는 재빨리 더 작은 포물선을 그리며 몸을 돌려서, 남쪽으로 선회했다. 나는 눈부신 햇빛에 그를 놓칠까 걱정했지만,

그는 해보다 높이 날아올랐다. 그는 변덕스럽게 방향을 바꾸어가며 짧게 활공하는 사이사이에, 날개를 퍼덕거리며 더 빠르게 이동했다. 때로는 왼쪽과 오른쪽을 번갈아 선회했고, 때로는 시계방향으로 돌았다. 번갈아 선회할 때는 안쪽이나 아래를 유심히 보았고, 같은 방향으로 돌 때는 바깥쪽이나 바로 앞을 보았다. 그는 몸을 구부리고 가파르게 기울여서 곡선을 그리며 날았다. 농장 건물들의 지붕 위로 따뜻한 공기가 더 빨리 상승하고 있었다. 매는 펌프질하듯 빠른 동작으로 날개를 힘차게 밀어젖히고 급격한 상승 각도로 활공하여, 1천 피트 상공으로 올라가 남동쪽으로 천천히 이동했다. 그리고 이윽고 선회를 멈추었다. 그는 하늘의 흰 표면을 흘러갔다. 그러다 숲을 향해 반쯤 갔을 때 아까처럼 선회해서 5백 피트 더 위로 날아올랐고, 마침내 저 멀리 안개 속으로 거의 모습을 감추었다. 그리고는 갑자기 아주 빠르게 안개를 헤치고 나와, 이따금 황급히 날개를 퍼덕거리며 북쪽으로 미끄러지듯 날았다. 그는 1분도 안 되어 1마일을 날아서 개울을 따라 사우스 우드에서 강까지 하늘을 휩쓸듯이 내려와, 마침내 뭉게구름처럼 피어오른 흰 갈매기들이 있는 수평선을 뚫고 날았다. 이처럼 계곡 위에서 3마일에 달하는 긴 비행을 하는 내내 지켜보았지만, 너무도 높고 빠르게 날아오른 그는 나의 시야에서 지상 높이까지 내려오지 않았다. 그저 하늘을 배경으로 그를 보았을 뿐이다. 그의 움직임을 추적하기 위해, 나는 항상 쌍안경을 30도에서 40도까지 낮추어 그 아래 주요 지형물을 확인해야 했다. 그는 전적으로 태양과 바람과 청정한 하늘에만 속한 존재였다.

내가 암컷 송골매가 하강했던 곳에 다다랐을 때, 새들은 여전히 불안에 떨고 있었다. 갈매기들은 계곡 가장자리를 따라 선회했고, 댕기물떼새들은 동쪽에서 날아왔다. 암컷 송골매가 별처럼 먼 곳에서 강어귀를 향해 미끄러지듯 날아갈 때, 하늘의 꽁꽁 언 불길 사이로 보라색 반점 하나가 밝게 빛나다가 희미해졌다.

12월 18일

고요한 동풍이 풀밭과 나무와 잔잔한 물가에 흰 서리를 내뱉었고, 태양은 그것을 녹이지 않았다. 태양은 아래로 굽은 암청색 하늘에서, 창백한 보랏빛을 지나, 차고 흰 수평선을 향해 빛났다.

얼음처럼 잔잔한 저수지는 햇빛에 반짝거렸고, 오리들이 잔물결을 일으켰다. 거품이 이는 물골에서 비오리 열 마리가 날아올라 멋지게 하늘로 향했다. 모두 수컷 오리였다. 그들의 길고 붉은 부리, 매끈한 초록색 머리, 팽팽하게 긴장한 좁은 목이, 흑백 지느러미같이 잽싸게 움직이는 날개 아래의 무겁고 군살이 없으며 폭탄처럼 생긴 몸뚱이를 이끌었다. 그들은 화려한 황제 오리, 하늘의 먼 곳까지 세력을 행사하는 제왕이었다.

귀에 거슬리는 휘파람 같은 흰뺨오리들의 날갯짓 소리가 잔잔한 물 위로 쉴 새 없이 들려왔다. 그들이 날지 않을 때는 수컷 오리들이 코에서 "웅-익" 하는 가늘고 거친 소리를 내며 울었고, 무겁게 늘어뜨린 거뭇한 머리를 흔들자 노란 테두리로 에워싸인 눈이 햇빛 아래에서 정신없이 깜박거렸다. 검둥오리들은 접시 위 고둥처럼 한데 모여 옹송그렸다. 유령처럼 극도로 차가운 백색의 원통형 몸에 가늘고 검은 줄무늬가 감겨진 수컷 흰비오리들은, 부빙浮氷처럼 깊이 가라앉거나 흩날리는 눈처럼 눈부시게 하늘을 날았다.

송골매가 그리 멀리 있지 않을 텐데도, 내게는 보이지 않았다.

아침에 붉은부리갈매기가 죽어 있는 걸 발견했는데, 아직 축축했고 피투성이였다. 머리, 날개, 다리만 훼손되지 않았다. 나머지 뼈들은 모두 신중하게 살이 발라져 있었다. 남은 살점에서 생소고기와 파인 애플을 으깬 듯한 신선하고 단 냄새가 났다. 전혀 부패하거나 비리지 않은, 군침이 도는 냄새였다. 배가 고팠다면 먹을 수도 있었으리라.

12월 20일

오후에 안개가 걷혔고, 햇무리가 잔물결을 일으키며 넓게 퍼져갔다. 왜가리 한 마리가 개울 옆 나무를 향해 날았다. 두 다리를 아래로 뻗어 천천히 페달을 밟는 듯한 움직임이, 마치 사람이 천장에 난 작은 다락문에서 내려오면서 발로 사다리를 더듬거리는 것 같았다. 왜가리는 가장 높은 잔가지에 닿자, 가늘고 긴 발가락으로 주변을 더듬거린 다음, 긴 죽마 같은 다리 위의 몸을 서서히 움츠리고는, 망가진 파라솔처럼 등을 구부리고 축 늘어졌다.

내가 사우스 우드 옆을 걷자, 금눈쇠올빼미들이 울었다. 대기는 고요했다. 새들은 서리가 녹은 들판에서 먹이를 먹고 있었다. 노래지빠귀들이 통통 튀고 팔짝 뛰어오르면서 땅 위로 기어 나오는 벌레를 부리로 쪼았다. 끊임없이 무언가에 귀를 기울이고, 아라스 직물 같은 풀을 쪼아대며, 무엇을 보는지 알 수 없는 시선을 고정시킨 개똥지빠귀에게는 어딘가 무척 냉철한 구석이 있다. 부리가 노란 수컷 검은지빠귀는 툭 불거진 짙은 황색 눈으로 무언가를 응시하는 모습이, 마치 입에 바나나를 문 정신 나간 작은 청교도 같았다. 나는 숲으로 향했다.

마른 잎들이 서리를 맞아 꽁꽁 언다. 높은 나뭇가지에서 먹이를 먹는 작은 새들의 속삭임과 재잘거림에 침묵이 조바심을 낸다. 상모솔새는 삭발한 머리에 금박 조각을 장식한 채, 어두운 숲에서 작은 초록 몸을 깜박이며 가까이 다가온다. 두 눈은 뛰어내릴 방향을 결정하기 전에 잔가지들을 하나하나 유심히 살피느라 크고 환하게 빛난다. 상모솔새는 능숙하게 곤충을 쪼아대느라 잠시도 가만히 있지 않는다. 상모솔새가 가까이 있을 때는 가는 서릿발 같은 울음소리가 놀랍도록 격렬하게 울리지만, 그가 떠나면 이내 그 소리는 들리지 않는다. 꿩 한 마리가 문득 고사리 덤불에서 몸을 일으키더니, 단단히 감아놓은 고무줄이 원통 속에서 부르르 떨며 풀리듯이 우듬지와 우듬지 사이를 쏜살같이 돌진한다.

삼림지대의 분지에 빛이 비치니 잔잔한 물 같다. 자작나무 잔가지들은 포도주에 취한 아지랑이 같다. 수컷 되새가 꼬리를 가볍게 깐닥거리면서 귀에 거슬리는 콧소리로 "이이-짓" 하고 운다. 되새의 배 부분은 주황색과 흰색으로 이루어져 있다. 자작나무의 은색 껍질에 비친 노을빛처럼 발갛게 타오르는 주황색이다. 홍방울새들은 튕기듯이 날면서 거칠고 쨍한 지저귐으로 파문을 일으킨다. 그러고는 거꾸로 매달려 자작나무 싹을 깊숙이 찌른 다음, 통통 튀어 날아간다. 붉은날개지빠귀 한 마리가 나무들 사이를 경쾌하게 지나간다. 눈가의 담황색 줄무늬 때문에 눈초리가 올라간 것처럼 보인다. 날개의 붉은 부분이 마치 피로 얼룩진 것 같다.

꽁꽁 언 모든 경작지에서 식탐 많고 순진한 산비둘기들이 잿빛 입김처럼 날아오른다. 산비둘기들은 일찌감치 와서 휴식을 취한다. 나무 꼭대기에 내려앉은 그들의 모습은 은은한 햇살에 붉게 달아오르다 황금빛으로 서서히 타올라 보랏빛으로 사그라진다. 이제 그들의 색은 방금 해가 넘어간 맑은 하늘의 연보라색 가장자리와 흡사하다. 그 옛날 아메리칸 인디언이 물소 떼를 쫓듯, 사자가 얼룩말을 쫓듯, 매는 비둘기 무리를 쫓는다. 산비둘기는 매에게 소와 같다.

청둥오리가 숲의 윤곽을 따라서 호수를 향해 난다. 나는 쌍안경으로 그들을 올려다보다, 차츰 옅어지는 빛 속에서 암컷 송골매가 날개를 퍼덕이고 미끄러지듯 날면서 아주 높이 원을 그리는 모습을 처음으로 본다. 눈부신 낮에서 어스름한 해거름으로 넘어가자, 그는 눈동자처럼 팽창하며 급강하한다. 처음에는 크기가 종달새만 하더니, 다음에는 어치만 해지고, 지금은 까마귀, 그리고 지금은 청둥오리만 하다. 그가 청둥오리들 사이로 뛰어들자, 그들은 물보라처럼 바깥으로 흩어지며 날아오른다. 암컷 송골매가 다시 하늘로 향해 날아서, 급강하하던 기세를 몰아 아래위로 곡선을 그리다, 청둥오리 한 마리와 격돌해 사방으로 깃털을 흩날린다. 둘은 격투를 벌이다가, 나무 위로 활공한 다음, 서리에 덮인 숲속 길까지 휩쓸며 내려간다. 청둥오리들은 숲의 윤곽을 따라 호수를 향해 난다. 한 마리가 사라졌지만, 아무것도 달라지지 않았다.

언덕의 가파른 비탈 높이 회색머리지빠귀들이 보금자리를 향해 날고 있다. 날은 어둑하다. 회색빛의 키 큰 소나무에게는 뼈 같은 평온이 있다. 소나무들은 언덕의 스카이라인을 배경으로 높이 솟아 있다. 그 너머에는 협곡과 안개 외에 아무것도 없을 게 분명하다. 나뭇가지마다 침묵이 걸려 있다. 공기에서 차가운 쇠 맛이 난다. 수컷 송골매가 그림자처럼 소나무들 위로 미끄러지듯 날아오른다. 그는 딱 한 번 우짖는다. 쇠창살문의 철커덕거림만큼이나 결정적인 소리다. 이글거리던 두 눈이 반쯤 감기고, 이제 잠에 감싸인다. 매가 깃털을 부풀리는 모습은 껴안고 싶을 만큼 무해해 보인다. 오직 갑옷을 두른 듯한 다리와 낫처럼 생긴 발톱만은 긴장을 늦추지 않으며, 평생토록 결코 긴장을 늦추는 법이 없을 것이다.

12월 21일

산비둘기들이 강과 개울 사이 커다란 들판을 뒤덮었고, 선회하는 댕기물떼새와 갈매기들 사이로 청둥오리 1백 마리가 날아올랐다. 쉿쉿거리며 구불구불 피어오르는 연기 혹은 날개들 속 어딘가에서, 마도요들이 울면서 서서히 자취를 감췄다. 차분하고 청명한 하늘에서 수컷 송골매가 동쪽을 향해 높이 솟구쳤다. 태양을 가린 안개가 천천히 떠내려갔다.

개울가 나무들은 이끼처럼 내려앉은 산비둘기들로 온통 잿빛이었다. 한 시간 동안 아무도 날지 않았고, 몇몇은 훨씬 오래 머물렀다. 북쪽과 남쪽의 모든 나무가 산비둘기로 덮여 두툼했다. 산비둘기들은 산울타리를 따라 죽 늘어섰고, 산비탈 위 과수원마다 빽빽하게 무리를 이루었으며, 그 너머 하늘과 맞닿는 산등성이까지 곧장 이어지는 숲속 오르막은 그들로 인해 잿빛이 되어 일그러졌다. 몹시 위협적인 매만이 그들 위로 높이 솟구치는 것만으로도 온 들판에 진을 친 3천 마리의 산비둘기를 쓸어버릴 수 있으며, 너무 두려워서 날지 못하는 이들을 한 시간 동안 그곳에 붙잡아둘 수도 있었다.

나는 다리에서 기다렸다. 새들은 조용했고, 바람은 불지 않았다. 태양은 불타는 달처럼 엷은 안개 속에서 빛났다. 나는 자신의 정적 속으로 몸을 숨겼다. 1시가 지나자 하늘은 더 맑게 갰고, 북쪽에서 바람이 불었다. 댕기물떼새들은 사우스 우드의 꼭대기를 스치듯 지나가, 들판을 가로질러 낮게 날았다. 이제 움직일 때가 되었다. 나는 언덕에 올라가, 매를 찾기 위해 나무들을 살펴보았다. 넓은 목초지는 사우스 우드 위쪽까지 내리막이고, 멀리 저편에 작은 오크나무가 딱 한 그루 서 있다. 나무 꼭대기 근처의 가지 하나가 약간 부자연스럽게 불거졌다. 쌍안경 안에서 이 불거진 부분은 송골매가 되었는데, 그는 적의가 사라진 표정으로 올빼미처럼 둥글게 몸을 옹송그리고 쉬고 있었다. 엷은 안개는 모두 걷혔다. 첫 번째 작은 양털구름 앞으로 바람이 불고 있었다. 매는 하늘과 차고 맑은 오후의 빛을 올려다보았다. 겨울 낮 이 시간이면, 빛이 방향을 돌려 팔랑팔랑 흩뿌려지기 시작하여 서쪽을 향해 차가운 수은 빛으로 사그라드는 걸 볼 수 있다. 갑자기 '너무 늦었다'는 기분이 든다. 매도 나와 같은 기분인 게 분명하다. 1시 45분에 매는 날개를 한껏 펼치고 다리를 구부린 뒤, 날개를 높이 세차게 휘두르고 고개를 앞으로 잔뜩 내밀며 나무에서 날았다.

매는 농장 건물 위 공기가 따뜻하다는 걸 깨닫고서, 날아오르기 시작했다. 20분 동안 나는 나무가 우거진 좁은 계곡과 그 너머 언덕에서 매가 사냥하는 모습을 지켜보았다. 매는 굵은 철사를 왼쪽과 오른쪽으로 번갈아 꿰어 만든 울타리처럼, 이리저리 교차하는 작은 원을 그려가며 복잡한 패턴으로 움직였다. 원을 돌 때마다, 원의 3분의 1을 그릴 때까지는 두 날개를 뚜렷하고 통통 튀는 리듬으로 격렬하고 깊게 펄럭거렸다. 그런 다음 날개를 견고한 일직선으로 만들어 날쌔게 획 내려갔고, 빳빳한 날개를 천천히 들어 올리며 활공해 원의 나머지를 돌았다. 원을 다 그릴 무렵에는 날개를 등 위로 높이 올려 다시 펄럭일 준비를 했다. 날개를 펄럭일 때보다 활공할 때가 속도가 더 빨랐다. 완전히 한 바퀴를 돌아서 만들어진 원은 무척 매끄러웠다.

8백 피트 높이에 이르자 매는 더 이상 올라가지 않았다. 그는 계곡 사방을 신중하게 날면서, 같은 동작을 일정하게 계속했다. 갈까마귀와 비둘기들이 날아올랐지만, 진정한 공황 상태에 빠진 건 아니었다. 내 뒤편 과수원의 검은지빠귀들은 30분 동안 잔소리를 해댔다. 숲의 남쪽에는 태양이 낮은 각도로 비출 때는 평지로 보이는, 바람이 비껴가는 비탈진 땅이 있다. 그곳에서 매가 갑자기 더 높이 날아올라 길게 활공했고, 더 넓은 원을 그리며 주위를 둘러봤다. 그는 바람을 타고 천천히 활공해 1천 피트를 올라가, 남쪽으로 천천히 이동했다. 탁 트인 대초원에서 그는 다시 한 번 열상승기류를 발견했고, 그 안에서 원을 그리며 아주 높이 날아올라 작은 점이 되었다. 매는 스카이라인으로 천천히 내려오면서, 상당한 높이에서 완만한 경사를 이루어 공유지 위에 다다랐다. 그런 다음 다시 한 번 명멸하는 나선을 그리며 가파르게 날아오르면서, 최면을 거는 듯한 방식과 리듬으로 긴 날개를 쉬지 않고 거침없이 움직였다. 매는 날카롭고 뾰족한 언덕 위로 가물가물 소용돌이를 그리며 점점 작아졌고, 그 너머로 하강하려는 바로 그때 먼 거리가 문득 그를 삼켜버렸다. 매는 유연하고도 힘찬 비행으로 강하고 정확한 곡선을 그리며 점점 희미해져서, 바로크풍의 파란 하늘을 떠났다.

12월 22일

1년 중 해가 가장 짧은 날. 춥고 흐리다가, 갑자기 햇빛이 타오르더니, 땅거미가 졌다. 개울가에는 죽은 동물들이 널브러져 있었다. 마도요, 댕기물떼새, 산비둘기, 갈까마귀, 그리고 붉은부리갈매기 두 마리. 1시에 수컷 송골매가 날렵하게 몸을 피하는 갈매기를 향해 연거푸 달려들었다. 그는 실패와 돌진을 반복하는 '갈까마귀들' 때문에 언덕의 북쪽 경사로를 내려갔고, 나는 그를 다시 보지 못했다.

나는 해가 진 지 한참 뒤에도 송골매들을 생각하며 산비탈에서 기다렸다. 이제 잉글랜드에서는 겨울에 송골매를 거의 볼 수 없으며, 둥지를 찾아보기는 더욱 어렵다. 10년 전, 아니 5년 전만 해도 지금과는 상황이 많이 달랐다. 당시에는 거의 매해 겨울 송골매를 볼 수 있었으니까. 클리프Cliffe에서 셰피 섬Sheppey까지 이르는 노스 켄트 습지North Kent Marshes, 메드웨이 계곡Medway valley, 콜른 계곡Colne valley의 일련의 인공 호수들, 미들섹스Middlesex의 메마른 평원, 런던에서 옥스퍼드까지 이어지는 템스 강과 그 너머, 버크셔 주Berkshire와 윌트셔 주Wiltshire의 낮은 구릉지대, 칠턴 언덕Chiltern의 가파른 경사면을 따라서, 높은 코츠월드 지역Cotswolds과 그곳의 작은 하천들에 있는 깊은 계곡, 트렌트 강Trent, 네네 강Nene, 우즈 강Ouse 유역의 넓은 평원들 전역, 늪지대 넘어 건조한 브레클랜드Breckland와 와시Wash 만 해변의 주변, 템스 강에서 험버 강Humber까지 이르는 동쪽 연안을 따라서 볼 수 있던 것이다. 이곳들은 전통적으로 송골매들이 겨울을 나는 지역이어서 송골매 왕조는 대대로 이곳을 기억하고 찾아왔지만, 이제는 더 이상 후손이 없어서 버림받았다. 높은 곳에 지은 오래된 둥지들은 사라져가고, 혈통은 끊겨버렸다.

이곳에서 정확히 서쪽으로 정확히 80마일 떨어진 육지는 옥스퍼드 북쪽을 향해 상승해 계속 오르막이 이어진다. 언덕은 긴 수평선 즈음에서 서서히 경사가 완만해지고, 육지는 얼어붙은 녹색 파도처럼 석회암을 향해 밀려와서 세번 강Severn 평원 위를 드리운다. 대기와 돌에 코츠월드만의 고유함이, 몹시 차갑고 순결한 무언가가 깃들어 있다. 나는 이 겨울 언덕에 머물던 송골매들을 기억한다. 그들은 짙어가는 어스름 속에서 희미하게 빛나고 온 들판이 캄캄해진 지 한참 후에도 환하게 반짝이는 물결 문양의 석회석 담에 앉아 있었는데, 마치 담의 꿀색 돌 내부 깊숙한 곳에서 황혼의 촛불이 서서히 사그라드는 것 같았다. 기품 있는 전령처럼 송골매들은 너도밤나무 꼭대기에서 주변을 주시했고, 겨울 하늘을 에워싸며 너도밤나무들을 붉게 달군 지평선을 바라보았다. 광활한 코츠월드의 하늘은 황급히 굽은 땅의 부스러기 같은 어마어마한 물떼새 무리와 함께 표류했다. 이곳이 바로 내향적이고 외진 코츠월드이다. 코츠월드에는 그곳만의 빛, 추위, 바람, 그리고 구름 왕국이 있다. 코츠월드에게 꼭 어울리는 단어는 찾지 못할 것이다. 나는 오늘처럼 몹시 추운 어느 날, 송골매를 따라 강 유역으로 내려갔던 일을 기억한다. 언덕은 추웠지만, 거세지 않은 바람이 끊임없이 불었고 부드러운 냉기가 얼굴을 스쳤다. 하지만 자전거를 타고 계곡의 가파른 측면을 내려갈 때, 나는 한 번도 상상해보지도 못한 추위 속으로 떨어졌다. 겹겹이 쌓인 얼음이 꽁꽁 언 내 얼굴을 산산조각 낼 것만 같았다. 공기에서는 완고하고 무자비한 쇠 냄새가 났다. 바닷속 차가운 녹색 층을 지나 아래로 가라앉는 기분이었다. 나는 그 겨울날들을, 꽁꽁 언 들판이 전투 중인 매들로 이글거리던 날들을 떠올리며 애정과 그리움을 느낀다. 더 이상 그런 날이 오지 않으리라는 것이 슬프다.

    남부 해안의 백악질 절벽들, 태양이 뿜어내는 푸른 연기 같은 하늘, 북동쪽에서 불어오는 차가운 돌풍. 하지만 절벽의 바람이 닿지 않는 곳의 공기는 뜨거운 캔버스 천만큼이나 덥고 숨이 막힐 듯 답답했다. 바람은 황급히 육지를 떠나, 온 바다가 울리도록 포효하면서, 파도를 갈가리 찢어 거품을 일으켰다. 바다는 서늘한 초록색 물의 장벽이었다. 바다는 선녹색과 청록색으로 흐르다, 짙은 청록색의 선명한 물결로 덮였고, 자줏빛과 보랏빛 안개로 멀리 흩어졌다. 바다는 장엄한 색이 되어 온통 초록 포말을 일으켰고, 흰 파도는 쉭쉭대며 돌투성이 해안으로 떨어져 내렸다.

나는 백악질의 반들반들한 바위와 미끄러운 암석들 위를 허둥지둥 기어올랐고, 태고의 모습을 간직한 단단하고 서늘하며 물결무늬가 찍힌 드넓은 모래사장을 휘청휘청 걸었다. 절벽에서는 갈까마귀와 재갈매기들이 시끄러웠다. 바위할매새가 내는 금속성의 맑은 노랫소리가 단애면cliff-face을 따라 천천히 떠내려갔다. 조수가 물러났다. 낮은 점점 뜨겁고 답답해졌다. 돌풍은 2백 피트 상공에서 커다란 소리를 울리며 바다를 향해 전율했다. 흰 절벽들은 열기와 빛을 반사해, 불타오르며 눈부시게 빛났다. 아리도록 새하얀 백악질 절벽에 줄곧 시선을 두다보니 눈이 아파왔다. 나는 3시에 이미 매를 보겠다는 모든 희망을 완전히 단념했다. 그때 정박지 앞의 마지막 높은 요새에서, 수컷 송골매 한 마리가 태연하게 바다를 향해 흘러가, 미끄러지듯 날아서 바람을 타고 높이 치솟은 다음, 마침내 환한 해무 속으로 숨어들었다. 나는 절벽을 향해 가까이 다가갔다. 암컷 송골매가 절벽 꼭대기 근처의 튀어나온 바위에서 날아, 수컷 송골매를 향해 치솟았다. 둘은 함께 날아올랐고 멀리 하늘로 서서히 사라졌다.

그들은 이후 며칠 동안 자주 눈에 띄었다. 둥지로 삼기 위해 땅을 얕게 파놓았는데, 알이나 새끼는 없었다. 그들은 낮에 그냥 절벽 위에 앉아 있거나 바다를 향해 비상하며 시간을 보냈다. 사냥은 육지에서 아주 이르거나 늦게 끝냈고, 시간은 오래 걸리지 않았다. 그들은 권태로워 보였고, 불임인 듯했으며, 무슨 목적이 있지도 않았다.

그들은 하늘 위에서는 가장 깊은 바다의 파란색이었고, 아래에서는 그늘이 드리운 백악질 토양과 같은 때 묻은 순백색이었다. 그들은 어쩌면 자신이 둥지로 삼은 장소로부터 침입자들을 유인해 낼 수 있으리라 바라면서, 절벽과 얕은 바다 위 난기류 속을 몇 시간 동안 높이 날았다. 60배율 망원경으로도, 가장 맑은 여름 하늘에서도 보이지 않던 그들은 반짝이는 영국 해협 위를 유유히 표류했다. 그들은 노래하지 않았다. 그들의 울음소리는 거칠고 끔찍했다. 그러나 그들의 비상만큼은 끝없이 이어지는 침묵의 노래 같았다. 더 이상 무엇이 필요하랴? 그들은 이제 바다의 매였다. 그 무엇도 그들을 육지에 묶어둘 수 없었다. 땅속에 묻힌 폭발물처럼 그들의 내부에는 악취 나는 독극물이 끓고 있었다. 그들의 삶은 고독한 죽음이었고, 다시 살아나지 않을 터였다. 그들이 할 수 있는 것은 오직 자신의 영광을 하늘에 돌리는 것뿐. 그들은 종족의 마지막 후손이었다.

12월 23일

화창하고 몹시 추운 날. 환한 빛은 시시각각 서서히 옅어간다. 키 큰 갈대들이 빽빽하게 자라고 칙칙한 얼음으로 테를 두른 연못의 잔잔한 가장자리에서, 꼬마도요들이 하늘거리며 난다. 그들은 가

날프게 울고, 힘없이 몸을 피하며, 더 멀리 날기에는 너무 약하다는 듯 주저하며 멈칫멈칫 날갯짓을 하다가, 어설프게 은신처로 떨어진다. 나는 그들을 다시 날게 할 수 없다. 꺅도요들은 갑자기 확 날아올라 사라져버렸다. 꼬마도요들은 천천히 달아올라, 팔락팔락 날다가, 서서히 희미해진다.

삑삑도요 한 마리가 개울에서 솟아올라, 머리 위로 낮게 파닥거린다. 뻣뻣한 날개가 잠자리처럼 정신없이 불규칙하게 파닥거리고, 검은 날개 사이로 흰 가슴이 반짝인다. 개똥지빠귀만 한 크기에 가늘고 연약하게 생겼으며, 튀어 오르는 폭죽처럼 갑자기 솟구친다. 늘 들쭉날쭉하게 난다. 쏜살같이 날아 몸을 피하는 건 두려워서가 아니다. 그냥 원래 그럴 뿐이다.

노스 우드는 고요하다. 나는 나무발바리가 먹이 먹는 모습을 지켜본다. 아래로 굽은 그의 부리는 매의 부리만큼이나 무자비해 보이고, 가는 발톱은 위험한 가시 같다. 나무발바리는 나무 표면을 기어오른 다음, 다른 나무의 밑동을 향해 비스듬히 날면서 동에서 서로 숲을 횡단한다. 한 그루의 나무도 빠뜨리는 법이 없고, 결코 같은 나무를 두 번 훑지 않는다. 오랜 시간을 따라다녀야만 그가 몹시 체계적이라는 걸 알 수 있다. 나무발바리는 여러 나무를 지나치겠지만, 반드시 그 나무로 돌아올 것이다. 그는 크고 가늘고 긴 발을 넓게 벌려 나무껍질에 올라앉아서, 개구리처럼 폴짝폴짝 위로 움직이며, 계란 흰자처럼 하얗게 빛나는 가슴으로 빛을 비추어 나무껍질 틈새의 곤충을 쪼아서 파낸다. 나무발바리의 부리는 세밀한 탐색을 위해 설계되어 있지만, 이 부리로 찌르고 두드릴 수도 있고, 날면서 곤충을 잡을 수도 있다. 나무발바리는 눈으로 나무껍질을 자세히 들여다보거나, 머리를 나무껍질에 기울여 귀로 소리를 들으면서 먹이를 잡는다. 나무를 탈 때 꼬리로 제 무게를 지탱하기도 하지만, 항상 그러진 않는다. 보통 꼬리와 나무 사이에 1~2인치의 간격이 있을 때 그렇게 한다. 그는 동고비처럼 게걸음으로 걷거나 머리를 아래로 향하고 걸을 수 있다. 나뭇가지들이 뻗어 있는 곳에서는 잠시 머뭇거리며, 실눈을 뜨고 나뭇가지 표면을 하나하나 차례대로 훑어본 다음 방향을 결정한다. 커다랗게 벌린 부리에서 나오는 높고 가는 울음소리는 귀청을 찢을 것만 같다. 배 부분은 하얀데, 막 껍질을 벗긴 양파처럼 군데군데 초록색을 띤다. 접힌 날개의 무늬는 빛바랜 나방 같다. 이 무늬는 나무껍질처럼 회색과 갈색과 엷은 황갈색이 어우러져 있으며, 나무의 튀어나온 부분과 갈라진 틈이 이루는 명암처럼 보이는 줄무늬가 있다. 나무발바리는 반짝거리는 물뒤쥐처럼 햇볕 아래에서 은빛으로 빛난다. 황조롱이가 지나가면, 뒤쥐처럼 정적 속으로 몸을 숨긴다.

빛은 숲 언저리를 빠져나와 저녁 들판을 가로지른다. 숲속 한가운데 검은 서어나무에서 황갈색 올빼미가 운다. 올빼미는 떨리는 신음을 낸다. 거의 참기 힘들 때까지 신경질적으로 오래 멈췄다가, 마침내 허허롭게 떨리는 노래처럼 가랑가랑 거품 이는 소리를 토해 낸다. 그 소리는 개울을 따라 울려 퍼지며, 꽁꽁 언 대기의 표면을 깨뜨린다. 나는 수선스러운 서쪽 빛을 내다본다. 누런 하늘을 배경으로, 굽은 목과 단검처럼 날카로운 부리를 지닌 왜가리 한 마리의 거무스름한 형체가 개울의 어둡고 깊은 틈을 향해 조용히 휩쓸듯 날아 내려온다. 하늘이 저녁놀을 드리운다.

송골매가 땅거미를 가르며 부드럽게 활공해, 조용한 날갯짓으로 왜가리를 침묵시킨다. 송골매는 별자리 같은 작은 눈들을 찾다가, 습지에서 멧도요의 행성 같은 눈이 올려다보는 걸 발견하고는, 날개를 뒤로 접어 그 빛을 향해 낙하한다. 멧도요는 몸을 일으켜, 매의 날개깃 아래에서 몸부림친 뒤, 비틀비틀 날아간다. 하지만 이내 추월당해 쓰러진다. 멧도요는 픽 하고 둔탁하게 떨어진다. 매는 축 늘어진 새 위에 내려앉아, 부리로 목을 꽉 문다. 나는 가시철사가 펜치에 잘릴 때처럼, 목이 딱 하고 부러지는 소리를 듣는다. 매는 죽은 새를 쿡 찌른다. 새의 날개가 흔들리다, 이내 바닥에 늘어진다. 나는 깃털을 뜯는 소리, 살점을 잡아당기는 소리, 연골이 부서지고 부러지는 소리를 듣는다. 매의 부리에 반사되는 어슴푸레한 빛을 통해 검은 피가 뚝뚝 떨어지는 걸 볼 수 있다. 나는 숲의 어둠에서 나와, 더 창백한 나무 그림자들로 향한다. 매가 그 소리를 듣고 위를 올려다본다. 땅거미가 내려앉자, 언저리에 흰 테두리가 있는 그의 두 눈이 커진다. 나는 축축한 땅에 무릎을 흠뻑 적시면서 더 가까이 기어간다. 살얼음이 아작아작 부서진다. 석양이 비치는 곳에 서리가 덮이고 있다. 매는 자신의 먹이를 끌어당기고, 위를 올려다본다. 우리는 4야드 떨어져 있지만, 이는 1천 피트 깊이의 크레바스만큼이나 가닿을 수 없는 아주 먼 거리다. 나는 상처 입은 새처럼 엎드려 버둥거리면서 힘겹게 움직인다. 매는 고개를 움직이며 양쪽 눈으로 번갈아 나를 지켜본다. 수달이 휘파람을 분다. 개울 깊숙이 차갑고 뾰족한 곳에 무언가가 첨벙 떨어진다. 매는 이제 호기심 반 두려움 반으로 좁은 가장자리에서 균형을 잡고 선다. 그는 무슨 생각을 하는 걸까? 생각을 하긴 할까? 이것은 그에게 낯선 경험이다. 그는 내가 어떻게 여기 왔는지 알지 못한다. 나는 천천히 내 창백한 얼굴을 가린다. 매는 두려워하지 않는다. 그는 하얗게 빛나는 내 눈동자를 주시하고 있다. 그는 내 눈이 스타카토로 깜박이는 걸 이해할 수 없다. 내가 눈을 깜박이길 멈출 수 있다면, 그는 계속 머물 것이다. 그러나 나는 멈출 수 없다. 그의 날개가 숨결처럼 펄럭인다. 그는 숲으로 날아간다. 올빼미가 운다. 나는 죽은 새 위에 서 있다. 붉은 얼음에 별들이 비친다.

12월 24일

동쪽에서 불어오는 강풍으로 하루가 흠 없는 수정처럼 냉혹했다. 몇 가닥 햇살이 땅 위를 부유했다. 공기의 무자비한 청명함은 견고했고, 길게 울려 퍼졌으며, 죽은 이의 얼굴만큼이나 차고 깨끗하고 아득했다.

개울 근처 꽁꽁 언 그루터기에 왜가리 한 마리가 누워 있었다. 날개는 서리를 맞아 바닥에 달라붙었고, 부리는 위아래가 한데 얼어붙었다. 눈은 살아서 뜨고 있지만, 나머지 부분은 죽었다. 인간에 대한 공포만 남긴 채 모두 죽은 상태였다. 나는 다가가면서, 왜가리의 온몸이 날기를 갈망한다는 걸 알 수 있었다. 그러나 그는 날 수 없었다. 나는 왜가리에게 평온을 안겨줬고, 그의 눈에 비친 고통에 찬 햇살이 구름으로 서서히 치유되는 걸 보았다.

죽음에는 고통이 따르기 마련이지만, 야생생물에게 이 사실은 인간에 대한 두려움 이상으로 가혹하다. 석유에 흠뻑 젖어 고개만 간신히 움직이는 충격적인 모습의 아비는, 통나무처럼 조류에 흘러다니다가 사람이 손을 뻗으면 부리로 방파제에서 제 몸을 밀어낼 것이다. 독극물을 먹은 까마귀는 입을 크게 벌리고 풀밭 위를 절망적으로 허우적거리며 목구멍에서 샛노란 거품을 게워내다가, 사람이 잡으려 하면 장벽 같은 하강기류를 향해 몇 번이고 돌진해 올라갈 것이다. 점액종증으로 감염 부위가 붓고 악취가 나며 뼈와 털의 물집에서 경련하듯 맥박이 뛰는 토끼는, 사람의 발걸음에서 진동을 느끼고 시력을 상실한 불거진 눈으로 그를 찾으려 할 것이다. 그리고는 두려움에 몸을 떨면서, 힘들게 제 몸을 끌고 덤불 속으로 향할 것이다.

우리가 그 살인자다. 우리는 죽음의 악취를 풍긴다. 우리는 죽음을 몰고 다닌다. 죽음은 성에처럼 우리에게 들러붙는다. 우리는 죽음을 떼어낼 수 없다.

한낮에 송골매가 언덕 위로 솟아올랐고, 댕기물떼새들은 방향을 바꾸어 하늘을 가로질러 이동했다. 댕기물떼새들은 아침에 남동쪽에서 이동해 왔는데, 매는 높이 날아서 그들을 맞았다. 매가 급강하하여 덮쳤다. 산비둘기 한 마리가 죽은 듯 날개를 편 채 하늘에서 떨어졌고, 서리 덮인 흙을 흩날리며 툭 하고 내려앉았다. 산비둘기는 부리를 쩍 벌린 채 위를 바라보며, 10분 동안 그대로 있었다. 흰 들판에서 그는 브로콜리처럼 자줏빛과 잿빛으로 빛난다.

나는 좁다란 숲의 깊은 협곡으로 내려갔다. 물푸레나무와 서어나무들이 눈부신 햇빛을 가렸다. 서리가 녹은 가파른 비탈에서 많은 새가 먹이를 먹고 있었다. 멧도요는 시냇가 검은딸기나무에서 열매를 땄다. 날개가 희미하게 팔락거렸다. 더 높은 곳에서 무언가의 그림자인 듯, 작은 구름 같은 어스름이 줄무늬 진 햇살을 가로질러 가물거린다. 내게서 30야드 떨어진 곳에서 무언가가 울창한 숲을 가로지르며 휘릭 날아올라 오크나무 가지에 앉았다. 새매였다. 유리 상자 속에 박제된 새의 깃털처럼 기억의 색이 서서히 바랠지라도, 그런 순간의 기쁨은 우리를 평생 즐겁게 한다. 망원경으로 보니, 내 눈이 그 새매의 작은 머리통과 놀랄 만큼 가까이 있는 것 같았다. 새매 머리의 비율은 자고새나 닭의 머리와 다소 비슷하다. 머리 꼭대기는 둥글고, 뒤쪽의 살짝 봉긋한 부분의 깃털까지 반드르르 윤이 난다. 아래로 구부러진 부리는 마치 얼굴 속으로 쑥 밀려 들어간 것처럼 보였다. 회색과 갈색의 깃털에는 엷은 황색의 줄무늬와 반점이 있어, 나무껍질에서 혹은 햇살이 어룽거리는 나뭇잎이 지붕 모양으로 우거진 곳에서 몸을 위장하기에 좋았다. 새매는 내려앉은 뒤, 약간 앞쪽으로 웅크리고 목을 쭉 뻗으며 주변을 둘러보았다. 머리를 이쪽저쪽으로 빠르고 유연하게 돌리면서, 한쪽에 눈길을 던졌다가 다시 휙 움직였다. 눈은 다소 납작하고 갸름한 머리에 비해 컸다. 작고 검은 눈동자가 크고 노란 홍채에 둘러싸였다. 그 타는 듯한 노란 홍채는 이글이글대는 공백, 순전한 광증을 무시무시하게 드러내며, 유황 가스를 내뿜는 분화구처럼 격렬하게 끓어올랐다. 그의 홍채는 노란 피로 만든 젤리처럼 어스름 속에서 반짝이는 것 같았다.

이글거리는 광기가 서서히 잦아들었다. 새매는 경직된 몸을 풀고 깃털을 다듬기 시작했다. 그러고는 다시 눈빛이 번쩍였다. 매는 횃대에서 부드럽게 급강하해, 동쪽으로 가볍게 날았다. 그는 서어나무 잡목 숲 바로 위에서 고도를 유지하고, 곧게 늘어선 키 큰 오크나무들 사이를 구불구불 누비면서, 땅의 윤곽을 따라 오르락내리락 날았다. 매는 미끄러지듯 날지 않았다. 첫째날개깃의 벌어진 끝으로 가볍게 공기를 튕기면서, 올빼미처럼 빠르고 깊고 매우 고요하게 날개를 펄럭거렸다. 도토리나 개암을 먹고 있는 산비둘기들은,

새매가 나무에서 내려와 그들을 덮치기 전까지 그를 보지 못한다. 그들은 버둥거리지만, 공격 수단이 없는 점잖은 동물들이라 매의 잔인한 발톱에 대항하기에는 역부족이다. 그들은 땅에 질질 끌리다가, 매의 부리에 갈가리 찢겨 처형당한다.

새매는 어스름 속에 잠복한다. 진정한 어스름 속에, 동트기 전 어스름 속에, 먼지 자욱한 개암나무와 서어나무의 어스름 속에, 짙은 우울에 잠긴 전나무와 낙엽송의 어스름 속에. 새매는 마치 그곳에 던져져 있던 것처럼, 몸을 접어 나무가 된다. 그 모습은 내가 마로니에 열매를 훑겠다고 밤나무에 던져대곤 하던 나무 막대기들을 연상시켰다.[8] 별안간 던진 막대기 하나가 나뭇가지 사이에 쐐기처럼 박혀서 행방불명이 되면, 할 수 있는 게 아무것도 없었다. 새매도 그런지 모른다. 우리는 새매가 날아드는 건 볼 수 있지만, 가는 모습은 볼 수 없다. 우리는 그렇게 새매를 놓친다.

나는 3시에 숲에서 나와 개울 위 서쪽에서 원을 그리는 송골매를 발견했다. 단단하게 겹쳐진 키틴질 비늘로 덮인 듯한 송골매의 등과 날개덮깃이 햇빛을 받아 반짝거렸고, 짙은 암청색 첫째날개깃 사이에서 붉은색과 황금색의 사슬로 엮은 갑옷처럼 희미하게 빛났다.

해가 지자 땅에서 찬 공기가 올라온다. 눈이 시리도록 청명한 빛은 더욱 선명해진다. 하늘의 남쪽 테두리는 더 짙푸른 색으로, 옅은 보랏빛으로, 자주색으로 타오르다, 이내 잿빛으로 사위어간다. 바람이 서서히 잦아들고, 잔잔한 공기가 얼기 시작한다. 단단한 동

---

8 마로니에 열매는 밤과 매우 흡사하다.

쪽 산마루에 어둠이 내려앉는다. 포도 껍질에 앉은 과분果粉처럼, 그
위로 생기가 내려앉는다. 서쪽에서 잠시 불길이 타오른다. 길고 차
가운 호박색 저녁놀이 맑고 검은 달그림자를 드리운다. 동틀 무렵이
면 몸을 풀어 활기를 되찾을 얼어붙은 근육 같은 들판에 빛이 비치
며, 동물적인 불가사의가 감돈다. 나는 감각을 마비시키는 이 침묵
의 밀도 속에 누워야 할 것만 같은, 동지冬至의 문턱에 이 춥고 깊은
곳에서 죽어가는 것과 벗이 되어 그들을 위안해야 할 것만 같은 기
분이 든다. 하늘의 송골매로부터, 어두운 숲의 매로부터, 지금 꽁꽁
언 들판을 달리는 여우와 담비와 족제비로부터, 얼음 같이 차가운
개울에서 헤엄치는 수달로부터 달아난 모두를. 지금 이 시간 집요하
게 뒤쫓는 서리에 흐르는 그들의 피와, 발톱을 세운 서리의 격렬한
악력에 질식한 그들의 연약한 심장을.

12월 27일

　　사우스 우드에 눈이 두텁게 쌓여, 나무들은 험악하고 냉혹해
보였고 새들의 작은 소리마저 죽였다. 잔가지들은 바람 속에서 잘그
락잘그락 흔들리며 빛의 신비를 야금야금 갉아먹었다. 위급함을 알
리는 새매의 울음소리가 날카롭게 울렸다. 그 소리는 높은 비음의
지껄임이었고, 민첩한 고양이의 가늘고 날카로운 울음이었으며, 쏙
독새 노래를 녹음해서 빨리 돌린 듯했고, 고음과 저음을 반복하다
가, 서서히 뭉개지며 희미해져서, 홀쩍이다 차츰 침묵 속으로 사라
졌다.

　　새매는 나무에서 부드럽게 내려와, 희미한 눈가루 옆을 가볍
게 날았다. 그는 탁 트인 길을 휩쓸며 스쳐갔다. 그리고 비바람이 들

이치지 않는 경사면 쪽 시냇가에 내려앉았다. 그곳의 눈은 햇빛에 모두 녹았고, 많은 새가 마른 잎들 사이에서 먹이를 먹고 있었다. 새들이 일제히 날아올랐고, 수컷 송골매가 높은 나무에서 급강하해 덮쳤다. 그는 한 마리도 들이받지 못했다. 위험을 감지하지 못했는지, 새매가 날아들었다. 송골매가 몸을 돌려 새매에게 돌진했다. 새매는 날개로 대기를 헤집고, 자신을 보호해줄 나무들 속으로 몸을 밀어 넣었다. 송골매가 그를 뒤따랐다. 날개가 격렬하게 헐떡이자, 서어나무의 정적이 갑자기 고동쳤다. 송골매는 나무의 우듬지 사이 더 넓은 공간을 따라 죽 날았고, 새매는 더 낮고 무성한 수풀 사이를 굽이치며 날았다. 송골매가 더 빨라질수록, 새매는 더욱 민첩해졌다. 새매가 앉자, 송골매도 앉았다. 그들은 쌓인 눈에 빛이 희미하게 반사되는 어둑한 그늘에서 서로를 노려보았다. 새매의 주황색 테두리를 두른 눈이 송골매의 탁한 흰색 테두리를 두른 갈색 눈을 올려다보았다. 새매의 눈은 저 멀리서 치솟는 불길의 중심처럼 타올랐다. 이 특이한 충돌에 완전히 빠져든 나머지, 그들은 내 존재를 전혀 알아차리지 못했다.

가시나무, 물푸레나무, 서어나무 사이를 끝도 없이 빠르게 순회하는 이 단조로운 추적은 10분 동안 지속되었다. 송골매는 이토록 좁은 공간에서 급습하는 위험을 무릅쓰지 않을 테고, 새매는 이곳에 계속 숨어 있는 한 안전할 터였다. 하지만 새매는 자신이 안전하다는 걸 몰랐다. 그는 송골매가 여전히 자기 위에 있는 동안은 마음을 놓을 수 없었다. 갑자기 새매가 황급히 숲 밖으로 나와, 탁 트인 들판을 가로질렀다. 송골매는 우듬지 높이에서 새매를 향해 날았고, 새매가 1백 야드를 가기 전에 그를 잡아, 눈 쌓인 땅으로 끌고 내려갔다.

나는 나중에 새매를 보았다. 다 자란 수컷이었다. 껍질 벗긴 버드나무 같은 노란 뼈는 윤이 났고, 층층이 줄무늬 진 가슴의 깃털은 노을빛으로 물들었으며, 그 옆에는 그의 잿빛 날개가 너도밤나무에서 떨어진 껍질 조각처럼 널브러졌다.

12월 29일

들판에 눈이 3인치 쌓여, 무력한 아침 태양 아래에서 반짝거렸다. 많은 새가 떠났거나, 추위로 입을 다물었다. 음울하고 긴장된 공기 속에는 휴식도 안락도 없었다.

계곡길 옆 나무에서 갈까마귀 한 마리가 가지와 가지 사이를 폴짝폴짝 뛰어다니며, 쉴 새 없이 "깍, 깍" 울어댔다. 나무와 나무가 세게 부딪치는 듯한 귀에 거슬리는 거친 소리를 내는 걸 보니, 매를 본 모양이었다. 내가 눈이 흩날리는 길을 따라 개울을 향해 내려갈 때, 수컷 송골매가 다리 근처 나무에서 나를 향해 날아왔다. 그는 내 머리 위를 지나치며, 힐끗 내려다봤다. 내가 계곡에 도착하길 그가 기다렸는지도 모른다는 걸, 나는 처음으로 알아차렸다. 예측 가능한 내 움직임이 그에게 더욱 호기심을 불러일으키고, 더욱 신뢰감을 갖게 만들었는지도 모른다. 그는 이제 나를 보면 마치 나도 매의 한 종인 양, 끊임없이 포획을 방해하는 훼방꾼을 연상하는지도 모른다. 오늘은 눈 때문에 평소처럼 그를 가까이에서 지켜보기 어려울 것이다.

눈에서 하얀 빛이 위를 비추어, 매의 가슴에 창백한 황금빛이 반사되었다. 서로 포개어진 짙은 갈색과 엷은 황갈색의 목덜미 털이 깊숙이 박힌 것처럼 보였다. 매의 머리 꼭대기는 상아와 금으로 무늬를 새긴 연노란색 초승달처럼 어슴프레 빛났다. 웅크리고 앉은 청둥오리 2백 마리는 순백의 눈 속 검은 얼룩이었고, 산비둘기와 종달새들은 더 작은 점과 얼룩을 이루었다. 매는 아래를 내려다보며 이 모든 새를 지켜보았지만, 공격하지는 않았다. 그는 계곡길 가까이 나무에서 등을 내 쪽으로 돌린 채 앉아서, 스웨덴 순무나 커다란 구릿빛 딱정벌레 같은 모양으로 몸을 웅크렸다. 매는 내가 다가오는 걸 보지 못했지만, 내 부츠의 뽀드득 소리를 듣고 고개를 돌렸다. 그는 순백의 눈 위에, 반짝이는 계란 흰자위 같은 하늘에 자신의 모습을 선명하게 각인시키며 꾸준히 동쪽을 향해 날다가, 단숨에 숲의 검은 윤곽선 안으로 몸을 숨겼다.

송골매는 이런 방식으로 날았다. 그는 날개 안쪽을 몸에서 45도 각도 위로 향하게 했다. 날개 안쪽은 멀리 움직이지 않았다. 날개 바깥쪽을 뒤로 휙 치켜 올리면 날개 안쪽이 앞으로 약간 당겨졌고, 날개 바깥쪽을 앞으로 향하면 날개 안쪽이 뒤로 살짝 밀려났다. 날개 바깥쪽은 빠르게 노를 젓는 리듬으로 유연하고 나긋나긋하며 신속하게 움직였다. 두 날개는 각기 다르게 펄럭거렸다. 날개가 회전하는 깊이와 속도와 직경은 끊임없이 바뀌었다. 매는 좌우로 방향을 틀고 몸을 기울이기 위해, 이따금 한쪽 날개를 다른 쪽 날개보다 더 깊숙이 찌르는 듯했다. 고도는 결코 일정하지 않았으며, 늘 약간 상승하거나 하강했다. 이 새는 비상한 힘으로, 희한하게 개성적인 방식으로 비행한다. 매는 끝이 점점 가늘어지는 노 같은 긴 날개를 매번 거침없이 앞으로 휙 움직였다가 부드럽게 뒤로 젖히면서, 미끄러지듯 날며 몸을 흔든다.

나는 동쪽으로 그를 따라갔지만, 다시 찾을 수는 없었다. 북쪽의 눈구름은 짙은 청회색의 역그늘색[9] 위로 창백한 흰색이 되었다. 무척이나 매끄럽고 윤이 나 보였으며, 결코 더 가까이 다가오지 않았다. 숲에서는 온종일 총소리가 났고, 해질 무렵에는 모든 산울타리에 총이 늘어서 있었다. 산비둘기들은 먹이도 쉴 곳도 없다. 수천 마리는 북쪽을 향해 날고, 수천 마리는 남았다. 야윈 옆구리가 축 늘어진 힘없는 개똥지빠귀 몇 마리가 가느다란 목으로 도랑에서 먹이를 먹었다. 수척한 왜가리 두 마리는 아직 막힘없이 물이 흐르는 개울의 얕은 곳을 휘청거리며 걸었다. 청록색 물결은 돌 위에 서 있는 물총새를 얼어붙게 만들고는, 이내 부서져 냇물의 굽은 길을 따라 흘러갔다.

나는 사람들을 피해 다니지만, 지금처럼 눈이 내릴 때는 숨기 어렵다. 토끼 한 마리가 딱하게도 눈에 확 띄는 커다란 두 귀를 뒤로 젖히며 쏜살같이 달아났다. 나는 나를 숨겨줄 만한 것을 이용한다. 마치 폭동 중인 외국 도시에 살고 있는 것 같다. 탕탕거리는 총소리, 눈 속을 저벅거리는 발소리가 쉴 새 없이 들린다. 쫓기는 듯한 불쾌한 기분. 가만, 왜 이렇게 불쾌한 거지? 지금 나는 내가 추적하는 매만큼이나 쓸쓸하다.

1월 5일

10피트의 퇴적물이 파헤쳐진 좁은 길 위로 부러진 눈 기둥들

---

9 counter-shading. 햇빛에 노출되는 부분은 어두운색, 그늘진 부분은 밝은색이 되는 동물의 위장 방법이다.

이 높이 솟았다. 길은 두두룩했고, 꽁꽁 언 강처럼 불투명하고 빛나는 얼음이 송곳니처럼 돋아 있었다. 쌓인 눈에 반사되는 빛이 닿는 산울타리에서 오색방울새들이 반짝반짝 어른거렸다. 갈매기와 까마귀들은 기슭에 올라온 시체를 찾아서 들판의 백사장을 순찰했다. 산비둘기 수백 마리가 안개를 헤치고, 낮은 구름 아래에서 북동쪽으로 날았다.

내가 처음 들은 새소리는 한낮 여울에서 검은지빠귀가 꾸짖어 대는 소리였다. 송골매가 안개 속에서 북쪽으로 서서히 날자, 그 소리는 멈추었다. 농장 근처에서는 2천 마리의 산비둘기가 방울양배추를 먹고 있었다. 줄기마다 서너 마리의 새들이 매달렸고, 나머지 새들은 주변을 퍼덕거리며 날거나 눈 속에 앉아서 기다렸다. 주위 들판은 휴식 중인 비둘기들로 어두웠다. 그들이 흰 눈을 가려버렸다. 수차례 총이 발사되었고, 수많은 새가 죽어서 떨어졌다. 나머지 새들은 하늘을 향해 아우성쳤다. 검은 땅이 하얘지자, 흰 하늘은 까매졌다. 1마일 저편의 날갯짓 소리는 마치 항공기가 이륙하는 듯했다. 1백 야드 밖에서 믿을 수 없을 만큼 요란한 소리가 들렸는데, 산사태처럼 밀려오는 엄청난 굉음의 울림이 탕탕거리는 총소리와 사람들의 고함을 집어삼켰다. 숲과 과수원에는 이처럼 절망한 새 수천 마리가 더 있었고, 어마어마한 무리가 저 아래 순백의 끝을 찾아 북쪽이나 북동쪽으로 날아갔다. 그들은 발라클라바 전투[10]의 경기병들

---

10 Battle of Balaclava. 크림전쟁 당시 1854년 러시아 크림반도의 발라클라바에서 영국군과 러시아군이 벌인 전투로, 영국군이 승리하였으나 지휘관의 오판으로 상당수의 경기병 여단을 잃었다.

처럼 총 앞에 쓰러졌다. 굶주림에 지친 그들에게 남은 책략이 있을 리 없다. 농장마다 그들의 시체가 높이 쌓인다. 그들의 잿빛 얼굴은 지쳤고, 그들의 눈은 좌절에 흠뻑 젖었다.

물총새 한 마리가 개울 위를 맴돌았다. 날개를 어찌나 빠르게 파닥거리던지, 몸이 두 개의 반짝이는 은빛 물방울 사이에 매달린 것 같았다. 물총새는 반쯤 급강하하듯 반쯤 추락하듯 떨어졌고, 부리가 얼음에 부딪치면서 뼈가 부러지듯 커다랗게 딱 소리가 났다. 물총새는 얼음 아래 물고기를 보았지만, 얼음이 뭔지 몰랐던 것이다. 기절을 한 건지 죽은 건지, 물총새는 오색찬란한 두꺼비처럼 널브러져 납작 엎드렸다. 잠시 후 물총새는 미끄러지듯 공중으로 올라가, 힘없이 하류로 날아갔다.

아직 얼지 않은 수면이 군데군데 남아 있지만, 그곳들도 머지 않아 얼어버릴 것이다. 지난여름 물총새들은 사우스 우드를 지나 개울로 흐르는 시내 둑에 둥지를 만들었다. 높고 가느다란 나무들 아래 축축한 땅은 동의나물로 반짝였다. 더 높은 경사지에는 블루벨이 노란 동의나물 위로 푸른 안개처럼 펼쳐졌다. 물총새의 약간 떨리는 날카로운 노랫소리, 마치 휘파람처럼 숨을 깊이 들이마시고 내쉬는 듯한 그 소리가 숲을 지나 굽이굽이 시냇물을 따라서 나를 향해 내려왔다. 갑자기 물총새가 내 앞에 나타나 맴돌다, 조용히 다시 날아갔다. 물 위에 어룽거리는 초록 햇살 속에서, 물총새는 겉날개에서 빛을 발하는 비딱정벌레Rain beetle처럼 반짝거렸다. 물총새는 마치 물속에서 은빛 거품에 감싸인 듯 반딧불이 같은 광채를 띠었다. 에메랄드빛 푸른색이 희부옇게 드리워져 반사된 햇빛을 탁하게 만들었다. 이제 물총새는 눈이 멀 듯 빛나는 흰 눈 속에서 서서히 죽어가고 있다. 그는 곧 자신이 뚫지 못한 얼음 속에 파묻혀, 그가 태어난 어두운 동굴 아래 얼어붙은 빛 속으로 으스러질 것이다.

그의 눈에는 새하얀 곰팡이가 피어, 통증처럼 신경을 따라 번진다.

1월 9일

올해 처음으로 해가 났다. 내 평생 가장 맑고도 가장 추운 날이었다. 여울길 북쪽에 왜가리 한 마리가 무릎 높이까지 쌓인 눈 속에 서 있었다. 왜가리는 강풍에도 흔들리지 않았고, 긴 잿빛 깃털은 차분하게 가라앉았다. 제왕다운 자태로 꽁꽁 얼어 죽은 채, 왜가리는 얇은 얼음 관 속에서 바람을 맞으며 서 있었다. 이미 그는 내가 도달할 수 없는 먼 왕조에 속한 것 같았다. 끽끽대는 유인원이 공룡보다 오래 살아남은 것처럼, 나는 그보다 오래 살아남았다.

쇠약한 쇠물닭이 관절염에 걸린 듯 숨죽인 발걸음으로 살며시 언 개울을 가로질러 걸었다. 죽어가는 짐승의 걸음걸이는 여전히 괴상해서 보기 딱할 지경이었다. 싹을 먹고 사는 멋쟁이새들은 흰 과수원을 색색으로 물들였다. 멧도요는 도랑에서 푸석푸석 흩날리는 눈 속으로 황급히 날아올랐다.

1시에 집박쥐 한 마리가 곤충이라도 잡고 있는지, 오솔길 위를 펄럭이며 날다 방향을 바꿔 강하했다. 이토록 추운 날, 그렇게 날 수 있는 동물은 아무도 없었다. 아마도 집박쥐는 햇빛에 깨어나, 여름을 꿈꾸며 먹이를 찾고 있었는지 모른다.

흰 들판에는 검은 돌멩이 같은 새들이 흩어져 있다. 청둥오리, 쇠물닭, 자고새의 덩치 큰 윤곽, 그보다 가녀린 멧도요와 비둘기의 형체, 검은지빠귀와 개똥지빠귀, 되새류, 종달새들의 작은 얼룩과 줄무늬가 어지러웠다. 여기 숨을 곳은 없다. 지금은 매들에게 좋은 기회다. 그들의 눈은 흠집이 난 무성영화 화면 같은 흑백 지도를 본다. 움직이는 검은색이 먹이다.

수컷 송골매는 바람을 타고 아래로 돌진하다가, 돌풍처럼 쇄도하는 새들 위로 날아올랐다. 새들의 물결이 위로 향하며 부서질 때 송골매가 내려가며 그 중심을 날카롭게 파고들었고, 그러자 그 흐름이 끊어지며 새들은 다시 눈 속으로 떨어져 내렸다. 산비둘기 한 마리가 매와 함께 날아올랐고, 작은 덫 같은 매의 발에 붙들려 붉은 깃털을 흩뿌리고 천천히 피를 흘리며 축 늘어진 몸을 파닥거렸다.

1월 18일

바람이 불지 않고, 연무가 끼었으며, 구름 한 점 없다. 흰 하늘에 태양은 창백하고 작게 쪼그라들었다. 꽁꽁 언 강은 깨지고 부딪쳐 다이아몬드 모양의 얼음 조각이 되었다. 해질 무렵 강은 다시 굳게 봉인되었다. 몇몇 연못은 견고하게 얼었다. 이 연못들을 들어 올리면, 물 한 방울 남아 있지 않을 것이다.

3시에 강 저편에서 수컷 송골매를 보았다. 송골매는 이상한 방식으로 눈 위를 맴돌다 갑자기 떨어져 내리고는 쏜살같이 돌진했으며, 커다란 쏙독새처럼 놀랍도록 부드럽고 경쾌하게 춤을 추듯 통통 튀었다. 낮게 뜬 태양을 배경으로 거무칙칙한 송골매는, 내가 아침 강가에서 보았던 뻑뻑도요만큼이나 산만하고 날렵하게 주변 어스름 안에서 날개를 치며 춤을 추었다.

나는 좀 더 가까이 다가갔고, 송골매가 왜 그런 우스꽝스러운 행동을 했는지 알았다. 송골매는 병약한 도요새를 완전히 지쳐 더 멀리 날 수 없을 때까지 쫓고 있었다. 도요새는 자신이 찾아낼 수 없었던 먹이인 징검징검 딛는 수서곤충의 다리처럼, 날개를 뻣뻣하게 뒤로 팔락거리며 매 아래에서 재빨리 몸을 피했다.

도요새의 비행은 차츰 힘이 빠졌고, 기진맥진해서 파닥거리며 눈 속으로 떨어져 내렸다. 매는 도요새를 덮쳐, 털을 뽑고 5분 만에 먹어치운 다음, 날아가 버렸다. 눈은 마지막 태양 빛 속에서 붉게 타올랐고, 주황색으로 물들더니, 서서히 다시 하얗게 바랬다. 시체의 유해는 밝은 주황색 피로 물든 눈구덩이에 파묻혀, 붉은 깜부기불처럼 땅거미 속에서 반짝거렸다.

1월 25일

오늘은 강가를 따라 10마일을 걸었다. 수평선은 안개로 흐렸고, 파란 하늘 위 태양은 차가웠으며, 북풍은 가벼웠다. 나는 발목까지 쌓인 눈부시게 반짝이는 눈 속을 터벅터벅 걸었다. 눈 속의 재갈매기들은 사막의 낙타처럼 차분했다. 그들은 길을 비켜주는 소처럼, 마지못해 느릿느릿 움직이다 나른하게 날아올랐다. 쌓인 눈에 반사되는 어슴푸레한 흰 빛 때문에, 새하얀 그들의 모습은 유령처럼 비현실적으로 보였다. 모든 갈매기가 도시 근교에 있어서, 탁 트인 시골에는 한 마리도 없었다. 쇠물닭 열다섯 마리가 도랑에 모여 있었다. 회색머리지빠귀들이 버드나무로 날아가, 가지 위에 쌓인 눈을 흔들어 떨어뜨렸다. 그들은 여위고 핼쑥해 보였고, 줄어든 몸집에 비해 요란한 울음소리가 무척 크게 들렸다. 검은턱할미새 한 마리가 넘어지고 미끄러지며 얼음 위에서 춤을 추었다. 갈까마귀와 떼까마귀들은 농장 근처에서 먹이를 먹었고, 무척 온순했다. 작은 논병아리들은 얼지 않은 수면에서 헤엄을 치다, 내가 오는 걸 보고 물속으로 뛰어들었다. 그들은 주전자 모양을 한 바닥이 뚱뚱하고 작은 갈색 코러클[11] 같았다.

　　토끼 여섯 마리가 들판 한가운데에 있는 산사나무 아래에 옹기종기 모여 웅크리고 있었다. 세 마리는 왼쪽으로, 세 마리는 오른쪽으로 달아났다. 얼음 막대기가 딱 부러지는 것 같은 총성이 울렸다. 송골매 한 마리가 그 위를 날아, 약하게 어른거리는 빛 속에서 가파르게 날아오르는 쇠오리처럼 날개를 펄럭이며 황급히 떠나버렸다. 자줏빛과 잿빛의 꽁꽁 언 연기처럼, 산비둘기들이 버드나무에 줄지어 앉아 있었다. 관목이 우거진 섬에서 꿩 여섯 마리가 요란하게 날아왔다. 두 남자가 낫을 거칠게 내리치며 검은딸기나무를 베어 불태우고 있었고, 꽁꽁 언 파란 하늘로 연기와 입김이 똬리를 틀며 올라갔다. 커다란 꺅도요 한 마리가 강을 가로질러 천천히 날다가, 산울타리 속으로 곤두박질쳤다. 꺅도요가 착륙할 때, 하얀 바깥쪽 꼬리깃이 넓게 펴지며 빛났다. 아마도 도요과의 그레이트스나이프였던 것 같다.

　　종달새, 풀밭종다리, 검은머리쑥새, 되새들은 강변의 나무에 앉아 힘없이 죽어가고 있었다. 굴뚝새는 목조 교회 탑의 비탈진 지붕을 나무발바리처럼 살금살금 기어올라가, 종탑에 댄 얇은 널빤지를 통해 안으로 들어갔다. 쇠물닭은 활기차게 흩뿌려지는 가루눈 속

11　coracle. 웨일스와 아일랜드에서 타는 바구니 모양의 작고 가벼운 배다.

에서, 산사나무들 사이를 뚫고 떨어져 내려 발부터 땅에 닿았다. 얽힌 엉겅퀴 덤불은 평평한 눈 표면을 찔렀다. 오색방울새 세 마리가 목을 뒤틀어 부리로 엉겅퀴 씨앗을 하나하나 파내어 먹고 있었다. 그들은 딱새류처럼 엉겅퀴 줄기 위를 팔락거리며 맴돌았다. 그들의 노랫소리가 싸늘한 공기를 쪼아댔다.

낮게 뜬 오후의 해가 남쪽으로 날아가는 갈매기들을 위쪽으로 비추었다. 환하게 타오르는 성스러운 빛이 그들의 가느다란 뼈를 도려내고 빈 골수에 스며들어, 갈매기들은 거의 투명하고 영묘하게 보였다.

죽은 왜가리 두 마리가 한 쌍의 앙상한 잿빛 목발처럼 눈 속에 함께 누워 있었다. 시체는 여러 형태의 이빨, 부리, 발톱들에 갈가리 찢기고 절단되어, 눈알도 없이 누더기가 되었다. 수달의 발자국을 따라가니 창꼬치의 피와 뼈가 보였다. 창꼬치는 얼음에 난 구멍 사이로 쇠물닭을 향해 달려들어 물 밑으로 끌어내렸고, 쇠물닭은 어뢰에 격침당한 배처럼 위로 기울어진 채 가라앉았다.

나는 목재 헛간 옆에 서서, 꽁꽁 얼어 쪼그라든 흰올빼미를 손에 들고 무게를 가늠했다. 나는 마치 화분을 내리듯, 서까래 위 올빼미를 들어서 내렸다. 올빼미는 차가웠고, 금방이라도 부서질 듯 말랐으며, 죽은 지 오래되어 퀴퀴한 냄새가 났다. 무언가가 헛간 지붕에 부딪치더니, 미끄러져 내려와서, 내 발 앞에 떨어졌다. 산비둘기였다. 붉은 눈물처럼 한쪽 눈에서 피가 뿜어져 나와, 일그러진 원을 그리며 얼굴 전체에 섬뜩하게 퍼졌다. 다른 쪽 눈 하나로만 응시하다가, 쌓인 눈으로 곤두박질친 것이다. 이미 반쯤 뇌사 상태인 산비둘기는 두 날개로 무언가를 움켜쥐려 했다. 내가 그를 들어 올렸을 때에도, 그는 선로를 벗어난 장난감 기차처럼 무의미하게 자꾸만 몸을 돌리고 또 돌렸다. 나는 그를 죽이고, 눈 속에 던져놓은 뒤, 계속 걸음을 옮겼다. 수다스럽게 지껄이며 공중을 선회하던 송골매가 먹이를 향해 하강했다.

오후의 오랜 순백도 차츰 이울어 노을빛으로 얼룩졌다. 태양은 시든 사과처럼 쭈글쭈글 죽어갔다. 땅거미는 눈 덮인 높은 산의 가문비나무 아래 난 미끄러운 언덕길에 그늘을 드리웠다. 몇몇 지친 회색머리지빠귀와 붉은날개지빠귀가 아마도 마지막으로 어두운 계곡으로 향했다. 떨리는 목소리로 우짖는 황갈색 올빼미의 노래가 호랑가시나무와 소나무로부터 크게 울려 퍼졌다. 밤이었다. 여우는 피와 꿩의 깃털을, 붉은색과 구리색의 조각난 유해들을 헤집다가, 눈 속에서 횃불을 밝히는 나를 노려보더니 발끈 성을 내며 짖었다.

피의 날. 오늘은 태양과 눈과 피의 날이었다. 핏빛! 이 얼마나 무용한 형용사인가. 흰 눈 위에 흐르는 피만큼 아름답고 풍부한 붉은색은 어디에도 없다. 마음과 몸이 싫어하는 것을 눈은 사랑할 수 있다니, 이상한 일이다.

1월 30일

동틀 무렵, 서리 덮인 창문으로 사과나무에서 먹이를 먹는 멋쟁이새들을 보았다. 그들의 가슴에는 새빨간 불꽃이 타오르고 있었고, 곧이어 동쪽 가장자리에서 태양이 침울한 붉은 연기를 내뱉었다.

눈이 내리자 울새들이 노래를 불렀다. 노래를 부르지 않을 때는, 머리에 강철 고리를 두른 듯 침묵이 흘렀다. 금눈쇠올빼미 한 마리가 산울타리 밖으로 허둥지둥 나와 길 한가운데로 뛰어들더니, 동작을 멈추고는, 사나운 눈썹 아래에 깃털이 뒤덮인 얼굴을 찡그리며 나를 올려다보았다. 마치 눈에 덮여 희뜩희뜩한 도로에서 잘려나간 머리가 위를 올려다보는 것 같았다. 곧이어 올빼미는 자신이 무슨 짓을 했는지 문득 깨달았는지, 미친 듯이 날아 산울타리로 돌아갔다. 온몸의 감각이 마비되는 납빛의 추운 날이었다.

나는 비탈을 내려가, 헛간 앞을 쏜살같이 지나갔다. 낟가리와 지푸라기가 반짝이는 머리털 뭉치처럼 누런 덩어리가 되어 별안간 눈앞에 솟구쳤다. 참새들이 새된 소리를 내며 위쪽으로 흩어지고 있었다. 나뭇가지를 휘두르는 듯 움켜쥐는 새매의 잿빛 공격이 눈앞에서 번득였다. 마치 매가 급습하듯 내가 길모퉁이를 돌아 갑자기 들이닥쳐서, 매와 사냥감 모두를 깜짝 놀라게 만든 것이다.

해안으로 가는 길 내내 농장들에는 참새와 되새류 무리가 있었지만, 그 사이에는 거의 아무것도 보이지 않았다. 눈 밖으로 나와서 빙빙 선회하던 오색방울새들이 따뜻한 냄새가 나는 헛간으로 뛰어들더니, 눈송이처럼 가볍게 춤을 추면서 양철 지붕 위로 떨어지는 빗소리처럼 지저귀고 있었다.

얼음덩어리와 황오리들이 회색 바다 위에서 반짝였다. 바다는 마찬가지로 하얗고 눈부셨다. 힘없고 허기진 종달새들은 매우 온순했다. 여전히 촘촘한 초목이 눈 밖으로 비어져 나와 있는 도랑이나 해수에서, 작은 새들은 먹이를 먹었다. 쓰라린 침묵이, 천천히 다가오는 죽음이 감돌았다. 회색 달이 비치는 바다의 얼어붙은 가장자리로 모든 것이 잠기었다.

2월 10일

완벽한 날이었다. 태양은 온종일 쨍쨍했고, 푸른 하늘은 티 없이 맑았다. 슬레이트 지붕과 까마귀 날개가 마그네슘처럼 하얗게 타올랐다. 눈이 자리 잡아 연보랏빛과 은빛으로 반짝이는 숲은, 검은빛을 날카롭게 베어 물어 하늘을 구석구석 파랗게 물들였다. 공기는 차가웠다. 바람은 차가운 불처럼 북쪽에서 불어왔다. 창조의 순간, 무지개가 바위 위로 쏟아지며 숲과 강을 만들었고, 그리하여 모든 존재가 드러났다.

송골매가 계곡을 가로질러 북쪽으로 날았다. 송골매는 내게서 반 마일 떨어져 있었지만, 나는 갈색과 검은색이 어우러진 날개와 반짝이는 황금빛 등을 볼 수 있었다. 꼬리덮깃의 옅은 크림색은 새끼줄로 꼬리의 몸 쪽 부분을 휘감은 것처럼 보였다. 나는 송골매가 바람을 타고 돌아올 거라 생각하며, 그를 지켜보기 위해 강가 들판으로 향했다. 나는 매서운 바람을 피해 산사나무 울타리에 가려 바람이 닿지 않는 곳에 서서, 산울타리 사이로 북쪽을 바라보았다. 한낮에 작은 뭉게구름이 수평선에서 피어오르고 있었다. 그 구름은 무척 하얬지만, 그 뒤로 이어지는 구름은 더 짙은 잿빛을 띠었으며 더 컸다. 눈이 녹은 곳에서는 따뜻한 공기가 상승하고 있었다.

1시에 그 송골매가 다시 바람을 거슬러 움직여 넓은 들판을 가로지르는 걸 보아하니, 눈에 보이지 않는 높은 곳에서 원을 그리며 날았던 게 분명했다. 매는 벌써 2백 피트 높이에 다다랐고, 빠르게 상승하고 있었다. 그는 날개를 앞으로 가뿐하게 저은 다음, 미끄러지듯 날았다. 활공할 때마다 바람을 거슬러 50피트씩 올라갔다. 5백 피트에 이르자, 날개와 꼬리를 활짝 펴고 천천히 위풍당당하게 포물선을 그리며 방향을 돌렸다. 길고 현란하게 원을 그릴 때마다 1백 피트씩 더 높이 떠올랐고, 바람은 그를 남쪽으로 떠내려 보냈다. 30분 후 매는 두 배 더 높이 날아 아주 작아졌고, 강을 건너 멀리 이동했다. 30분이 더 흐른 뒤에는, 들판 위 2천 피트 상공을 날고 있어 거의 보이지 않았다. 그를 아주 높은 곳으로 가볍게 실어 날랐던 열상승기류가 바람 속에서 차가워졌다. 매는 더 좁은 원을 그리며 이동하면서, 활공하는 사이사이 빠르게 날갯짓을 하기 시작했다. 기쁨은 사냥이 되었다. 하늘에서 매는 빠르고 날렵했으며, 8자 모양으로 정교하게 구불구불 누비듯 지나갔다. 팽팽한 대기에서 날개가 재빨리 되튀었다. 매는 해를 가로지르며 숨었지만, 나는 맞은편에서 더 높이 올라 더 작아진 그를 발견했다. 내 뒤편 산울타리의 검은지빠귀는 그 매를 갑작스레 처음 본 게 분명했다. 둘 사이가 상당히 멀리 떨어져 있었는데도, 검은지빠귀는 너무나 불안한 나머지 가지와 가지 사이를 뛰어다니며 정신없이 구시렁거리기 시작했다. 매는 아주 작아졌다. 나는 매가 분명히 해안을 향해 떠날 거라고 생각했지만, 모습이 거의 보이지 않을 때쯤 그는 미끄러지듯 날아서 방향을 바꾸어 바람을 거슬러 되돌아왔고, 마침내 내가 그의 날개 모양을 볼 수 있을 만큼 가까이 하강했다. 나는 반 마일 떨어져서 날고 있는 새를 60도 각도로 올려다보았기 때문에, 빛이 덜 완벽했더라면 매를 전혀 보지 못했을 것이다.

매는 굽은 날개를 급하고도 유연하게 움직여 부서지는 공기층을 활보하면서, 공중을 맴돌다가 가만히 머물렀다. 그는 하늘의 파란 살갗에 박힌 미늘처럼 고정된 채, 5분 동안 그 자리에 머물렀다. 매의 몸은 고요하고 단단했고, 머리는 좌우로 움직였으며, 꼬리는

부채처럼 폈다 접었다 했고, 날개는 휘몰아치는 바람 속 캔버스 천
처럼 전율하며 세차게 움직였다. 그는 왼쪽으로 미끄러지듯 날다가
잠시 멈춘 다음, 대대적인 급강하의 서막이라고밖에 할 수 없는 기
세로 주변을 활공하며 내려왔다. 이런 초반의 완만한 낙하는 분명
위협적이다. 매는 50도 각도로 부드럽게 하강했고, 느리지는 않지
만 자신의 속도를 통제하면서 우아하고 아름답게 균형을 유지했다.
갑작스런 변화는 없었다. 매는 더 이상 각도가 남지 않을 때까지 점
차 가파른 각도로 하강하여 완벽한 활모양을 그렸다. 그는 마치 즐
기려는 듯 곧 시작할 급강하에 대한 기대로 잔뜩 설레어, 위로 곡선
을 그리며 천천히 선회했다. 벌어진 두 발은 태양을 향해 움켜쥐어
황금빛으로 희미하게 빛났다. 둥글게 곡선을 돌자, 두 발은 힘이 풀
렸고 땅 아래로 향한 뒤 다시 모아졌다. 매는 1천 피트 아래로 떨어
졌고, 곡선을 그렸으며, 서서히 방향을 돌렸고, 몸을 곧게 세웠다. 그
런 다음 점차 속도를 높여 수직으로 내려갔다. 매는 또다시 1천 피
트 아래로 하강했는데, 이번에는 불타오르는 듯한 심장 모양을 하고
서 눈부신 햇살을 뚫고 희미하게 어른거리며 완전히 뚝 떨어졌다.
매는 태양에서부터 빠르게 하강하느라 더 작고 더 거무칙칙해졌다.
저 아래 눈 속에서 자고새가 자신을 향해 내려오며 점점 팽창하는
검은 심장을 올려다보았고, 쉬익쉬익거리던 날개짓 소리가 점점 요
란한 굉음으로 커지는 걸 들었다. 10초쯤 지났을 때 매는 지상에 내
려앉았고, 그의 비행이 만들어낸 포물선 모양 장식벽과 거대한 부채
꼴 아치 같은 그 모든 화려한 구조는 하늘의 격렬한 대혼란 속에서
소모되어 사라졌다.

자고새에게 햇빛이 별안간 차단됐고, 위에서 검은 형체가 활

짝 편 날개를 사납게 휘둘렀으며, 꿩음이 그쳤고, 반짝이는 칼들이 몸속을 파고들었으며, 갈고리처럼 생기고 가면을 썼으며 뿔처럼 뾰족한 머리를 하고 노려보는 끔찍한 흰 얼굴이 들이닥쳤다. 이윽고 허리가 끊어질 듯한 고통이 시작되었고, 발이 질질 끌려서 바닥의 눈이 흐트러졌으며, 침묵의 비명을 지르는 커다랗게 벌어진 부리 안을 눈이 가득 메웠고, 마침내 자비로운 침針인 양 매의 부리가 안간힘을 쓰는 목에 물린 자국을 남기고서 전율하는 생명을 바닥에 패대기쳤다.

매는 부드럽게 축 늘어진 육중한 먹이 위에서 휴식을 취하며, 목이 막히도록 깃털을 뜯고 찢었고, 갈고리 같은 부리에서는 뜨거운 피가 뚝뚝 떨어졌으며, 사납던 기세는 몸속의 작고 단단한 중심까지 서서히 식어갔다.

이를 지켜본 자는, 그런 굶주림, 그런 맹위, 그런 고통, 그런 두려움을 수 세기 동안 피해온 그자는, 하늘에서 떨어지는 기병도騎兵刀의 기억을 떠올렸고, 익숙한 것들만 죽여서 먹이로 삼으려 하는 무고한 사냥꾼의 기쁨을 간접적으로 느꼈다.

2월 17일

높은 지대 들판의 두둑한 부분은 갈색과 흰색으로 얼룩져 있지만, 낮은 지대의 지면에는 여전히 발목까지 눈이 쌓여 있다. 좁은 수로들에서는 6인치 두께의 얼음 사이로 물이 흐른다.

이제 계곡에는 검은지빠귀도 개똥지빠귀도 없다. 울새도, 바위종다리도, 굴뚝새도 없다. 가을에 이곳에 있던 종달새 수백 마리 중에 허약한 두 마리만 남아 있을 뿐이다. 되새는 3백 마리의 무리

중 세 마리가 남았고, 갈까마귀의 수는 절반으로 줄었다. 산비둘기는 사냥과 눈을 견뎌내고 쉰 마리가 살아남았지만, 몹시 야위고 쇠약하다. 까마귀들은 그들이 죽기를 기다리며, 가는 곳마다 따라다닌다. 두 쌍의 멋쟁이새가 살아남았다. 숲에는 푸른박새와 쇠박새들이 있고, 한 무리의 오목눈이가 있다. 개울가 들판에는 청둥오리 여든 마리와 붉은발자고새 마흔 마리가 있다.

나는 산비둘기 열세 마리와 청둥오리 한 마리의 유해를 발견했다. 전부 최근에 송골매에게 살해당해, 눈 위에서 깃털이 뜯기고 잡아먹혔다. 청둥오리는 사우스 우드에서 1백 야드 떨어진 탁 트인 들판에 누워 있었다. 송골매는 이 먹이를 공격하고는 4야드 떨어진 곳에 내려앉았다. 길게 패인 고랑들 끝에, 발자국 두 개가 눈 속 깊이 찍혀 있었다. 발자국 양옆에는 매의 날개 끝이 끌린 좀 더 가벼운 흔적이 보였다. 좀 더 옅은 발자국이 먹이를 향해 이어졌고, 그 주변으로 다른 발자국들이 모여들었다. 눈 위로 매의 꼬리 끝이 끌린 얇은 평행선이 드러났다. 세 개의 앞발가락 자국은 짧고 뭉툭했고, 뒷발가락 자국은 3인치 길이에 더 깊이 박혀 있었다. 여우가 죽은 짐승을 향해 나왔다가, 다시 숲으로 돌아간 흔적도 보였다. 여우는 피 냄새를 맡았고, 매가 식사를 다 마치자 남은 뼈를 물어뜯었다.

2월 22일

눈이 서서히 녹고 있고, 새들은 계곡으로 돌아오고 있다. 오늘 개울가 나무들에는 3백 마리의 회색머리지빠귀가 있었다. 숲에는 검은지빠귀와 되새들이 있었고, 종달새 한 마리가 노래했다. 청둥오리 1백 마리, 산비둘기 스무 마리, 혹고니 한 마리가 감자 한 무더기를 먹고 있었다. 내가 다가가자 그들은 한꺼번에 황급히 날아가 버렸고, 함께 무리지어 신중하게 움직이다가 먹이를 향해 돌아왔다. 눈 위에 수없이 찍힌 여우와 토끼의 발자국은 바닥이 반반하고 우묵하게 패인 곳에서 끊겼다. 아마 개들이 그러는 것처럼 놀이 삼아 그 안에서 뒹굴었던 모양이다.

나는 송골매가 죽인 먹이를 더 발견했다. 산비둘기 여섯 마리와 떼까마귀 한 마리. 그 가운데 산비둘기 한 마리는 죽은 지 겨우 한두 시간 지났는지, 여전히 피가 눈에 흡수되고 있었다. 날개, 가슴뼈, 다리, 골반은 바람에 넓게 흩날려 원을 이룬 깃털들 한가운데에 놓여 있었다. 송골매의 깊게 주름진 발가락 자국들이 가늘고 긴 까마귀 발자국, 여우의 발바닥 자국과 한데 뒤섞였다. 여우와 까마귀 둘 다 먹이로부터 매를 몰아내려 한 게 분명했다. 눈 덮인 넓은 구역이 그들의 발자국으로 짓밟혔다. 먹이를 움켜쥐는 걸 돕는 매 발가락의 비늘 덮인 고리 모양과 울퉁불퉁한 발바닥이 눈 위에 움푹 파인 자국들을 남겼다. 이렇게 발가락이 굵고 울퉁불퉁한 특이한 발자국은 다른 새의 발자국과 확연히 다르다. 송골매가 방금 서 있던 자리에 손을 대고 있자니, 그와 가까워진 느낌, 같은 족속이 된 느낌이 강하게 들었다. 눈 속의 발자국은 기묘하게 움직이고 있다. 그 발자국은 그 동물들 안의 무언가가 무방비 상태로 남겨진 흔적인 듯해서, 마치 그들에 대한 거의 수치스러운 배신처럼 보인다. 계곡은 혹한으로 죽은 새들의 발자국과, 태양이 서서히 부식시키는 애처로운 기억들로 뒤덮여 있다.

한낮에 수컷 송골매가 흐린 햇살 속에서 원을 그리다, 남동풍을 따라 흘러갔다. 나는 그를 따라가려 했지만, 그러기에는 눈이 너무 깊이 쌓였다. 도랑과 배수로마다 눈이 쌓여 덮였다. 6피트 깊이의 눈 속으로 불시에 곤두박질칠 수도 있다.

청명한 오후 내내 금눈쇠올빼미들이 울고, 까치들은 햇빛 속에서 어른거리며, 이동하는 갈매기들은 북동쪽으로 원을 그렸다. 갈매기들은 높이 날았고, 나는 쌍안경이 없이는 그들을 볼 수 없었다. 시끄럽게 깍깍대는 갈매기들의 외침이 텅 빈 하늘에서 아래까지 들려왔다.

2월 27일

구름 한 점 없는 날이 며칠 동안 이어지고 있다. 차가운 동풍은 긴 창槍의 섬광 같고, 태양은 너른 하늘에서 따뜻하고 눈부시게 빛난다. 흰 눈은 점차 잦아들고, 건조한 눈은 다시 초록에 잠긴다. 흰 들판 위로 떨어지는 초록 눈처럼, 이상하고 낯선 초록이다.

산비둘기 2백 마리가 돌아오고, 어치들이 다시 눈길을 끌며, 회색머리지빠귀들은 살이 오른다. 바위종다리들은 길에서 먹이를 먹고, 검은지빠귀들이 사방에 천지다. 노래지빠귀 한 마리와 종달새 네 마리가 하루 종일 노래했다. 나는 붉은발자고새 일곱 쌍과 많은 새 무리를 내몰았다.

개울 옆 들판들과 두 숲 사이에 새 서른 마리가 죽어 있었다. 산비둘기 스물여섯 마리, 쇠물닭 한 마리, 회색머리지빠귀 세 마리였다. 대부분 나이를 많이 먹었고, 지금까지 눈에 덮여 있었다. 개울에 유일하게 남은 빙판 위에서, 아주 최근에 죽은 산비둘기 한 마리가 깃털이 뜯기고 잡아먹혔다. 지난 두 달 동안 산비둘기들은 비쩍 마르고 체중이 줄었기 때문에, 송골매들은 필요한 양의 먹이를 구하기 위해 평소보다 더 많은 수를 죽여야 했다.

3시에 수컷 송골매가 떼까마귀들에 둘러싸여 여울 동쪽으로 원을 그렸다. 나중에 나는 나뭇가지 사이에서, 오크나무에 앉은 그 송골매의 청동빛 도는 갈색 등이 노란 햇살에 어슴푸레 빛나는 걸 보았다. 송골매는 뒤집힌 커다란 황금빛 서양배처럼 빛났다.

3월 2일

구름 한 점 없는 맑은 날씨가 여드레째 이어졌고, 반짝반짝 윤이 나는 파란 하늘은 두 번 다시 숨길 수 없다는 듯 빛났다. 강한 남동풍은 쌀쌀했지만, 태양의 온기로 눈은 완전히 기세가 꺾이고 노쇠해져, 물기를 가득 머금어 부푼 땅 속으로 흘러들어갔다.

한낮에 노스 우드에서 산비둘기와 갈까마귀들이 날아올랐고, 까마귀들은 깍깍 울면서 그들이 서식하던 우듬지를 향해 날아갔다. 다리 옆의 되새들은 10분 동안 끊임없이 꾸짖어댔고, 그들의 "핑크 핑크" 하는 단조로운 소리는 햇볕이 내리쬐는 정적 속으로 서서히 잦아들었다. 나는 아무것도 보지 못했다. 송골매가 바람을 타고 높이 솟아오를 거라고 짐작하면서, 나는 여울 북쪽에서 매를 찾아다녔고, 30분 뒤 죽은 오크나무에서 그를 발견했다. 매는 바람을 거슬러 날아올라 원을 그리기 시작했다. 그의 날갯짓은 더 얕아지다, 마침내 날개 끝만 힘없이 파닥거리고 있었다. 나는 매가 솟아오르리라 생각했지만, 그 대신 재빨리 남동쪽으로 향했다. 노스 우드를 가르는 길은 측면이 가파르고 바람을 막아주는 협곡이 이어지는 내내 오르내리길 반복한다. 송골매는 햇볕이 들고 바람이 없는 이 길의 경사면에서 따뜻한 공기가 상승한다는 걸 알기에, 높이 솟아오르고 싶을 때는 종종 그곳에서 날아오른다.

송골매는 길고 가파르게 활공해 곡선을 그리며 올라가 주변을 빙 돌면서, 과수원의 스카이라인 위를 천천히 표류한 뒤, 바람을 타고 원을 그리며 내려갔다. 그는 차고 흰 남쪽 하늘에서 이동해, 훌륭한 솜씨로 거뜬하게 바람이 휘는 열상승기류를 타고, 따뜻하고 파란 하늘 꼭대기까지 올라갔다. 그가 최상의 자리에서 게으르지만 주의를 기울이며, 저 멀리 높은 곳에 원을 그리면서 느긋하게 표류하는 동안, 긴 날개와 뭉툭한 머리를 지닌 그의 형체는 점점 수축되고 줄어들며 어두워져서 다이아몬드의 단단한 끝처럼 되어갔다. 매는 아래를 내려다보며, 저 아래 커다란 과수원이 검은 잔가지 같은 선과 녹색 띠들로 줄어드는 걸 보았다. 검은 숲들이 가까이 모여들며 언덕을 향해 손을 뻗는 모습, 푸르고 흰 들판들이 갈색으로 바뀌는 모습, 개울의 은빛 물줄기와 구불구불 감기다 서서히 똬리를 푸는 강물, 계곡 전체가 평평하고 넓어지는 모습, 멀리 도심들로 얼룩진 수평선, 푸른빛과 은빛의 입을 쩍 벌리고서 녹색 섬들과 함께 재잘거리는 강어귀를 보았다. 그리고 그 너머, 그 모든 것 너머에 갈색과 흰색의 육지 표면 위로 수은 테두리처럼 떠 있는, 일직선으로 줄이 쳐진 바다의 빛을 보았다. 바다는 그가 높이 올라갈수록 함께 떠올라 눈부신 빛의 폭풍을 일으켰고, 육지에 갇힌 매에게 우레와 같은 소리로 자유를 부르짖었다.

그는 반짝이는 사격조준기 같은 눈 속 깊은 중심와를 좌우 위아래로 움직이면서 이 모든 걸 한가로이 무심하게 바라보았고, 황급히 도주하기 위해 날개를 번쩍이거나 불쑥 펼치는 새는 없는지 지켜보았다. 마치 그가 언덕 너머 육지를 무심히 바라보는 자신의 찬란한 시야를 나에게 내리 비추고 있는 것처럼, 나는 갈망하는 마음으로 그를 지켜보았다.

송골매는 태양을 가로질렀고, 나는 강렬한 자줏빛을 곁눈질로 간신히 보았다. 그를 다시 발견했을 때, 그는 태양의 서편으로 높이 올라, 쌍안경이 그를 잡아내기 전까지 생채기 난 하늘의 푸르름 속으로 숨어들었다. 항상 북쪽을 가리키는 나침반 바늘처럼, 매는 머리부터 날개까지 흔들림 없이 천천히 이동하며 고요히 하늘을 배회했다. 날개는 접어서 뒤로 구부렸다가, 펼쳐서 앞으로 뻗어 올빼미 날개처럼 활짝 벌렸다. 꼬리는 화살처럼 점점 가늘어지다, 넓게 편 부채처럼 벌어졌다. 날개에 숭숭 빈 틈이 보였는데, 12월에 빠진 깃털이 아직 새로 나지 않았기 때문이다. 햇살을 받으며 비스듬히 날 때, 매는 순식간에 검은빛에서 불길로 바뀌어 하얀 강철처럼 빛났다. 그는 햇빛이 비치는 2천 피트 상공에서 자세를 유지하며 계곡의 새들에게 명령했고, 그리하여 아무도 그 아래에서 날지 못했다. 매는 바람을 거슬러 앞으로 몸을 기울였고, 태양을 가로지르며 서서히 아래로 나아갔다. 나는 그를 보내주어야 했다. 뒤돌아봤을 때, 나는 녹색과 보라색의 성운처럼 소용돌이치는 빛 사이로, 땅거미 속에서 태양으로부터 땅을 향해 낙하하는 아주 작은 얼룩 한 점만을 볼 수 있었다. 그 얼룩은 새들이 날카롭게 울어대고 날개를 파닥거리는 소란 속에서, 요란하게 열어젖힌 거대한 침묵 사이로 섬광처럼 번쩍이다 방향을 돌려 하강했다.

나는 마치 물 위를 표류하다가 이제야 해변으로 밀려와 몸을 말리고 옷을 입고서 새삼 남부끄러워진 것처럼, 내 무게를 의식하게 되었다. 매는 20분 동안 높이 솟구쳤으며, 그동안 내내 검은지빠귀들은 내 뒤 산울타리에서 꾸짖어대고 자고새들은 들판에서 울어댔다. 그러나 매의 급습은 일순간 모두를 죽은 듯 침묵하게 했다. 이윽고 눈이 녹으면서 바스락 속삭이는 (마른 풀밭의 쥐가 희미하게 서걱거리는 듯한) 소리와, 녹은 물이 개울 아래로 흘러 작은 돌투성이 시냇물이 잘랑잘랑 울리는 소리만 감돌 뿐이었다.

매는 가버렸고, 나는 그가 돌아오길 기다리며 어렴풋한 만족감 속에서 들판을 걸었다. 대체로 매는 낮 동안 틈틈이 자신이 즐겨 찾는 쉴 곳으로 돌아온다. 우리는 12월 말부터 지금까지 서로 접촉이 끊겼지만, 매는 분명히 나를 기억했고 여전히 비교적 접근하기 쉽고 온순했다. 노래지빠귀, 푸른박새, 박새들이 노래했고, 오색딱따구리는 부리로 나무를 두드렸다. 오후 내내 이주 중인 수백 마리의 갈매기가 서서히 움직이며 울었고, 북동쪽을 향해 높이 원을 그렸다.

무언가 뒤에서 나를 지켜보고 있었을까. 3시에 뒤통수가 따끔거리는 느낌이 들었다. 분명 원시인에게는 그 느낌이 무척 강렬하게 다가왔으리라. 나는 몸을 돌리지 않은 채, 왼쪽 어깨 너머를 흘긋 보았다. 2백 야드 떨어진 곳에서, 그 송골매가 오크나무의 수평으로 뻗은 낮은 가지에 앉아 있었다. 매는 북쪽을 향해 앉아서, 왼쪽 어깨 너머로 나를 흘긋 돌아보고 있었다. 1분이 넘게 우리 둘은 그 자리에 가만히 있었고, 동일한 자세에서 비롯한 별난 유대감을 공유하며 서로 당황하면서도 강한 호기심을 느꼈다. 내가 그에게 다가가자, 그는 곧장 날아서 북쪽 과수원을 지나 재빨리 내려갔다. 그는 사냥 중이었고, 사냥꾼은 아무도 믿지 않는다.

30분 뒤 송골매는 동쪽에서 날아와 과수원을 쓱 훑어보다, 불쑥 사과나무에 내려앉았다. 그는 착륙 전에 결코 속도를 늦추는 법이 없다. 목적지로부터 1피트 떨어진 곳에서 날개를 편 상태로 우뚝 동작을 멈추어 정지한 뒤, 가볍게 내려앉는다. 나는 과수원 남서쪽 모퉁이에서 태양을 등지고 서 있었고, 매는 나를 못 본 척했다. 그가 그루터기의 중심을 움켜쥘 때, 잽싸게 움직이는 길고 누런 발가락이 구부러진 채 불거졌고, 고개를 이리저리 휙휙 돌렸으며, 머리 꼭대기의 깃털은 볏처럼 쭈뼛 섰다. 어두운색 깃털로 이루어진 콧수염 모양 줄무늬는 뺨의 흰 부분과 대조를 이루어 도드라졌다. 그는 사냥을 하고 있었다. 그의 이글거리는 눈동자에서 분노가 번득였다. 나는 알았다. 과수원의 모든 새가 이 상황에 대해 이야기하고 있다는 걸. 자고새들은 울었고, 검은지빠귀들은 꾸짖어댔다. 저 멀리 까치, 어치, 까마귀들은 욕을 퍼부으며 불평했고 몸을 낮추었다.

매는 개울을 향해 내려와서, 몸을 돌리고는 바람을 가로질러 비스듬히 올라가, 가파르게 소용돌이를 그리며 흔들리고 기우뚱거리면서 개울 너머로 올라갔다. 매는 느슨한 날개를 빠르게 파닥거렸는데, 마치 날개를 뒤집어서 흔드는 것 같았다. 이제 태양은 낮아졌고, 공기는 몹시 차가웠다. 매가 하늘 높이 솟구치기에는 그다지 따뜻한 것 같지 않았지만, 그는 3백 피트 상공에서 수평을 유지하면서 바람을 타고 미끄러지듯 날아 길고 편안하게 원을 그렸다. 내가 간신히 매를 볼 수 있게 되었을 때, 그는 강 건너 멀리 1마일 밖에서 높이 날고 있었는데, 내 주변 과수원의 모든 새가 전보다 더 큰 공포에 질려서, 기겁을 하며 낮게 웅크린 채 날카로운 소리로 쉴 새 없이 울어댔다. 매가 하늘 높이 떠 있으면, 아무리 멀리 있어도 새들은 안심할 수 없다. 그러나 숨어 있는 매는 새들에게 이미 가버린 잊힌 매가 된다.

송골매는 한참 원을 그리며 주위를 맴돌다, 남동쪽에서 먹이를 발견하고는 미끄러지듯 길게 하강해서 먹이를 향해 서서히 은밀하게 다가갔다. 해가 지기 두 시간 전, 서쪽 하늘은 황금빛 안개 같은 빛을 드리우고 넓은 경작지는 잿빛 연무로 뒤덮였다. 매는 날개를 퍼덕이고 활공하면서 꾸준히 속도를 높여, 강풍을 가르며 하강했다. 그런 다음 앞으로 몸을 날려 빠르고 얕게 활공했고, 날개를 뒤로 젖히고 안으로 구부려서, 마침내 단단한 창끝 모양이 되어 급강하했다. 찌르레기 무리가 그의 앞에서 날아올라, 최대한 빠르게 남쪽으로 향했다. 매는 순식간에 그들 너머로 돌진했다. 그들은 언제 이동한 적이 있었냐는 듯, 매의 아래에서 서둘러 되돌아가는 것 같았다. 매는 눈부신 하늘을 가로질러 거대한 한 줄기 빛 속을 흘러가다, 갑자기 기세를 몰아 숲의 어둠 속으로 향했다. 나는 그 매를 다시 볼 수 없었다. 하지만 그가 가고 나서 한참 뒤, 마치 전쟁의 맹위와 포화 위로 고요히 연기가 떠다니듯, 새들이 이룬 구름이 남쪽 스카이라인 위로 오르락내리락했다.

3월 5일

신석기시대에 그랬듯, 눈은 따뜻한 남풍에 의해 서서히 침식된다. 봉분처럼 쌓인 눈은 허물어져 하늘로 거대하게 흩날린다. 흐르는 물과 함께 계곡 전체가 물결친다. 도랑은 개울이 되고, 개울은 시내가 되며, 시내는 강이 되고, 강은 사슬처럼 흐르다 호수가 된다. 댕기물떼새와 검은가슴물떼새들이 돌아왔다. 댕기물떼새 무리가 온종일 북서쪽을 향해 지나가고 있었다. 나는 쌍안경으로 그들을 보다가, 그들보다 위에 맨눈으로는 볼 수 없을 만큼 훨씬 높이 나는 더 큰 무리를 발견했다.

　3시 30분에 나는 송골매 찾기를 포기하고, 죽은 오크나무 근처 길 위에 침울하게 앉아 있었다. 송골매가 갑자기 날아서 내 앞을 지나갔을 때, 나는 그의 너울대는 날개를 보고서 뛸 듯이 기뻤다. 빠르게 돌진해, 다른 새들을 제치며 날았다가, 하강했다가, 좌우로 흔들리다가, 곡선을 그리며 올라가는 매에게서 열정적인 쾌활함, 경쾌한 열의가 느껴졌다. 매는 동쪽 나무에 앉아 나를 돌아보았다. 나는 매에게 발각된 걸 느꼈다. 매는 성마르고 불안하게 비스듬한 자세로 낮은 나뭇가지에 웅크리고 앉았는데, 이는 그가 사냥 중이라는 의미였다. 오크나무의 수많은 옹이투성이 가지들 사이에서 매를 알아보기란 쉽지 않았다. 매는 간절히 원하던 5분간의 휴식을 마친 뒤, 동쪽 과수원을 향해 날아갔다. 그는 바람에 의해 지그재그 오르락내리락하더니, 나무에서 날아오르는 회색머리지빠귀들을 향해 황급히 내려갔다. 나는 긴 과수원 통로 사이로 매를 따라갔다. 검은지빠귀들은 여전히 꾸짖어댔고, 수백 마리의 회색머리지빠귀들은 작은 충돌을 벌이고 있었지만, 매는 가고 없었다. 나는 길로 돌아갔다.

　4시 30분에 송골매가 도착하자, 갈까마귀 무리가 개울 위로 구름처럼 피어오르며 흩어졌다. 송골매는 바람을 타고 휩쓸고 내려와, 날개를 'V'자로 높이 쳐들고 속도를 내어 좌우로 몸을 흔들며 활공하고서, 남쪽에서 화려하게 날아올랐다. 매는 온몸을 바람에 싣고 흘러가고 있었다. 그는 북쪽 과수원을 향해 돌진해, 경계에 늘어선 포플러나무들 위를 스치듯 지나서, 거대한 포물선 모양의 날개를 반짝이면서 곡선을 그리며 내려갔다. 나는 그를 다시 보지 못했다.

　낮에 한참을 걷는 동안, 나는 마흔아홉 마리의 죽은 새들을 발견했다. 산비둘기 마흔다섯 마리, 꿩 두 마리, 그리고 붉은발자고새 한 마리와 검은지빠귀 한 마리였다. 최근에 죽은 새는 마지막 두 마리뿐이었고, 나머지는 오랫동안 눈 속에 묻혀 있었다.

3월 6일

여전히 따뜻한 남풍은 다시 불어오고, 태양은 따뜻하며, 공기는 가볍고 맑다. 오솔길에서는 노랑턱멧새들이 노래했고, 과수원에는 되새 무리가 있었다. 붉은부리갈매기들이 남쪽에서 계곡으로 찾아들어, 강 위로 솟구쳤다. 그들은 강이 굽이진 곳을 따라 돌았고, 산등성이 위로 더 높이 소용돌이치다가, 북동쪽으로 흘러갔다. 그들은 해안에서 다시 이동해 오고 있는 댕기물떼새 무리보다 더 높이 원을 그렸다. 몇몇 댕기물떼새들은 이제 계곡 옆 들판에 모인 더 큰 무리에 합류하기 위해 내려왔지만, 대부분은 꾸준히 북서쪽으로 향했다.

2시까지 나는 송골매가 평소 앉아서 쉬는 장소를 죄다 찾아다녔지만, 그를 발견하지 못했다. 나는 북쪽 과수원 근처 들판에 서서 눈을 감고, 나의 의지를 결정화하여 매의 마음을 드러내는 빛을 듬뿍 받는 프리즘으로 만들기 위해 애썼다. 온화하고 단호한 걸음으로 햇볕 냄새를 풍기는 긴 풀밭을 지나면서, 나는 매의 피부와 피와 뼈 속으로 가라앉았다. 내 발밑의 땅은 나뭇가지가 되었고, 눈꺼풀 위 태양은 무겁고 따뜻했다. 매처럼 나는 인간의 소리를, 돌투성이 장소들에서 나는 그 정체불명의 공포를 들으며 적의를 느꼈다. 매처럼 나도 두려움이라는 더러운 자루 속에서 숨이 막혔다. 나도 그 사냥꾼처럼 아무도 알지 못하는 야생의 고향을, 무심한 하늘 아래에서 사냥감을 향한 시각과 후각만이 있는 그곳을 열망했다. 나는 북쪽에서 내 마음을 끄는 무언가를, 이동하는 갈매기들의 신비와 매력을 느꼈다. 나도 그들처럼 어디론가 가고 싶은 이상한 갈망을 느꼈다. 나는 깃털 같은 선잠에 든 매 속으로 가라앉아 잠이 들었다. 그러다 나는 깨어나면서 매도 깨웠다.

송골매는 과수원에서 열심히 날아올라 내 위에서 원을 그리면서, 대담하고 건조한 시선을 반짝이며 아래를 내려다보았다. 그는 어리둥절해하면서도 호기심을 느끼며, 고개를 좌우로 저으면서 고도를 낮추었다. 그는 길들여진 매의 우리 위에서 비참하게 날개를 퍼덕거리는 야생 매 같았다. 그때 갑자기 그가 총에 맞은 것처럼 공중에서 경련을 일으켰고, 움직임을 멈췄다가, 격렬하게 몸을 비틀며 내게서 멀어졌다. 그는 공포로 괴로운 나머지 똥을 쌌고, 햇빛에 반짝이는 흰 목걸이 같은 배설물이 땅에 닿기도 전에 사라졌다.

3월 7일

하루 종일 바람과 비가 끊임없이 이어져, 나는 속이 빈 나무들 옆 비바람이 닿지 않는 곳에서, 헛간과 외양간에서, 망가진 수레 아래에서 헛되이 시간을 보냈다. 매는 딱 한 번 보았다. 아니 보았다고 생각했다. 그는 저 멀리 나무를 향해 휙 지나가는 화살 같았는데, 수백만 개의 빛나는 프리즘 같은 빗줄기에 의해 희미하게 왜곡되어 보였다.

종달새들은 하루 종일 억누를 수 없는 노래를 했다. 멋쟁이새들은 과수원을 누비며 혀 짧은 소리로 삑삑댔다. 이따금 금눈쇠올빼미 한 마리가 속이 빈 나무에서 애처롭게 울었다. 그게 전부였다.

3월 8일

4시에 밖으로 나갔다. 밤의 마지막 무렵은 어두웠고, 따뜻한 서풍은 습기를 머금었다. 동 트기 전 길고 어둑한 어스름 속에서 올빼미들이 울고 있었다. 6시에 첫 종달새가 노래했고, 곧이어 수백 마리의 종달새가 차츰 밝아오는 공기 속으로 목청을 높였다. 마지막 별들이 창백한 하늘로 떠오를 즈음, 그들은 둥지에서 몸을 일으켜 날아올랐다. 빛이 점차 밝아오자 떼까마귀들이 까악까악 울었고, 갈매기들은 내륙으로 날기 시작했다. 울새, 굴뚝새, 개똥지빠귀들이 노래했다.

나는 해안 근처의 평평한 소택지에서 길을 잃었다. 들판의 축축한 초록 안개 사이로 빗방울이 부드럽게 떠다녔다. 사방에서 물소리와 물 냄새가 피어올랐고, 땅의 느낌은 멀찍이 물러나 침묵 속으로 깊숙이 가라앉았다. 이런 곳에서 잠시나마 길을 잃는다는 건, 도심의 익숙한 도로와 눈을 가리는 담벼락의 족쇄로부터의 진정한 해방이었다.

7시에 하늘은 다시 개었다. 태양이 막 떠오르고 있을 때, 나는 해안 방파제를 올라갔다. 태양은 재빨리 바다의 가장자리를 갈랐다. 크고 붉고 적의 어린 태양이 떠올랐다. 태양이 하늘 위로 무겁게 몸을 들어 올리자, 빛이 반짝이며 사방으로 부서졌고, 태양은 더 이상 구체가 아니었다.

잿빛개구리매가 해수소택지 위 보금자리에서 몸을 일으켜 방파제를 향해 날아갔다. 그는 시든 풀 위를 낮게 맴돌았고, 풀은 그의 날갯짓이 만들어내는 한 줄기 찬바람에 건조하게 움직였다. 잿빛개구리매는 흔들리는 풀처럼 회갈색과 엷은 황갈색과 적갈색으로 물

들었다. 날개 끝은 검은색이었고, 가로 줄무늬가 있는 긴 갈색 꼬리
는 명암으로 얼룩덜룩했다. 꼬리의 몸 쪽 부분에서 위꼬리덮깃의 눈
부시게 하얀 얼룩이 햇빛에 반짝였다. 잿빛개구리매는 어두운 첫째
날개깃을 활짝 펼쳐 말아 올리고서 미끄러지듯 앞으로 향했고, 날
개를 두 번 퍼덕거린 다음 등 위에 'V'자로 한껏 뻗고서, 고도를 낮
게 유지하며 바람을 거슬러 천천히 날았다. 다시 주변을 선회하고
서, 길고 비스듬한 곡선을 그리며 방파제의 가파른 측면 위로 미끄
러지듯 내려왔다. 잿빛개구리매는 굽은 풀 위를 지나며 먹이를 찾아
흐트러진 줄기 사이를 내려다보면서, 비를 맞아 여전히 반짝이는 풀
위를 가볍고 부드럽고 조용하게 천천히 이동해, 이쪽에서 저쪽으로
건너갔다. 그러고는 어느 사이에 가버렸는지, 태양이 드러나면 그림
자가 사라지듯 갑작스럽게 자취를 감추었다.

바람은 서서히 잦아들었고, 공기는 점점 따뜻해졌다. 얇은 양
피지 같은 높은 구름 사이로 해가 빛났다. 거리는 길어졌다. 아침이
밝아올수록 수평선은 선명해졌다. 해수소택지의 드넓은 황무지 너
머 저 멀리 가장자리의 반짝이는 진흙에서 줄을 이룬 거품이 웅얼
거리는 동안, 회색 바다는 점점 줄어들었다. 외딴 농장과 마을들은
내륙의 빈 들판 꼭대기를 따라 모여 있었다. 붉은발도요들이 쫓아왔
고, 방파제를 따라 이어지는 넓은 제방 위에서 조바심을 냈다. 비는
더 많이 내렸지만, 이 순간 모든 것이 고요했다.

10시 30분에 들판에서 작은 새들이 구름처럼 피어올랐고, 쇠
황조롱이 한 마리가 화살처럼 떨어져 내려 돌진해서 그들 사이를
헤치고 나아갔다. 마르고 몸통이 좁은 암컷이었고, 낮게 날고 있었
다. 방파제 위를 휩쓸듯 지나, 해수소택지를 가로질러 곡선을 그린

뒤, 가파르게 소용돌이치며 상승하는 동안, 그는 날개를 흐릿해 보일 정도로 찔러대고 빠르게 움직여서 그의 기다란 침 같은 몸통이 흔들렸다. 쇠황조롱이는 빠르게 날았지만, 넓게 원을 그리는 모습은 힘겨워 보였고 상승은 더뎠다. 3백 피트 상공에서 쇠황조롱이는 길게 곡선을 그리며 돌아와, 주변을 반쯤 맴돌면서 자세를 잡았다. 이윽고 그는 들판 위로 높이 올라 노래하는 종달새를 향해, 바람을 거슬러 앞으로 날았다. 쇠황조롱이는 날아오르는 종달새를 진작에 보았고, 공격을 하기 전에 고도를 높이기 위해 원을 그리며 날았던 것이다. 뒤편에서 쇠황조롱이의 날개가 아주 곧게 보였다. 그의 날개는 얇고 재빠른 동작으로 위아래로 움직여서 열광적으로 파동을 일으켰는데, 여느 암컷보다 훨씬 빨랐다. 쇠황조롱이는 잠깐 사이에 종달새에게 다다랐고, 둘은 홱 움직이며 서로 엉켜서 서쪽으로 서서히 떨어졌는데, 그러는 와중에도 종달새는 계속 노래했다. 쇠황조롱이는 마치 벌을 쫓는 제비처럼 보였다. 그들은 지그재그로 하늘에서 급히 내려왔고, 나는 멀리 초록 들판에서 그들을 놓쳤다.

빠르고 경쾌하게 춤추는 그들의 동작은 몹시 날렵하고 우아해서, 그 원인이 굶주림이고 그 끝이 죽음이라는 사실이 도무지 믿기지 않았다. 매들의 사냥 비행에 뒤이은 살해는, 마치 그 매가 갑자기 미쳐서 사랑하는 대상을 죽이기라도 한 듯한 충격적인 폭력을 동반한다. 죽이기 위한, 혹은 죽음으로부터 스스로를 구하기 위한 새들의 분투는 보기에는 아름답다. 그리고 그 아름다움이 클수록 죽음은 더욱 처참하다.

3월 9일

아침 해는 낮게 떠서 빛났고, 바람은 차가웠다. 나는 강어귀의 북쪽 해안 옆 방파제를 따라 걸었다. 암컷 송골매가 방파제의 바람이 닿지 않는 곳에 숨어 있다가, 갑자기 높이 뛰어올라 나를 깜짝 놀라게 했다. 나는 그의 바로 위에서, 점점 가늘어지는 긴 날개폭과 불룩 솟은 등의 너비를 내려다보았다. 그는 쇠부엉이처럼 아주 조용히 날아올라, 몸을 좌우로 격렬하게 흔들고, 두 수직면 사이에서 비스듬히 몸을 기울이고, 공중에서 양쪽 날개 끝으로 번갈아 서서, 습지를 가로질러 가볍게 날아갔다. 한참 멀어진 뒤에야, 암컷 송골매는 천천히 활공해 풀밭으로 하강했다. 나는 그를 다시 찾을 수 없었다. 그는 (아마도 목욕을 하고 나서) 햇볕 아래 잠을 자느라, 내가 다가오는 소리를 듣지 못했던 모양이다.

오후에는 폭우가 쏟아졌다. 암컷 송골매는 방파제 근처의 죽은 오크나무를 향해 날아올랐고, 만조 때 해수소택지에 모여든 섭금류들을 지켜보았다. 내가 떠날 때도 그는 여전히 그 자리에 남아서, 홍머리오리가 휘파람을 불며 조수와 함께 표류해 들어오고 섭금류들이 와글와글 떠드는 소리가 점점 커지는 동안, 억수 같이 쏟아지는 비를 맞으며 침울하게 웅크리고 있었다.

3월 10일

높이 솟은 흰 구름이 대리석 같은 아침 햇살 속에서 뭉게뭉게 피어올랐다. 바람이 구름을 침식해, 떨어지는 어살 같은 비를 내리게 했다. 만조가 되자 강어귀는 푸른빛과 은빛으로 가득 찼다가, 이내 탁해지며 회색으로 흐려졌다.

암컷 송골매가 습지를 가로질러 낮게 날면서, 갑작스런 하강과 급회전을 반복하며 바람 속에서 바느질을 했다. 마치 보이지 않는 나뭇가지들 아래로 움직이고, 보이지 않는 나무들 사이를 구불구불 통과하는 것 같았다. 그는 커다랗고 졸린 쇠황조롱이처럼 날았다. 근사하게 광택이 흐르는 등과 날개 위로 햇빛이 비쳤다. 그 등과 날개는 밤색과 회색이 섞인 짙은 색, 마치 북쪽 경작지를 얼룩지게 하는 붉은 토양 같은 거세된 붉은 소의 색을 띠었다. 첫째날개깃은 파란빛이 도는 검은색이었다. 짙은 갈색 콧수염 모양 무늬의 쉼표처럼 말려 올라간 부분이 마치 하얀 얼굴 위 콧구멍처럼 어슴푸레하게 빛났다. 날개를 앞뒤로 움직이자, 날개 사이에 돌출된 근육이 깃털 아래에서 오르락내리락했다. 그는 순해 보이는 동시에, 들소처럼 위협적으로 보였다. 붉은발도요들이 말쑥하게 풀밭에 서서 그가 지나가는 모습을 지켜보았다. 그들은 불안한 듯 고개를 까딱거리고 선명한 오렌지색 다리를 씰룩거릴 뿐, 거의 꼼짝도 하지 않았다.

　　한 시간 뒤, 암컷 송골매는 깔끔하게 날아올라 습지 위로 천천히 원을 그리면서, 마도요들의 소란과 외침에서 벗어났다. 그는 하얗게 피어오른 구름이 강한 북풍 앞에서 방향을 틀게 만드는 열상승기류의 따뜻한 공기 속에서 미끄러지듯 날았다. 단단한 날개를 활짝 펴고 비행에 도취되어 날아올랐고, 현세를 벗어나는 신처럼 공중으로 둥실 떠올랐다. 나는 하늘의 고요 속으로 점점 멀어지는 암컷 송골매를 지켜보면서, 그가 천천히 승천하는 동안 느꼈을 기쁨과 평화를 함께 느꼈다. 그는 높이 올라가 크기가 점점 줄어들었고, 바람을 거슬러 점점 넓고 길게 원을 그렸으며, 마침내 흰 구름을 가로지르는 뾰족한 작은 알갱이, 파란 하늘 위에 찍힌 흐릿한 점

하나가 되었다.

　암컷 송골매는 한가하게, 하지만 동시에 냉담하고 적대적으로 공중을 표류했다. 그가 2천 피트 상공의 바람 속에서 균형을 유지하는 동안, 흰 구름은 그를 지나 강어귀를 가로질러 남쪽으로 향했다. 그의 날개가 천천히 뒤로 젖혀졌다. 그는 마치 전선 위에서 앞으로 움직이듯 바람을 뚫고 부드럽게 미끄러졌다. 나는 이런 휘몰아치는 바람에 대한 장악력에, 이 비행의 위엄과 웅장한 힘에 마음이 들떠, 큰 소리로 외치며 펄쩍펄쩍 뛰어다녔다. 나는 생각했다. 지금 나는 최고의 송골매를 보았다고, 더 멀리 송골매를 추적할 필요가 없을 거라고, 다시는 송골매를 찾아다니고 싶지 않을 거라고. 물론 내 생각은 틀렸다. 한 번의 마주침으로는 결코 충분할 수 없다.

　암컷 송골매는 북쪽으로 멀리 날아 아래로 몸을 기울였고, 땅을 향해 햇볕과 그늘 사이로 천천히 미끄러졌다. 그는 날개를 뒤로 들어올리고, 더욱 빨리 활공했다. 그런 다음 온몸을 납작하게 압축시키자, 속도가 더 빨라졌다. 그는 아주 근사한 활 모양으로 몸을 구부려 땅을 향해 곤두박질쳤다. 내 눈이 낙하에 따른 최후의 수직 충돌을 따라가는 동안, 내 머리는 앞으로 홱 움직였다. 나는 들판이 암컷 송골매의 뒤에서 휙휙 지나가고, 곧이어 그가 느릅나무와 울타리와 농장 건물들 너머로 사라지는 모습을 보았다. 찬란한 아름다움이 떠나고, 불어오는 바람과 숨어버린 태양만 남은 이곳에서, 혼자 남겨진 나의 목과 손목은 차갑게 뻣뻣해지고 눈은 시려왔다.

3월 11일

　나는 강어귀 남쪽에서 낮을 보내면서, 축축한 들판을 거닐었고, 종달새가 배회하는 따뜻한 하늘과 긴 나무 울타리들에서 매를 찾아다녔다. 매는 한 마리도 발견하지 못했지만, 행복한 하루였다.

강어귀의 평원 지대 서쪽에는 사이사이에 깊은 계곡이 있는 작은 반구형 언덕들이 있다. 6시에 이 언덕들 너머로 비치는 빛이 해질녘을 환하게 밝혔다. 계곡의 들판은 그늘져 어둠침침했다. 내가 서 있는 오솔길 아래, 짙은 나무 그림자들 사이로 수컷 송골매가 날개를 퍼덕거리면서 빛을 향해 원을 그리며 날아올랐다. 그는 굽이진 좁은 모퉁이들에서 비스듬히 몸을 기울이고, 날개를 세차게 움직여 진동을 일으키면서, 가파른 나선형으로 구불구불 빠르게 날았다. 그는 이내 내 위로 높이 날았다. 그는 그늘진 계곡 아래로 가라앉는 언덕들, 일제히 떠오르는 저편의 삼림, 아직 햇살이 드리워진 도시와 마을, 파란색 속으로 흘러들어가는 넓은 강어귀, 잿빛으로 어스레한 바다를 볼 수 있었다. 내게는 가려진 모든 것이, 사방을 볼 수 있는 그의 눈에는 선명하게 반짝이고 있었다.

용수철처럼 소용돌이를 그리던 수컷 송골매는 별안간 쏜살같이 앞으로 튀어나가, 공중에서 긴 날개를 요란스레 위아래로 흔들면서 하강하고 몸을 획획 틀고 방향을 바꾸면서, 사나운 기세로 하늘을 가르며 북쪽으로 날았다. 그는 굶주린 매의 거센 분노로 필사적이었다.

빛은 희미해지고, 먹이는 숨은 땅거미를 향해 더 가까이 다가간다. 마지막 종달새는 높이 날고, (너무도 오래도록 잊힌) 밤은 문득 타는 듯 빛나는 매의 눈에 검은 그림자를 드리운다.

고통에 찬 매는 온 하늘을 그을리며, 저 아래 땅이 새들로 소란스레 요동치며 활기를 띠는 걸 보았다. 검은가슴물떼새들은 초록색 땅의 낮은 대기를 따라 찢어질 듯 울었다. 송골매는 불붙은 나무처럼 쉬익 소리를 내며 그들 사이를 지나갔다.

3월 12일

이제 계곡이 물에 잠겨, 수컷 송골매는 남쪽과 동쪽의 더 높고 푸른 지대에서 사냥과 목욕을 한다. 나는 계곡과 길고 좁은 강어귀 사이에서 강한 북풍 속으로 솟구치는 그를 발견했다. 그는 높이 솟구쳐 올라, 주변을 맴돈 뒤, 남쪽으로 날아갔다. 나는 순풍을 타고 자전거 속도를 높여 구불구불한 오솔길을 죽어라 달리면서, 저 높이 있는 두 갈래로 갈라진 작은 얼룩을 계속 주시하다가 놓쳤지만, 그 얼룩이 먹이를 먹고 있는 갈매기와 물떼새 무리 위로 솟아오르려 잠시 멈춘 틈을 타 다시 따라잡았다. 떼까마귀들은 높은 언덕마루의 느릅나무에 지은 커다란 둥지 옆에 앉아, 3월의 강렬한 태양을 향해 열렬한 목소리로 깍깍 울어댔다. 선명한 초록빛을 배경으로 나무들은 숯처럼 검은 얼룩이 졌다.

나는 수컷 송골매가 저 멀리 습지를 부채꼴로 비추는 태양광선 아래로 돌진하는 모습을 보면서, 언덕 위에서 방향을 돌려 깊은 계곡을 향해 내려갔다. 나는 휙휙 지나가는 초록빛 레스터셔 주를 지나 급강하했다. 세찬 바람을 맞은 눈이 푸른 들판의 눈부신 습기에 촉촉해졌다. 내 아래에서는 바퀴가 윙윙대며 돌진했고, 나는 사납게 몰아치는 바람 속으로 끌려들어갔다. 이것은 사냥을 하는 속도로, 나는 사냥감을 향해 빠르게 날고 있는 날개 달린 매를 따라 페달을 밟았다. 봄의 푸른 잔디 위를 전속력으로 달리던 어린 시절이 떠올랐고, 버려지고 무너진 농지를 질주하던 전쟁 전 시절이, 야생 산울타리와 꽃이 만발한 잡초가 매나 되새류와 함께 불타오르던 장엄한 황무지들 사이를 달리던 시절이 떠올랐다.

저 멀리 언덕들이 따로따로 돌아서고, 회전하며, 위치를 바꾸었다. 길고 가늘게 이어지는 은빛 강어귀가 문득 빛나는 섬광석閃光石처럼 수평선을 환하게 비추었고, 저 멀리 모든 습지가 가늘고 푸른 해수면 위로 떠올랐다. 나는 멈추어, 초록으로 달아오른 습지대 위에 섰다. 송골매는 바다에 드러난 빛의 간극을 향해 몸을 던졌고, 빠르게 튀어 오르는 불꽃처럼 녹지를 물수제비뜨듯 튕기며 가로질렀다.

3월 13일

겨우살이개똥지빠귀가 올해 처음 여울 옆에서 노래하며, 풍부하고 감미로운 악구를 펼쳤다. 그러다 갑자기 노래를 멈추고는 잡목림으로 뛰어들었다. 그는 꾸짖어대는 듯한 음으로 딱딱하게 지껄이더니, 곧이어 송골매를 쫓아 죽은 오크나무를 향해 가로질렀다.

지금까지 본 적 없는 수컷 송골매였다. 계곡에서 겨울을 난 새보다 날개는 더 짧고 체격은 더 다부졌으며, 깃털은 붉은색이나 황금색이 섞이지 않은 더 어둡고 짙은 갈색이었다. 날개와 꼬리는 털갈이한 자리에 아직 깃털이 나지 않아 듬성듬성 비어 있었다. 그는 이동하는 갈매기들을, 하늘 높이 떠다니는 그 작은 얼룩을 쳐다보느라 종종 고개를 뒤로 한껏 젖히며 하늘을 올려다볼 뿐, 한참을 아무것도 하지 않았다.

송골매는 한 시간 동안 빈둥거리다, 나무에서 부드럽게 활공해, 앞에 펼쳐진 풀밭의 덜 여문 옥수수를 향해 내려갔다. 그러고는 거의 곧바로 날아올랐는데, 발가락에 두툼하고 붉은 지렁이 한 마리가 달랑거렸다. 매는 새된 소리를 지르며 달려드는 갈매기를 피한 뒤, 들어 올린 발을 향해 고개를 숙이고는 지렁이를 세 입에 꿀꺽 삼켰다. 매가 오크나무로 돌아오자, 갈매기는 날아갔다. 갈매기들은 일주일 이상 이 들판 위를 날아다니다, 벌레를 잡기 위해 틈틈이 아래로 내려왔다. 매는 갈매기들을 지켜보다가, 호기심에 그들과 똑같은 행동을 하도록 이끌렸을 것이다. 매는 늦은 오후 동안 세 차례에 걸쳐 벌레를 잡아먹기 위해 들판으로 미끄러지듯 내려왔다. 비가 오기 시작했고, 많은 벌레가 땅 위로 올라오고 있었다.

이렇게 오르내리며 비행하는 사이사이에, 매는 올빼미만큼 특색 없는 가슴깃에 고개를 푹 파묻고 잠을 잤다. 폭우가 쏟아졌지만 아랑곳하지 않았고, 금세 흠뻑 젖어 후줄근해졌다. 이른 어스름 속에서 매는 북쪽 과수원 가장자리 느릅나무의 더 높은 자리를 향해 날았다. 나는 느릅나무 아래에 서서, 비를 머금은 칙칙한 불빛 사이로 매를 올려다볼 수 있었다. 매는 졸음이 쏟아졌지만, 아주 작은 소리나 움직임에도 번쩍 눈을 떴고, 자고새 무리의 울음소리에 그들을 뚫어져라 노려보았다. 매의 깃털은 젖은 모피처럼 무겁게 늘어졌다. 그는 털이 덥수룩한 물소 가죽에 온몸을 숨긴 채 머리만 내놓은 아메리칸 인디언 사냥꾼 같았다.

3월 14일

강어귀의 남쪽 기슭을 따라 흐르는 물은 점점 줄어들어, 반짝이는 비취색 여울에 다다른다. 넓게 퍼진 흙탕물이 햇살 아래에서 누렇게 빛났다. 마도요 세 마리가 진흙 위에 내려앉아, 물가를 향해 조심스럽게 발을 뗐다. 마도요들은 바람을 의심하는 사슴처럼 이쪽 저쪽으로 고개를 움직이며 불안해했다. 그들은 모래 같은, 진흙 같은, 조약돌 같은, 그리고 해수소택지의 시든 풀 같은 색을 띠고 있었다. 다리는 바다색이었다.

송골매 한 마리가 날아와 방파제 위를 맴돌았다. 자고새들이 그곳 풀 속에 웅크리고 앉아 있었다. 송골매는 사자 같은 빛깔의 사납고 오만한 수컷이었고, 어둡고 또렷하며 촉촉한 눈동자로 아래를 내려다보고 있었다. 커다란 날개가 가슴과 연결된 부위의 아래쪽 깃털들은 눈표범의 털처럼 다이아몬드 모양의 반점들로 두껍게 얼룩졌다. 황갈색 매는 태양 아래에서 잠시 빛을 발하다가, 내륙으로 날아갔다.

나는 들판의 긴 경사면을 올라가 샛강의 동안으로 가서, 맨 위의 오크나무에서 쉬고 있는 암컷 송골매를 발견했다. 그의 깃털은 젖어 있었다. 그는 물에 잠긴 들판에서 목욕을 한 뒤, 깃털을 말리고 있었다. 커다란 가슴에는 갈색과 황갈색이 뒤섞인 화살촉 무늬들이 있었지만, 나뭇가지에 무겁게 축 늘어뜨린 아래쪽 깃털들은 덜 노랗고 더 어두운 색이었다. 마디진 발은 윤이 나게 닦은 놋쇠처럼 반짝거렸다. 머리는 잠시도 가만있지 않았다. 높은 횃대에서 그는 들판과 개울들, 수 마일에 걸친 황토색 기슭의 모든 움직임을 볼 수 있었다.

암컷 송골매가 두 눈으로 동시에 나를 보려 애쓰기 전에, 나는 그에게 바싹 다가가 있었다. 그리고 조금 더 가까이 다가갔다. 그는 망설이지도 호들갑을 떨지도 않고, 날개를 펼쳐 가벼운 미풍에 몸을 맡기고 나무에서 날아올랐다. 점점 좁아지는 긴 첫째날개깃이 한껏 늘어났고, 넓은 부채꼴의 둘째날개깃이 넓게 펼쳐졌으며, 연한 가로 줄무늬가 있는 깃털의 표면은 바람에 일렁거렸다. 몸집이 큰 매는 미끄러지듯 움직여 부드럽게 깃털을 앞으로 곤두세우고, 나무에서 잔물결을 일으키며 샛강 위 푸른 물 같은 대기에 올라 날개를 저었다. 그는 방향을 돌리고 미풍에 실려 표류하다가, 강어귀 위 하늘에서 그 너머 눈부신 바다 위 하늘로 이어지는 넓은 길을 부드럽게 떠내려갔다.

짙은 구름이 낮아지더니, 오후는 잔뜩 흐렸다. 어스름한 빛 속 겨자색 쇠부엉이 한 마리가 도랑에서 조용히 몸을 일으켜 둥실대는 달처럼 떠올랐다. 풀들이 흩어지는 부드러운 바스락거림 말고는 아무런 소리도 나지 않았다. 쇠부엉이는 고양이 같은 얼굴을 내 쪽으로 돌리고, 얼룩덜룩한 뱀가죽 같은 날개를 탄력 있게 움직이며 습지를 가로질렀다.

만조가 되자 샛강은 잿빛 광택으로 넘쳐흘렀다. 쇠부엉이가 물에 비친 자기 모습 위에서 천천히 날개를 퍼덕거리는 게, 마치 반짝이는 물의 살갗을 뚫고 부엉이 두 마리가 서로 만나려 애쓰는 것 같았다. 한 마리가 방파제 위로 날아가자, 다른 한 마리는 물속으로 잠수했다.

3월 15일

남서쪽으로 휘몰아치는 찬란한 돌풍, 부서지는 햇살, 따뜻한 흰 구름. 물떼새들은 돌풍 속에서 원을 그렸고, 황금빛 성운은 북쪽 하늘의 파란 유역 아래로 물러났다. 하늘의 수평선은 지상의 수평선 훨씬 너머에 있다. 낮게 나는 새들이 아래쪽 쇳빛 테두리를 향해 굼뜨게 지나간 뒤, 높이 나는 새들이 저 환한 햇무리 안에서 빛난다. 물고기들이 화려하게 번쩍거리는 미끼를 향해 뛰어오르듯, 댕기물떼새들은 (갈고리 모양 부리와 미늘 돋은 발톱을 감추고) 높이 비상하는 매를 향해 날아올랐다. 댕기물떼새들은 미끼에 홀려 하늘로 날아올라 살해당한다. 일단 높은 곳에 다다르면 안전하지만, 날아오르는 동안 죽는다.

12시 30분에 짙은 갈색의 수컷 송골매가 동쪽과 서쪽으로 제멋대로 가지를 뻗어 북쪽 과수원을 둘로 가르는 개암나무 울타리에 앉았다. 갈색 송골매가 목욕을 마친 뒤 햇볕을 쬐는 동안, 황금빛 수컷 송골매는 계곡을 수색하고 있었다. 황금빛 송골매는 이따금 강풍을 거슬러 날아올라, 주변을 맴돌다, 다시 산울타리를 향해 미끄러지듯 하강했다. 2시에 그는 짧고 빠르게 잽을 날리듯 날개를 앞으로 휙휙 움직이면서 보다 단호하게 날갯짓하며 날았다. 그는 잠시 맴돌다가, 날개를 반쯤 접어 급강하한 다음, 발을 내리고 날개를 활짝 펼치며 사과나무 사이 시든 풀밭으로 곤두박질쳤다. 그러고는 몸을 옹그린 채 일어나, 날개를 무겁게 퍼덕거리며 개울을 향해 내려갔다. 붉은발자고새 한 마리와 씨앗이 맺힌 소리쟁이의 길고 붉은 줄기 하나를 움켜쥔 채였다. 그 자고새는 소리쟁이 씨앗을 먹기 위해 그곳으로 다가왔다. 매는 그 움직임을 포착해, 자고새가 먹이를 다 먹기도 전에 그를 덮쳐, 줄기와 새를 한꺼번에 땅에서 들어 올렸다.

수컷 송골매는 한 시간 뒤에 다시 돌아와, 탁 트인 경작지 가장자리의 사과나무에 앉았다. 나는 모든 은신처에서 떠나, 30야드 밖에서 그를 지켜보았다. 그는 2분 동안 불안하게 노려보더니, 공격이라도 할 것처럼 나를 향해 곧장 날아왔다. 그는 내게 다다르기 직

전에 바람을 거스르며 위로 휙 올라가, 내 머리 위 20피트 상공을 맴돌며 내려다보았다. 숨을 데 하나 없는 얕은 풀밭에서 웅크린 채, 두려움에 움찔거리면서 기도하는 쥐의 심정이 이럴까. 예리한 칼날 같은 매의 얼굴이 소름끼치도록 가까워 보였다. 게슴츠레하고 잔혹한 눈, 그 너무도 낯설고 냉담한 눈이 콧수염 모양 줄무늬가 그려진 긴 눈구멍 안에서 갈색 공처럼 회전했다. 하늘을 배경으로 한 오소리 빛깔의 얼굴은 선명하고 날카로웠다. 나는 그의 두 눈에서 발하는 압도적인 빛에서, 찌를 듯한 뿔처럼 굽은 부리에서 눈을 돌릴 수가 없었다. 수많은 새가 팽팽히 조인 올가미 같은 매의 시선에 사로잡힌다. 매를 향해 고개를 돌리면, 새들은 죽음을 맞는다. 그는 못마땅한 듯 나무로 돌아갔고, 나는 한동안 그를 혼자 내버려두었다.

2시부터 5시까지, 수컷 송골매는 개암나무 울타리에서 쉬거나 과수원 위를 맴돌았다. 그는 결코 내 시야에서 벗어나지 않았다. 그는 늘 가장 높지만 가늘고 유연한 잔가지 위에 앉았다. 매와 잔가지는 강풍 속에서 위아래 좌우로 함께 구부러지고 흔들렸다. 그는 거슬리는 방해물의 위나 주변을 끊임없이 주시하는 듯, 머리와 목을 기괴하게 움직여 떨구었다 비틀면서 눈높이를 일정하게 유지했다. 커다란 병아리색 발은 잔가지를 어설프게 잡은 채 한쪽 발이 다른 쪽 발보다 위에 있었고, 비늘에 덮인 윤이 나는 고리 모양들이 햇빛을 받아 반짝거렸다. 털이 매우 짧고 졸린 듯한 그가 나와 마주했을 때, 그의 가슴은 매우 넓고 떡 벌어져서 날개는 보이지도 않았다. 갈색 얼룩이 드문드문 있는 크림색 목 아래 가슴 깃털은 황토색이나 황갈색이었고, 초콜릿색 세로 줄무늬가 햇빛 아래에서 녹슨 구릿빛으로 빛났다. 얼굴의 짙은 갈색 콧수염 모양 깃털은 눈 위 측면의 더 엷은 색 가로 줄무늬에서부터 이어졌다. 머리 꼭대기에는 회색이 도는 적갈색과 담황색의 촘촘한 나뭇결 같은 세로 줄무늬가 있었고, 이 무늬는 뒤통수로 갈수록 엷어졌다. 두 방울눈은 맥아색 산림지대의 진흙 같은 갈색이었고, 옅은 청록색 피부의 눈구멍 안에 깊숙이 박혀 있었다. 윗부리의 납막蠟膜[12]은 노란색이었고, 부리 위쪽은 회색이었으며, 구부러진 끝부분은 파란색이었다.

　수컷 송골매는 나를 거의 보지 않았고, 내 손 동작을 따라가지도 않았다. 그는 긴 풀들을 지켜보며 귀를 기울였다. 올빼미처럼 경청하는 동안, 얼굴 털이 쭈뼛 서고 귀덮깃이 오르내렸다. 자고새를 실컷 먹었다면 배가 고플 리 없었지만, 그는 확실히 바짝 긴장했고 사냥을 멈추려 하지 않았다. 때때로 그는 북동쪽에서 비상하는 갈매기들을 올려다보았다. 갈매기들은 그를 알아보았고, 우악스럽게 고함을 지르며 달아났다. 이따금 수컷 송골매는 오른쪽으로 고개를 돌려, 과수원 북쪽의 나머지 절반을 바라봤다. 그는 갑자기 다시 내 쪽을 향해 날아와 머리 위를 맴돌며, 마치 우리가 물이 굽이진 곳에 반사된 물고기를 내려다보듯이 의아한 표정으로 무심히 아래를 내려다보았다. 즉 우리가 전혀 다른 세계에 살고 있다는 듯, 물에 빠지지 않는 한 두려워할 수조차 없는 물고기를 내려다보듯, 나를 내려다본 것이다. 그의 날개 아랫부분은 크림빛을 띤 노란색 바탕 위에 가는 갈색 선들로 이루어진 촘촘한 그물 무늬와 희미한 은빛 광택이 덮

---

[12]　cere. 매나 비둘기 같은 새의 윗부리가 얼굴과 연결된 부분을 덮고 있는 부드럽고 불룩한 막이다.

여 있었다. 겨드랑이 부분과 둘째날개덮깃의 안쪽 절반에는 더 짙은 갈색 반점 혹은 다이아몬드 모양의 더 큰 무늬들이 있었다.

　　강풍 때문에 높이 솟구칠 수 없자, 수컷 송골매는 놀라운 힘과 통제력으로 끈질기게 하늘을 맴돌았다. 그는 과수원 구석구석을 맴돌며 사냥 충동을 소진했지만, 과수원 경계를 벗어나지는 않았다. 3시 30분에 그가 횃대에 앉아 있는 동안, 물떼새 수백 마리가 계곡 위에서 높이 원을 그렸다. 다른 수컷 송골매가 다시 사냥을 하고 있었다. 4시에 과수원의 수컷 송골매는 아까보다 더 조용했다. 그는 맴돌기를 멈추고, 느릅나무로 천천히 내려왔다. 그는 털을 다듬은 다음, 부리를 크게 벌리고 비둘기가 구구댈 때처럼 목구멍을 불룩하게 부풀렸다. 10분 동안 이렇게 입을 크게 벌리고 개구리처럼 목구멍을 부풀렸다 오므렸다 하면서, 그는 한쪽 발로 목 부분의 깃털을 열렬히 긁고 목을 꿈틀거렸다. 이윽고 수컷 송골매는 소화되지 않은 뼈와 깃털 덩어리를 토해내고는, 곧바로 잠이 들었다. 30분 뒤 그는 들판을 가로질러 죽은 오크나무를 향해 날았고, 그곳에서 잠이 들어 완전히 휴식을 취했다.

　　바람이 불었고, 구름은 더 크고 어두워졌다. 황금빛 수컷 송골매는 한줄기 빛처럼 들판을 낮게 선회했고, 맹렬한 날갯짓으로 느릅나무의 가장 높은 가지를 향해 휙 날아올랐다. 노를 젓듯 길게 날개를 퍼덕이는 모습은, 찌르듯 짧게 날개를 치던 갈색 수컷 송골매와 확연히 달랐다. 이것은 마치 견종인 보르조이와 콜리를 비교하는 것 같았다. 황금빛 수컷은 불그스름한 황금빛 화살이 별안간 나무에 박힌 듯 잠시 나무에 앉았다가, 급하게 뛰어내려 북쪽으로 멀리 도약했다. 갈색 수컷 송골매는 오크나무에서 잠을 자느라, 다른 매가 오든 가든 알지 못했다.

5시가 지나자 바람이 완전히 잦아들었다. 저녁은 몹시 고요했다. 강풍이 물러난 계곡은 통째로 천천히 남쪽으로 표류하는 듯했다.

3월 16일

해가 뜨기 한 시간 전인 오전 6시, 나는 원숭이올빼미 관찰을 멈추었다. 원숭이올빼미는 희부연 어스름 속에서 희고 단단해져서, 도로까지 너울너울 날아 도로를 가로질러 천천히 이동한 다음, 강을 향해 부드럽게 내려갔다. 이슬에 젖어 축축한 들판에 침묵의 거친 숨결이 머물렀다. 두 번째 올빼미가 풀이 나 있는 길가에서 몸을 일으켜 스치듯 지나갔다. 희고 둥근 얼굴이 천천히 뒤를 돌아보자, 축 늘어진 커다란 머리가 경이롭게 움직였다. 슬픈 바보 같은 털 가면 사이로 말린 자두 같은 짙고 흰 눈이 빛났다. 이윽고 길고 흰 날개가 솟구쳐 새를 감싸고, 아직 밤기운이 남아 있는 전나무 숲으로 데리고 갔다.

강어귀의 낮은 차고 맑았다. 나는 밀물이 차오르다 조류가 바뀌는 걸 보았고, 오리들이 자는 동안 먹이를 먹고 휴식을 취하는 섭금류들과, 정상에 느릅나무가 서 있는 섬들 너머 서쪽으로 이동하는 태양을 지켜보았다.

해가 지기 한 시간 전, 나는 팽창하는 태양의 금빛이 도는 붉은 불꽃을 마주보며 방파제의 돌 비탈에 누웠다. 조수는 갯벌에서 점차 낮아졌다. 차가운 공기는 매서웠고, 다가오는 밤의 냄새가 나기 시작했다. 날개 퍼덕이는 소리가 커다랗게 울려 퍼지자, 절벽이 바닷속으로 무너져 내리는 듯 해안의 모든 새가 일제히 일어났고,

날개에 뒤덮인 하늘 아래 남은 해안은 눈부시게 환했다. 방파제 뒤편 습지에서 홍머리오리들이 휙 뛰어올라 머리 위를 날았다. 널빤지가 진흙을 때릴 때처럼 커다랗게 탁 부딪치는 소리, 철벅하고 배설물 떨어지는 소리, 윙윙거리는 거친 날갯짓 소리가 들렸다. 가파르게 날아오르던 홍머리오리들이 부채꼴로 넓게 흩어졌다. 그 가운데 한 마리가 다시 습지로 떨어졌다. 웅크렸던 몸이 늘어졌고, 축 처져서 흔들거리는 목에는 황금빛 도가머리가 난 좁다란 머리가 달려 있었다. 그 모습은 비현실적이어서, 홍머리오리가 피를 흘리는 게 아니라 톱밥을 쏟아내는 것처럼 보였다. 홍머리오리는 떨어진 곳에 허물어지고 망가진 채 놓여 있있다.

내가 근처에 있는 동안, 송골매는 자신의 사냥감으로 돌아오지 않았다. 나는 그를 전혀 보지 못했다. 매가 내 머리 위 공중에서 먹이를 죽였는데도 불구하고, 그 습격이 너무도 빠르고 갑작스러워서 그 광경을 볼 수 없었던 것이다. (내가 다음 날 아침 그곳에 갔을 때, 매는 이미 사냥감을 먹어치우고 떠난 뒤였다. 머리가 없는 홍머리오리는 제물처럼 반듯이 누운 채, 크림빛 도는 흰색 뼈가 검은 혈흔 위에서 햇빛을 받아 희미하게 빛났고, 부드러운 깃털은 바람에 흩날리고 있었다.)

땅거미가 질 무렵 나는 원숭이올빼미를 다시 보았다. 원숭이올빼미는 도로와 강 사이에서 사냥을 하고 있었다. 그는 20분 동안 목초지를 긴 직선으로 가로지르며 누볐다. 그는 빠르고 일정한 날갯짓으로 풀밭 위 6피트 상공을 날았다. 날개의 규칙적인 고동이 이상하게 마음을 진정시켰다. 땅거미가 짙어졌다. 올빼미는 더 커지고 더 하얘졌다. 달은 나무들을 벗어나 떠오르면서 짙은 오렌지색에서 노란색으로 변해갔다. 올빼미는 산길의 말뚝에서 몸을 쉬었고, 나는 회색 들판에서 나를 바라보는 명상에 잠긴 듯 무표정한 가면을 쓴 얼굴을 볼 수 있었다. 심장 모양의 원반 같은 가면에는 구부러진 갈고리 같은 부리가 불쑥 튀어나와 있었는데, 마치 발톱처럼 보였다. 짙은 눈은 와인색 테두리로 둘러싸였다. 그는 내 머리 위를 날았고, 봄밤의 첫 한기 속에서 갑자기 우짖었다. 귀에 거슬리는 우렁찬 비명이 울리다가, 예리한 칼날처럼 이어지더니, 침묵에 휩싸였다. 그러나 그곳에 지금까지는 없던 침묵이었다.

3월 17일

회색 동풍 속에서 긴 두루마리구름과 구름 기둥이 마구 흘러나와, 하늘은 끝이 없는 것처럼 보였다. 바람이 더해져 더욱 강렬해진 빛은 오후의 차가운 강풍 속에서 찬란하게 빛났으며, 해가 지기 한 시간 전 엷은 안개와 황혼 속으로 서서히 사라졌다.

나는 강어귀의 부드러운 빛과 바다의 보다 음산한 광휘가 만나는 지점까지 걸었다. 커다란 암컷 송골매가 강의 중류에 나란히 정박된 빈 화물선들을 향해 물을 가로질러 낮게 날았다. 그는 급강하해서 한 화물선의 돛대 꼭대기에 내려앉았고, 5분 동안 그곳에 머문 뒤, 남쪽 해안을 향해 날아갔다.

4시 30분쯤 빛은 무척 어둑해졌고, 쇠부엉이 한 마리가 온 습지를 돌아다니며 사냥하고 있었다. 원숭이올빼미가 그 아래를 날았다. 더 큰 쇠부엉이는 사납게 급강하하여 더 작은 원숭이올빼미를 덮쳤다. 원숭이올빼미는 풀밭 속으로 뛰어들어, 10분 동안 그곳에 머물렀다. 이 접촉 이후 둘은 습지를 절반으로 나눈 두 구역을 각각 차지하고 거리를 두었다. 빛이 서서히 응고되자, 갈색 쇠부엉이는 숨었고, 흰 원숭이올빼미는 점점 더 하얘졌다. 아마 먹이가 같아서인지, 완전히 똑같은 방식으로 사냥했다.

　서쪽으로 반 마일 떨어진 농장 근처의 나무들에서 산비둘기들이 구름처럼 피어올랐다. 1천 마리의 새가 일제히 날아올라, 한데 모였다가, 끓어오르는 거대한 거품처럼 바깥으로 퍼져나갔다. 송골매 한 마리가 그곳에서 사냥을 하고 있었지만, 나는 그 모습을 보기에는 너무 멀리 있었다.

　나는 이른 어스름 속에서 습지를 건너, 마을을 향해 길을 따라 올라갔다. 그러다 놀랍도록 커다란 비명에 걸음을 멈추었다. 서쪽 들판에 혼자 남은 댕기물떼새가 "차우--윅" 하고 새되게 울었다. 댕기물떼새는 울면서 낮고 빠르게 날았다. 그 뒤로 경주라도 하려는 듯, 앞으로 몸을 기울이며 고랑 바로 위를 날고 있는 수컷 송골매의 모습이 황금빛으로 반짝거렸다. 그는 댕기물떼새에게 가까워지자, 날개를 등 위로 높이 붙이고, 노 젓듯 길고 맹렬하게 저어댔다. 댕기물떼새는 갑자기 몸을 비틀고 방향을 바꾸면서 위기를 모면했지만 송골매는 순식간에 바싹 다가왔고, 댕기물떼새가 더 넓은 포물선을 그리며 돌았지만 송골매는 훨씬 빠른 속도로 따라잡았다. 댕기물떼새가 덤불 속 은신처로 날아가자, 송골매는 그 위로 날아올라 하늘을 배경으로 검은 점이 되어 맴돌다 수직으로 내리 덮쳤다. 엄청난 타격이었다. 댕기물떼새는 땅에 쾅 부딪쳤다. 두 마리 새가 함께 떨어졌는데, 한 마리는 흐물흐물하게 늘어져 죽었고, 나머지 한 마리는 분노와 충격으로 팽팽하게 긴장했다. 혼자 있던 이 댕기물떼새는 너무 오랫동안 무리에서 떨어져 있다가, 의식처럼 펼치는 무리의 대열과 노래를 놓치고 말았다. 송골매는 죽은 새를 한쪽 발로 질질 끌다가, 어둑해진 들판을 날아 습지로 향했다. 습지에서는 흰 원숭이 올빼미가 아직도 사냥을 하고 있었다.

3월 20일

아침에 내리던 가랑비가 잦아들어 안개가 되었고, 안개는 구름에 길을 내주었지만, 날은 여전히 습하고 우중충했다. 북동풍은 차가웠다.

11시에 짙은 갈색 수컷 송골매가 과수원으로 돌아와, 느릅나무에서 작은 덩어리를 토해낸 뒤 다시 날아갔다. 나는 나무 아래 풀속에서 작은 덩어리 몇 개를 발견했다. 전부 쥐의 털과 뼈, 산비둘기 깃털 약간이 들어 있었다. 수컷 송골매는 12시 30분에 다시 나타났고, 이후 하루 종일 과수원 안이나 근처에 머물렀다. 이제 그의 각날개 한가운데에는 다 자란 새의 짙은 암청색 깃털이, 꼬리 중앙에는 파란색과 흰색의 가로 줄무늬가 두 줄 있는 깃털이 달려 있었다.

세 시간 반 동안 수컷 송골매는 높은 횃대에서, 양버들에서, 혹은 개울가 오리나무나 오크나무에서 과수원 풀밭 속을 유심히 내려다보며, 사냥감을 향해 은밀히 다가갔다. 그에게는 횃대의 높이가 중요했다. 수컷 송골매는 포플러나무의 가장 높은 잔가지에 앉아 사방을 두리번거리다, 몇 인치 더 높은 포플러나무로 날아갔다. 좀 더 유심히 살펴보고 눈으로 가늠한 뒤, 그는 마침내 그 줄에서 가장 키가 큰 포플러나무로 날아갔다. 그의 발놀림은 대단히 정확하고 날렵했다. 그는 아무리 가늘고 휘어진 잔가지라도 결코 놓치는 법 없이 움켜잡았다. 나는 종종 그의 횃대에서 고작 20야드 떨어진 곳에 서서, 내 머리 너머로 내 뒤편 과수원을 자세히 살펴보는 그를 보았다. 그는 두려움이 없었다. 내가 손뼉을 치거나 고함을 지르더라도, 그는 가끔 아주 짧게 나를 흘긋 내려다볼 뿐일 것이다. 나는 쌍안경 없이도 그의 눈과 깃털을 아주 자세히 볼 수 있었다. 쌍안경을 통해서는 부리가 시작되는 곳을 둘러싸고 있는 뻣뻣한 털이 가늘게 떨리는 것 같은 아주 미세한 특징들을 볼 수 있었다. 등과 목덜미의 깃털이나 둘째날개깃에는 짙은 갈색과 담황색의 가로 줄무늬가 촘촘했고, 불그스레한 빛이 돌았다. 위꼬리덮깃은 선명한 적갈색이었고 꼬리나 목덜미의 깃털보다 밝았다. 첫째날개깃은 검은색이었다. 견갑골의 깃털은 독특했는데, 검은색과 금색 가로 줄무늬에 새틴처럼 선명한 황금빛 광채가 흘러, 아주 먼 곳의 흐린 빛 속에서도 눈에 띄었다.

　　매는 고개를 잠시도 가만히 두지 않은 채 한참을 뚫어져라 응시한 뒤, 이따금 바람을 거슬러 앞으로 날아올라 20초에서 30초가량 맴돈 다음, 자신의 횃대로 돌아갔다. 그는 급강하하여 덮치지도, 어떤 형태로든 공격을 가하지도 않았다. 멀리 있는 자고새들은 매가 날아오를 때마다 울어댔지만, 가까이 있는 자고새들은 길고 누런 풀밭에 몸을 숨겼고, 나는 매가 맴도는 곳으로 가서 그들을 몰아냈다. 그때 그가 자신의 횃대로 돌아왔고, 추격에 더 이상 흥미를 보이지 않았다. 덤불에 있던 참새들이 동요해서 주변을 통통 뛰고, 화가 난 작은 얼굴을 위로 쳐들며, 그에게 새된 소리를 질렀다. 그는 영 재미를 보지 못한 사냥에, 혹은 사냥하는 척하는 것에 광적으로 집중했다.

　　2시에서 3시 사이에 수컷 송골매는 점점 예민해졌고 안절부절 못했다. 3시에 그는 남동쪽으로 날아 시야에서 사라졌다. 그의 과수원 사냥이 완전히 끝났다. 한 시간 뒤에 그는 죽은 오크나무로 날아와, 해질녘까지 그곳에 머물렀다. 그는 벌레 여섯 마리를 잡아먹었다. 매번 옥수수 밭으로 미끄러지듯 내려와서, 발톱으로 벌레 한 마리를 집어 들고는, 오크나무 가지로 다시 가지고 왔다. 한 발로 벌레를 누르고는 네다섯 입에 나누어 천천히 먹었다. 동작 하나하나가 느긋하고 신중했다. 표정은 희귀한 계절 별미를 즐기는 미식가 같았다. 일찌감치 더 든든한 먹이를 먹었을 것이다. 벌레는 쥐와 마찬가지로 입가심에 불과하지만, 털갈이를 하는 송골매들은 이런 먹이를 차마 거부하지 못하는 것 같다.

3월 21일

죽은 지 오래된 황갈색 올빼미가 사우스 우드 끄트머리에 누워 있었다. 내가 그의 넓은 날개를 들자, 보푸라기 깃털[13]이 먼지처럼 훅 날렸다. 바싹 말라 가벼운 시체를 한쪽으로 내던졌을 때 내 장갑에 기다란 발톱들이 닿았는데, 아직 생명이 붙어 있는 것 같아 으스스했다. 우둘투둘하고 튼튼한 다리는 발가락까지 털이 나 있으며, 쇠바늘처럼 날카롭고 단단한 굽은 갈고리에서 끝난다. 그 다리는 영원히 살아 있을 것만 같다. 풀들이 시체 위로 자라는 동안 뼈가 바스라지고 깃털이 주변에 흩날려도, 그 다리만은 오래도록 살아남을 것이다.

개울 옆 야생 자두나무 아래에서 방금 죽은 산비둘기 한 마리

---

13 Powder down. 가장자리가 가루처럼 떨어져 나가는 깃털로, 가슴과 배 부분에 많다.

를 발견했다. 말라가는 피 위로 꽃잎이 흩날리며 떨어지고 있었다. 두 숲 사이로 오솔길이 이어지다가, 가시나무 울타리로 둘러싸인 작은 들판들과 드문드문 흩어져 있는 오크나무와 느릅나무에 의해 갈라진다. 길의 남쪽에 죽은 나무 한 그루가 서 있다. 20피트 높이의 무너져가는 느릅나무인데, 가지도 없고 꼭대기가 부러진 이빨처럼 삐죽삐죽하다. 이 이끼에 뒤덮인 뾰족한 곳에 유난히 밝은 황금색 수컷 송골매가 앉아 쉬고 있었다. 내가 다가가자 그는 동쪽으로 날아, 원을 그린 다음, 가파른 활공과 멈춤을 반복하면서 나를 향해 천천히 내려왔다. 나는 죽은 나무 근처에 서서 그의 하강을 지켜보았다. 단단한 날개 사이에 달린 크고 둥근 머리가 점점 크게 다가왔고, 안대 같은 검은 테두리 사이로 무척 대담해 보이는 부릅뜬 두 눈이 드러나기 시작했다. 두려워서 두 눈이 커지지도 발작하듯 옆으로 뛰어오르지도 않고, 그저 차분히 하강해서 나를 지나쳐 20야드 떨어진 곳으로 미끄러지듯 날았다. 그는 두 눈을 내 얼굴에 고정했고, 나를 지나갈 때는 계속 주시하려고 고개를 뒤로 돌렸다. 그는 겁을 내지 않았고, 내가 몸을 낮추고 쌍안경을 올리거나 자세를 바꿀 때에도 신경 쓰지 않았다. 무관심하거나 약간의 호기심만 보일 뿐이었다. 이제 그는 나를 반은 매고 반은 사람이라고, 날아올라 살펴볼 만한 가치는 있지만 절대로 전적으로 믿을 만한 놈은 아니라고, 어쩌면 불구가 되어 멋지게 날거나 사냥을 할 수 없는 불안정하고 성질이 까다로운 매라고 여기는 듯했다.

높이 뜬 흰 구름은 어느새 부서져, 태양 아래 녹아 흐르고 있었다. 나는 매가 솟구치길 바라며, 그를 계속 움직이게 했다. 1시 30분에 그는 추적을 당하느라 지쳤는지, 미끄러지듯 서서히 날아올라,

날개를 펼치고 따뜻한 대기 표면을 따라가다가, 높이 상승해 시야에서 사라졌다. 원을 그리고 표류하면서, 내 눈에 파란 하늘을 찌르는 뾰족한 점으로만 보일 때까지 떠다니, 마침내 사라졌다. 나는 쌍안경을 이용해 그를 다시 발견했다. 그는 나무가 우거진 능선 위 흰 새털구름을 가로지르며 길고 우아한 포물선을 그리고 있었다. 나는 마른 땅에 등을 대고 누워, 그가 서서히 줄어들다 희미해지는 모습을 지켜보았다. 그가 하늘에 그려 넣은 아름다운 무늬와 낙서는 해변 위에 남은 소용돌이치는 파도의 흔적만큼이나 황망히 사라졌다. 태양은 따뜻했고, 산울타리에는 초록 물결이 일었으며, 종달새들은 날아오르는 매 아래에서 목청 높여 노래했다. 마침내 땅에 두둑한 배짱이 생겼다.

매는 언덕 위 더 가벼운 대기 속을 지나갔고, 나는 그가 돌아오길 기다리며 들판의 조그만 소리들에 둘러싸여 흐뭇하게 누워 있었다. 20분 뒤 그가 동쪽에서 서서히 돌아와, 천천히 하강하기 시작했다. 그는 여러 차례 8자를 그리며 빙빙 돌고, 오솔길 위를 가로지르고, 길 양쪽 들판 위에서 원을 그리면서, 바람을 가로질러 이곳저곳을 휩쓸며 날았다. 그는 8자 하나를 완성할 때마다, 날개를 뒤로 구부리고 바람을 거슬러 아주 부드럽고 빠르게 움직이면서, 오솔길 위를 똑바로 미끄러지듯 날았다. 그런 다음 서서히 다음 8자를 그리기 시작했다. 그는 길고 곧은 오솔길을 자신의 비행 안내선으로 이용하고 있었다. 그는 이런 식으로 1천 피트를 내려왔지만, 그런데도 여전히 하늘 높이 작은 얼룩 한 점으로밖에 보이지 않았다. 쌍안경으로 보아야 간신히 매라는 걸 알아볼 수 있었다. 그는 부드러운 날개 아랫면으로 바람을 맞으며 그 위에 올라타 진정시키면서, 가뿐하고 위엄 있게 갑작스러운 돌풍을 다루며, 난기류의 가파른 상승과 하강을 가로질렀다.

노스 우드 쪽으로 가파르게 활공하며 급작스럽게 돌진하면서 송골매는 안내선을 이탈한다. 매는 별안간 자유를 얻은 물고기처럼 아래로 뛰어든다. 숲 위를 날던 산비둘기 한 마리가 올려다보고선, 정신없이 방향을 돌리면서도 어쨌든 비행을 계속한다. 검은 반점 같은 매는 곤두박질치고, 색을 알아볼 만큼 커지다가, 공격을 위해 황금빛 두 발을 앞으로 내보이자 총을 쏜 것처럼 뒤로 반동한다. 회색 깃털이 사방으로 쏟아져 공중으로 떠오른다. 죽은 비둘기는 나무들 사이로 내던져진다. 매는 사라진다. 하늘은 텅 비어 한산해 보인다.

오후 늦게 나는 키 크고 여윈 자작나무와 서어나무들 사이의 질퍽질퍽한 녹지에 누워 있는 먹이를 발견한다. 매의 발자국들이 진흙 속에 깊이 찍혀 있다. 비둘기의 발은 깨끗하다. 비둘기는 상아로 만든 보트처럼 뼛속까지 움푹 파내어졌다.

3월 22일

구름은 높고 바람은 찼다. 바람이 수평선을 말끔히 쓸고 지나갔다. 12시에 과수원의 수컷 송골매는 그가 평소에 자리하던 느릅나무에서 꾸짖어대고 있는 검은지빠귀와 되새들보다 위쪽에 앉아 있었다. 잠시 후 그는 바람을 거슬러 날아올라, 세차게 방해하는 바람 속에서 날개를 퍼덕거리며 주위를 맴돌았다. 활짝 편 날개와 꼬리깃 사이로 하늘이 드러났다. 지친 그는 남쪽으로 활공해, 과수원을 낮게 지나, 들판을 가로질러 날아갔다. 먹이를 먹던 갈까마귀와 산비둘기 수백 마리가 정신없이 날아올라, 하늘 높이 오르고, 황급히 흩어져, 그 자리를 완전히 떠나갔다. 갈까마귀들은 소용돌이를 그리며 동쪽으로 향했고, 산비둘기들은 서쪽을 향해 날아올라 시야에서 사라졌다.

수컷 송골매는 과수원으로 돌아왔고, 우듬지에서 한 시간 내내 주변을 살펴보았다. 까마귀들이 포플러나무에서 그를 쫓자, 그는 더 길고 단호한 날갯짓으로 더 빨리 날기 시작했다. 그때부터 그는 한층 더 활발하게 움직이며 주위를 더 경계했다. 한창 나이의 송골매는 자주 허기지지만, 아직은 사냥을 주저하거나 사냥할 준비가 되어 있지 않다. 그럴 때 인간이나 무리지어 달려드는 새들에게 방해를 받으면, 그는 마치 이제야 말로 확신이 생겼다는 듯 굴면서, 즉시 사냥을 시작한다.

수컷 송골매는 까마귀들로부터 몸을 피한 뒤, 내가 전에 그를 보았던 느릅나무로 다시 날아갔다. 그는 아까보다 더 높은 곳에 앉아, 앞으로 몸을 구부린 채 고개를 이리저리 홱홱 돌리고 움켜쥔 발을 쉴 새 없이 움직였다. 그가 뛰어내려 날개를 곧게 세우고 유유히 내려가는 동안, 그의 두 눈은 과수원에서 보았던 무언가에 초점을 맞추었다. 그는 바람을 거슬러 신중하고 부드럽게 날았고, 탁 트인 땅을 가로질러 서서히 활공했다. 그는 멈추어 20피트 상공에서 맴돌다가, 먹이를 향해 완만하게 하강했다. 그러고는 붉은발자고새 한 마리를 쥐고서, 무겁게 몸을 일으켜 나무들 사이를 낮게 날았다. 은신처로부터 너무 먼 곳을 헤매던 한 쌍 중 한 마리였다. 나는 그를 뒤쫓았다. 그는 자고새를 떨어뜨렸지만, 즉시 돌아와 다시 움켜쥐었다. 그가 먹이를 다시 채가는 속도는 놀랄 만큼 빨랐다. 그는 눈 깜짝할 사이에 잽싸게 내려갔다 다시 올라왔다. 그러고는 빠르고 깊게 날갯짓을 하며 날다가, 거의 바닥으로 내려앉았다가 다시 올라오고, 딱따구리처럼 축 처졌다가 다시 튀어 오르면서, 과수원을 벗어나 개울을 건너갔다. 붉은발자고새의 무게는 1파운드에서 1.5파운드 정도다. 수컷 송골매는 자고새를 옮기면서 최소한 1마일을 시속 30~40마일로 날았다.

3월 23일

오늘 날씨는 어제와 전혀 달랐다. 서풍이 강하게 불어 따뜻했고, 감미로운 햇살이 향기로운 노란 황혼 아래까지 스며들었다. 강가 목초지에서 검은가슴물떼새 3백 마리가 댕기물떼새, 갈매기, 회색머리지빠귀들과 함께 먹이를 먹고 있었다. 그들은 방목하는 소처럼 풀밭 사이를 천천히 움직였다. 그때 누군가 새들 아래 그물을 잡아당겨 그들을 한꺼번에 공중에 내던지기라도 한 듯, 새들이 일제히 날아올랐다. 작은 새들은 나무로, 갈매기와 물떼새들은 하늘로 향했다. 꺅도요 여섯 마리가 물떼새들과 함께 날았고, 물떼새들이 높이 선회할 때 그들과 함께 했다.

나는 그물처럼 엮여 너울거리는 날개들 사이로, 태양 아래 번쩍이는 송골매 한 마리와 나동그라지는 물떼새 한 마리를 보았다. 내가 물떼새를 발견한 건 한참 뒤였기 때문에, 그땐 이미 매는 사라지고 없었다. 물떼새는 아래에서 공격을 받았다. 옆구리에 날이 얇은 칼로 찌른 듯한 상처가 나 있었다. 가슴의 살점은 이미 먹혔다. 한쪽 다리는 본래 쇠약해서 쓸모가 없었다. 송골매는 아무리 봐도 똑같이 생긴 새들의 거대한 무리 속에서 기형이거나 이상이 있는 한 마리를 놀랍도록 정확하게 집어낸다. 아주 사소한 신체적 약점이

나 깃털의 차이조차 새들의 도피 능력에 처참한 악영향을 미칠 수 있다. 어쩌면 병든 새는 살고 싶지 않았을지도 모른다.

내가 과수원에 들어섰을 때, 어두운 색깔의 수컷 송골매가 개울 옆 오리나무 위에서 빛나며, 사과나무 사이로 걸어오는 나를 지켜보았다. 그는 개암나무 울타리로 날아갔고, 나는 그에게서 12야드 떨어진 곳에 앉았다. 우리는 한동안 서로를 바라보았지만, 매는 흥미를 잃고 풀밭을 관찰하기 시작했다. 그가 결연히 날아 나를 지나쳤을 때, 나는 격하게 휙휙 움직이는 그의 날갯짓으로 그가 먹이를 발견한 걸 알 수 있었다. 그는 허공을 맴돌다, 풀 속으로 뛰어들더니, 한쪽 발에 쥐 한 마리를 움켜쥐고 올라왔다. 그는 먹이를 쥐고 죽은 오크나무로 건너가, 고개를 한껏 뒤로 젖혀 빛나는 남쪽 하늘을 바라보면서 먹이를 먹었다. 그곳에서는 황금빛 수컷 송골매가 해안을 향해 높이 솟아오르고, 갈매기들이 원을 그리고 있었다. 구름같이 모여든 새들의 긴 자취가 언덕 아래를 지나가자, 그는 다시 개울로 향했다.

나는 수컷 송골매가 과수원 위를 맴돌거나 오리나무에서 쉴 때 줄곧 그의 곁에 바싹 붙어 있었지만, 그는 나를 완전히 무시했다. 그는 오로지 내 발 근처 풀만 골똘히 바라보면서, 나는 전혀 알아차리지 못한 어떤 움직임을 보거나 듣고 있었다. 그 움직임으로부터 나는 고작 2야드 거리에 있었고, 매는 30야드나 떨어져 있었는데도 말이다. 그의 눈동자가 이 움직임을 따라갔다. 그러다 갑자기 머리를 휙 쳐들더니, 재빨리 날아서 10야드 떨어진 풀 위를 맴돌았다. 그는 옆으로 방향을 돌려 날개를 접고 급강하했다. 낙하 거리는 6피트에 불과했지만, 급강하 기술 면에서 이 6피트는 6백 피트나

다름없었다. 그는 풀밭에 세게 부딪쳤지만 아무렇지 않은 듯, 올빼미처럼 유연하고 고요했다. 그는 풀밭에서 가뿐하게 몸을 일으켜, 커다란 죽은 쥐를 움켜쥐고 사과나무로 가져가, 두 입 만에 꿀꺽 삼켜버렸다. 첫 입은 머리를, 그다음에는 나머지를. 이 모든 일이 내 주변 20야드 안에서 일어났고, 심지어 나는 가만히 있을 필요조차 없었다.

수컷 송골매는 10분 동안 쉬고서, 과수원의 북쪽 절반 위를 맴돌았다. 연못과 개암나무 울타리 사이에 있는 그곳은 풀이 더 짧다. 그는 지면을 샅샅이 뒤졌는데, 그 어느 때보다 열심인 것 같다. 쥐를 두 마리째 먹고 나니 점점 더 허기졌던 것이다. 그는 세찬 돌풍 속을 30분 동안 쉬지 않고 맴돌았다. 딱 한 번 급강하해 덮쳤지만, 먹이를 놓치고 말았다. 햇살이 비치는 과수원은 몹시 조용했고, 희미한 호박색 빛이 비치는 오솔길이 나 있었다. 들리는 소리라곤 멀리서 나지막이 들리는 개똥지빠귀와 검은지빠귀들의 노래, 이따금 쇠물닭의 우짖음, 바람에 흔들리는 잔가지들의 삐걱거리고 바스락거리는 소리가 전부였다. 유일한 움직임은 햇볕이 내리쬐는 길들 사이로 매가 긴 날개를 퍼덕거리는 조용한 요동이 전부였다. 내게는 조용했지만, 짧은 풀밭 속 쥐들에게는, 나무 아래 긴 풀밭에서 숨죽이고 숨어 있는 자고새들에게는, 수컷 송골매의 날개에 둥근 톱이 달려서 온 대기를 박박 긁어대며 맹렬하게 끽끽거리는 듯 들렸을 것이다. 침묵은 그들을 두렵게 한다. 위에서 들리던 굉음이 멈추면, 그들은 파멸을 기다린다. 전쟁 중에 비행폭탄이 갑작스럽게 조용해질 때, 죽음이 떨어진다는 건 알지만 어디에 혹은 무엇 위에 떨어지는지는 모르는 그 순간에, 우리가 침묵을 두려워하는 법을 배우는 것처럼.

따뜻하고 맑은 봄의 부드러운 햇살을 받으며, 송골매는 지는 해처럼 사과나무 가지들 뒤에서 반짝이며 어른거렸다. 내가 과수원을 거닐고 있을 때, 그는 내 위를 맴돌며 나를 따라왔다. 내가 자기 먹잇감을 내몰아줄 거라고 기대하는 모양이었다. 개울로 내려가니, 담비 한 마리가 물쥐를 입에 물고 풀숲에 질질 끌리지 않도록 고개를 높이 쳐들고서, 무성한 풀과 검은딸기나무 사이로 달리고 깡충깡충 뛰었다. 죽어서 축 늘어진 살지고 보드라운 물쥐는 옆구리가 홀쭉한 담비보다 두 배나 컸다. 마치 황소를 입에 문 호랑이 같았다. 나는 매가 참을성 있게 사냥을 하고, 담비가 먹이를 먹을 수 있게 자리를 비켜주었다.

수컷 송골매 한 마리를 위해 맑은 하늘, 넓은 계곡, 언덕, 강어귀, 바다가 펼쳐진다. 20마일에 달하는 낙원 같은 사냥터, 고를 수 있는 1백만 마리의 새, 따뜻하고 바람이 많이 불어 날아다니고 높이 비상하기 좋은 1만 피트 상공도 마련되어 있다. 똑같이 뾰족한 부리와 날카로운 발을 지니고 힘도 센 다른 수컷 송골매를 위해서는, 과수원의 조용한 구석, 풀밭과 사과나무들이 있는 1에이커의 땅, 쥐 몇 마리, 어쩌면 자고새 한 마리, 벌레들, 그리고 잠만 있을 뿐이다. 그는 나무들이 이루는 작은 대칭에 매료된 것 같다. 그는 자신의 운이 바뀔 거라는 희망을 품고 딱 한 판만 더 하자는 권유를 뿌리치지 못하는 도박꾼 같다.

나는 황금빛 수컷 송골매가 해안에서 돌아왔는지 보기 위해, 개울을 따라 죽은 느릅나무를 향해 올라갔다. 그가 그곳에 없어서, 나는 들판 구석에 앉아 기다렸다. 커다란 오크나무 그림자가 내 앞의 맨땅에 새겨졌고, 나는 나뭇가지들이 만들어낸 왕관의 환영 사이로 작은 새들이 가볍게 돌아다니는 모습을 볼 수 있었다. 내가 깜빡 잠이 들려할 때, 물총새 한 마리가 머리 위를 날아 개울로 내려갔다. 하늘을 배경으로 물총새를 본 건 처음이었다. 언제나 강물에 반사된 빛이 아래에서 비추던 모습만 보았다. 구름의 윤기 없는 표면을 배경으로 메마른 땅 위를 높이 나는 물총새의 모습은, 한결 약해 보였고 좀처럼 화려함을 찾을 수 없었다. 야생 생물은 그들이 속한 곳에서만 진정으로 살아 있다. 그곳을 벗어났을 때, 그들은 외래종처럼 꽃을 피울지 모르지만, 눈은 저 너머 잃어버린 고향을 찾을 것이다.

1시에 수컷 송골매는 동쪽에서 미끄러지듯 날아와 들판 저쪽 작은 오크나무에 내려앉았다. 나는 그와의 거리를 40야드로 좁힐 때까지, 해를 등지고 야생 자두나무 울타리의 그림자 속을 살금살금 걸었다. 그는 태양을 마주보다, 이내 나른해져서 선 채로 축 늘어졌다. 그는 한쪽 다리를 깃털 속으로 끌어당겼고, 자는 동안에도 종종 눈을 떠 깃털을 다듬고 주변을 둘러보았다. 매들은 선잠을 잔다. 그들은 산들바람에 살랑거리는 나뭇잎의 움직임에도, 몸을 흔드는 풀의 속삭임에도, 그림자가 길어지거나 멈출 때도 잠에서 깬다. 그들은 두려움을 제외한 모든 것으로부터 달아나는 도피자다.

해가 낮아졌고, 매는 호박색 빛 속에서 빛났으며, 모든 깃털이 매끄럽고 광택이 흐르거나 산들바람에 잔물결을 일으켰다. 그는 황금으로 장식한 화려한 구리 그릇처럼, 뒤틀린 가지들이 얽힌 그물망 속에서 빛났다. 수직으로 난 콧수염 모양 무늬와 눈가에 수평으로 난 검은 줄무늬가 만나는 모서리에 있는 커다란 눈은 살짝 돌출되었다. 눈을 감싸는 청회색 맨살은 매가 고개를 돌릴 때마다 하얗게 빛났다. 마치 계란 흰자처럼 반들반들한 도자기 표면에 세밀하게 그려 넣은 것처럼, 오크나무와 느릅나무, 하늘과 구름 모두가 그 반짝이는 흑갈색 눈에 반사되었다. 그의 눈동자는 이상할 정도로 움직임이 없었다. 이따금 그의 눈은 쌍안경 렌즈를 코팅하는 광물 필름이나 거무스름한 자두 껍질 위의 과분 같은 희미한 자줏빛 표피층에 덮여 어스레해지는 듯했다.

3시 30분에서 4시 사이에 매는 더 예민해져서, 꼬리를 구부리고, 발을 쉴 새 없이 움직이고, 고개를 휙휙 돌려 주변을 살폈다가 하늘을 흘긋 올려봤다. 그러고는 아무런 예고도 없이 들판 위에서 원을 그리며 날더니, 마치 높이 솟구치려는 듯 돌진해서 길게 활공했다. 활공하던 매는 자세를 바꿔 급강하했고, 내가 눈으로 그를 쫓는 와중에 개울 위를 낮게 나는 황조롱이 한 쌍이 시야에 들어왔다. 송골매는 그들을 공격했고, 그들은 함께 나무로 뛰어들었다. 곧이어 수컷 황조롱이가 날카롭게 울면서 남쪽으로 날아갔고, 암컷은 나무에 남았다. 송골매는 그들 중 한 마리가 떨어뜨린 쥐를 물고 북북쪽으로 날아갔다. 황조롱이들이 공격을 받은 이유는, 수컷 송골매가 지금 자기 서식지를 지키느라 다른 맹금류의 침입을 용납하지 않으려 하기 때문이었다. 떨어지는 쥐를 보지 못했다면, 그는 황조롱이 한 마리를 죽였을지도 모른다. 그는 그들을 쫓아가 잡겠다는 본능적인 충동을 억제할 수 없었을 테니까 말이다.

송골매는 자기 횃대로 돌아왔지만, 결코 긴장을 늦추지 않았다. 그의 눈에서 나른함은 사라지고 없었다. 눈동자는 울창한 숲 사이로 반짝이는 겨울 햇살처럼 빛나는 흐린 갈색이었다. 그는 따뜻한 푸른 안개 속을 빙빙 돌며 날아올랐고, 바람을 타고 솟구쳤다. 꽃가루처럼 바람에 실려 온 공기는 깊고 향기로웠다.

　　나는 그가 오늘은 돌아오지 않으리라는 걸 알았고, 내 주위의 모든 새도 알고 있었다. 산비둘기들은 다시 주변을 돌아다니기 시작했다. 산비둘기 무리는 땅에서 1야드 이상은 결코 올라가지 않은 채 몸을 바싹 낮추어, 두 숲 사이 들판을 가로질러 날았다. 많은 새가 숲과 숲 사이를 건너는 동안 죽었기 때문에, 산비둘기들은 급습을 당할까봐 두려웠다. 황조롱이들은 떨리는 소리로 울면서 죽은 느릅나무를 향해 날았다. 그 나무 아래 쐐기풀 속에서, 나는 황조롱이와 송골매가 토해낸 작은 덩어리들을 발견했다. 송골매가 토해낸 덩어리에는 많은 산비둘기 깃털과, 지름 8분의 1인치에 끝과 모서리가 뾰족한 굵은 모래 같은 돌멩이 여러 개가 들어 있었다. 그는 개울에서 목욕할 때 일종의 소화제로 이런 돌멩이를 줍는다.

　　내가 저 멀리 능선을 한 시간 더 살펴보는 동안, 주변의 모든 새는 평화롭게 노래하고 먹이를 먹었다. 사방의 수평선에 갇혀 있자니, 나는 끝없이 펼쳐진 하늘을 볼 수 있는 매의 시야가 부러웠다. 매들은 공중의 곡선에서 산다. 그들의 눈알은 우리 인간의 시야에 잡히는 회색 단조로움을 본 적이 없다.

　　강어귀는 만조였다. 땅의 빛이 서서히 희미해질 무렵, 그 위 하늘은 넘실거리는 물빛으로 점점 환해졌을 것이다. 송골매는 흩어져 작은 무리를 이룬 채 자고 있는 섭금류들을 습격했을 것이다. 섭금류들의 날개는 제물 위로 피어오르는 연기처럼 석양 속으로 날아올랐을 것이다.

흰 파도가 차차 옅어지는 파란 바다 위를 훑고, 따뜻한 방파제를 검게 그을렸다. 조수가 상승하고 있었다. 햇빛에 빛나는 강어귀는 반짝이는 새들의 하강으로 눈이 부셨다. 황오리들은 샛강과 만薄을 떠다니거나, 녹색 습지에서 크고 흰 몸을 쉬었다. 붉은발도요와 종달새들은 노래했다. 댕기물떼새들은 공중제비를 돌며 춤을 추었다. 꼬마물떼새들은 파도를 바라보며 생각에 잠기거나, 뛰어오르는 물고기들처럼 은백색 파도 위에 무리를 지었다. 한 마리가 날개를 뒤로 젖혀 말아 올리고, 차츰 여위어가는 해안 가장자리를 따라 "쿠-카-두, 쿠-카-두, 쿠-카-두" 하며 심오한 노래를 불렀다. 갈색과 흰색의 조화와 고고하고 좁은 목으로 귀족적인 우아함을 드러내는 고방오리가 천천히 위엄 있게 바다 위를 높이 날았다. 나무가 주변을 에워싼 섬들은 긴 수평선을 가르는 흰 방파제의 파편들을 누그러뜨렸다. 멀리 아몬드 꽃이 산호처럼 반짝거렸다.

쌍을 이룬 자고새들이 방파제에서 냉담하게 쌩쌩 날았다. 그들은 처음에는 전혀 소리를 맞추지 않은 채 제각각 몹시 건조하게 울어댔다. 그러다 이내 날개를 급하게 아래로 내려치며 점점 작아지는 쉰 목소리를 억지로 토해내기 시작했고, 산울타리 위를 활공해 숨을 만한 곳으로 떨어지면서 차츰 소리를 멈추었다. 그들은 털털거리며 서서히 침묵에 잠기는 태엽 장난감 같았다.

사리[14] 때가 되어 해수소택지의 바닷물이 빠지자, 섭금류들은

---

14 spring tide. 한 달에 두 차례, 밀물과 썰물의 차가 최대가 되는 시기이다.

은색과 회색의 원반처럼 물 위를 스치듯 어른어른 날다가 비 오듯 후두두 쏟아져 내렸고, 이윽고 바다 위에 솟아오르는 파도처럼 소용돌이치면서 날아올랐다. 나는 코를 고는 듯한 희한한 소리, 뒤이어 누군가 숨을 들이쉰 다음 물로 입을 헹구는 듯한 거품 끓는 소리에 계속 귀를 기울였다. 때때로 나는 물에서 이 거품의 흔적을 보았다. 마침내 바다표범의 거뭇하고 털이 난 주둥이와 입이 수면 위로 드러났고, 곧이어 바닷물이 흘러내리는 매끈한 머리통 전체가 드러났다. 바다표범은 나를 보고, 숨을 한번 들이쉬고는, 다시 물속으로 뛰어들었다. 그는 만 주위를 철벅거리며 한가롭게 헤엄친 다음, 강어귀로 다시 나왔다. 이런 얕은 물에서 바다표범은 괜찮은 삶을 산다. 하늘과 물속 수많은 생물의 삶처럼, 바다표범의 삶은 우리 삶보다 나은 것 같다. 우리에게는 고유의 영역이 없다. 우리가 추락하면 그 무엇도 우리를 지탱해주지 않는다.

시멘트 부대만큼 무거운 죽은 알락돌고래가 자갈 해변으로 떠밀려왔다. 매끄러운 피부에 분홍색과 회색의 반점이 보였다. 혓바닥은 시꺼멓고 돌처럼 딱딱했다. 입은 징을 박아 고정했던 밑창이 벌어진 낡은 부츠처럼 열려 있었다. 이빨은 섬뜩한 잠옷 상자의 지퍼처럼 생겼다.

나는 송골매가 죽인 먹이 열여섯 마리를 발견했다. 자갈 해변에서 붉은부리갈매기 세 마리, 붉은발도요 한 마리, 홍머리오리 한 마리를 발견했고, 습지에서 댕기물떼새 다섯 마리, 홍머리오리 두 마리, 떼까마귀 한 마리, 갈까마귀 한 마리, 황오리 한 마리를 발견했다. 황오리는 급강하하여 덮쳤을 때의 거친 공격의 충격으로 뽑힌 깃털의 긴 흔적 끝에 누워 있었다. 붉은부리갈매기 한 마리는 여름

방갈로의 부드럽고 푸른 잔디에서 털이 뽑힌 뒤 잡아먹혔다. 붉은부리갈매기는 쏟아진 꽃잎에 둘러싸인 죽은 꽃 한 송이처럼, 흰 깃털더미 한가운데에 비스듬히 기대어 누워 있었다.

늦은 오후에 암컷 송골매가 강어귀로 내려왔다. 마도요처럼 마르고 크고 위엄 있었다. 한참 위에는 개꿩 무리가 상어 앞에서 헤엄치는 동갈방어처럼 강렬한 햇빛을 받아 반짝거렸다. 암컷 송골매는 미끄러지듯 날아서 높이 솟구치기 시작했다. 그는 따뜻한 서풍 속을 표류하다가, 원을 그리며 날아오른 뒤, 멀리 하늘의 푸른 안개 속으로 사라졌다. 아무 일도 일어나지 않았다. 조수가 빠지고 있었고, 섭금류들은 점점 넓어지는 해안가에 모여들었다. 갈매기들은 육지를 떠나 이동하기 시작했다. 30분 뒤 나는 쌍안경으로 머리 위에서 높이 나는 찌르레기 무리를 보고 있었는데, 그때 그들 위에 꼼짝 않고 떠 있는 검은 반점 하나가 눈에 들어왔다. 그것은 움직임이 없었지만 점점 커지고 있었다. 아주 빠르게 커졌다. 그것은 맹렬한 기세로 급강하하는 암컷 송골매였다. 내 쪽으로 곧장 내려오는 그는 새의 형체를 하고 있지 않았다. 그것은 떨어지는 머리, 하늘에서 뚝 떨어지는 상어의 머리 같았다. 그는 가늘게 한숨을 내쉬었고, 이내 곡예용 줄로 하프를 타듯 날카롭게 윙윙대는 소리가 뚜렷해졌다. 큰 검은등갈매기가 해변을 향해 지나가며 잠시 송골매를 가렸다. 큰검은등갈매기의 붉은 점이 박힌 노란 부리가 햇빛에 희미하게 빛났고, 차갑고 창백한 눈은 아래를 내려다보았다. 여느 때처럼 상당히 무심한 표정이었다. 그 순간 무언가 부딪치며 크게 쾅 소리가 났다. 갈매기가 불에 달군 금속처럼 휘었다. 머리가 휙 움직이더니 툭 떨어졌다. 암컷 송골매가 갈매기의 목을 공격한 것이다.

한참을 거의 완만하게 하강한 뒤라, 이 최후의 일격이 눈이 부시도록 빠르게 느껴졌다. 암컷 송골매는 갈매기의 목을 구부려 뒷발톱으로 갈가리 찢었다. 베어낸 통나무에서 떨어져 날리는 나무 조각처럼, 암컷 송골매는 충격으로 몸을 떨었다. 이윽고 그는 통제력을 되찾고, 부드럽게 곡선을 그리며 물 위를 날았다. 갈매기는 1백 피트 상공에서 아주 천천히 미끄러지듯 떨어져, 자갈 해변에서 속이 비워졌다. 암컷 송골매가 옆으로 내려와 갈매기를 먹기 시작한 것이다. 살점이 벗겨졌다. 살점 없는 뼈가 난파선의 늑재처럼 하늘을 향했다.

3월 27일

방파제 옆 산울타리 안의 작은 오크나무에서 무우 하는 부드러운 반사음이 들려왔다. 그것은 속이 빈 나무로, 줄기는 짧고 뭉툭했고, 가지들은 속이 빈 중심에서 바깥으로 뻗어나가 왕관을 이루었다. 내가 그 나무 옆에 섰을 때, 줄기 가장자리 위로 금눈쇠올빼미의 머리 꼭대기가 빠끔히 드러났다. 금눈쇠올빼미는 내가 그곳에 있다는 걸 알았고, 잠시 후 나를 보기 위해 가지 위로 걸어 올라갔다. 우리는 10피트 정도 떨어져 있었다. 그는 처음에 양쪽 눈을 깜박거리더니, 잠시 후에는 왼쪽 눈만 깜박거렸다. 그는 빠르게 절하듯 무릎을 깊게 까닥거렸고, 목을 위로 가늘고 길게 죽 뻗었다. 눈 위의 텁수룩한 흰 줄무늬들이 움직이며 주름이 졌다. 이윽고 그는 갑자기 쑥스러웠는지 고개를 돌렸다.

금눈쇠올빼미는 자기 발을 보면서 가지 약간 위쪽으로 걸어갔다. 그리고 몸을 돌려 다시 한 번 나를 보았다. 나는 천천히 쌍안경을 들어올렸다. 올빼미는 깜짝 놀라 고개를 움츠렸다. 그러면서도 호기심이 일었는지, 쌍안경 렌즈를 몇 분 동안 똑바로 응시했다. 그의 크고 둥근 눈이 밝게 빛났지만, 마치 머리에 그려진 것처럼 철저하게 무표정했다. 까만 동공은 샛노란 홍채와 너비가 같았다. 그는 자주 눈을 깜박거렸고, 감긴 인형 눈처럼 잠시 회색 순막瞬膜이 징그럽게 대각선으로 눈을 가렸다. 그는 나에게 초점을 맞추지 못하는 것 같았다. 그에게 나는 의미 없는 존재라고 느껴졌다. 나는 익숙한 사물을 교묘하게 조작해 찍은 사진들 중 한 장이 된 것 같았고, 그가 알아보지 못하면 아무것도 아닌 것만 같았다. 그는 차츰 관심이 시들해져 내게서 눈길을 돌리기 시작했다. 그는 너무도 순식간에 나를 까맣게 잊었고, 날개를 퍼덕거리며 나무 안으로 내려갔다. 나는 나무 밖에 그는 나무 안에 있었고, 그는 내게 할 말이 없었다.

금눈쇠올빼미의 다리는 아주 작은 새치고 놀랄 만큼 굵고 힘이 세다. 짐승의 다리처럼 털이 다소 많아 보인다. 앉아 있는 전신은 두 다리 위에 바로 머리가 얹힌 것처럼, 도무지 비율이 맞지 않아 보인다. 동물을 의인화하지 않도록 노력해야 하지만, 금눈쇠올빼미가 무척 우스꽝스러워 보인다는 건 부인할 수 없다. 하늘을 날 때 금눈쇠올빼미는 그저 올빼미일 뿐이지만, 쉴 때는 타고난 광대처럼 보인다. 물론 그들은 그걸 모른다. 그리고 그런 사실이 그들을 더 우스꽝스럽게 만드는데, 그들은 늘 분노하고, 격분하고, 짜증을 주체하지 못하는 듯 보이기 때문이다. 날카로운 발톱과 찢어발기는 부리가 재미있다는 말은 아니다. 그들은 살해자다. 그것이 그들의 존재 이유다. 하지만 나무 안에 있는 그들을 가까이에서 볼 때마다, 나는 큰 소리로 웃게 된다.

사냥을 시작하기 전인 해질녘, 금눈쇠올빼미들은 다시 달라진다. 그들의 봄노래는 하나의 목관악기 음처럼 높아졌다 낮게 울리며, 달콤한 비애감으로 가득하다. 그 소리는 마치 꿈속에서 아득히 들리는 마도요의 울음소리 같다. 나무들 사이로 땅거미가 깔리면, 올빼미들은 온 들판과 계곡에서 서로에게 회답한다. 그렇게 차가운 풀 냄새 나는 봄밤이 찾아온다.

　　나는 금눈쇠올빼미가 불안한 수면을 취하도록 내버려두고, 강어귀의 입구를 향해 방파제를 따라 걸었다. 고요한 햇살에 썰물이 어슴푸레 반짝였다. 경작지 위로 뱀 같은 무언가가 스르르 미끄러지고 헤엄쳤다. 담비 한 마리가 먹이 냄새를 따라 빠르고 날렵하게 움직이고 있었다. 그는 고랑을 오르내리며 달리고, 이랑을 뛰어넘고, 오던 길을 되돌아가고, 고리 모양으로 오가다가, 방향을 획획 바꾸고, 들판으로 한참 멀리 나갔다가, 다시 가장자리로 돌아왔다. 그는 어떤 냄새의 강렬한 색깔을 보고서, 웅크리다가 달리다가 뛰어오르다가 기다가 흥분해서 몸을 떨었다. 그는 미로를 탈출하려 애쓰는 인간 같았다. 담비는 습지로 뛰어들었고, 나는 풀을 뜯는 토끼를 향해 가며 물결처럼 오르내리는 그의 적갈색 등을 보았다. 토끼는 병을 앓아 비대했고 수렁에 빠진 소처럼 속수무책이었다. 그러나 담비는 토끼를 죽이지 않았다. 그는 자신의 은밀한 죽음에 대한 공포 덕분에 보호받아서 살아남았다.

　　넓적부리오리 한 쌍이 한참 늦장을 부린 뒤, 첨벙하고 물을 때리며 획 날아 포구에 내려앉았다. 부유한 주교의 보라색 제의祭衣 같은 수컷 오리의 배가 햇빛에 빛났다. 그는 블러드하운드의 축 늘어진 아래턱 같은 무거운 부리, 초록색으로 반짝이며 윤기가 나는 짙은 색 머리를 물 밖으로 내밀고 물속 깊숙이 떠다녔다.

나는 자갈 해변에서 송골매가 아주 최근에 죽인 산비둘기 두 마리의 유해를 발견했다. 마치 귀신의 기이한 장난처럼, 큰검은등갈매기의 머리 없는 시체는 사리 때의 만조에 의해 방파제 바로 옆 가시철조망 위에 걸쳐졌다. 이것은 아무리 송골매라 해도 대단한 사냥이었다. 큰검은등갈매기의 무게는 4~5파운드이며, 송골매는 2~2.5파운드다. 껍질이 벗겨진 갈매기 시체는 살진 산비둘기만큼 무거웠다. 이런 커다란 갈매기들은 난잡하고 얼빠진 살해자다. 나는 큰검은등갈매기가 죽은 걸 보는 게 안타깝지 않았다.

스무 마리의 큰뒷부리도요 무리가 마도요, 개꿩과 함께 조수의 가장자리에서 먹이를 먹고 있었다. 그중 큰뒷부리도요 한 마리가 몹시 부산스러웠다. 그는 개펄 위를 날아, 나선을 그리며 미친 듯이 곤두박질치고서, 펜싱 선수의 검처럼 긴 부리를 발딱 쳐들어 휘둘렀다. 그러더니 이쪽 섭금류 무리에서 저쪽 섭금류 무리로 변덕스럽게 질주하며, 그들 위에서 급습했다가 아래에서 차올렸고, 민물도요들을 몰아냈으며, 해수소택지의 오리들을 날려 보냈다. 매의 공격을 의도적으로 흉내 내고 있는 것 같았다. 하는 짓이 사냥하는 송골매와 놀랍도록 비슷했다. 큰뒷부리도요의 부리 길이를 보지 못했더라면, 멀리선 그를 매라고 착각했을 것이다. 그런데 정말 희한하게도 한 시간 뒤 수컷 송골매가 내륙에서 급히 날아와, 아까 큰뒷부리도요가 했던 급습과 똑같은 방식으로 섭금류들을 급습했다. 송골매는 몇 분간 큰뒷부리도요 한 마리를 뒤쫓았고, 마침내 여전히 그를 바짝 추적하면서 섬 너머로 사라졌다.

4시에 수컷 송골매와 암컷 송골매가 함께 강어귀 위로 높이 날아올랐다. 왜가리 한 마리가 얕은 물에서 먹이를 먹다가 몸을 일으켜, 내륙을 힘겹게 날아 자기 둥지로 향했다. 나는 매 사냥에 관한 책들에서 자주 묘사되는 극적인 방식으로, 송골매 두 마리가 급강하해서 왜가리를 덮치는 장면을 목격할 거라고 기대했다. 하지만 그들은 왜가리를 급강하해 덮치지 않았다. 암컷은 왜가리를 무시했다. 수컷은 급강하해 왜가리를 지나쳐, 왜가리의 머리 주변에서 원숭이처럼 시끄럽게 떠들며 아래에서 그를 공격했다. 왜가리가 물고기 한 마리를 토해내자, 수컷 송골매는 물고기를 따라 뛰어들어서 수차례 잡으려고 시도했지만 성공하지 못했다. 이윽고 수컷은 높이 솟구쳐 암컷과 다시 합류했고, 둘은 습지를 가로질러 북쪽을 향해 원을 그리며 날아 시야에서 사라졌다.

바다 위에 달빛이 비치며 낮이 끝났다. 눈부신 별들이 모습을 드러냈고, 많은 새가 울었으며, 강어귀 건너편에 불빛이 어른거렸다. 붉은 구름이 서쪽 내륙 위에서 환하게 드러났다.

3월 28일

하루 종일 남서풍이 불었다. 햇살 가득하고 따뜻한 아침 공기가 구름을 향해 높이 솟아올랐다. 11시에 짙은 갈색의 수컷 송골매가 남쪽에서 과수원에 도착하자, 산비둘기 2백 마리가 그곳에서 와자지껄하게 날아올랐다. 나는 동쪽 끝에서 막 들어서던 참이었다. 우리는 개울가에서 만났다. 한 시간 동안 수컷 송골매는 여러 나무 위에 걸터앉아, 주변을 관찰하고 맴돌았다. 그는 쥐 한 마리를 잡았다. 여전히 그는 나에게 분명 무관심했지만, 내가 이동하면 따라오거나 더 높이 날아 시야에서 나를 놓치지 않았다. 수컷 송골매는 나에게서 어떤 의미를 발견했지만, 나는 그게 무엇인지 모른다. 그가 에어리얼이라면, 나는 그의 느리고 죽어가는 캘리밴이다.[15]

내가 수컷 송골매를 볼 때마다 그는 높이 비상하려 애썼지만, 날씨가 도와주지 않았다. 그의 시도는 힘없이 머뭇거리다 끝났다. 오늘 12시 30분에 그는 다시 비상을 시도했다. 3백 피트 상공까지 날아올라, 방향을 돌린 다음, 바람을 타고 활공했다. 그는 활공을 멈추고 위로 선회하고 싶었지만, 너무 빨리 이동하고 있었다. 그는 과수원 위를 빠르게 지나서, 날개를 접고, 개암나무 울타리에 앉기 위해 급히 하강했다. 쉼 없이 날고 빙빙 맴돌며 30분을 더 보낸 뒤에, 결국 산울타리로 돌아온 것이다. 나는 사과나무에 등을 기대고 앉아서, 몸을 구부린 채 못마땅한 표정을 짓고 있는 매를 지켜보았다. 태양은 뜨거웠고, 풀은 마르고 따뜻했다. 종달새들은 노래했고, 흰 구름은 하늘 위를 떠다녔다. 개울 아래에는 청딱따구리 한 마리가 울었다. 매는 하늘을 올려다보고, 이리저리 걸음을 옮기다, 산울타리를 내려다본 다음, 날아갔다. 그는 먹이를 보지 못했다. 그저 산들바람에 날개를 맡긴 채 아주 가볍게 둥실 날았다. 매끄러운 활공을 지속하기 위해 날개를 고정시키려 애쓰면서, 날렵하고 섬세하게 공기를 어루만지며, 깍도요처럼 위를 향해 비스듬히 획획 움직였다.

과수원의 더 완만한 경사면에는 나무가 자라지 않고 짧은 풀만 듬성듬성 나 있는 약간 패인 곳이 있다. 그 땅은 바람을 막아주고

---

15 셰익스피어의 희곡 《템페스트》의 등장인물로, 에어리얼은 섬에 사는 공기의 정령이고 캘리밴은 원주민 괴물이다.

따뜻한 공기가 피어오른다. 매는 이 패인 땅 위에서 날개와 꼬리를 펼치고, 몸을 기울여 긴 반원을 그리고는, 바람이 부는 방향으로 몸을 돌렸다. 그는 표류하며 더 높이 날았다. 곧 그는 과수원 북쪽 끄트머리 위로 높이 올라, 작고 검은 점이 되었다. 그는 몇 주 동안 살금살금 숨어서 횃대에 앉고 주변을 맴돌다가, 마침내 풀려나 높이높이 떠다녔다. 스스로 몸을 비틀어 빠져나온 것이다.

갑작스레 가까스로 방향을 돌린 송골매는 돌연 정지해, 1천 피트 상공에서 바람이 부는 방향으로 향했다. 5분 동안 그는 뒤로 젖힌 날개에 힘을 주어 구부린 채, 흰 구름에 계류하려 내린 검은 닻처럼 움직이지 않고 매달려 있었다. 바위 밖을 살피는 뱀의 머리처럼, 그는 기민하고 위협적인 머리를 비틀고 돌리면서 아래 과수원을 내려다보았다. 바람은 그를 움직일 수 없었고, 태양은 매를 들어 올릴 수 없었다. 그는 하늘의 틈새에 안전하게 고정되었다.

그러다 갑자기 몸을 흐트러뜨려 대기 속으로 향하며, 날개를 똑바로 펴고 천천히 더 높이 원을 그렸다. 매는 속력을 줄여 꾸준히 균형을 잡고 날다가, 다시 멈추었다. 이제 그는 멀리 눈동자 같은 작은 반점이 되었다. 그는 고요하게 표류했다. 그런 다음 뚝 끊긴 음악처럼 하강하기 시작했다.

송골매는 왼쪽 앞으로 미끄러지며 200피트를 내려온 다음 멈추었다. 그리고 그 자리에서 한참을 가만히 정지한 뒤, 오른쪽으로 2백 피트를 더 내려온 다음 멈추었다. 이렇게 양쪽 날개를 번갈아 기울이면서 수직으로 지그재그를 그리며, 가파른 하늘 표면을 천천히 하강했다. 망설임이나 경계는 없었다. 실을 타는 거미나 밧줄을 묶은 인간이 떨어지듯, 그냥 떨어진 다음 멈추었다. 긴 날숨과도 같았던 하강이 마침내 끝났다. 매는 외피가 두꺼운 지상의 공기 속으로 돌아왔다.

　나는 송골매가 휴식을 취할 거라고 생각했다. 하지만 그는 몸을 녹이는 하늘의 온기를 거부할 수 없다는 듯, 탁 트인 경작지 위를 다시 날았다. 그는 아직 미숙했기 때문에 아주 천천히 올라갔다. 날개에 바짝 힘을 주어 최대한 활짝 펼쳤고, 고개를 앞으로 길게 뻗었으며, 두 눈으로 위를 올려다보았다. 첫 번째 넓은 원을 그린 후, 그는 자신이 안전하다는 걸 확인했다. 그는 긴장을 늦추었고, 다시 아래를 내려다보았다. 그런 다음 하늘을 휩쓸듯 길게 원을 그리며 올라가 점점 작아졌고, 흰 구름 아래에서 북쪽을 향해 구불구불 나아갔다. 그러나 그는 과수원을 떠나길 주저했고, 구름을 따라가려 하지 않았다. 매는 햇빛이 비치는 1천 피트 상공에서 천천히 활공하여 돌아와, 개울 근처 나무에 내려앉았다. 45분간의 비행 후 그곳에서 휴식을 취했지만, 잠을 자지는 않았다. 내가 더 가까이 다가갔을 때, 그는 나를 알아차리지 못했다. 그는 아무것도 보지 않았다. 눈을 떴지만 딱히 뭘 보고 있지는 않았다. 매는 몽유병자처럼 움직이면서 도취된 표정으로 앞을 응시하며 남쪽으로 날아갔다. 날개는 그저 공기에 닿고 스칠 뿐이었다. 위에서 태양이 빛나자, 그는 은빛 물로 만든 방패처럼 번득였고, 자줏빛 도는 갈색으로 타올랐으며, 비 온 뒤 짙은 경작지처럼 축축했다.

　송골매는 나란히 늘어선 포플러나무들 너머에서 원을 그리다가, 다시 높이 솟구치기 시작했다. 이제 매는 북서쪽으로 재빨리 날아올라, 강 유역에서 아주 멀고도 높이 이동해, 바람을 가로질러 힘차게 앞으로 나아갔다. 미끄러지듯 날고, 소용돌이를 그리고, 주변을 맴돌고, 노를 젓듯 날개를 저으면서, 그는 마침내 과수원에 대한 집착에서 벗어난 것 같았다. 자유! 봄날 따뜻한 하늘 속으로 풀려나와 저 멀리 빛이 비치는 모든 지역을 마음껏 돌아다니는 송골매를 보기 전까지, 누구도 자유의 의미를 알지 못하리라. 그는 강의 가파른 경사지를 따라 하늘 위를 전사 같은 동작으로 날아올랐다. 푸른 바닷속 돌고래처럼, 출렁이는 물속 수달처럼, 그는 하늘의 깊은 석호 속으로 새털구름이 이루는 높고 흰 암초를 향해 풍덩 뛰어들었다. 내 팔이 쑤시고 더 이상 매가 보이지 않을 무렵, 그는 아주 작은 점으로 흐릿해지다가 내 시야가 닿는 밝은 원에서 사라졌다. 곧이어 내가 매를 다시 발견했을 때, 그는 더 커져 있었다. 그의 몸은 점점 꾸준히 커졌다. 그는 아직 완전히 떠날 준비가 되지 않았는지, 계곡 위 수천 피트에서 과수원으로 다시 뛰어들고 있었다. 그는 하나의 점에서 흐릿한 형체로, 새로, 매로, 송골매로 점점 커졌다. 날개 달린 머리를 어깨에 짊어지고 바람을 뚫고 하강했다. 쏜살같이, 섬광처럼 번득이며, 날개로 윙윙대면서, 그는 내게서 10야드 떨어진 산울타리로 내려왔다. 그는 그곳에 앉았고, 털을 다듬었고, 주변을 둘러보았다. 30분간의 유쾌한 비행에 매는 지치지 않았고, 조금도 힘에 부치지 않았다. 그는 선택할 수 있는 모든 계곡을 두고서, 내가 서 있는 과수원으로 돌아오기로 결정했다. 우리 둘 사이에는 미묘하고 말로 설명하기 어려운 유대감이 분명히 존재했다.

이제 4시다. 태양은 아직 따뜻하고 하늘은 대체로 맑다. 수컷 송골매가 위를 바라본다. 나는 그의 시선을 따라, 동쪽에서 원을 그리고 있는 암컷 송골매를 본다. 청명한 햇살 속에서 암컷의 꽉 움켜쥔 발과 그 위의 옅은 깃털이 상아색과 금색으로 어슴푸레하게 빛난다. 새의 전신이 아스텍 문명의 견고한 광채로 빛나, 깃털처럼 가볍고 물에 뜨는 속이 빈 뼈가 아니라 청동으로 주조된 것 같았다. 암컷은 원을 그리는 수컷을 보고 강어귀에서 다가와 그와 합류했다. 이것이 수컷의 비행 목적이었다. 수컷이 과수원에서 날아오르고, 둘은 함께 울면서 하늘 높이 천천히 표류하며 흘러가고 또 흘러간다. 그들의 거친 울음소리가 아무 감정 없는 하늘에 강하게 부딪친다. 송골매들은 보통 그들의 겨울 보금자리에 처음 올 때 우짖고, 그곳을 떠날 때 다시 우짖는다. 그들이 그리던 느슨한 원이 서서히 팽팽해진다. 이내 그들 중 한 마리가 다른 한 마리보다 높이 떠오른 채로, 함께 엄청난 속도로 원을 그린다. 그들은 번갈아 빠른 활공과 내려찍듯 깊은 날개짓을 오가며, 휘몰아치듯 길게 포물선을 그리면서 남동쪽으로 날아오른다. 그들의 모든 동작에는 급박함과 힘이 깃들어 있다. 태양과 바람은 더 이상 그들에게 지시하지 않는다. 그들은 그들만의 힘을 지니며, 마침내 그들이 가야 할 방향을 안다.

이제 그들은 1백 마일 떨어진 네덜란드 해안을 볼 수 있다. 그들은 구불구불한 스헬더 강Scheldt 하구를, 제방의 흰 선을, 다가올 밤의 그림자 속에 서 있는 저 멀리 반짝이는 라인 강Rhine을 볼 수 있다. 그들은 숲과 들판, 강과 색색의 농장들이 이루는 익숙한 무늬를 떠나고 있다. 강어귀, 그 초록의 섬들, 그리고 뱀처럼 쉴새 없이 꿈틀거리는 진흙의 움직임을 떠나고 있다. 해수소택지에서 자라는 황갈색 생명들, 갑자기 일직선이 되는 해안선, 날카로운 햇살이 비치는 육지의 가장자리를 떠나고 있다. 이런 생생한 이미지들은 무지개의 압축된 색깔로 축소되고, 그들 기억의 수평선 아래로 가라앉는다. 다른 이미지들은 아직 신기루처럼 일그러진 채, 순백의 긴 대륙

해안에서, 지금은 어둠에 잠긴 저 멀리 섬들에서, 밤으로부터 출항하는 절벽과 산들에서 선명해져 간다.

3월 29일

검은가슴물떼새 2백 마리가 커다란 개똥지빠귀처럼 귀를 기울이면서, 부리로 앞쪽 아래 아직 자라고 있는 옥수수를 쿡쿡 찔러 먹었다. 많은 새가 이미 여름깃으로 갈아입었다. 겨자색 반점이 흩뿌려진 등 아래 검은 가슴이 햇빛을 받아 반짝거렸는데, 마치 검정 신발의 절반이 미나리아재비 꽃가루로 뒤덮인 것 같았다. 나는 강둑에서 죽은 토끼의 유해를 발견했다. 죽은 지 며칠 지났다. 털이 모두 뽑힌 채 뼈가 드러나 있었다. 더 가는 뼈들 중 일부인 삼각형 뼛조각들은 송골매가 부리로 뜯어냈다. 토끼는 죽은 상태에서 발견되어 먹혔을 수도 있지만, 송골매 두 마리가 함께 사냥해 죽였을 가능성이 훨씬 크다. 나는 전에도 이런 토끼들을 발견한 적이 있는데, 대개는 털갈이하는 송골매들이 포유동물을 많이 죽이는 3월이었다.

곱슬곱슬 아삭아삭한 양상추 고갱이처럼 신선하고 샘물처럼 맑은 강가의 나무에서 울새들이 노래했다. 짤랑거리는 하프시코드처럼, 울새의 노래에서는 어렴풋하면서도 선명한 향수가 느껴진다. 나무에서 나무껍질과 재와 마른 잎의 냄새가 풍겼다. 차가운 하늘의 햇무리가 길 끝에 빛을 던졌다. 수컷 피리새는 축 늘어진 낙엽송 잔가지에 웅크리고 앉았다. 그는 더 높은 잔가지를 향해 목을 길게 빼고, 부리로 정교하게 싹을 비틀어 잘라내고는, 무언가를 골똘히 생각하면서 그것을 씹었다. 곧이어 그는 고개를 아래로 떨구고 아래에 있는 가지의 싹들을 뚝뚝 잘라냈다. 그는 빨간색과 검은색이 섞인 통통한 몸으로 한가하게 풀을 뜯었고, 이따금 목 아래 늘어진 군살을 부드럽게 떨면서 쉰 듯한 목소리로 온 힘을 다해 "두-두두" 하고 노래를 토해냈다. 피리새는 산사나무 잎을 주식으로 우적우적 먹는 수송아지 같았다. 하지만 그가 부리로 싹을 당기고 비틀어 잘라내는 모습은, 나에게 먹잇감의 목을 부러뜨리는 송골매를 연상시켰다. 무엇을 파괴하든, 파괴의 행위는 크게 다르지 않다. 아름다움은 죽음의 구덩이로부터 발산한다.

나는 황금빛 수컷 송골매를 찾기 위해 개울로 향했다. 24일 이후로 계곡에서 그를 보지 못했다. 1시에 황조롱이 한 마리가 사우스 우드 근처 들판 위를 맴돌았다. 뜨거운 다리미를 손가락으로 살짝 건드리는 것처럼, 그의 날개가 조심조심 빠르게 바람을 스쳤다. 날개는 햄 자르는 칼의 날처럼 위아래로 가볍게 떨렸다. 그는 더 아래로 내려와, 날개로 이어지는 관절을 뒤로 젖힌 채 가만히 머물렀다. 날개의 창백한 가장자리가 햇빛에 번쩍거렸다. 이윽고 젖힌 날개를 위로 나부끼며 낙하산을 타고 내려가듯 수직으로 떨어졌다. (송골매와 달리 황조롱이는 하강할 때 날개를 옆으로 접지 않는다.) 황조롱이는 마지막 순간 수평 비행을 한 다음, 풀밭 속에 숨어 있는 무언가 위로 툭 떨어졌다. 그가 그것을 먹기 위해 두더지가 파놓은 흙두둑을 향해 날아가자, 그의 부리에는 축 처진 회색 무언가가 물려 있었다. 내가 다가가자, 그는 먹이를 남겨둔 채 즉시 자리를 피했다. 아주 작고 가벼운 첨서였다. 그가 발가락으로 움켜쥔 자국이 부드러운 회색 털에 아직 남아 있었다. 나는 내가 가고 나면 황조롱이가 먹이를 찾아 돌아오길 바라며, 흙 두둑 위에 첨서를 도로 올려놓았다.

나는 죽은 나무 근처 양느릅나무 아래에서 두 시간을 기다렸지만, 송골매는 나타나지 않았다. 내 위 하늘에서 브브 하는 희한한 소리가 들리기 시작했는데, 처음에는 아주 희미하다가 차츰 커졌다. 꺅도요가 날개를 치는 소리였다. 나는 50피트 주변에서 꺅도요를 찾아보았지만, 거의 5백 피트 밖에서 마침내 그를 발견했다. 종달새처럼 작은 꺅도요는 아주 빠르게 원을 그리며 넓은 구역 전체를 돌았다. 그는 햇빛을 받아 반짝반짝 빛났고, 검은 다이아몬드처럼 흰 구름을 가로질렀다. 그는 20초마다 몸을 기울여 낮게 하강하면서 꼬리깃을 활짝 펼쳤는데, 그럴 때마다 깃털이 공기를 때려서 마치 티슈페이퍼와 빗이 마찰할 때처럼 희한하게 브브 하는 소리, 이른바 북치는 소리drumming가 났다. 쉽게 구별되는 윙윙대는 음이 여덟에서 열 번쯤 들렸는데, 그중 네다섯 번째 소리가 가장 컸다. 음은 점점 커져서 최고조에 달한 다음, 꺅도요가 다시 수평으로 선회비행을 시작하자 서서히 잦아들었다. 소리는 놀랍도록 크고 강렬했다. 마치 머리 위에서 연이어 커다란 화살을 격렬하게 쏘는 것 같았다. 하늘에서 금방이라도 신탁이 들려올 듯한 불길한 소리였다. 그 소리를 듣고 있던 나는 어디에도 숨을 곳이 없다는 기분이 들었다. 꺅도요는 5분 동안 북치는 소리를 내며 선회비행을 한 다음, 개울 근처 축축한 땅으로 하강했다. 3월에 수위가 높을 때 그곳에 가면 언제나 꺅도요들이 있다. 하지만 그들은 결코 번식을 위해 남아 있는 건 아니다.

30분 뒤에 북치는 소리가 다시 시작되었다. 꺅도요는 아까보다 훨씬 높이 올라갈 때까지, 그의 모습이 겨우 보일락 말락 할 때까지, 원을 그리며 날았다. 나는 그를 지켜보다가 더 아래에서 원을 그리는 무언가를 보았고, 다른 꺅도요라고 생각했다. 그러나 쌍안경을 통해 그가 수컷 송골매라는 걸 즉시 알아보았다. 매는 꺅도요를 향해 빠르게 날아올랐고, 꺅도요는 그가 50피트 이내로 접근하기 전까지 위험을 감지하지 못했다. 이윽고 꺅도요의 북치는 소리가 멈추었고, 꺅도요는 땅에서 힘차게 솟구쳐 오를 때처럼 가파른 각도로 재빨리 날아오르기 시작했다. 매가 열심히 꺅도요의 뒤를 쫓았다. 꺅도요는 아래로 날았지만, 매가 즉시 급강하해 꺅도요를 다시 올라가게 만들었다. 위편 하늘에서 두 새 모두 거의 보이지 않을 때까지, 이런 움직임은 열 내지 열한 번 반복되었다. 그들은 강 위로 아주 높이 치솟았고, 나는 이제 거의 기진맥진한 꺅도요가 갈대밭으로 툭 떨어져 내려 죽을힘을 다해 달아날 거라고 기대했다. 꺅도요는 공격을 받은 것처럼 너무나 갑작스럽게 떨어졌다. 그는 수직으로 나동그라졌다. 매는 비스듬히 몸을 기울여 보다 부드럽게 하강해서, 꺅도요를 향해 바싹 접근했다. 강 위 5백 피트 상공에서 두 실루엣이 한 마리 검은 새로 합쳐졌고, 다시 날아올라 천천히 개울로 돌아왔다. 수컷 송골매는 죽은 느릅나무로 먹이를 가지고 갔다. 그가 그곳에서 먹이의 털을 뽑고 먹는 동안, 햇빛이 비쳐 잔물결처럼 일렁이는 그의 등 깃털을 황금빛 밀 색깔로 물들였다. 그는 식사를 마치고 휴식을 취한 다음, 자신의 보금자리인 강어귀의 섬들 중 하나에 외따로 서 있는 느릅나무를 향해 동쪽으로 날아갔다.

3월 30일

2시까지 비가 내린 뒤, 이어서 소나기가 퍼부었고, 안개와 물기를 머금은 햇살이 드러났다. 나는 3시에 노스 우드 근처 느릅나무에 앉은 송골매를 발견했다. 그는 습기로 한껏 부풀어 몸집이 커보였고, 멀리 날 것 같지 않았다. 비가 한바탕 세차게 퍼붓더니 3시 30분에 잦아들었다. 그는 비를 쫄딱 맞아 흠뻑 젖어서, 속이 빈 나무를 향해 날아가 바람을 피해 안으로 슬쩍 들어갔다. 비가 그치자, 그는 천천히 무겁게 날개를 펄럭거리며 참새들이 먹이를 먹고 있는 그루터기만 남은 밭으로 내려갔다. 송골매가 그들 사이로 떨어져 내린 뒤에야, 참새들은 뿔뿔이 흩어졌다. 송골매는 쉽게 한 마리를 잡아 느릅나무로 운반해 가서 먹었다. 송골매의 느리고 무거운 비행이 까마귀와 똑같아서, 참새들은 까마귀인 줄 깜빡 속은 것이다.

해가 나왔고, 매는 물이 뚝뚝 떨어지는 날개를 말리기 시작했다. 남쪽에서 폭풍이 불어왔다. 매가 후드득대며 짙은 그늘 속으로 들어가, 나는 더 이상 그를 볼 수 없었다. 보랏빛 구름에서 비가 떨어졌고, 바람은 강풍으로 변했다. 담비 한 마리가 나를 지나쳐 달려갔고, 번개가 번쩍이자 껑충 뛰어올랐다. 입에는 죽은 쥐를 물고 있었다.

비가 걷혔고, 흠뻑 젖은 풀에서 안개가 피어올랐다. 자신의 고요를 구하려 느리게 흐르는 강으로 향한 길 잃은 비는 사방에 잔물결과 물방울을 남겼다. 매는 가고 없었다. 금눈쇠올빼미들이 이른 땅거미 속에서 애통하게 울었다.

3월 31일

서늘하고 맑은 동틀녘, 동쪽의 안개는 막 걷히고 구름은 농도가 옅어졌다. 늦도록 남아 있던 원숭이올빼미가 강에 비친 검은 그림자 위로 하얗게 흔들렸다. 송골매가 미끄러지듯 날아 조용한 올빼미를 덮쳤다. 창꼬치가 돌진하며 물을 흩트리듯, 강에 비친 반영들이 흔들리며 충돌했다. 올빼미는 댕기물떼새만큼이나 날렵하게 피했지만, 송골매는 그보다 훨씬 빨리 날았다. 흰색 안료로 그린 듯한 사선들이 초록 들판을 가로지르며 어른거렸다. 송골매는 추격을 그만두고, 첫 햇살 속으로 높이 날아오른 뒤, 동쪽으로 원을 그렸다. 올빼미는 속이 빈 나무의 어둠 속으로 슬며시 들어갔다.

쇠오색딱따구리 두 마리가 날아서 낙엽송 숲으로 들어갔다. 나는 약간 숨을 죽인 듯한 귀에 거슬리는 그들의 울음소리를 들었다. 숨소리가 섞인 불분명한 음들을 간신히 토해냈다. 불평하며 쥐어짜는 듯한 울음소리였다. 그들은 낙엽송 높이 달린 잔가지에 발을 넓게 벌리고 앉아서, 쉭쉭대며 날개로 서로를 쳤다. 그러더니 마치 발레를 하듯 뒤로 물러났다. 그들은 똑바로 서서 부리가 위를 향하도록 수직으로 들고, 나뭇잎 모양 날개를 활짝 펼쳐 연한 색 아랫부분의 물결 모양 반점을 드러냈다. 그들은 선사시대의 안개 짙은 밀림 속 거대한 나무고사리에 매달린, 희한하게 생긴 태고의 나비처럼 보였다. 한 마리가 죽은 버드나무를 향해 날았다. 그는 속도를 늦추지 않고 날아서, 커다란 발에 둥근 빨판이라도 달린 것처럼 나무 옆면에 착륙했다. 딱정벌레 같은 타원형 등은 검은 바탕에 흰 가로 줄무늬들이 반짝여서, 볼 때마다 마치 흰색으로 페인트칠한 작은 사다리를 등에 기대어 놓아 마르지 않은 가로대 자국이 남은 것 같았다. 쇠오색딱따구리는 죽은 나무를 길게 연속해서 딱딱딱딱 두드리다, 사이사이 아주 잠깐씩 멈추었다. 나무를 두드릴 때마다 부리가 아주 빠르게 되튀어서, 마구 진동하는 머리가 흐릿하게 보였다. 그가 나무를 두드리는 속도는 오색딱따구리보다 조금 느리며, 음조는 더 높고 서서히 잦아들지 않는다. 여러 번 듣다 보면 두 소리를 쉽게 구분할 수 있다. 귀는 눈보다 더 빨리 학습한다.

다 두드린 뒤, 쇠오색딱따구리는 다리 전체가 바깥으로 기울어질 정도로 머리를 한껏 뒤로 젖히고서, 천천히 힘주어 아주 크게 열두 번 나무를 쳤다. 두 번째 쇠오색딱따구리가 통통 튀어 건너와 나무의 반대편에 내려앉았다. 두 마리 모두 잠시 가만히 있었다. 곧이어 두 번째가 공격적으로 날개를 펄럭여 첫 번째를 쫓아내고, 그가 앉아 있던 공명판을 차지했다. 쇠오색딱따구리가 나무를 두드리는 소리가 길게 이어질 때, 그 소리는 공명과 진동 모두 쏙독새의 노래와 약간 비슷하다. 당연히 그것은 부리가 죽은 나무에 부딪칠 때나는 단속적인 딱딱거림이 길게 이어져 기계적으로 만들어지는 소리이지만, 어느 정도는 새의 울대가 울리며 나는 소리이기도 하다. 이는 그런 믿을 수 없이 커다란 소리가 나는 이유를 설명해줄 수 있다. 아랫부리 끝을 크게 벌리면, 두드리는 소리가 굉장히 크게 난다.

버들솔새와 검은다리솔새들이 언덕 숲의 연둣빛 안개 속에서 부드럽게 노래했다. 전나무 재배지를 비추는 빛의 어둑한 틈새 너머에 올빼미의 커다란 머리가 깐닥거렸다. 해가 비치는 곳에 드리워진 푸른 그림자들은 윙윙거리는 곤충들의 열기로 그을었다. 나는 나무들 사이로 저 아래 작은 들판과 강의 어두운 굴곡을 볼 수 있었다. 갈매기를 급습하는 송골매가 보이기 시작했다. 그들은 영화 필름이 돌아가듯 나무들 뒤에서 획획 지나갔고, 이내 암전과 함께 장면이 끊겼다.

강어귀는 고요했다. 매도, 사냥감도 없었다. 댕기물떼새 한 쌍이 습지를 가로지르며 울었고, 암탉은 풀밭에서 울었으며, 수탉은 제 모습을 과시하며 노래했다. 수탉은 오렌지색, 검은색, 흰색 공을 돌리며 곡예를 부리는 미친 광대처럼 날았다. 그의 날개는 풍차 날개가 굴러가듯 지면을 따라 옆으로 재주넘기를 하는 것 같았다. 수탉이 대기와 뒤엉켜서 나뒹굴었다가 급강하했다가 올라가는 동안, 그의 날개는 지느러미처럼 구부러졌고 촉수처럼 흔들렸다.

4월 2일

날카로움이 사라진 온화한 공기, 축축한 풀 냄새, 신선한 흙과 농약 냄새가 가득한 봄날 저녁. 이제 새들의 노랫소리는 줄었다. 3월에 노래하던 새들은 대부분 철새여서, 모두 북쪽으로 돌아갔다. 검은지빠귀와 종달새들은 대부분 가버렸지만, 회색머리지빠귀 백여 마리는 여전히 강가의 나무들에서 지낸다. 검은머리쑥새들은 자신의 서식지로 돌아왔다. 진갈색 경작지에서 흰머리딱새 무리의 하얀 꽁지가 별처럼 반짝인다. 송골매가 죽인 먹이 두 마리가 강가에 널브러져 있다. 둘 다 산비둘기다. 한 마리는 거의 건드리지 않았는데, 물고기 같은 두 눈이 여전히 강렬하고 광적으로 파랗게 빛난다. 다른 한 마리는 아주 깨끗이 먹어치웠다. 그것은 뽑힌 깃털 더미 옆에 그저 속이 빈 뼈의 찌꺼기로 남아서 갈대밭 깊이 누워 있다.

제비 한 마리가 강둑의 포효하는 순백과 대비되는 자줏빛을 지나, 강의 잔잔한 초록 너머 푸르름으로 쌩하고 날아간다. 봄날 저녁에 종종 그렇듯 내 주변의 새들은 아무도 노래하지 않지만, 저 멀리 나무와 관목들에서 노랫소리가 가득히 울려 퍼진다. 모든 인간과 마찬가지로, 나 역시 모든 생명을 검게 그을리는, 벌겋게 달아오른 직경 1백 야드의 쇠고리 안을 걷는 것만 같다. 내가 가만히 서 있으면, 그 고리는 식어서 천천히 사라진다. 7시. 느릅나무와 산사나무 아래는 이미 땅거미가 지고 있다. 새 한 마리가 들판을 낮게 가로질러 나를 향해 곧장 다가온다. 그 새는 올빼미처럼 긴 풀을 스치듯 지나간다. 새가 다가올 때 실제로 가슴뼈의 용골돌기가 닿아 풀들이 갈라진다. 그의 날개는 편안하게, 하지만 날개 끝이 등 뒤에서 거의 닿을 정도로 높이 펄럭인다. 머리는 넓적하고 올빼미처럼 생겼다. 그늘진 들판을 가로질러 빠르게 접근하는 동작에는 놀랍도록 흥분하게 하는 부드러움과 고요한 은밀함이 깃들어 있다. 그는 풀 속을 자세히 내려다보다가, 이따금 자신이 어디로 가고 있는지 확인할 때만 위를 홀긋 쳐다본다. 새가 더 가까이 다가오자, 나는 그가 사냥 중인 송골매이고, 수컷이며, 아주 낮게 날아서 자고새를 내몰려 한다는 걸 알게 된다.

송골매는 나를 보고 자신의 오른쪽으로 방향을 틀어, 커다란 양느릅나무에 앉기 위해 휙 날아오른다. 금실로 짠 옷감처럼 어슴프레 빛나는 송골매의 넓은 등에 마지막 창백한 햇살이 비친다. 그는 경계심이 많고, 탐욕스러우며, 잠시도 가만있지 않는다. 곧이어 그는 차분히 하강하여, 북쪽을 향해 불규칙하게 날개를 퍼덕인다. 그는 탁 트인 들판의 높이 걸린 전선에 앉아 15분 동안 머무른다. 매우 곧은 자세로 주변을 경계하며 왼쪽 어깨 너머를 뒤돌아보는 모습이, 희미해지는 빛 속에서 커다란 검은 윤곽으로 드러난다. 이윽고 송골매는 경작지를 가로지르고 나무 뒤편으로 낮고 빠르게 날면서, 허공을 가르는 긴 날갯짓으로 속도를 높였다. 쇠처럼 단단한 강 너머로 박쥐들의 끽끽대는 날갯소리, 여우원숭이 같은 올빼미들의 마도요 같은 울음소리만 남은 봄날 해질녘.[16]

4월 3일

따뜻한 날이었다. 햇살이 스민 아침 아지랑이를 바람이 서서히 걷어갔다. 구름이 모이다 다시 흩어지며, 파란 하늘을 드러냈다. 작은멧박쥐 한 마리가 매처럼 곤충을 덮치고 이따금 울면서, 30분 동안 강 위를 날았다. 솜털이 보송보송한 갈색 등 위로 해가 비치며, 털로 뒤덮인 긴 귀가 드러났다. 송골매는 찾을 수 없었다.

사우스 우드에서 오색딱따구리들이 시끄럽게 떠들었다. 일곱 마리가 새끼 돼지처럼 지저귀며, 한꺼번에 나무에서 미끄러지듯 날았다. 그들은 뿔뿔이 흩어져서, 단단하게 한껏 펼친 날개로 공중을 표류했다. 그런 다음 주변 나무들에 자리를 잡고, 부리로 잠시 나무를 두드린 뒤 다시 흩어졌다. 이들은 아든 숲[17]의 유쾌한 광대들이다. 만약 나무의 조직이 좋으면, 오색딱따구리의 나무 두드리는 소리가 풍부하게 울려 퍼진다. 오색딱따구리는 잠시 나무를 바라본 다음, 몸을 천천히 뒤로 젖혔다가 재빨리 앞으로 기울인다. 먼저 강타한 다음, 빠른 타격이 연속해서 이어진다. 부리는 점점 튀는 힘이 약해지는 공처럼, 그저 나무에서 되튀는 것처럼 보인다. 톡톡 나무를 두드리는 강도는 차츰 약해지고, 부리는 점점 나무에 가까워져 마침내 거의 기대다시피 하며, 두드리는 소리는 점점 잦아든다. 오색딱따구리는 응답을 기다린다. 같은 자세로 20분 동안 기다릴 수도 있

---

16 나무에 사는 일부 여우원숭이는 물을 마시거나 떨어진 나무열매를 주울 때만 땅으로 내려온다. 저자는 나무를 떠나지 않는 올빼미를 여우원숭이 같다고 생각한 것 같다.

17 Arden. 잉글랜드 중동부에 있는 숲이다.

다. 나무 두드리는 소리가 들려오면, 그는 곧장 그 소리에 화답한다.

동고비 한 마리가 너도밤나무 껍질 위에서 종종걸음 치고, 꽁꽁 숨어 있다가, 마침내 풍부한 소리로 목청 높여 "퀴, 퀴, 퀴, 퀴" 하고 노래를 불렀다. 그의 등은 나무껍질과 아주 비슷하고, 가슴은 시든 너도밤나무 잎 색깔이다. 그는 또한 딱따구리가 트라이앵글을 두드리는 것처럼, 떨리는 기계음 같은 커다랗고 떨리는 고음으로도 노래했다.

4월 초에 서어나무가 있는 곳은 어디에나 노래하는 방울새 무리가 있다. 많은 방울새가 햇볕이 내리쬐는 노스 우드의 잡목림에서 졸린 듯 낮고 단조롭지만 기분 좋은 소리를 내고 있었다. 일부는 되새와 박새들, 그리고 쇠박새 한 마리와 울새 한 마리와 함께 짙은 색 부엽토에서 먹이를 먹고 있었다. 방울새 무리는 빈번히 마른 날개를 바스락거리며 나무들 위로 날아올랐고, 잠시 후 부유하는 먼지 사이로 드리운 햇빛과 그늘이 만든 격자무늬를 통과하여 다시 조용히 내려앉았다. 노란 햇살이 새 그림자가 만드는 가녀린 이슬비로 어른거렸다. 모여든 새들은 하나의 거대한 신경에 친친 감긴 것 같다. 그들은 빛이나 움직임이 조금만 바뀌어도 과장되게 반응한다. 그때 갑자기 그들 사이로 덩치가 크고 오만하며 쇄빙선의 뱃머리처럼 무겁고 노란 부리를 지닌 조류계의 수퇘지, 콩새가 눈에 들어왔다. 콩새는 쉿쉿거림과 펑펑거림 그리고 휘파람이 모두 합해진 소리로 "칭크" 하고 크고 단호하게 울었다. 나는 콩새를 다시 찾아봤지만 발견할 수 없었다. 나는 그가 오는 걸 보지 못했다. 가는 것도 보지 못했다. 호전적으로 생긴 다른 새들처럼, 콩새는 조심성이 많고 소심하다.

블루벨의 짙은 향이 과수원에서 떠다니는 유황 냄새와 뒤섞였다. 뻐꾸기 한 마리가 강 쪽에서 천천히 날아올라, 굽이치는 개울을 따라갔다. 그는 숲으로 왔고, 지난 두 달 동안 지칠 줄 모르고 불러 대던 노래를 부르기 시작했다. 누군가 뻐꾸기를 아주 가까이에서 똑똑히 볼 수 있다 해도, 노래를 이루는 두 음은 그의 아득한 내면에서 나오는 듯 보일 것이다. 그 음들은 멀리 있기 때문에, 여전히 낮고 분명치 않게 들린다. 뻐꾸기는 미치광이처럼 집중해서 노래한다. 그의 눈은 물고기처럼 흐리멍덩하다. 치자색 홍채는 그의 머리에 꽂은 색 구슬 같다. 뻐꾸기는 성가신 호색한으로, 쉴 새 없이 노래하면서 제 짝의 종소리처럼 구슬픈 울음소리에 귀를 기울인다. 그는 숲에서 먹이를 먹은 뒤 들판을 가로질러 날아갔다가, 곧장 송골매에게 추적 당했다. 송골매는 노랫소리를 듣고 뻐꾸기라는 걸 알고서, 그가 나오길 기다렸을지 모른다. 뻐꾸기는 숲속으로 다시 몸을 피했고, 다시는 숲을 떠나지 않았다. 대부분의 매는 가능하면 언제든지 뻐꾸기를 죽여서 먹는데, 아마도 뻐꾸기가 잡기 쉽다는 걸 알기 때문일 것이다.

　　나는 죽은 느릅나무를 향해 건너가는 송골매(바로 그 황금빛 수컷이었다)를 따라갔다. 그곳에서 수컷 송골매는 하늘을 주시하며 한 시간 동안 쉬었다. 5시에 그는 여러 차례 커다란 원을 그리며 날아오르다, 높이 치솟기 시작했다. 그는 우짖고 아래를 내려다보면서, 동쪽으로 표류했다. 그는 오랫동안 울었는데, 마치 떠나는 매가 남아 있는 매에게 자신의 슬픔을 큰 소리로 전하려는 것 같았다. 이윽고 수컷 송골매는 해안을 향해 미끄러지듯 날아갔다. 속도가 서서히 빨라졌다. 그는 거대한 포물선 위를 이동하고 있었고, 마지막 수직 낙하를 마치기 한참 전에 이미 동쪽 하늘의 맑고 강한 빛 속으로 사라졌다.

청딱따구리가 울면서 탁 트인 들판 위를 높이 날았다. 어치 한 마리가 이 나무에서 저 나무로 날아서, 두 숲 사이를 조심스럽게 건넜다. 그가 은신처에서 나온 모습을 본 건 10월 이후 처음이었다. 오목눈이들은 둥지를 짓기 위해 송골매가 죽인 먹이로부터 깃털을 모으려고 산울타리들을 촐랑촐랑 날아다녔다. 나처럼 이 새들도 마지막 송골매가 계곡을 떠났다는 걸 알고 있었다. 그들은 내가 잃어버린 자유를 얻었다.

4월 4일

샛강으로 이어지는 초록색 오솔길에 녹색 잎과 흰색 꽃이 달린 산벚나무가 늘어섰다. 검은색, 흰색, 다홍색 분을 바른 멋쟁이새들이 휙 지나가, 쉰 듯한 울음소리만 남기고 사라졌다. 물가로 갈수록 색깔은 바랬고, 땅은 끝이 났다.

하늘은 회색빛이었지만, 조수 위로 밝은 빛이 떠올랐다. 종달새들이 노래했다. 하루 중 가장 아름다운 시간이었다. 어스름은 벌써 멀리 나무와 산울타리를 헤치며 이동하고 있었다. 샛강과 만은 흔들림 없이 고요했다. 새들의 노래와 울음소리가 조수의 진동과 잔물결에 어우러졌다. 나는 송골매를 찾기 위해 이곳에 왔다. 전날 저녁 그가 계곡을 떠났을 때는 이미 늦은 시간이었으므로, 나는 그가 이동하기 전에 해안을 따라 사냥하기 위해 잠시 멈출지 모른다고 생각했다. 바람이 북쪽으로 물러났고 날은 습하고 쌀쌀했다. 그러나 강어귀는 너무 평화로웠고, 새들도 지나치게 느긋했다. 매가 없는 하늘은 차분하고 텅 비었다. 나는 방파제 위에서 까마귀 시체를 발견했다. 송골매가 불과 몇 시간 전에 죽인 것이었다. 까만 깃털이 피로 물든 뼈를 에워쌌다. 두개골을 깨뜨리고 눈을 찌르는 냉혹한 부리가 하늘을 가리켰다. 까마귀는 이제 머리와 날개로만 남았다.

3시에 지금 당장 8마일 떨어진 해안으로 가면 송골매를 발견할 수 있을 거라는 확신이 불현듯 들었다. 그런 확신은 좀처럼 찾아오지 않지만, 일단 오면 수맥 찾는 막대기가 아래로 굽을 때처럼 저항할 수 없다. 나는 해안으로 갔다.

가망이 없어 보였다. 차가운 북풍 속에서 검은 구름이 낮게 깔렸고, 빛은 몹시 어두웠다. 썰물은 해수소택지 건너편으로 멀리 물러났다. 들판은 먼 바다만큼이나 회색빛으로 스산했다. 땅과 바다도 칙칙하고 생기 없는 금속처럼 납작하게 두들겨 펴졌다. 나는 황량함을 사랑하지만, 이 분위기는 황량함을 넘어섰다. 이것은 죽음이었다.

황오리 한 마리가 깨진 화병처럼 반짝이며 진흙 위에 누워 있었다. 녹색을 띤 검은색과 흰색, 밤색이 섞인 청동색, 선명한 주황색의 시신이었다. 가슴의 깃털은 모두 뽑혔고, 뼈에 붙은 살점은 뜯겼다. 몸속 깊숙한 곳에는 피가 흥건했다. 송골매가 먹어치운 것이다. 그렇다면 그가 아직 주변에 있을까? 나는 방파제 옆을 기어올라 조심스럽게 꼭대기를 살펴보았다.

그곳에 그가 있었다. 1백 야드가 채 안 되는 곳에서, 머리 위 전선에 앉아 검은 내륙의 하늘을 배경으로 윤곽을 드러내면서. 내가 방파제 뒤에 숨어 있는 동안 그곳으로 날아온 게 분명했다. 그는 졸려서 움직이길 꺼려하며, 바람을 마주하고 밤을 기다리고 있었다. 옥수수멧새 한 마리가 그의 옆을 날아오르며, 몹시 건조하고 힘없는 노래를 쥐어짰다. 내가 더 가까이 다가갔을 때, 옥수수멧새는 날아갔지만 매는 그대로 머물렀다. 거리가 20야드로 좁혀지자, 그는 불안한 기색을 드러내기 시작했다. 그는 전선 위를 가볍게 돌아다니다가, 날개를 한번 펼쳐 보인 다음, 방향을 돌려 바람을 타고 미끄러지듯 날았다. 나는 방파제 옆길을 따라 달려, 제방의 내륙 쪽 울타리 기둥에 내려앉는 그를 보았다. 내가 다가가자, 그는 기둥과 기둥 사이를 가볍게 날아서 내륙 쪽으로 더 멀리 이동했다. 울타리가 끝나자, 그는 오래된 방파제 저쪽 끝 작은 가시나무 덤불을 향해 가로질러 날았다.

나는 방파제의 낮은 초록색 둑에 가로막혀, 내가 도착할 때까지 매가 떠나지 않길 바라면서, 그가 있으리라 생각되는 곳을 향해 손과 무릎으로 더듬더듬 나아간다. 짧은 풀은 말라서 쉽게 바스러져 달콤한 냄새가 난다. 바닷물처럼 맑고 톡 쏘는 냄새가 나는 봄풀이다. 나는 풀 속에 얼굴을 묻고 냄새를 들이마신다, 봄을 들이마신다. 꺅도요가 날아오르고, 검은가슴물떼새가 날아오른다. 나는 그들이 갈 때까지 가만히 누워 있다. 이윽고 나는 다시 아주 살금살금 앞으로 이동한다. 매가 귀를 기울이고 있을 터이기 때문이다. 땅거미가 서서히 풀려나기 시작한다. 짧고 거친 격통이 느껴지는 겨울 땅거미가 아니라, 길고 느린 봄 땅거미다. 제방에 안개가 피어올라, 들판마다 가장자리에 모피를 두른 듯하다. 나는 매와의 관계에서 내가 어디에 있는지 가늠해야 한다. 그와 나는 3야드 이상 떨어져 있으므로, 나는 운에 맡기기로 결심한다. 나는 아주 천천히 몸을 일으켜 방파제 위를 올려다본다. 운이 좋다. 매는 불과 5야드 떨어져 있다. 그는 즉시 나를 본다. 그는 날지 않지만, 그의 다리는 가시나무 덤불의 잔가지를 단단히 움켜잡아 울퉁불퉁한 발가락 관절이 팽팽해지고 근육으로 불룩하다. 그의 날개는 느슨해지고, 방금 비행을 마친 터라 가볍게 떨린다. 나는 그가 긴장을 풀길, 하늘을 배경으로 한 덩치 커 보이는 포식동물 같은 내 형체를 받아들이길 바라며, 가만히 기다린다. 그의 긴 가슴 깃털이 바람에 의해 잔물결처럼 일렁인다. 나는 그의 색깔을 볼 수 없다. 점점 내려앉는 어둠 속에서 그의 모습은 실제보다 훨씬 커 보인다. 기품 있는 머리를 아래로 숙이지만, 이내 다시 올라간다. 이제 그는 검은 바다처럼 우리를 에워싸며 떠오르는 밤에 재빨리 자신의 야만성을 맡기고 있다. 커다란 눈동자가 나를 들여다본다. 내가 그의 얼굴 앞에서 내 한쪽 팔을 움직이는데도, 그는 마치 내 뒤편의 무언가로부터 눈을 뗄 수 없다는 듯 계속 바라본다. 마지막 빛이 조각조각 부서져 내린다. 둘 사이의 거리는 내륙에 희미하게 늘어선 느릅나무들을 지나 더욱 가까워지다가, 매의 어둠 뒤로 좁혀진다. 나는 그가 이제 날아가지 않으리라는 걸 안다. 나는 방파제 위로 올라가 그 앞에 선다. 그리고 그는 잠이 든다.

후기

로버트 맥팔레인
Robert Macfarlane

《송골매를 찾아서》는 나온 지 50년이 되었지만 바로 어제 쓰인 듯느껴진다. 작고 강렬한 이 책은 출간 이후 반세기 동안 송골매의발톱으로 우리를 단단히 사로잡았다. 이제 이 책은 섬뜩한 예언서로 읽힌다. 인류세, 대량 멸종, 기술과 자연의 복잡한 관계, 암울한생태계, 심지어 가상현실에 대해서까지. 고대 로마의 '하루스펙스haruspex'는 제물로 바친 짐승의 내장을 살펴보고 점을 치도록 훈련받은 사람이었다. (내장이 제거된 새들이 곳곳에 묘사되고, 예견과 추적에 사로잡혀 있는) 베이커의 책은 살해와 예언에 대한 글이며, 피와 내장으로 미래를 점치는 글이다. 그의 책은 우리의 현재를 예고했으며, 나는 이 책에 드러난 혜안이 아직 다 고갈되지 않았다고 생각한다.

《송골매를 찾아서》의 작업 과정은 대단히 놀라우며, 본질적으로 불가사의하다. 1954년부터 1964년까지 약 10년 동안, 존 앨릭 베이커라는 에식스 출신의 근시에 관절염을 앓는 사무직 노동자가 자신이 사는 주의 풍경 전역에서 사냥을 하는 송골매들을 추적했다. 베이커는 자전거와 도보로 송골매를 뒤쫓으면서, 그들이 목욕을 하고, 날고, 급강하하고, 죽이고, 앉아서 쉬는 모든 모습을 쌍안경으로 관찰했다. 그는 논리로 시작하여 직감으로 끝나는 지력을 통해, 그리고 매혹으로 시작하여 집착으로 끝나는 관계 안에서, 송골매들의 위치를 예측하는 법을 배웠다. 1962~1963년의 혹독한 겨울(해안으로부터 2마일 밖까지 바다가 얼고, 처마와 나무마다 창처럼 기다란 고드름이 달리던)조차 베이커의 탐색을 막지 못했다. 그는 들판에서 하루를 보내고 나면, 그가 사는 첼름스퍼드 테라스하우스의 남는 방에 틀어박혀 일기장에 상세하게 내용을 기록했다. 그의 일기를 모두 합치면 원고지 1600매가 넘는다.

　　이후 1963년부터 1966년까지 3년 동안 베이커는 그 일기를 6만 단어가 조금 안 되는, 황홀하고 격정적이며 희열에 넘치는 산문이 담긴 한 권의 책으로 압축했다. 일기가 원석이라면, 《송골매를 찾아서》는 다이아몬드였다. 일기의 글들이 부숴져 책이 되었다. 베이커는 10년의 기간을 한 해의 "매 탐사철"로 압축했고 그의 초기 시들 중 한 편에서 구절을 빌리자면, 이야기에서 "검푸른 뼈만 남기고" 나머지는 다 "벗겨냈다." 책 전체에서 동일한 행동들이 반복된다. 즉 인간은 송골매를 쫓고, 송골매는 먹이를 쫓는다. 자꾸 반복되는 구조를 통해, 산문은 또한 엄청난 극적 효과를 드러낸다. 이 극적 효과는 대체로 베이커가 그의 언어에 쏟은 놀라운 에너지에서 비롯한다. 문법적인 측면에서 베이커의 글은 은유, 직유, 동사, 부사의 밀도가 높다. 강조의 측면에서는 강세가 있는 음절들로 가득하다. 이러한 도끼로 내려찍는 듯한 강조와 극단적으로 동적인 문장이 조합되어, 읽으면 충격을 주는 문체를 낳는다.

의아한 사실은 베이커가 《송골매를 찾아서》를 집필하던 중 언젠가부터 자신의 일기를 다시 들추었고, 들판에서 송골매들을 관찰해 기록한 페이지와 구절들을 거의 전부 없애버렸다는 것이다. 그는 이런 행동에 대해 아무런 설명도 하지 않았고, 원본을 남기지도 않았다. 이 삭제 작업을 통해 베이커는 출판된 책에서 가장 주목할 만한 일련의 내용들이 어떤 한계를 벗어나 자유롭게 날도록, 다시 말해 실제와 비교하여 읽히지 않도록 했다.

새 관찰자들은 새의 '특징적인 인상jizz', 즉 새의 전반적인 인상을 통해 즉시 그 종류를 알아볼 수 있는 개략적인 특징들(형태, 깃털, 자세, 비행 방식, 울음소리, 서식지)에 대해 이야기한다. 새의 특징적인 인상은 새를 구성하는 핵심 요소와 느낌, 다시 말해 생명체의 복합적인 특징을 이루는 상세한 요소들의 총합이다. 베이커의 문체에는 그만의 특징적인 인상이 있다. 나는 어디서든 그의 산문 속 문장을 만나면, 즉시 그의 문장임을 알아볼 수 있을 거라 생각한다. 형용사와 명사를 비틀어 만든 동사, 초현실적인 직유법, 불타오르는 듯한 부사. 이 모든 특징이 세부 내용 사이에서 독특한 게슈탈트gestalt[형태]를 구성한다. "민물도요 5천 마리가 (…) 황금빛 키틴질로 반짝이는 딱정벌레 무리처럼 내륙으로 빗발치듯 쏟아져 내렸다." "북풍은 나뭇가지가 엮인 산울타리의 격자에 싸늘하게 부서져" "쇠부엉이 네 마리가 가시금작화 덤불에서 나와 (…) 공기를 잠재웠다." 부리가 노란 수컷 검은지빠귀는 "입에 바나나를 문 정신 나간 작은 청교도 같았다." 겨울 들판에서 죽은 산비둘기는 "브로콜리처럼 자줏빛과 잿빛으로 빛난다." 나는 LSD를 해본 적이 없다. 베이커 덕분에 그럴 필요가 없다. 베이커가 묘사한 에식스 풍경은 애시드[1]를 빤 것 같은 효과를 자아낸다. 색채의 과포화 상태, 빙글빙글 돌아가는 주마등phantasmagoria, 불현듯 떠나고 사라지는 차원들, 초-자연적인 자연. 베이커는 많은 모방자에게 수년간 영감을 주었고, 그들은 모두 베이커에 비견할 만한 강렬한 묘사를 위해 자신의 방식을 해체하고 벗겨내는 것을 목표로 했다. 나도 그들 중 하나였다. 그러나 우리의 문체는 베이커의 아류였기에, 언제나 원형에 비해 허약하고 인위적으로 느껴졌다.

　《송골매를 찾아서》 초반부에 베이커는 송골매가 엄청 빠른 속도로 뒤에서 접근해 민물도요를 잡는 상황을 묘사한다. "민물도요는 매에게로 천천히 돌아오는 듯하더니, 매의 검은 윤곽 속으로 들어가 다시는 나타나지 않았다." 이 이미지는 한 편의 스페이스 오페라space opera를 보는 것 같다. 작은 우주선이 더 큰 우주선의 트랙터 빔[2]에 포착되어 속수무책으로 끌려들어가는 장면처럼. 베이커의 책은 그와 유사한 흡인력을 지닌다. 그의 책은 독자를 추적하고, 독자는 부지불식간에 책과 하나가 된다. 이 책은 내가 아는 누구도 심드

1　acid. 환각제 LSD를 일컫는 속어다.

2　tractor beam. 영화 〈스타워즈〉에 등장하는 장치로, 견인 광선으로 번역하기도 한다. 우주선, 행성계 기지, 우주정거장 등에 부착되어, 다른 기체를 안전하게 착륙시키거나 적의 우주선을 포획하는 데 사용된다.

렁하게 반응할 수 없는 소수의 책 중 하나다. 모두가 이 책을 좋아한 다는 건 결코 아니다. 나는 북방, 순수, 포식捕食 습성을 맹목적으로 숭배한다는 이유로, 이 책이 파시즘적이라 묘사하는 걸 들은 적이 있다. 나는 이 책에 담긴 인간 혐오를 거부하는 사람들을 알고 있는 데, 나는 차라리 그 혐오를 종적 수치심이라 생각하고 싶다. 그러나 이 책의 살을 에는 듯한 신랄함은 아무도 의심하지 않을 것이다.

자연의 문화culture of nature로 통용되는 대부분의 글과 달리, 《송골매를 찾아서》는 소극적으로 소비될 수 없다. 그것은 참을 수 없으며, 마음을 할퀸다. 이 책은 (살해의 의례, 서술자의 자기혐오의 분출과 함께) 대문자 '자연Nature'을 묘사하는 감정적 표현에 대한 질책을 제공하는데, 이런 점은 이 책이 당대에 주목을 받은 한 가지 이유다. 대량 멸종의 시대에는 오염되지 않은 산 정상과 폭풍에 시 달리는 파도 속에서 구원 혹은 자각自覺을 발견하기가 어려워졌다. (자연에 대한 오래된 인식 범주인) 숭고와 픽처레스크[3]는 인류세의 징후 아래에서 키치kitsch에 가까운 무언가로 몰락했다. 베이커가 묘 사하는 피비린내 나는 자연은 키치와 완전히 거리가 멀다. 베이커 의 자연은 사물의 너덜너덜한 가장자리, 중세 들판의 모양과 무질서 하게 뻗어나간 도시 근교의 어수선한 풍경, 해수소택지와 방파제에 서 발견된다. 인간의 경험은 이 책의 또 다른 예찬자인 철학자 존 그 레이John Gray가 말하는, 창조된 생명에 대한 "신 없는 신비주의godless

3 picturesque. 18세기 말 영국의 미학 이론에서 숭고도 아름다움도 아닌 제3의 회화성을 나타내려고 쓴 미학 개념으로, 진지하지 않은 풍류나 심 심풀이의 성격이 강한 표현을 말한다.

mysticism"를 위해 철저히 탈중심화된다. 《송골매를 찾아서》는 '녹색' 문학이 아니다. 이 책은 공통성commonality에서 기인하는 환경윤리의 확립을 위한 근거를 제시하지 않는다. 그러나 이 책의 격정적인 시각은 이 점과 관련하여 많은 독자에게 이상하게도 희망 가득한 기운을 불어넣었다.

《송골매를 찾아서》는 집착의 기록이며, 결국 집착을 고쳐시킨다. 나는 수년 동안 《송골매를 찾아서》가 독자 개개인에게 미친 영향에 대한 많은 이야기를 전달받고 들었다. 예전에 내가 가르치던 한 학생은 킹스노스Kingsnorth 발전소 반대 시위에 참가했는데, 이런 직접적인 행동을 취하기로 결심하는 데 《송골매를 찾아서》가 가장 큰 영향을 미쳤다고 말했다. 어떤 남자는 편지에 자신은 "잉글랜드의 블랙 컨트리⁴ 한복판", 노동자계급이 모여 사는 도시 월솔Walsall에서 자랐으며, 아홉 살에 《송골매를 찾아서》를 읽었다고 밝혔다. "1980년대 후기산업사회의 암울한 분위기 속에 살던 제게 완전히 새로운 세계가 열렸습니다." 그는 이렇게 말했다. "제가 도심 운하의 둑에 사는 물총새들을 알게 된 것, 그때부터 평생 인간 이상의 세계에 매혹을 느끼게 된 것은, 바로 이 책을 읽은 덕분입니다." 그는 이후 전문적인 환경보호 운동가가 되어, 특히 젊은이들이 생활 속에서 일상적으로 자연을 느낄 수 있도록 힘썼다.

몇 년 전 나는 하드코어 펑크록 밴드에서 보컬로 활동하면서, 런던 남부의 건물에서 무단 거주하며 빠듯하게 생활하고 있는 한

---

4 Black Country. 잉글랜드 중서부의 중공업 지대다.

젊은 음악가를 알게 되었다. 그는 재능은 있지만 거칠었으며, 흔히 말하는 '자연'을 경험하는 것과는 동떨어진 삶을 사는 사람이었다. 그런데 어찌어찌 《송골매를 찾아서》를 알게 되었고, 이 책의 어두운 격정이 그에게 말을 걸었다. 그는 이 책을 여러 번 읽었고, 베이커의 송골매 흉내를 흉내 내기 시작했다. 한번은 클럽에서 나와 런던 거리에서 (송골매가 다른 포식자로부터 먹이를 감추기 위해 먹이 위로 날개를 펼치고 몸을 둥그렇게 구부리는) '맨틀링mantling' 동작을 실연해 보였다. 어느 해 여름 그와 나는 프로젝트 하나를 협업했고, 다시 함께 작업하기 위해 여러 계획을 세웠다. 이후 그는 무단 거주하던 건물에서 헤로인 과다 복용으로 사망했다. 23세였던 그가 콘월의 겨울 들판에 묻히는 동안, 친구들은 무덤 근처에 차를 세우고 그에게 바치는 헌사로서 그의 음악을 스테레오로 크게 틀었다. 그의 관 안에는 《송골매를 찾아서》 한 권이 동행자로서 함께 묻혔다.

최근에 자연을 다룬 영국 문학에서 이토록 영향력이 큰 책은 없었다. 아마도 낸 셰퍼드Nan Shepherd의 《산은 살아 있다The Living Mountain》를 제외하면 말이다. 이 책은 《송골매를 찾아서》와 쌍벽을 이루는 작품으로, 자연의 황폐화와 관련된 어둠에 빛을, 유해함에 사랑을 비춘다. 로저 디킨Roger Deakin, 팀 디, 캐슬린 제이미, 리처드 메이비Richard Mabey, 헬렌 맥도널드Helen Macdonald, 제임스 리뱅크스James Rebanks, 그리고 나는 그 영향력을 인정하는 많은 이들에 속한다. 한편 《송골매를 찾아서》는 점차 그 영향권을 넓히고 있다. 이 책은 최근 독일에서 출간되었고, 곧 중국어, 네덜란드어, 스페인어, 히브리어로 출간될 예정이다.

이 책의 영향력은 문학에만 국한되지 않는다. 현재 유명한 오페라 극단에서 각색을 고려하고 있다. 1인극을 공연하기 위한 해석도 이루어지고 있다. 작곡가 로런스 잉글리시Lawrence English는 10년 전 런던의 친구 집 책상에서 이 책을 집어 들고, 아무 페이지나 펼쳐 들었다. 그는 조용히 사냥하는 올빼미에 대한 묘사를 읽었고, 산문에 푹 빠져들어 집중해서 "귀를 기울였다." 2015년에 잉글리시는 "이 책은 내 삶을 바꾸어놓았다"고 회상했다. 그에게 이 책은 "20세기에 자신의 환경을 빚어내는 인간 역할에 대한 인식의 전환점"이 되었다. 그리하여 잉글리시는 앨범을 제작했는데, 나는 처음 그의 앨범을 들었을 때 역동성과 번득임이 부재하는 것에 깜짝 놀랐다. 대신 잉글리시는 《송골매를 찾아서》의 부재不在에 대한 심취에 상응하도록, 냉담하고 단조로운 저음과 현악기들의 고음을 사용하여, 완전히 타버린 동시에 환하게 빛을 내뿜는 사운드트랙을, 스러지기 전 잠시 타오르는 흰 재에 대한 음악적 파노라마를 작곡했다.

잉글리시는 베르너 헤어초크Werner Herzog에게 《송골매를 찾아서》 한 권을 보냈다. 헤어초크는 책을 읽고 크게 놀랐다. 이후로 그는 종종 이 책에 대해 글을 쓰고 언급했으며, 지금은 그가 운영하는 로그 영화학교Rogue Film School의 필독서 세 권 중 하나로 (베르길리우스의 《농경시Georgics》, 헤밍웨이의 단편소설 〈프랜시스 매코머의 짧고 행복한 생애Short Happy Life of Francis Macomber〉와 함께) 선정하고 있다. 헤어초크는 《송골매를 찾아서》를 근본적인 의미에서 "몰아적ecstatic"이라고, 도취시키거나 격앙하게 만들 뿐 아니라 그야말로 자기 자신을 잃고 무아지경에 빠지게 만든다고 묘사한다. 그는 이렇게 말한다. "독자는 [베이커가] 송골매의 존재 속으로 완벽하게 빠져들었음을 알 수 있다. 그리고 영화를 만들 때 나도 그렇다. 영화를 만들 때 나는 나 자신에게서 벗어나 그리스어로 엑스타시스ekstasis에 들어간다. 즉 자신의 육체에서 빠져나와 바깥의 한 점이 되는 것이다."

영화 제작자라면 분명 《송골매를 찾아서》에 끌리기 마련이다. 유독 자연 그대로를 담은 광경, 화면을 갑자기 빠르게 잡아당기는 숏pull shots(급강하하는 카메라 렌즈), 거대한 시야, 회전하는 눈동자. 헤어초크는 집념, 극단, 무모함을 바탕으로 수많은 영화를 작업한 만큼(〈피츠카랄도Fitzcarraldo〉, 〈그리즐리 맨Grizzly Man〉, 〈잊혀진 꿈의 동굴Cave of Forgotten Dreams〉, 〈세상 끝과의 조우Encounters at the Ends of the Earth〉), 그에게 이 책의 매력은 유난히 분명하게 느껴졌을 것이다. 수년 동안 나는 헤어초크가 왜 아직도 《송골매를 찾아서》를 영화로 만들지 않는지 의문이었다. 그래서 2015년에 마침내 그에게 영화화 계획이 있는지 메일로 물었다. 나는 "누군가 하게 된다면, 다름 아닌 선생님께서 하셔야 합니다"라고 말했다. 나는 내가 사는 지역의 교회 첨탑에 송골매가 앉아 있는 사진과, 송골매가 죽여서 목을 자르고 내장을 제거한 뒤 보도 아래 떨어뜨려 둔 흰 비둘기의 사체 사진을 첨부했다. 헤어초크는 다음 날 관대하지만 단호한 답장을 보냈다. "장편 극영화를 찍는 건 매우 잘못된 판단이 될 것입니다. 결코 건드려서는 안 되는 원문들이 있습니다. 게오르크 뷔히너Georg Büchner의 〈렌츠LENZ〉가 그런 경우 중 하나입니다. 사실 《송골매를 찾아서》를 장편 극영화로 만들려는 사람이 있다면 재판 없이 총살해야 합니다." 아, 그렇지. 나는 메일을 받고 이해가 됐다.

2004년 '뉴욕 리뷰 오브 북스 클래식NYRB Classics' 시리즈로 재출간한 《송골매를 찾아서》 서문에서, 나는 이 책이 "새 관찰에 관한 책이 아니라, 새가 되는 것에 관한 책"이라고 설명했다. 베이커 자신은 어떻게 추적과 모방이라는 원시적인 의식을 통해 "사냥꾼이 그가 사냥하는 대상이 되는지"에 대해 쓰면서, 종종 유사한 변환 과정을 제시한다. 하지만 그로부터 13년이 지났고, 이제 나는 더 이상 《송골매를 찾아서》가 "새가 되는 것"에 관한 책이라고 믿지 않는다. 더 정확하게는, 지금은 이 책이 "새가 되는 데 실패하는 것"에 관한 책이라고 말할 수 있을 것 같다. 사실 베이커는 송골매들이 언제나처럼 "어디에도 구속되지 않고 거침없이 쏟아지는 세계"에 살길 바라며, 그들의 탈영토화된 경험을 갈망한다. 그리고 "먹이 위에 날개를 펼치고 앉은 매처럼, 죽은 동물 위로 웅크리고 앉아" 있는 자기 자신을 발견할 때처럼, 여러 차례 극단적인 동일시의 순간이 있다. 그러나 이런 무아지경의 순간들에 뒤이어, 베이커는 늘 자신이 결함 많은 인간의 육체에 갇혀 있음을 고통스럽게 자각한다. 주체와 객체의 거리가 거의 붙었다가, 다시금 크게 벌어지는 일이 거듭되는 것이다. 베이커는 (토머스 네이글의 유명한 1974년 사고 실험 제목을 응용하여)[5] "송골매처럼 생각하길" 갈망하지만, 자신의 모습에서 벗어나거나 자기가 속한 종種을 떠날 수 없다는 사실 또한 잘 알고 있다.

베이커는 우리에게 자신에 대해서는 거의 말하지 않는다. 잉글리시가 친절하게 설명한 것처럼, 그는 "유령 같은 서술자"다. 베이

---

5 1974년에 철학자 토머스 네이글Thomas Nagel은 "박쥐가 된다는 것은 어떤 것일까?"라는 질문을 던지며 사고 실험을 진행했고, 우리는 박쥐가 어떻게 느끼는지 결코 알 수 없다고 주장했다.

커는 도무지 먹거나 마시지 않고, 잠도 자지 않으며, 결코 똥을 싸지 않는다. 들판과 하늘 밖의 삶은 없으며, 자신의 옷차림이나 몸에 대해 거의 묘사하지 않는다. 신비주의적 측면에서, 그는 육체로부터의 분리에 앞서 자기 자신을 금욕적으로 덜어낸다. 주술적인 측면에서, 그는 풍장風葬에 대비하는 시신이다. 가상현실의 측면에서, 그는 자신을 클라우드에 업로드하고 순수한 아바타로 변신할 준비를 하고 있다. 그러나 아무리 생각해도, 자기를 비워내는 이런 활동은 결코 완성될 수 없다. 그러므로 우리는 '나는 매다', '우리는 하나다' 같은 실패한 주문으로, 문법의 힘에 의해 인간에서 송골매로 전환하기 위해 애쓰면서, 책 전체에 흩어져 있는 많은 수행적 발화performative utterances를 들어야 한다. 책에서 느껴지는 쓸쓸한 정조는 얼마간 이 같은 마술적 변형을 향한 헛된 열망에서 비롯한다.

베이커가 열다섯 살이던 1940년 7월 1일, 영국 공군부 장관은 "송골매 말살 명령Destruction of Peregrine Falcons Order"을 발표했다. 다 자란 새와 청소년 새는 총으로 쏘고, 둥지의 새끼는 죽이며, 알은 부수고, 높은 절벽의 둥지는 파괴해야 했다. 명령은 전시 비상사태 방위 규정하에 이루어졌다. 즉 영국 공군 폭격기 부대는 통상 통신용 비둘기를 데리고 비행하는데, 송골매가 통신용 비둘기에게 대단히 큰 위협으로 여겨졌던 것이다. 비행기가 바다에 불시착해 무전으로 위치를 알릴 수 없는 경우, 다리에 꼬리표를 단 통신용 비둘기를 날려서 그들의 위치를 전달했다. 송골매는 불필요하지만 항공병은 그렇지 않았으므로, 송골매들이 죽어야 했다. 말살 명령이 시행되었던 6년 동안 약 600마리의 송골매가 총에 맞아 죽었고, 셀 수 없이 많은 새끼와 알이 파괴되었다. 일부 지역, 특히 잉글랜드 남부에서는 송골매가 거의 멸종에 이르렀다. 1946년에 명령이 해제될 때쯤, 잉글랜드에서 짝을 지어 둥지를 튼 송골매의 수는 전쟁 전의 절반 정도로 감소했다.

전쟁 중 감소한 영국 송골매의 개체 수가 완전히 회복되기도 전에, 인간은 중대한 위협을 또 다시 가했다. 베이커가 새 관찰을 시작한 지 2년째인 1956년, 위기의 첫 번째 징후들이 드러나기 시작했다. 증가하던 송골매 쌍들이 새끼를 부화하지 못한 것이다. 송골매들이 먹이사슬 위로 올라가면서, 농사에 사용된 유기염소계 농약의 독성 물질들, 특히 DDT가 집중적으로 검출되었다. 다 자란 맹금류의 사망률은 증가했고, 알 껍질은 생존이 불가능할 정도로 얇아졌다. 맹금류 전문가인 데릭 랫클리프의 말에 따르면, 1950년대 말과 1960년 초에는 결국 "척추동물계에서는 좀처럼 발견할 수 없는 속도와 규모로 개체 수가 극적으로 붕괴했다." 1963년에 잉글랜드 남부에서 송골매가 거주하는 영역은 단 세 곳으로 보고되었고, 스코틀랜드와 웨일스에서도 개체 수가 급격하게 감소했다. "이제 잉글랜드에서는 겨울에 송골매를 거의 볼 수 없으며, 둥지를 찾아보기는 더욱 어렵다"고 베이커는 책 초반에 이야기한다. "높은 곳에 지은 오래된 둥지들은 사라져가고" 있다. 베이커는 농약 사용이 송골매의 죽음과 관계가 있음을 익히 알고 있었다. 그렇기에 책에서 그는 "더러운 농약 가루가 몸속에 서서히 퍼져" 간다며 격한 분노를 토했다. 나중에 랫클리프는 "향후 지속적인 감소 추세를 억제하지 못한다면, 1967년 즈음 영국에서 송골매가 멸종될 수 있다"고 지적했다. 그리고 그해에 《송골매를 찾아서》가 출간되었다.

송골매들이 죽어가는 동안, 에식스의 풍경 또한 인클로저 운동[6] 이후 가장 극적인 변화를 겪고 있었다. 도시의 성장은 그린벨트 해제의 확대를 야기했고, 전후 영국에서 대규모 농사와 농업 자립의 추진은 수천 마일에 이르는 산울타리의 파괴로 이어졌다. 에식스의 전원지대, 특히 그레이트 바도와 웨스트 해닝필드 사이에 위치한 에식스 내륙을 향한 베이커의 애정이 무척 깊다는 걸, 그 지역의 파괴로 인한 그의 고통이 그만큼 극심하다는 걸, 우리는 그의 편지와 시를 통해 잘 알고 있다. 1950년대 초에 항의를 위해 쓴 시 〈잃어버린 왕국The Lost Kingdom〉에는 하우스먼과 클레어[7]의 목소리가 들리는 듯하다. 베이커는 이 시에서 "모든 것이 변했다"면서, 이렇게 썼다.

초록 들판 전체에
뾰족하고 빨간 지붕들이 길게 줄지어 있다.
모두 내 어린 시절 꿈 위에 지어진 것들,
나는 내 젊음의 환한 들판으로 다시는 돌아갈 수 없다.

6 The Enclosures. 영국에서 영주나 대지주가 대규모 농업이나 목축업을 하기 위해 미개간지나 공동 방목장과 같은 공유지에 울타리를 쳐 사유지로 만든 운동이다. 15~16세기의 제1차 인클로저 운동, 18~19세기의 제2차 인클로저 운동이 일어났다.

7 A. E. 하우스먼Alfred E. Housman(1859~1936)은 영국의 고전학자이자 시인으로, 고전미 넘치는 서정시를 썼다. 존 클레어John Clare(1793~1864)는 영국 시인으로, 영국의 농촌과 농민의 애환에 담은 작품을 주로 썼다.

그러나 단일 지역 안에서 단일 종의 멸종보다, 사랑스러운 풍경의 대대적인 파괴보다, 훨씬 큰 위협이 《송골매를 찾아서》를 엄습한다. 카슨이 쓴 《침묵의 봄》의 유명한 도입부에서는 가상의 미국 도시가 하늘에서 "지붕과 잔디밭과 들판과 개울들 위로 눈처럼" 떨어져 내리는 "하얀 (…) 가루"에 오염된다. 이것은 농약 "가루"이지만, 또한 당연히 방사성 낙진이기도 하다. 냉전 시대의 맥락을 벗어나 《침묵의 봄》을 읽기는 어려우며, 나는 베이커의 책 또한 살충제 못지않게 핵을 다룬다고 생각한다. 베이커는 원자폭탄과 수소폭탄 실험을 실시한 첫 10년 동안 책을 쓰기 위해 연구했고, 책을 쓰는 동안에는 쿠바 미사일 위기가 있었다. 1957년에는 베이커의 탐색 지역 한가운데인 브래드웰-온-시Bradwell-on-Sea에 거대한 원자력 발전소를 건설하기 시작했고, 1962년에 가동을 시작했다. 그의 글은 핵에 대한 불안으로 괴로워한다. 다시 말해 이 책에서 죽음은 공중에서 수시로 오는 것으로, 풍경은 전 지구적인 규모로 "불타고" "죽어가는" 것으로 자주 묘사된다.

새와 군대(오든W. H. Auden의 표현을 빌리면 "매와 헬멧 쓴 항공병")은 베이커에게 언제나 밀접하게 얽혀 있다. 베이커는 송골매의 시각을 상상하려 애쓰면서, 《영국: 지상의 풍경》[8]이라는 책에 수록된 항공사진들을 꼼꼼하게 살펴보았다. 이 책의 뒤표지에는 "조감도는 거대한 전경을 제공하여 (…) 지상에서 인식하기에는 너무나 방대한 많은 것이 (…) 포괄적인 시각 안에 놓여 새롭게 자리매김

---

8 *Britain: The Landscape Below*. 필립 클루커스Philip Clucas의 저서이다.

한다"고 설명한다. 베이커는 드론이라는 현 시대의 하늘을 순찰하는 새로운 포식자 종에 대해 얼마나 매료되고 또 경악할까. 나는 드론이 공중을 비행하며 촬영한 영상들을 베이커가 열심히 들여다보는 모습을 상상한다. 드론은 번쩍이며 움직여서 "어디에도 구속되지 않고 거침없이 쏟아지는 세계"를 촬영해 베이커에게 보여주리라. 내 생각에는 수많은 드론 및 무인항공기UAV가 모델명을 맹금류에게서 따왔다는 사실에, 베이커는 그다지 놀라지 않았을 것 같다. 그 가운데에는 유로호크Eurohawk와 어센텍 팰컨AscTec Falcon, 이스라엘 이노콘 사Innocon의 팰컨 아이Falcon Eye, 그리고 텔러다인 라이언 사Teledyne Ryan의 BQM-145 페러그린BQM-145 Peregrine이 있다. 한편 오늘날 유럽에서는 경찰이 범죄 행위가 의심되는 드론을 '색출'하기 위해 검독수리를 훈련시키는데, 이런 역행하는 아이러니 역시 그는 냉소적으로 즐겼을 게 분명하다. (독수리의 시력과 속도는 대단히 뛰어나, 드론의 돌아가는 회전날개 **사이에** 공격을 가해 발의 부상을 피할 수 있다.)

《송골매를 찾아서》에서는 매와 헬멧을 쓴 항공병이 얽혀 있지만, 그들은 동등하지 않다. 다시 말하지만 베이커는 인간의 살해와 동물의 살해를 명확히 구분한다. 전자는 살인이고, 후자는 본능이다. "죽음에는 고통이 따르기 마련이지만, 야생생물에게 이 사실은 인간에 대한 두려움 이상으로 가혹하다"라며, 베이커는 그의 책에서 매우 격정적인 구절로 토로했다. "우리가 그 살인자다. 우리는 죽음의 악취를 풍긴다. 우리는 죽음을 몰고 다닌다. 죽음은 성에처럼 우리에게 들러붙는다. 우리는 죽음을 떼어낼 수 없다." 송골매는 죽음을 배달하도록 진화적으로 설계된 살인 기계지만, 본능에 복종

하므로 무죄 판결이 내려진다. 그러나 인간은 자립할 수 있으며, 그들의 의식에는 잘못에 대한 책임이 들어 있다.

15년 전에는 베이커에 대해 비교적 잘 알려지지 않았다. 필요한 연구가 착수되지 않은 이유도 있었지만, 스스로 비밀스러운 존재로 남기 위한 베이커의 전략 때문이기도 했다. 《송골매를 찾아서》가 출간된 지 몇 개월 뒤, 베이커는 책을 펴낸 공로를 인정받아 예술위원회에서 1200파운드의 상금을 받았다. 《데일리 텔레그래프The Daily Telegraph》는 1967년 12월 7일에 이 상에 대해 보도했다. "[수상자] 열네 명 가운데 가장 특이한 사람은 에식스의 한 임대주택에 거주하는 존 베이커다. 그는 자신의 활동이 이웃에게 밝혀질 수 있으므로 거주지를 밝히길 원치 않는다. 그는 전화가 없으며, 한 번도 고향을 떠난 적이 없다."

베이커에 대한 열광이 확산되고 강화되면서, 그의 일생과 관련하여 많은 내용이 알려졌다. 데이비드 코범, 제임스 캔턴James Canton, 마크 코커, 헤티 손더Hetty Saunder(베이커의 첫 번째 전기 작가), 특히 존 팬쇼(일기와 책의 초안을 포함해 베이커의 기록들을 공들여 수집하고 확보했다) 덕분에, 이제 우리의 그림이 제법 가득 채워졌다. 그의 1실링의 삶[9]은 다음과 같다. 베이커는 1926년 8월

9 the shilling life, W. H. 오든의 시 〈누가 누구인지Who's Who〉의 첫 구절, "1실링의 삶이 모든 사실을 알려줄 것이다A shilling life will give you all the facts"에서 인용한 것으로, 1실링으로 살 수 있는 신문의 부고란에 한 사람의 인생이 담겨 있음을 의미한다.

6일 에식스 주 첼름스퍼드에서 외동으로 태어났다. 그의 부모는 조합교회 신자Congregationalist였으며 결혼 생활은 불행했다. 전기설계사로 일했던 아버지는 뼈가 자라 뇌를 압박해서 오랫동안 정신질환을 앓았다(뇌엽절리술lobotomy이라는 잔인한 치료를 받았다). 베이커는 여덟 살에 류머티스열을 앓았고, 그 후유증이 평생 이어졌다. 그로 인해 관절염을 앓았는데, 나이가 들수록 범위가 넓어지고 증세가 악화되었으며, 열일곱 살에는 급성관절염의 한 종류로 척추의 근육, 뼈, 인대가 붙는 강직성 척추염 진단을 받았다. 코데인[10] 처방을 받았지만 만성 통증이 낫지 않자, 베이커는 병의 진행을 늦추기 위해 바늘이 길고 고통스러운 '금' 주사[11]를 관절에 맞아야 했다. 그럼에도 불구하고 그의 몸은 병을 이기지 못해, 1960년대에 처음에는 무릎과 엉덩이에, 다음에는 두 손까지 전체적으로 통증이 발생했고, 손가락 관절이 굳어 손가락이 손 안으로 말리기 시작했다.

고통에도 불구하고, 젊은 시절 사진들 속에서 베이커는 쾌활하고 사교적인 젊은이로 보인다. 금발에 항상 두꺼운 안경을 쓰고 두 손을 주머니에 찔러 넣은 모습, 친구들과 서로 어깨동무한 모습, 전쟁 중 술집에서 취중에 사람들과 포옹하는 모습, 방파제를 따라 걷는 모습. 베이커의 키는 6피트였고, 목소리는 굵은 저음이었으며, 몸집은 무척 다부졌지만, 척추염으로 점점 키가 줄어들었다. 그

---

10 Codeine. 진통제의 일종이다.

11 gold injections. 금 성분이 함유된 연한 노란색을 띠는 류머티스성 관절염 약인 금티오말산나트륨Sodium Aurothiomalate을 가리킨다. 상품명을 따라 마이오크리신Myocrisin으로도 알려져 있다.

는 열렬한 독서가였고 편지를 많이 썼다. 전쟁 시기에 그가 쓴 편지들은 무엇보다 풍경과 문학에 대한 열정적인 지적인 모험심을 지닌, 말이 많은 청소년에 대해 이야기해준다. 베이커는 종종 편지 한 통을 쓰는 데 주말을 꼬박 보내곤 했는데, 그의 친구 돈 새뮤얼에게 파란색 편지지로 64페이지에 달하는 편지를 쓰기도 했다. 편지는 이렇게 시작했다. "샘에게. '아주 근사'하진 않더라도 정말 '기괴'한 편지가 될 거라고 장담할 수 있는 이야기를 시작해볼게. 편지 내내 많은 주제가 한가롭게 표류할 거야. 묵직한 이미지의 구름들을 이끄는,[12] 몽환적이고 모호한 내용들이 될 거야…" 편지는 "정교하게 조화를 이루는" 에식스 풍경에 대한 아름다운 묘사로 끝을 맺었다. "물결치듯 일렁이는 초록 들판, 깊게 주름진 땅, 감미로운 과수원, 소나무 숲, 의젓하게 늘어선 느릅나무들." "아름다운 것들 안에서 평화는 영원하고 시야는 무한해"라고, 근시인 베이커는 간절하게 편지를 마쳤다. 이런 편지들(그리고 팬쇼가 수집한 베이커의 소장 도서 목록)은 노동자계급 학자 혹은 예리한 문체로 자신의 길을 직감한 농부 시인이라는 그에 대한 모든 생각을 무너뜨린다. 베이커는 폭넓게 읽었으며, 그의 독서에는 《송골매를 찾아서》 전체에 뚜렷한 영향을 미친 작품들이 포함되어 있다. 그 가운데에는 테드 휴스의 시집 《빗속의 매 The Hawk In The Rain》와, 제라드 맨리 홉킨스, T. E. 흄 Thomas E. Hulme, 루이스 맥니스 Louis Macneice의 시들, 구약성경, 로버트 번스

---

12 trailing clouds of unwieldy imagery. 윌리엄 워즈워스의 시 〈불멸의 송가 Intimation of Immortality〉에서 "영광의 구름들을 이끌며 trailing clouds of glory"라는 구절을 변형한 것으로 보인다.

Robert Burns, J. G. 밸러드James G. Ballard가 있다.

베이커는 1950년대 초 첼름스퍼드 자동차협회에 다니는 동안 아내 도린을 만났다. 당시 도린은 이곳에서 사무직원으로 일했다. 그들은 1956년 10월에 결혼했다. 자식 없이 평생 다정한 결혼 생활을 유지했지만, 도린은 이따금 힘들었을 거라고 짐작된다. 한편 베이커는 1950년대 초에 직장 동료 시드 하먼Sid Harman을 통해 새 관찰을 접하게 되었다. 그리고 곧 혼자서 새 관찰을 시작했다. 베이커는 시간이 될 때마다 자신의 탐조 구역이 있는 2백 평방마일의 에식스 해안 안에서 자전거(카키색 캔버스 천으로 만든 안장 주머니들을 단 롤리Raleigh 자전거였다)를 타고서 새들을 찾아다녔다. 그는 런던의 과잉인구가 이주해와서 일하는 공장과 폐차장들을 지나, 내륙의 들판과 숲으로 향하거나, 해변의 인적 드문 방파제와 해수소택지로 향했다.

베이커는 일반적인 탐조용 복장을 입었다. 회색 플란넬 바지, 넥타이를 매지 않는 셔츠, 어머니가 떠준 점퍼, 해리스 트위드 재킷, 납작한 천 모자, 비바람을 피하기 위한 개버딘 방수 외투. (도린이 만든) 샌드위치 한 봉지와 (도린이 내려준 차가 가득 담긴) 보온병, 그리고 쌍안경이나 망원경도 가지고 갔다. 공책과 육지측량부 Ordnance Survey 지도들도 가지고 다니면서 목격한 것의 위치를 볼펜으로 표시하고, 맹금류의 이름을 종류별로 분류해 동그라미 친 대문자(K, P, HH, BO)로 기록했다. M은 쇠황조롱이Merlin, P는 송골매 Peregrine다. 그는 또 지도 위에 잉크로 직선을 그어, 탐조 영역을 한 번의 탐색으로 살펴볼 수 있는 구역들로 나누었다. 그리고 풍경을 그려 4등분했다(핵심을 뽑아내는 또 다른 방식이었다). 매번 탐조가 끝나면 집으로 돌아와 (도린이 요리한) 식사를 한 다음, 이층 서재로 올라가 기록한 내용을 고치고 덧붙였다. 그가 세상을 떠난 뒤, 도린 은 그가 "까다로운 고객"이었고 성인이 되면서 "혼자 있길 좋아하는 사람"이 되었다고 회상했다. 시야와 이동이 제한되고, 관절염으로 거의 끊임없이 통증을 앓으면서, 베이커는 걸핏하면 벌컥 화를 내곤 했다.

베이커가 겪은 이중의 장애(점점 약해지는 시력과 굳어가는 몸)을 알지 못한 채 《송골매를 찾아서》를 해독하긴 어렵다. 송골매 는 정확히 베이커가 약해져가는 상황에서 완성된, 그의 환상 속 토 템이자 의족이었다. 베이커는 지상의 모든 피조물 중에서 가장 빠르 고 놀랍도록 예리한 시력을 지닌 새를 집착의 대상으로 선택했다. 송골매의 안구는 쌍안경과 상당히 유사하게 설계되어 있어, 인간의 시야보다 이미지가 약 30퍼센트 확대되어 보이기 때문에, 높은 하 늘에서 사냥감을 찾아낸 다음 최대 시속 270마일로 급강하해 덮칠 수 있다.

베이커는 육안으로 볼 수 없는 것은 기술(미란다Miranda 10x50 쌍안경, J. H. 스튜어드J. H. Steward 휴대용 망원경)의 도움을 받았다. 그는 이렇게 썼다. "쌍안경과 매 같은 경계심이 근시라는 나의 약점 을 덜어준다." 그러므로 《송골매를 찾아서》는 팀 디가 "확대된 세 기the magnified century"라고 말한 것의 결과물이다. 팀 디는 《송골매 를 찾아서》가 출간되기 정확히 50년 전인 1917년 봄, 서부전선에 서 복무하던 에드워드 토머스Edward Thomas가 기록상 최초로 쌍안경 을 탐조용으로 사용했다고 주장한다. 토머스는 포병대대의 전방관 측 장교로서, 그의 임무는 조준을 위해 위해 포탄이 떨어진 탄착점을 관찰하고, 자신의 포대에 그 위치를 보고하는 것이었다. 토머스는 어릴 때부터 열렬한 박물학자였던 만큼, 그의 쌍안경은 부득이하게 방향을 벗어나(그가 자신의 전쟁 일기에 쓴 것처럼, "자작나무처럼 위로 쭉 뻗으며"), 포탄이 폭발한 지점에서 무인지대[13]를 종종걸음 치는 자고새 한 쌍에게로, 전투를 벌이는 두 비행기에서 하늘을 맴도는 황조롱이에게로 향할 수밖에 없었다. 그런데 토머스가 쌍안경을 사용하는 데에는 한 가지 위험이 있었다. 렌즈에서 번쩍거리는 빛 때문에, 관측자를 겨냥하는 독일군 저격수에게 그의 구체적인 위치가 상세하게 탄로 날 수 있었다. 실제로 총알이 렌즈 바깥쪽을 뚫고 들어와, 쌍안경 몸통을 지나서, 뇌에 박혀 죽는 사람들도 있었다.

《송골매를 찾아서》에서 얼굴은 대체로 무언가에 가로막혀 있다. 모종의 사물이나 인공 기관이 눈과 세상 사이에 끼어드는 것이다. 모자의 차양, 마스크, 헬멧, 렌즈의 이미지가 반복된다. 나는 베이커의 표현 방식이 사실상 일종의 증강현실 고글이라고 생각해봤다. 다른 방식으로는 불가능했을 정밀한 시각과 움직임을 가능하게 하는 오큘러스 리프트[14]의 텍스트 버전이라고 말이다. 이것은 베이커 읽기가 그토록 힘들고 우리를 불안정하게 만드는 한 가지 이유다. 베이커는 우리가 세상에서 평소에 딛고 선 자리를 잃게 만든다. 베이커를 읽어나갈수록, 풍경은 표면으로 올라와 우리 주변에 펼쳐진다. 그의 산문에 담긴 활력과 부조화에 의해 뇌가 긴장하고, 그 기

---

13 No-Man's Land. 대전 중인 아군과 적군 측 어디에도 속하지 않는 중간 지대를 말한다.'

14 Oculus Rift. 오큘러스 VR 사에서 개발한 가상현실 디스플레이이다.

묘한 기하학적 구조에 의해 눈이 긴장한다. 들판의 깊이는 가늠할 수 없을 만큼 깊어지다 평평해진다. 초점 범위가 기울어지다가 납작해진다. 수평선이 유혹하다 뒤로 물러난다. 우리는 녹초가 된 채 잔뜩 흥분해서 (고글을 벗으며) 베이커의 책을 마친다.

잉글랜드에서 송골매는 멸종되지 않았다. 과학이, 그리고 또한 문학이 송골매를 구했다. 한편으로는 데릭 랫클리프와 다른 연구자들이 농약 사용과 영국 맹금류의 알 껍질이 얇아지는 현상 사이의 관계를 연구한 덕분이고, 다른 한편으로는 레이첼 카슨의《침묵의 봄》이 전 세계에 영향을 미쳐 DDT와 그밖에 유기염소계 농약 사용이 금지된 덕분이다. 이러한 금지가 전 세계 조류에 미치는 영향은 막대했다. 1991년에 쓴 글에서 랫클리프는 이렇게 언급했다.

> 영국의 송골매 개체 수 현황은 1960년대 초의 어두운 날들과 암울한 예측으로부터 다행히 가장 고무적인 방향으로 호전되고 있다. 누가 1991년에 일부 지역의 송골매 개체 수가 큰까마귀보다 많아질 거라고 상상이나 했을까? 흔한 경우는 아니지만, 우리는 성공적인 보존을 축하할 수 있게 되었으며, 이것은 우리 중 누구도 감히 희망할 수 없었던 큰 성과이다.

그러나 랫클리프가 안도한 지 25년 뒤, 그리고 베이커의 책이 출간된 지 50년 뒤인 지금, 영국에서 송골매의 "성공적인 보존"에 관한 이야기는 더 나빠진 측면과 더 나아진 측면이 동시에 있다.

더 나빠진 이유는 현재 영국의 맹금류 학대가 잔혹한 수준으

로 이루어지기 때문인데, 뇌조 사냥 산업이 주된 원인이다. 잿빛개
구리매는 잉글랜드에서 멸종 위기에 처했으며, (송골매를 포함한)
많은 맹금류가 영국의 뇌조 사냥터 일대에서 매해 불법적으로 살해
되고 있다. 현재 고지대에 서식하는 송골매 개체군 중 다수가 감소
세에 있다.

더 나아진 이유는 점차 많은 수의 송골매가 우리가 사는 도시
로, 우리가 이용하는 기반 시설로 이동하고 있기 때문이다. 1980년
대 이전에 영국의 인공 건축물에 둥지를 튼 송골매에 대한 기록은
소수에 불과했으며, 가장 오래된 서식처로 알려진 건축물은 치체스
터 대성당Chichester Cathedral이었다. 1991년에는 8쌍, 2002년에는
62쌍이 인공 건축물에 둥지를 틀었다. 2014년에는 교회, 라디오 송
신탑을 포함해, 송골매가 둥지를 튼 인공 건축물 수는 180개로 추
정되었다. 여기에는 반세기 전에 베이커가 새를 관찰했던 장소 인근
인 브래드웰에 있는 부분 해체된 원자력발전소 냉각탑도 포함된다.
이런 증가 추세는 전 세계 도시에서 일어나고 있다. 뉴욕에서만 현
재 16쌍 이상의 송골매가 교량 대들보와 아파트 창틀에 둥지를 틀
었다. 벽돌, 철근, 유리는 이제 송골매에게 최고의 보금자리를 제공
한다.

이처럼 송골매는 뛰어난 도시 적응자, 혹은 독일어로 이른바
'Kulturfolger(문화 추종자)'로 증명되었다. 이 절벽과 험준한 바위의
새는, 이제 우리의 고층 건물과 고층 아파트, 우리의 고딕 양식 탑과
야만적인 기반 시설들 사이에서 우리를 추적한다. 도시 환경은 송골
매의 삶에 이롭다. 고층 빌딩들은 사냥에 유리한 시야와 둥지를 틀
기에 안전한 위치를 제공한다. 도시는 탁 트인 시골보다 따뜻하고,

위험 요인으로부터 보호받기가 더 쉬워, 어린 새와 다 자란 새 모두 추위로 인해 죽게 될 위험이 줄어든다. 새끼 새들이 둥지에서 떨어지면, 이따금 인간의 도움으로 다시 제자리에 놓여, 어린 생명은 다시 한 번 기회를 갖게 된다. 무엇보다 중요한 점은, 도시가 주로 비둘기류(대단히 성공적인 또 하나의 '문화 추종자'다)의 풍부한 먹이를 제공한다는 것이다. 송골매들은 심지어 고층 건물로 가득한 도시의 마천루 협곡들 사이에서 새로운 사냥과 살해 기술을 발전시키고 있는 것 같다. 이런 이점들이 축적된 결과, 송골매들은 도시에서 더 빨리, 더 자주, 그리고 더 성공적으로 새끼를 낳을 수 있다.

송골매들이 내가 사는 도시 케임브리지에 왔다. 우리 집에서 1마일쯤 떨어진 풀번Fulbourn에 있는 백악층의 가파른 측면에 한 쌍이 수년째 둥지를 틀고 있다. 이곳은 육지로 둘러싸인 케임브리지셔Cambridgeshire 주에서 갈 수 있는 해식절벽과 가장 가깝다. 이 새들은 이따금 도시 중심부로 와서 사냥을 하곤 했다. 어느 날 난 지금은 맹금류 전문 작가로서 세계적으로 유명한 내 친구 헬렌 맥도널드가, 손에 쌍안경 하나를 들고 잔뜩 흥분해서 펨브로크 가Pembroke Street를 급히 내려가는 모습을 보았다. 그녀가 내 앞을 지나면서 말했다. "킹스 칼리지 예배당King's College Chapel에 송골매가 앉아 있어." 얼마 후 적갈색 벽돌로 지은 모더니즘 양식의 대표적인 건축물로 2백만 권의 책을 보유한 케임브리지 대학교 도서관에 새로운 한 쌍이 찾아왔다. 그들은 6층 창문 선반에 둥지를 틀었고, 도서관 이용자들이 현관의 구릿빛 회전문을 밀고 지나갈 때면 이따금 피로 얼룩진 비둘기 깃털이 소용돌이를 그리며 내려와 발밑에 놓이곤 했다. 이 한 쌍의 송골매는 2년 동안 도서관에서 살다가, 도시 한가운데에 있는

19세기 고딕 부흥 양식 건물로 이동해, 아스팔트에서 불과 20피트 정도의 높이에 둥지를 틀었다. 그리고 소란스러운 거리 한복판에서 그럭저럭 새끼 한 마리를 낳고 길렀다.

송골매들은 여전히 그곳에 거주하며, 놀라운 방식으로 도시의 삶의 일부가 되고 있다. 나는 1년 중 9개월 동안 아침마다 교회 첨탑들 밑을 지나간다. 첨탑은 송골매들이 주변을 조망하고, 먹잇감의 털을 뽑을 때 즐겨 이용하는 장소다. 나는 기회가 있을 때마다 가던 길을 잠시 멈추고, 벽에 자전거를 기대놓은 뒤, 소형 쌍안경을 꺼내 잠깐이나마 송골매를 보려 한다. 대개의 경우 한 마리 혹은 두 마리 모두 동쪽 첨탑에 앉아 있는 모습을 본다. 회청색 등, 가로 줄무늬가 있는 가슴과 아래날개덮깃, 목욕할 때 가지고 노는 오리 인형처럼 노란 눈 주위 테두리와 발. 이따금 종탑에서 느닷없이 비둘기가 파편처럼 떨어지면, 그들이 사냥 중인 걸 알게 된다. 때때로 나는 친구나 손님들과 함께 혼잡한 교차로를 걸으면서, 그들에게 보여줄 게 있다고 말한다. 그러나 뭘 보여줄지는 말하지 않고서, 나는 진정한 마법이 담긴 속임수를 부리려는 싸구려 마술사처럼 위쪽을 가리킨다. **저기 왼쪽 첨탑을 봐봐. 아니, 그건 괴물 석상이 아니라, 송골매야. 그래, 송골매. 바로 지금, 바로 여기 도시 한가운데 송골매가 있다니까.** 우리는 눈을 가늘게 뜨고 이 말도 안 되는 생물체를 올려다보며, 믿을 수 없다는 듯 고개를 저으면서, 그들과의 친밀감과 철저한 거리감을 동시에 느낀다.

베이커는 뭐라고 말했던가? "무엇보다 가장 보기 어려운 것은 실제로 존재하는 것이다."

에식스 해안에 관하여

육지의 마지막 성벽에서 주변을 지켜보는 로마 백인대장처럼, 한 남자가 높은 방파제 위에 홀로 서 있다. 방파제는 북쪽으로 뻗어가며, 점점 좁고 평평해졌다. 방파제 끝이 보이지 않을 무렵, 한 덩어리 빵처럼 생긴 회색의 성 베드로 소성당St Peter's Chapel이 모습을 드러낸다(거리는 4마일 떨어져 있지만 훨씬 가까워 보인다). 소성당 동쪽에는 진흙 속 깊이 잠겨 보이지 않는 로마 요새 오토나Othona의 마지막 잔해가 있다. 남쪽으로는 방파제가 점점 흐릿해지는 선처럼 수평선을 향해 구불구불 이어진다. 그 위로 5마일 떨어진 곳에, 파울니스 섬의 희미한 얼룩과 교회 첨탑이라는 융기된 가시가 보인다. 파울니스Foulness. 그 이름에서 벌써 차갑고 결정적인 인상이 느껴진다. 텅 빈 섬 안에는 가시철조망이 쳐 있다. 이것은 미래다. 관찰자는 재빨리 그곳을 외면한다.

　내륙은 평평한 들판이 차츰 사라지며 숲이 처음 나오고, 일렬로 늘어선 느릅나무들, 모여 있는 농장들이 이어진다. 1마일에 달하는 빈 들판들 중, 어느 곳은 여전히 칙칙하고, 어느 곳은 4월의 곡식으로 초록 점이 찍혀 있다. 농장들은 서로 멀리 떨어져 있다. 농장 사이의 푸른 공간은 안개 낀 숲이다. 많은 종달새가 들판 위에서 노래하고, 붉은발도요들이 방파제 옆으로 끝없이 이어지는 제방에서 울어댄다. 바다 쪽으로 고개를 돌리지만, 아직 바다는 보이지 않는다. 4분의 3마일 너비의 나른한 해수소택지들로 이루어진 광활한 황야와, 스카이라인을 향해 구불구불 이어지는 긴 은빛 샛강뿐. 해수소택지, 종달새들, 붉은발도요들의 울음소리, 그리고 멀리 수평선에서 들리는 마도요들의 목소리뿐. 북동쪽의 해수소택지들은 더 좁다. 그 너머로 개펄이 보이고, 먹이를 먹는 섭금류들과 반짝이는 흰 돌멩이 같은 황오리들이 울퉁불퉁 자갈 무늬를 이룬다. 그들 위로 가늘고 신령스러운 구름의 윤곽이 파도처럼 너울거린다. 그리고 10마일 저쪽 햇살에 반짝이는 저 멀리 파란 바다 너머로, 클랙스턴Claxton의 건물들이 이상향Xanadu의 탑처럼 빛난다.

　북쪽 방파제에서 남쪽으로 7마일 떨어진 곳에 덴지Dengie 해안이 있고, 그 바깥쪽으로 해수소택지가 거대한 포물선을 이루며, 그 너머에는 반 마일의 개펄이 펼쳐져 있다. 인적이 드문 이 소박한 곳을 어떤 이들은 적막하다고 말할지 모른다. 그러나 침묵은 거부할 수 없는 힘을 갖는다. 이것은 아주 오래된 침묵이다. 백악기의 깨끗한 바닷속으로 천천히 가라앉는 백악층처럼, 이 침묵은 무수한 세기 동안 하늘 속으로 서서히 가라앉고 있는 것 같다. 침묵이 깊숙이 내려앉았다. 이제 우리는 침묵 아래 있고, 그 침묵에 사로잡힌다. 외지인이 처음 이곳에 오면, 대부분 이렇게 말할 것이다. "시시해. 아무것도 없잖아." 그리고 그들은 다시 떠나갈 것이다. 하지만 이곳에는 무언가가 있다. 수천 마리 새와 곤충 외에, 수백만 마리 바다 생물 외에, 다른 무언가가 있다. 이곳은 황무지다. 나에게 황무지는 장소가 아니다. 황무지는 어떤 장소에 사는 무어라 설명하기 어려운 정수精髓 혹은 영혼이며, 꿈의 원형만큼이나 어슴푸레하지만 실제하며 인식할 수 있다. 황무지는 사슴처럼 겁 많은 도망자이기에, 피난처를 찾을 수 있는 곳에서 산다. 오늘날 황무지는 드물다. 인간은 황무지를 끝까지 사냥해 죽이고 있다. 잉글랜드 동쪽 해안, 아마도 이곳이 황무지의 마지막 안식처이리라. 황무지는 한번 떠나면, 영원히 돌아오지 않을 것이다. 그리고 당연히 언젠가는 죽음을 맞으리라. 한동안은, 몇 십 년 동안은, 산과 습지가 여전히 황무지를 지켜줄 것이다. 그러나 황무지는 쓰러지게 될 것이다. 서식지도 사정은 다르지 않으리라. 한두 개의 저수지, 수력발전 사원들, 꽉 막힌 고속도로, 요란하게 울려대는 공항의 콘크리트. 그러나 황무지는 이런 것들을 견딜 수 없다. 황무지는 궁지에 몰린 성난 황소다. 그는 기마 투우사의 창에 찔리고, 가시 박힌 반데릴라[1]가 가시관처럼 등에 꽂히는 고통에 갈피를 못 잡은 채로, 의례용 검의 최후의 일격을 기다린다.

　　나는 해수소택지를 가로질러 걸어간다. 이는 말뚝과 버들가지

---

[1] banderilla. 투우사가 황소를 찌르는 약 24인치 길이의 창이다. 투우사는 두 쌍이나 네 쌍의 반데릴라로 황소의 목 부위를 찔러 황소를 지치게 만든 뒤, 정수리를 공격해 마무리한 다음, 의례용 검으로 승리를 장식한다.

로 표시되는 아주 오래된 길이지만, 도중에 걸어서 건널 수 있는 깊은 수로와, 풀쩍 뛰어 건너야 하는 좁은 실개천이 있다. 갯개미취, 갯질경이, 퉁퉁마디, 샘파이어가 무성하게 자라, 헤더처럼 엉겨 붙는다. 바다 냄새와 진흙 냄새가 난다. 해수소택지는 그늘에서 짙은 녹색이고, 태양 아래에서 황갈색이다. 포근한 4월의 오후, 연보랏빛 아지랑이 속에서 수많은 종달새가 하늘 높이 날며 노래한다. 갈매기들은 빈둥빈둥 원을 그리며 날고, 이따금 우짖는다. 커다란 흰 구름이 바다의 가장자리에서 서서히 올라오지만, 더 가까이 다가오지는 않는다. 동쪽에서 불어오는 산들바람은 아무런 적의 없이 순하다. 황조롱이 한 마리가 공중을 맴돌면서, 몸을 떨다가 멈추고, 미끄러지듯 날아서 떠오르고, 다시 몸을 떨다가 멈춘다. 사냥을 향한 갈망은 무한한 인내심으로 균형을 찾는다. 해수소택지 건너 한참 뒤편의 제방은 이제 낮게 그어진 괘선으로만 남아 있다. 그 너머를 빙빙 도는 몇몇 작은 얼룩은 내륙 깊숙이 숨은 느릅나무들 위를 나는 떼까마귀들이다. 지금은 모든 것이 너무도 평평하고 끝없이 펼쳐져 있어, 온 사방의 땅과 바다가 상승하는 가운데 가파른 절벽 밑에 있는 것만 같다. 눈은 원근감을 잃었다. 여기에는 고독이, 흠 없는 절대 고독이 있다.

문득 나는 해수소택지에서 10피트 높이의 가파른 경사면에 도착한다. 거대한 진흙 평원이 수평선까지 이어진다. 평원은 갈색 혹은 노란색이며, 모래나 반짝이는 조약돌이 있는 곳은 표백된 흰색이다. 이제 바다는 조금 더 가까워져 청회색이 되었지만, 여전히 아주 멀어서 마치 꼼짝도 하지 않고 아무런 해도 가하지 않을 것만 같다. 그러나 바다는 내륙으로 들어오고 있다. 조수가 바뀌자, 드넓은 진흙 평원은 서서히 좁아지고, 그 위로 바다는 점점 자라서 회색이 짙어져 간다. 나는 수평선 높이까지 두 팔을 들어올린다. 수백 마리 섭금류가 갑자기 생각난 듯 하늘로 날아오른다. 내 쌍안경의 밝고 둥근 렌즈를 통해 하늘이 부드럽게 바뀌고, 새들과 연결됐다. 청둥오리와 쇠오리가 가파르게 날아오른다. 마도요와 민물도요, 붉은발도요의 목소리는 어슴프레 빛나는 진흙 위를 오르내린다. 1백 야드 밖에서는 흰죽지꼬마물떼새 한 마리가 아직 날지 않고 있다. 새는 경련하며 불안하게 몸을 까닥거리고, 멀리 타종부표打鍾浮標[2]의 구슬픈 종소리처럼 속삭이는 울음소리가 부드럽고 통통한 몸 안에서 끊임없이 울린다. 새는 소리보다 훨씬 가까이 있다. 저 멀리 바다 경계선 아래에는 개꿩 몇 마리가 아직도 먹이를 먹고 있다. 섭금류 무리가 휙 소리를 내며 머리 위로 낮게 돌진한다. 그들은 은빛을 빛내며 가볍게 몸을 떨고는, 황갈색 연기처럼 구불구불 피어오르더니, 지느러미 혹은 휘어진 돛 모양을 만들다 지우면서, 물고기 비늘처럼 희미하게 빛나며 비처럼 내린다. 이제 흰죽지꼬마물떼새가 난다. 새는 노래하며 낮게 휩쓸듯 난다. 섭금류 무리가 진흙 위에 내려앉고, 붉은발도요와 종달새가 다시 노래한다.

동쪽 해안은 겨울에 가장 깨끗하다. 손과 발의 감각을 마비시키는 빙하기의 가시 돋친 바람, 힘을 잃고 작아지는 12월의 태양, 이 세상 것 같지 않은 차가운 땅거미가 내려앉기 전 잠시 환하게 타

---

2 bellbuoy. 물결이 흔들리면 자동으로 종을 울려, 여울이나 암초가 있다고 선박에 경고하는 장치이다.

오르는 내륙의 서쪽. 이곳에서 자란 몇 안 되는 나무는 성장이 멎은 채 죽어 동풍의 뼈가 된다. 조수가 높아지자, 휘파람을 부는 비둘기와 고요한 청둥오리의 거대한 무리가 물결치는 바다 위로 리듬을 타고 오르내리면서, 감추어진 해수소택지 위를 표류한다. 흑기러기들은 검게 줄지어 하늘의 기슭을 열심히 할퀸다. 환영처럼 깜박이는 쇠황조롱이에 의해, 눈이 따라갈 수 없을 정도로 빠르게 진흙과 습지 위를 낮게 돌진하고 쏜살같이 지나가는 그들에 의해, 붉은가슴도요와 민물도요는 이따금 개펄 위에 회색 구름을 드리우며 하늘 위로 파르르 날아오른다. 아주 가끔씩 쇠황조롱이는 열광적으로 날개를 파닥거리면서 더 높이 날아, 흰 하늘 아래에서 까만 별 모양으로 반짝거릴 것이다. 누군가는 풀이 길게 자라는 방파제에서 쇠부엉이를 날아오르게 할지 모른다. 그 갈색 새는 서두르지 않고 조용히 날개를 저어 물 흐르듯 나아가고, 귀족적인 오만함을 드러내는 듯 유유히 나른하게 비행한다. 오늘은 눈부신 봄날, 고요하고 편안하다. 그러나 겨울은 더욱더 충만하다. 그때 인간은 하늘의 거대한 힘과 고독 아래에서 아주 작고 미약한, 보잘 것 없는 존재가 된다.

이제 밀물에 개펄은 물에 잠기고, 여전히 반짝이는 노란색 혹은 갈색의 더 얕은 호수들이 회색 바다로 채워지고 있다. 이제 쉴 새 없이 이어지는 종달새의 밝은 노랫소리 아래를, 풀밭종다리의 살긋한 지저귐 아래를 다시 지나, 방파제로 돌아갈 시간이다. 마도요와 붉은발도요는 수천 년 동안 이 해안에서 그래왔던 것처럼, 최초의 인간이 나타나기 훨씬 전 그 옛날 백악기 바다의 해변에서 울었던 것처럼, 하늘을 날아오르며 울어댄다. 나는 죽어서 미라가 된 무언가에 발이 걸린다. 거의 형체를 알아볼 수 없을 만큼 깃털이 잔뜩 형클어진 채, 석유가 엉겨 붙어 새의 몸통만 남은 아비다. 석유의 악취가 난다. 이것은 잔혹 행위이며, 우리 현대의 만행이 낳은 참혹한 희생자다. 아마도 스코틀랜드 협만의 어느 섬에서 태어났을 이 황무지의 전령은, 새를 사랑하는 그 지역 사람들에게 소중히 여겨지고, 다 자랄 때까지 보호를 받다가, 강렬하고 장려한 아름다움을 고스란히 간직한 모습으로 배웅을 받았으리라. 하지만 이제 새는 으스러지고 불구가 된 도망자가 국경을 가로질러 후퇴하듯 이곳으로 돌아왔다. 우리는 무관심한 정치인들의 자장가 같은 언어가 새의 죽음을 무마하게 해선 안 된다. 지금까지 수천 마리의 새들이 그래왔던 것처럼, 다가올 끔찍한 미래에 수백 만 마리 이상의 새들이 그럴 수 있는 것처럼, 이 새는 벨젠[3]과도 같은 부유하는 석유 속에서 서서히 참혹하게 죽어갔다. 나도 모르는 사이에 내 시선은 파울니스로, 미래로 향한다.

나는 무언가를 제대로 보거나 듣기에는 너무도 크게 분노한 상태여서, 실수로 해수소택지를 건너간다. 평화로운 하루를 보낸 뒤, 뇌리에서 지울 수 없는 인간의 흔적을 다시 보았고, 참을 수 없는 돈의 악취를 다시 맡았다. 흰눈썹긴발톱할미새가 태양을 향해 타오르는 화려한 횃불처럼 내 앞을 휙휙 스친다. 적어도 아직은 깨끗해 보이고, 아직은 오염되지 않은 것 같다. 하지만 누가 알 수 있으랴? 저 화려한 날개 아래로 어떤 화학물질의 공포가 서서히 작용할지.

저녁이 왔고, 조수는 여전히 상승한다. 해수소택지는 곧 물에

---

3 44쪽 주석 6번을 참조하라.

잠길 것이다. 산들바람이 점점 강해지고 있다. 밤과 바람과 조수가 함께 내륙으로 들어오고 있다. 서쪽에는 나무들 너머로 담황색 하늘이 꽃을 피웠고, 동쪽에는 바다의 회색 경계선 위로 보라색 좁은 띠가 둘러진다. 아주 멀리, 나무의 호위를 받는 농장들 중 한 곳 가까이에서, 검은지빠귀 한 마리가 노래를 부른다. 서쪽에서 서서히 빛이 모여들고, 하늘이 붉어진다. 점점 어두워져 가는 조수 위로 땅거미가 내려앉는다. 바다에서 제비 한 마리가 다가와, 수로 위에서 파랗게 급강하하더니, 내륙으로 쌩하고 날면서 까맣게 바랜다. 갈매기들이 휴식을 취하기 위해 육지에서 날아온다. 그들은 울면서 해수 소택지로 미끄러지듯 내려앉는다. 하지만 여전히 침묵은 짙어지고, 수백 마리 숨은 새의 낮은 외침으로 더욱 깊어진다. 자고새 한 마리가 어둑한 수로 근처에서 울며, 첫 별들이 떠오르는 바다 위를 맴돈다. 어두운 관대柩臺 주변에서 타오르는 촛불처럼, 드문드문 흩어진 몇 안 되는 불빛들이 하나씩 하나씩 파울니스를 비춘다. 이제 나는 무중력 상태가 되어, 서서히 사라지는 낮의 끄트머리에 매달려 있는 것 같다. 내가 방파제의 봄풀 속에 무릎을 꿇을 때, 밤바다의 위대함이 내 위로 다가온다.

10년 후에는 이곳에서 몇 마일 떨어진 곳에 세계에서 가장 큰 공항이 세워질 것이다. 그땐 엄청난 굉음이 밤낮으로 끝도 없이 이어져 이 침묵을 영원히 찢어놓을 테고, 황무지의 마지막 고향은 비정한 소음의 우리 안에 감금될 것이다. 고속도로에 의해 차단되고 거대한 공항 도시에 의해 빛을 잃어, 이곳만의 유일함은 폭탄에 산산이 부서지듯 완전히 파괴될 것이다. 이 믿기 힘든 야만성이 우리에게 가할 해는 이뿐만이 아니다. 슈버리네스Shoeburyness에서 하리치Harwich에 이르는 에식스 주의 해안 지대를 지킬 기회, 더 큰 도시의 침해로부터 이곳을 보호할 기회, 국립자연보호구역으로서 이곳이 변하지 않도록 지킬 기회, 그런 놀라운 기회가 내던져졌다는 사실에 우리는 비통하다. 뉴타운, 런던의 거대한 성장과 과잉인구, 고속도로 건설로 사방에 파헤쳐진 땅에 의해, 에식스는 너무나 많은 고통을 받아왔다. 우리는 적어도 우리 지역에서 가장 좋은 것을, 새들이 서식하는 오래된 해안의 평화를, 이 남아 있는 유일한 평화를 지킬 수 있었다. 이제 우리가 할 수 있는 일은 야생동물의 일부라도 살아남을 수 있도록, 무엇이든 남아 있는 것들을 보존하기 위해 노력하는 것이 전부다. 그러면 우리에게 결코 그 소리가 닿지 않을지라도, 새들은 오늘처럼 여전히 우짖을 것이다. 새들은 인간이 오기 전부터 이곳에 있었다. 그들은 우리의 횡포의 그림자를 견딜 터이며, 우리가 사라지고 나면 다시 태양을 향해 날아오를 것이다.

J. A. 베이커, 1971.

감사 인사

편집자들은 베이커와 그의 가족에 대한, 그리고 베이커의 에식스 생활과 그의 글에 대한 기억이나 의견을 나누어주신 모든 분께 감사드립니다. 마거릿 액손, 잭 베어드, 수전 브룩스, 테리 버틀러와 모린 버틀러, 제임스 캔턴, 브라이언 클라크, 버나드 코와 모린 코, 이언 도슨, 에드워드 데니스, 그레임 깁슨, 크리스 골드스미스와 헬렌 골드스미스, 앤드루 홀, 조지 헤슬타인, 리처드 존슨, 리처드 메이비, 로버트 맥팔레인, 리처드 먼스, 앤드루 모션, 아니 올손, 브루스 피어슨, 짐 페린, 카트리나 포티어스, 해럴드 러시, 돈 새뮤얼, 도트 테이트, 모스 테일러, 존 서머, 로저 업워드, 마이클 월터, 마이클 웨스턴, 켄 와일더, 피터 월킹턴, 사이먼 우드, 그밖에 미처 언급하지 못한 모든 분께 감사드립니다.

우리의 에이전트인 질 콜리지와 카라 존스, 하퍼콜린스 출판사의 크리스티 애디스, 조너선 베이커, 그리고 우리 출판사의 마일스 아치볼드에게도 감사드립니다.

육필 일기 원본을 사용할 수 있도록 제공해주신 데이비드 코범에게 특별히 깊은 감사를 드립니다.

글을 써주신 분들

마크 코커 Mark Cocker

작가, 박물학자, 환경운동가. 미국의 다양한 언론 매체에서 자연과 야생동물에 관한 글을 쓰고 방송을 한다. 《까마귀 나라Crow Country》, 《새와 인간Bird & People》(데이비드 티플링David Tipling과 공저), 《클랙스턴: 작은 행성에서 쓴 현장 노트Claxton: Field Notes from a Small Planet》등 다수의 저서를 발표했다.

존 팬쇼 John Fanshawe

작가이자 콘월 북부를 중심으로 활동하는 환경운동가. 주로 자선단체 버드라이프BirdLife와 케임브리지 보존 협회Cambridge Conservation Initiative에서 영국과 동아프리카의 조류 및 생물 다양성 보존을 위해 활동하고 있다.

로버트 맥팔레인 Robert Macfarlane

세계적인 베스트셀러 작가. 《마음의 산들Mountains of the Mind》, 《야생의 지역들The Wild Places》, 《오래된 방법The Old Ways》, 《랜드마크Landmarks》 외에 많은 저서가 있다. 《뉴요커New Yorker》, 《그랜타Granta》, 《가디언Guardian》 등의 잡지에 에세이를 게재한다. 조니 플린Johnny Flynn, 스탠리 돈우드Stanley Donwood 등 음악가 및 아티스트와 함께 협업하며, 많은 작품이 텔레비전, 영화, 라디오를 위해 널리 각색되고 있다. 케임브리지 대학교 이매뉴얼 칼리지의 특별연구원이다.

송골매를 찾아서(50주년 기념판)

초판 1쇄 발행 | 2022년 5월 31일

지 은 이 | 존 A. 베이커
옮 긴 이 | 서민아
펴 낸 이 | 이은성
편　　집 | 구윤희
교　　정 | 홍원기
디 자 인 | 파이브에잇
펴 낸 곳 | 필로소픽
주　　소 | 서울시 종로구 창덕궁길 29-38, 4-5층
전　　화 | (02) 883-9774
팩　　스 | (02) 883-3496
이 메 일 | philosophik@hanmail.net
등록번호 | 제2021-000133호

ISBN 979-11-5783-247-7 03840

필로소픽은 푸른커뮤니케이션의 출판 브랜드입니다.